国家哲学社会科学规划项目

抑与扬
——翻译中的制约因素研究

Restriction and Creation: Factors That Affect Translation

上海外语教育出版社
外教社 SHANGHAI FOREIGN LANGUAGE EDUCATION PRESS

图书在版编目(CIP)数据

抑与扬：翻译中的制约因素研究/邓笛著. —上海：上海外语教育出版社，2020
国家哲学社会科学规划项目
ISBN 978‑7‑5446‑6407‑3

I.①抑… II.①邓… III.①文学翻译—研究 IV.①I046

中国版本图书馆 CIP 数据核字(2020)第 056661 号

出版发行：**上海外语教育出版社**
（上海外国语大学内） 邮编：200083
电　　话：021-65425300（总机）
电子邮箱：bookinfo@sflep.com.cn
网　　址：http://www.sflep.com
责任编辑：张亚东

印　　刷：常熟高专印刷有限公司
开　　本：635×965　1/16　印张 18　字数 301千字
版　　次：2020 年 8 月第 1 版　2020 年 8 月第 1 次印刷
印　　数：1 100 册

书　　号：ISBN 978-7-5446-6407-3
定　　价：56.00 元

本版图书如有印装质量问题，可向本社调换
质量服务热线：4008-213-263　电子邮箱：editorial@sflep.com

前言

  翻译是一项极为复杂的跨文化交际活动,必然会受到诸多主客观因素的制约。我从20世纪90年代开始,先后尝试从翻译的规范论来说明制约翻译的一系列社会文化因素的特征,从翻译的目的论来分析翻译活动中译者对于原作的背离。20多年来,虽然著述不多,但一直关注国内外在翻译制约因素研究方面的进展。

  本书试图通过客观描述翻译过程中不同阶段存在的种种制约因素,反映翻译制约因素的整体面貌,为描述性翻译研究提供更为科学的视角。其中,既在由原作、译者和译作构成的微系统中研究翻译的制约因素,又在由个人、群体、机构等直接或间接象征权力的各种因素构成的系统中研究翻译的制约因素,还在由包含来自文化、社会甚至整个世界的因素所构成的大系统中研究翻译的制约因素。同时,本书从文学解释学的原理出发,以系统分析为手段,对翻译制约因素的分析从描写推向解释。本书在探讨翻译制约因素时论及翻译学,在讨论翻译学时分析翻译的制约因素,注意吸收国内外新近的成果。

  本书共12章。第一章讨论国内翻译制约因素研究的现状与存在问题,特别讨论译者权力的问题。我是一个文学翻译爱好者,在翻译中一贯张扬译者的权力,尤其注重译作语言的优美,但也同时深深地意识到这种做法实际上是对原作的一种背离,因此我只敢将自己的"翻译"称之为"编译"。我自己在翻译中过多地行使了译者权力的这一事实,主要缘自我翻译功力的不足,而不完全缘自我对翻译的认识。一个编译者或许可以张扬自己的权力,而一个真正的翻译者却应该在积极发挥主体作用的同时努力抑制自己的权力欲望。本书表达的就是这样一种翻译思想,尽管这显得与我的翻译实践自相矛盾,但也真切地说明翻译的复杂与不易。第二章讨论"翻译制约因素"这一说法所涉及的"翻译"的概念与"制约"的概念。从历时到共时,从一般到特殊。第三章讨论翻译制约因素之间的相互关系,并从翻译的能动主义与翻译的克制主义两个方面分析译者的翻译立场。第四章至第十一章从翻译的特性、翻译的功能、文义的释放、翻译的目的、翻译的语境、翻译的逻辑、翻译的道德、翻译的理论等方面探讨翻译中的制约因素。由于各种翻译的制约因素在翻译的过程中是相互交织并时有冲突的,所以本书并没有就制约因素而论制约因素,而是将翻译的制约因素溶入以上几个方面综合地进行讨论,特此说明一下。第十二章对包括译者思维和翻译理论家思维在内的翻译思维进行了反思与追问。

总之,本书认为翻译研究应该是综合、全面的研究,其特殊性决定它需要涉及来自语言、文学、美学、文化、社会等领域的众多因素。研究中考察的因素越多,研究则越全面,也越能深化学界对翻译活动的认识。在翻译研究历经语言学转向、文化转向和社会转向等历次转向之后,对翻译中的制约因素进行研究,有助于使翻译研究领域走向最大化,为多视角地研究翻译提供可能。

本书适合于翻译专业本科生、硕士生与博士生以及对翻译理论与实践有兴趣的读者。

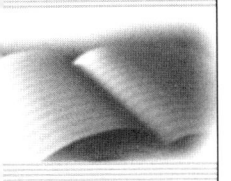

目录

第一章　国内翻译制约因素研究的现状与存在的问题 …………… 1
　　第一节　在译者权力的问题上有绝对化的倾向 ………… 2
　　第二节　在翻译家研究方面存在着盲目与肤浅的现象
　　　　　　………………………………………………… 20
　　第三节　对"翻译即解释"这个观点缺乏统一的理解 …… 29
　　第四节　在翻译的老矛盾上缺少新的辨思 ……………… 40
第二章　对"翻译制约因素研究"的概述 ……………………… 51
　　第一节　回归常义的翻译概念 …………………………… 52
　　第二节　什么是翻译制约因素研究 ……………………… 53
　　第三节　为什么需要对翻译制约因素进行研究 ………… 59
　　第四节　翻译制约因素研究属于规范性技术还是
　　　　　　选择性理论？ ………………………………… 67
　　第五节　翻译制约因素研究视角下的译学 ……………… 72
　　第六节　译学因为有了"翻译制约因素研究"而弥显
　　　　　　艺术 …………………………………………… 77
第三章　翻译制约因素之间是互为制约的关系 ……………… 85
　　第一节　原语文本是翻译制约因素,也是翻译制约因素
　　　　　　针对的对象 …………………………………… 85
　　第二节　译语文本是翻译制约因素,也是翻译制约因素
　　　　　　针对的对象 …………………………………… 91
　　第三节　译者素养是翻译制约因素,也是翻译制约因素

		针对的对象 ………………………………… 92
第四章		从翻译的特性看翻译制约因素 …………………… 97
	第一节	翻译具有客观性与独断性 ………………… 97
	第二节	翻译具有探究性与创造性 ………………… 107
	第三节	翻译具有循环性与译者主体性 …………… 110
	第四节	翻译具有合理性与有效性 ………………… 115
第五章		从翻译的功能看翻译制约因素 …………………… 119
	第一节	翻译有自主整合与修复的功能 …………… 119
	第二节	翻译有信息交流与沟通的功能 …………… 123
	第三节	翻译有完善与发展的功能 ………………… 126
第六章		从文义的释放看翻译制约因素 …………………… 129
	第一节	翻译中的词义确定 ………………………… 129
	第二节	文义翻译的重要性 ………………………… 132
	第三节	文义在翻译中是如何变化的 ……………… 133
	第四节	文义的"忠实"与功能的"忠实" ……… 136
第七章		从翻译的目的看翻译制约因素 …………………… 140
	第一节	不再单纯的翻译目的 ……………………… 141
	第二节	翻译目的能否被规范 ……………………… 143
	第三节	原语文本目的对翻译的制约 ……………… 145
	第四节	目的在翻译中的必要性及意义 …………… 151
第八章		从翻译的语境看翻译制约因素 …………………… 154
	第一节	语境对翻译的制约 ………………………… 155
	第二节	体系观念下的翻译语境 …………………… 158
	第三节	体系观对翻译的意义 ……………………… 160
第九章		从翻译的逻辑看翻译制约因素 …………………… 163
	第一节	翻译制约因素通过逻辑起作用 …………… 164
	第二节	翻译制约因素通过翻译过程中的内在逻辑起作用 ……………………………………… 171
	第三节	翻译制约因素通过翻译中的推理起作用 … 176
第十章		从翻译的道德看翻译制约因素 …………………… 178
	第一节	翻译中的价值冲突与选择 ………………… 179
	第二节	政治与翻译的天然密切性 ………………… 187
	第三节	如何坚守翻译的道德 ……………………… 192

第十一章　从翻译的理论看翻译制约因素 …………… 197
第一节　规范性的翻译理论 ………………… 198
第二节　翻译描写理论 ……………………… 202
第三节　翻译理论的作用 …………………… 211

第十二章　对翻译思维的反思与追问 ……………… 219
第一节　译者思维 …………………………… 220
第二节　翻译理论家思维 …………………… 244

后记 …………………………………………… 267
参考文献 ……………………………………… 269

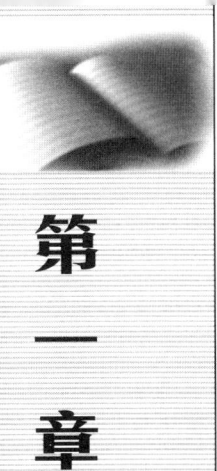

第一章

国内翻译制约因素研究的现状与存在的问题

中国传统的翻译思想都是以经验主义为中心，把翻译视为避免与原作意思相悖的艺术，但当代西方的研究以文化为中心，认为翻译涉及文化认同、文化抵抗和文化控制，是在社会和政治等环境影响下进行的一项跨文化跨语言的交际活动。也就是说，翻译不是单纯的语言转换，而是与象征权力的各种因素有着不解之缘。这种思想的引入使越来越多的翻译研究者开始关注那些影响翻译的制约因素。翻译制约因素在译作生成过程中所起到的重要作用，已经被翻译人在理论研究和翻译实践中明显感觉到了。译者需要翻译制约因素研究的理论成果，以便指导实践，翻译学的建设也需要通过对翻译制约因素的研究来获得理论上的丰富。人们感觉到，若没有成熟的对翻译制约因素的处理方法，就不可能生成高水平的译作。其实，对翻译制约因素的探索在中国自古就有，只是这一传统在现代学术中不但未能得到发扬光大，而且有灭绝的危险。原因在于，近几十年的中国翻译学研究有着严重的西化倾向，使得中国的传统理论出现了断裂现象，未能得到很好的传承。所以，现在当我们提起翻译制约因素研究的时候，我们首先想到的就是西方的相关研究在中国引进的情况。当然,这种局面的产生,也不能完全归因于西方相关理论的大量引进,我们中国传统的相关理论自身也存在着缺陷,即由于学术性思想的不足导致它们只能通过思维的自然遗传方式在当代有所反映。我们今天在谈论翻译制约因素时,能够随手拈来的是西方的学术语言,而这方面的中国传统思想我们只能在少数翻译史学的文章中才能偶尔寻见。研究者在翻译制约因素研究中的中国问题意识不强,所用材料都是西方的,有些完全是盲目地照猫画虎,既缺少中国文化之根,也感觉不到中国学者自己的主体性和自觉意识。这不利于中国翻译学的发展。所以,我们在对翻译中的制约因素进行研究时必须要克服这种思维倾向。

第一节 在译者权力的问题上有绝对化的倾向

一、译者权力滥用与绝对化的现象

在当今西方有关翻译制约因素的研究中,有一个较普遍的现象,就是将"翻译"的概念泛化了,使得翻译失去了固有的意义。结果是:形式对应是翻译,功能对等是翻译,动态对等是翻译,甚至断章取义、胡编乱造也能算作是翻译。翻译概念的泛化直接导致翻译实践中译者权力的滥用与绝对化现象。我认为,这种情况不能继续下去了,理论界应当收缩"翻译"的含义。

(一) 对西方译论中翻译概念泛化倾向的诠释

翻译概念的泛化是受到了哲学解释学的影响。哲学解释学诞生后给理论界带来的是方法论向本体论的转向。这种转向使得解释、理解与应用问题成了翻译学的本体问题,而传统的翻译理论则面临着前所未有的生存危机。原语文本可以被任意解释,翻译理论指导翻译实践的可能性被从理论上颠覆。这就导致,翻译一方面失去了制约,另一方面又可能被语言之外的各种因素左右。翻译失去了规范性,翻译学仅仅成了一种描述性理论。翻译理论家们似乎一下子丧失了历史责任感,他们的言论也仅成了自我理解的知识"前见"。

首先,让我们从"创造性叛逆"这个概念说起。"创造性叛逆"最早是由法国文艺理论家埃斯卡皮提出的一个有关文学翻译的观点,后经我国上海外国语大学教授谢天振先生在其专著与论文中引用与阐释,而成为我国译论界一个被经常使用的术语。但问题是,无论是埃斯卡皮本人,还是谢天振教授,对"创造性叛逆"概念的说明都只是"点到为止",更未详细阐述过这一观点产生的缘由。一个学术观点,如果对它的来龙去脉没有清楚的了解,对它的阐释与应用就可能是错误的,甚至会造成不良的后果。事实也正是如此。"创造性叛逆"这一观点传入我国后,许多研究者随声附和,大加赞赏,添油加醋,扩大其影响。我们不应该排斥外来理论,但接受的前提是要有冷静的思考,如果连其产生的缘由还没有搞清楚,就一味地接受甚至吹捧,这绝不是严谨的学者该有的态度。

那么,埃斯卡皮的"创造性叛逆"的内容及其产生的缘由究竟是什么呢?埃斯卡皮在他的专著《文学社会学》中对"创造性叛逆"进行了简述。他说:"翻译总是一种创造性叛逆"①。之所以说翻译即叛逆,那是因为翻译把原作拉进了一个它完全没有预料到的新的语言参照体系里了;之所以说翻译有创造性,那是因为翻译赋予了作品一种崭新的面貌,译作的读者与原作的读者是两种不同语言参照体系中的人,若没有翻译,原作在这种新的语言参照体系中就没有意义,也就是说翻译使一个新的文学交流成为可能,给了原作新的生命②。这部专著发表的时间是1971年,在这个时间的前后,西方人文社会科学领域正经历着一系列的转向,如解释转向、文化转向,等等。从时间上看,埃斯卡皮这一观点的提出与当时西方盛行的现代哲学解释学原理密切相关。在1960年,西方现代哲学解释学的代表人物伽达默尔发表了其代表作《真理与方法》。伽达默尔的著作深厚宏伟,尤其是他关于"视域融合"的理论更是在我国译论界广为人知。该理论认为,作者和读者应该得到同样的尊重。如果我们承认作者身处一定的历史和社会环境之中,有自己的历史特殊性,那么我们就能看到读者也身处一定的世界之中,也有自己的历史特殊性和历史局限性。我们没有理由以牺牲读者的历史性为代价而迁就作者的历史性。也就是说,文本的意义不是由作者一个人说了算,而是存在于特定历史环境中的作者所创造的文本与特定历史条件之下的读者相互作用后共同决定的,即文本有文本的视域,读者有读者的视域,这两种视域的融合构成了对文本

---

① [法] 罗贝尔·埃斯卡皮:《文学社会学》,王美华、于沛译,安徽文艺出版社1987年版,第137页。
② [法] 罗贝尔·埃斯卡皮:《文学社会学》,王美华、于沛译,安徽文艺出版社1987年版,第137页。

的理解①。了解了伽达默尔的"视域融合"理论,我们就大致知道了埃斯卡皮的"创造性叛逆"产生的根源。"视域融合"理论让人们看到了文本的意义不是静止的,也不是由作者一个人所决定的,而是读者带着"前见"以自己的视域与文本的视域相互融合、共同作用的结果。这个结果产生的意义当然不同于文本在读者介入之前的意义。这样,埃斯卡皮所言的"叛逆"就出现了。换言之,任何概念,一经传达,就无一例外地"叛逆"了。翻译的"创造性"在于译者作为读者阅读原作时是带着自身的历史"前见"的,这种"前见"与原作自身的意义融合时会产生联想与想象,进而衍生出新的内容,这种新内容反映在译作上就使译作具有了创造的性质。由此可见,埃斯卡皮的"创造性叛逆"来自伽达默尔的"视域融合",两者同属一脉,相互补充,彼此映照。

按照"创造性叛逆"和"视域融合"的观点,原作一经阅读就产生"叛逆"。对于翻译来说,这种"叛逆"是双重的。首先是译者作为读者与原作的"融合"产生"叛逆",然后是译作与译作读者的"融合"产生新的"叛逆"。如果再考虑到两种语言表达上的差异,这种"叛逆"不可谓不大。无独有偶,20世纪50、60年代欧美的接受美学理论也有与埃斯卡皮相类似的思想。该理论的主要倡导者姚斯和伊瑟尔认为,传统文学作品研究没有充分考虑到读者的能动参与作用,具有明显的片面性。这种观点同样也是受到了伽达默尔的"视域融合"理论的影响。在接受美学出现之前,传统的文学作品研究主要围绕文学作品的外部研究和内部研究进行。外部研究是以作家为中心的研究,内部研究是以作品为中心的研究,这两种研究都将读者排斥在外,忽视了接受效果的问题。接受美学认为,读者在阅读作品前,头脑中并不是一张白纸,而是存在某种意向,这种意向决定了读者对所读作品的形式和内容有自己的取舍标准,也决定了读者对作品的基本态度和评价。这种阅读前已经存在的意向被称为读者的期待视野。期待视野又分两大形态:一是在以往的审美经验的基础上形成的较为狭隘的与文学相关的期待视野;一是在以往的生活经验的基础上形成的较为宽广的与生活相关的期待视野。这两种视野使得文本经读者阅读理解之后产生新的内容。这种"新"说明了两点,一是读者的期待视野进入文本之后,文本的内容激发了读者的想象力,而由读者的想象力创造出的"新"内容是读者"创造"性的付出;一是在读者的期待视野进入后,文本的内容就有了"新"与"旧"之分,"新"来自"旧",却又不同于"旧",即

---

① Gadamer, H. G.: 1975, *Truth and Method*, Sheed and Ward, 432-458.

"新"是对"旧"的一种叛逆①。用接受美学的观点看翻译,文本要经历两次读者期待视野的干预,一次是作为读者的译者的期待视野,一次是译作读者的期待视野。也就是说,从原作到译作,要出现两次"创造"和两次"叛逆"。接受美学的这个观点似乎也印证了埃斯卡皮的"创造性叛逆"论。

如果"创造性叛逆"的观点是成立的,那么可以推出这样一种结论,即"翻译就是叛逆"。照此观点,翻译就成了脱了缰的野马,译者想象力有多大,野马驰骋的原野就有多大。任何东西只要来自对原语文本的解读都是翻译,"胡译乱译"的这一说法也将不复存在,因为任何人都可以拿出"创造性叛逆"论、"视域融合"论或"期待视野"论作为替自己辩护的说辞。"翻译"的概念将因此泛化,翻译势必要失去固有的意义。那么,问题究竟出在哪儿呢?让我们重新梳理一下这些观点。无论是埃斯卡皮,或是姚斯,还是伽达默尔,他们观点都有正确的一面。译者作为一名特殊的读者,在阅读原作之前的确有着自己的"视域",会带着个人的"期待视野",也一定会在理解原作的过程中产生出与原作有所不同的新的内容,从而使翻译活动不可避免地有了"创造"的性质。也因为同样的原因,译作与原作相比,无论形式上还是内容上都会有一定程度的差别,译作"叛逆"的性质也就在所难免。然而,"创造"或"叛逆",都是翻译众多基本属性中的一种,而不是翻译的本质属性。翻译之所以是翻译,是由其本质属性所决定的。一种事物的本质属性才使它与其他事物有所区别。我们给一种事物下定义的时候,也是据其本质属性进行认定。那么,我们先说说翻译有哪些基本属性。我想至少有这样几种:交际性、目的性、忠实性、实践性、相对性、叛逆性、创造性,等等。可是,它的本质属性只有一个,那就是"忠实性",即翻译应该忠实地再现原作的意义。没有这个属性,翻译便不成其为翻译。"创造性叛逆"的问题就在于强化了"创造"与"叛逆"两个基本属性,而淡化了"忠实"这个翻译的本质属性。这种认识上的偏差混淆了翻译与其他文化形式的差别,比如绘画、写作、编辑,等等。

在当代西方翻译理论研究中,"创造性叛逆"论不是一种孤单的奇花异草,而是有众多的同类,比如"翻译即改写""翻译即操控",等等。这些理论如今已经像外来物种一样进入了我国,并且喧宾夺主,后来居

---

① [德] H. R. 姚斯,[美] R. C. 霍拉勃:《接受美学与接受理论》,周宁、金元浦译,辽宁人民出版社1987年版,第45~60页。

上,大有难以遏制的、泛滥成灾的趋势。凡此种种,都有一个共性,那就是以偏概全、本末倒置,强化了翻译的差异性,淡化了翻译的统一性;强化了翻译的边缘因素,淡化了翻译的中心因素;强化了翻译的基本属性,淡化了翻译的本质属性。以此认识翻译,必将导致翻译概念的泛化,继而导致翻译权力的滥用和绝对化,最终使得翻译的独立学科地位彻底丧失。

本章开头我们已经提到,"创造性叛逆"论的源头是20世纪中叶盛行于西方的现代哲学解释学。"视域融合"论是其代表性理论之一。那么,"视域融合"论的立论根基是什么呢? 迦达默尔在他的理论中强调了人的经验世界,该世界在他看来是体现在语言之中而不是通过语言来体现的①。如前所言,"视域融合"论认为意义并不是静止不变的,这种观点引入翻译研究有其积极的一面,将意义从传统的意义观中解放了出来。但是,这种将人的经验与历史性作为立论根据的观点对翻译研究的破坏也是致命的。首先,人的经验各不相同,如果我们只是强调人在阅读前的(包括人生经验在内)那些前见,那么就会因不同的人对同一个文本有不同的理解,最终导致文本的意义无法确定。皮之不存,毛将焉附?没有确定的文本意义,翻译如何进行? 其次,"视域融合"论强调文本的意义不是由文本自己所决定,也不是由读者所决定,而是两者融合后的统一决定。那么,这种"融合"与"统一"的比例是多少呢? 对此,伽达默尔没有明确的阐述。这就被各自为政的人所利用。比如,接受美学理论家姚斯特别强调"读者视域",认为读者可以自由地对待文本,也就是说读者可以把"文本视域"无限缩小,从而从传统的"作者中心"走向了"读者中心"。姚斯的观点新颖别致,引人注目,但稍加思考,就可以看出他的片面性,就连在理论上与他一脉相承的伽达默尔也无法接受,多次在自己的著作中对姚斯进行了批评。此外,在文本的意义无法确定的情况下,我们该如何看待误译、错译以及故意的歪曲呢? 是不是都可以说成是"视域融合"后产生的不同意义? 如果这样,翻译的本质属性将荡然无存,翻译质量将无法保证,翻译事业将受到极为不利的影响。再者,如果"翻译即是叛逆",那么千百年来古今中外为跨语言跨文化的交流事业努力奋斗的翻译家们岂不一直是在做"叛逆"之事? 这不符合事实,也有违人类的道德观念。所以,对待"创造性叛逆"论,我们需要进一步深入讨论,要从哲学渊源、理论背景与翻译思想三个方面对其进行透彻分析,尤其要对其自身的理论缺陷

---

① Gadamer, H. G.:1975, *Truth and Method*, Sheed and Ward,450.

以及对翻译学发展的危害这两个方面进行批评,以保证我国的翻译实践不受其干扰,得以健康地发展。对"创造性叛逆"的批判,可以唤起人们对翻译理论与翻译实践中出现的翻译权力的滥用与绝对化现象进行反思,以更加全面、客观、科学的视野考察翻译活动。在此,我尝试指出"创造性叛逆"论的如下三个危害:

第一,给丑陋的胡译乱译披上了一件美丽的外衣。如前所言,"创造性叛逆"在立论上是以翻译的基本属性代替了翻译的本质属性,混淆了翻译活动与其他文化活动的本质区别,可能会让翻译实践者错误地认为,翻译本身就是叛逆,与其无意识地叛逆,还不如有意识地叛逆。这样一来,不负责任的译者就成了勇敢的叛逆者,没有节制地发挥想象力的译者就成了可贵的创造者。长此以往,翻译的可信度将在人们心目中彻底丧失。

第二,将翻译实践和翻译理论研究引入了歧途。"创造性叛逆"论夸大了原作与译作之间的差异性,使研究者将研究的重心放在了"叛逆"方面,而忽略了"忠实"才是翻译研究中绝对主体的方面,从而导致翻译概念的泛化。"泛化"的结果表现在实践上,就是译者译出的不是忠实之作,而是叛逆之作;表现在理论上,就是理论家们最终建立起的可能不是有关翻译的理论体系,而是有关叛逆的理论体系。在这条歧途上走下去,我国的翻译事业和译学建设就难以走向繁荣。

第三,让坚持忠实再现原作意义的译者丧失荣誉感。"创造性叛逆"论只会鼓舞不负责任的译者,却给那些一直努力忠实再现原作意义的译者带来心理阴影,让他们在沮丧中怀疑自己的努力是否是劳而无功,是否是吃力不讨好,从而使译者在道德观念上出现混乱。

"创造性叛逆"论近年来在我国一直受到不少翻译理论家的追捧,从而导致翻译概念的泛化,造成了翻译领域的巨大混乱,其危害性不可小觑。当然,"创造性叛逆"不是翻译概念泛化的唯一元凶,西方后现代思潮中的现代哲学解释学、接受美学及解构主义翻译观等都对翻译概念泛化起到了推波助澜的作用。

(二)对国内译者权力绝对化倾向的诠释

翻译家许渊冲先生认为,翻译的最高境界是要使读者"乐之"。要达到这种境界,唯一的手段就是要充分发挥译语的优势,让译语同原语竞赛,因为"从某种意义上看,创作也可以算是一种翻译,是把作者自己的思想翻译成文字。既然两种文字都在表达作者的思想,那就有一个高下之分,这就是两种文字在竞赛了"①。许渊冲在这番言论中让译者和原作者同处创作层面,将翻译等同于原作者用原语进行创作。这种翻译思路调和了翻译活动中可能会碰到的各种矛盾,因为创作与翻译之间的界限消失了,翻译中的矛盾可以用创作的手法加以解决。当译者与原作者同处创作层面,译者就成了另外一个"作者",译者这个"作者"尽管要努力表达与原作者同样的思想,但语言表达上却可以彰显自身优势,与原作决出个"高下之分"。这种思想有一定市场,也不是许渊冲先生的独创,钱钟书先生早在《谈艺录》中就说过:"译者驱使本国文字,其功夫或非作者驱使原文所能及,故译笔正无妨出原著头地"②。再如郭沫若先生,他也是一名文学翻译巨匠,他的翻译思想的核心内容就是"创作论",认为翻译家不应当充当"鹦鹉名士",而应该在翻译过程中时常有"创作冲动"。朱光潜的翻译艺术论也有这方面的倾向,他提出翻译家要"从心所欲",或许是意识到"从心所欲"可能会带来的严重后果,他又加上了后半句"不逾矩"。由此可见,"创作论"者其实一直陷于矛盾的漩涡之中。一方面他们要打破创作与翻译的界限,使译作变得更美,让读者充分"乐之";另一方面也意识到这种禁区的突破或许会像打开了潘多拉魔盒一样使得局面无法控制。

许渊冲先生"竞赛说"的核心内容就是要让译者站在原作者的位置上去讨好译语读者,这就强化了译者的创作意识,丧失了翻译的本质属性,翻译的"合法性"也将会因此受到质疑,最终会动摇翻译的学科地位。从学源上说,"创作论"与"创造性叛逆"是一脉相承的,如果说有什么不同,"创造性叛逆"只是考虑到了读者(包括译者)的因素,有着淡化翻译与创作的嫌疑,而"创作论",尤其是许渊冲的"竞赛说",则是旗帜鲜明地抽掉了作者与译者之间的界线。这种论调是有着当下流行的学术土壤的。在后现代语境中,译者早就有着与作者同等重要的地位,但是这种地位的确立只是从哲学层面上提出的,译者的现身不过是意义被解构后的一种主体性的实现,完全是以语言的本质为出发点的哲学思考。理论是可以百花齐放、百家争鸣的,对于"创作论"我们或许应该保持一种宽容的心态,给予它更多的后现代理论的关怀。尤其是在纯理论研讨时,我们可以避开其他因素,就某个方面进行纯粹的逻辑推理和论证。然而,"创作论"的兴趣显然已经不是停留在哲学思考上了,而是关注翻译实践过程中译者主体身份的转变,这就涉及翻译实践的走向问题。如果翻译中以"有"译

---

① 许渊冲:《文学与翻译》,北京大学出版社2003年版,第257页。
② 钱钟书:《谈艺录(补订本)》,中华书局1984年版,第373页。

"无"或以"无"译"有"成为一种主导现象,并演变成一种常态,那么失去翻译本质属性的翻译还是翻译吗?

从钱钟书、郭沫若到许渊冲,他们的"创作论"还有一个共同的特点,就是都认为翻译恰如"灵魂转生",像灵魂投胎重生一般。这是一种比喻,跟封建迷信无关,但我们就着这个比喻来说,灵魂投胎重生,也可能上辈子是人,下辈子是狗。这就是我们翻译中所说的"讹"的问题。"讹"的现象在翻译实践中时有发生,但是我们应该尽量避免,尤其要避免那些有意而为的"讹",但"创作论"对"讹"似乎是抱着一种宽容的态度。这一点许渊冲先生直言不讳,表达得十分清楚,他说"超导体导电不过是无所失而已,而独创的翻译不仅无所失,还有所得,有所创造,……能够超过'超导',那是文学翻译的最高境界"①。这里我们且不说"无所失"能否做到,仅"超导"这个概念就明确无误地表明了他要给翻译中的"讹"争取到一个正当的地位,而且,这个地位不是一般的地位,而是"最高境界"。这是将翻译引向何处呢?我们来看一看许渊冲先生自己的一个译例:

原文:多情却似总无情,唯觉樽前笑不成。蜡烛有心还惜别,替人垂泪到天明。——杜牧《赠别》

译文:Deep deep our love, too deep to show./Deep deep we drink, silent we grow./The candle grieves to see us apart;/It melts in tears with burnt-out heart.(许渊冲译)

如果撇开原文不谈,我们可以说译文的意境是和谐的,文字是生动的,也没有佶屈聱牙之处。但是,如果对照原文,我们就会发现两者所表达的内容虽有雷同之处,却是有很大差别的,倘若许渊冲先生说此诗为他所创作,我想即使杜牧生活在当下,也是不会去与他打版权官司的。当然,严谨一点的话,许渊冲先生应该标注一下,即"根据杜牧《赠别》编译而成"。我这样说或许显得刻薄,别人也会反问我,你说许先生译得不好,那你译个好的给我们看看?我只能说,这是两回事,我只是做理论上的思考。尽管我不同意许先生的观点,也不赞同他的实践,但我个人很佩服许先生,因为他不但有大量的翻译实践,而且一直坚持着自己的翻译理念。而且,对文学翻译应该发挥创造性我也是赞同的,但是这个创造性一定是有限度的,因为翻译毕竟不是原创,其目的总是要忠实于原作的内容和艺

---

① 许渊冲:《文学与翻译》,北京大学出版社 2003 年版,第 100 页。

术意境的,这是翻译的本质属性所决定的。

我个人喜欢把"创造性的翻译"称为"编译"。编译又有狭义和广义之分。狭义编译的特点是,在文字上并不死死拘泥于原文,但是不拘泥于原文的目的是更好地展现原作的神韵,而不是为了表达译者自己的观点。广义编译则不同,其大幅度改变文字形式的目的,是要表达译者个人的观点①。所以,我个人的观点的是,"狭义编译"可以放在翻译范畴内讨论,而"广义编译"只是翻译实践过程中衍生出来的一个"寄生物",虽与翻译有关,但绝不是翻译。我们宁可承认它是一个独立的门类,也不能承认它属于翻译。否则,翻译理论和翻译实践就会被它搞乱。比如,"苏曼殊译雨果的《惨世界》,为了政治宣传和思想启蒙的需要,改变了原作的主题、结构和人物……不光加入了原作中不存在的人物(包括一个男主角叫'难得',字'明白',暗含'难得明白',以及一个财主,姓'范'名'桶',意即'饭桶'),而且只是部分地按照原文译,并大量编排了新的情节,比如,写'难得'要刺杀法国总统……以上这些曾被评论界定性为胡译乱译或是因译者读不懂原文而产生的败笔……其实,苏曼殊的翻译水平甚高,他译的拜伦的《哀希腊》就相当准确"②,可以说苏曼殊不是因为读不懂原文而胡译乱译,而是出于某种目的故意为之。这种现象就可以划入"广义编译"。我们在研究翻译史的时候,可以研究它,毕竟它是随翻译而生的"寄生物"。但是,我们必须明白,翻译的"寄生物"不是翻译,就像我们不能因为蛔虫是人体的寄生虫,就将蛔虫视为人体的一部分一样。

在翻译实践中,走"创造论"路线的译者实际上是投机取巧,只要译语掌握得足够好,就可以随心所欲,以翻译为名,行创作之实。我们说翻译难,难就难在译者要忠实表达原作,难就难在被限制住了。如果译者脱离原作去天马行空,或者总是想去替代原作者,其结果就是"译文"读者感受到的是"译者"的东西,当然这个东西也可能很好,会获得读者的赞赏,但是这个好东西不是翻译。我不赞成"创造论",但我同意"创造论"——"创造性叛逆"论、"视域融合"论和"期待视野"论等——揭示出的一些真相,即翻译是要受一些制约因素影响的。这些因素会程度不同地在译文中投下各种各样的影子。我们翻译研究者一方面要承认这些影子的存在,另一方面又要在理论上尽可能缩减这些影子的存在空间,不能因为这

---

① 邓笛:"中国20世纪广义编译现象的思维方式解释",载《外国语文》,2013年第1期,第100页。

② 邓笛:"编译文学:也应该得到承认的文学",载《外语与外语教学》,2010年第6期,第93页。

些影子反正是不可避免的,就任由这些影子摆弄着译文或任由"读者视域"挤缩"文本视域"。然而,在"创造论"的影响下,一些纵容译者权力扩张的理论也开始甚嚣尘上,层出不穷,从繁荣翻译研究的角度来看,是一件好事情,因为各种翻译理论在相互碰撞中会产生出"创新"的火花,但是我们也要审时度势地扼杀那些恶意损毁翻译本质属性的理论。这个"时"和"势"就是:中国的翻译理论研究尚处于初级阶段,克制主义应该是翻译理论研究的基本态势。我们需要有一个具体而细致的翻译规范来统一翻译人的思维,并通过简化思维的方式重新梳理我们的学术。近些年来,对翻译制约因素的关注已经成为翻译学术的主要知识范式。制约因素是存在的,所有翻译人都必须正视这个问题。任何翻译都摆脱不了这些制约因素的制约。但是,制约因素对翻译的影响一定要控制在一定的范围内,控制的办法就是要限制其权力的扩张,防止其滥用与绝对化。绝对化的理论会影响译者在翻译实践中的态度,需要我们在研究中予以高度重视。

二、对译者权力绝对化的遏制

在翻译实践中,译者如果滥用自己的权力,片面扩大某一个或某几个制约因素的作用,就会歪曲译作,使译作的忠实性受到影响。关于遏制译者的权力,我们首先要从译者的责任说起,因为权力是义务的附带结果。译者的责任是忠实而不是创造。我们承认,翻译是具有创造性的,离开了创造,翻译将难以实施。但是创造只是译者的权力,而权力是应该受到限制的。一个人要履行一定的责任,就一定要有相应的权力。一个译者要完成忠实表达原作的责任,就必须被赋予相应的权力,让他在翻译中进行"创造"。这也是翻译不同于创作的地方。对于一个创作者而言,创造不但是他的权力,更是他的责任。

如果创造也成为译者的责任,那么译者就可以像作者那样身轻如燕,天马行空,而无须瞻前顾后,患得患失了。当然,在中国,强调译者的权力本位也具有一定的意义,因为我们的传统文化漠视译者的权力,而只有认同译者权力本位才能对这种现象有所改变。所以,作为一名翻译实践的爱好者,我从感情上并不愿意承认译者责任本位。但是,没有责任,权力是无法实现的,而把创造视为责任又会将翻译与创作混为一谈,最终必将使翻译丧失应有的文化地位。因而,翻译研究应该重视译者的权力与责任的真切关系,不能只强调一方而放逐另一方。

"创造"是译者的权力,而这个权力是为了帮助译者更好地履行"忠实"的责任。搞清了这个问题,紧接着新的问题又来了:译者"创造"的权力到底应该有多大呢?这就涉及对译者主体性的界定。"译者主体性是指在尊重客观翻译环境的前提下,在充分认识和理解译语文化需求的基础上,作为翻译主体的译者在整个翻译活动中所表现出来的主观能动性,它体现了译者在语言操作、文化特质、艺术创造、美学标准及人文品格等方面的自觉意识,具有自主性、能动性、目的性、创造性、受动性等特点。"①因此说,我们主张译者的权力,但不主张译者无视客观的翻译环境;我们主张译者在翻译活动中表现出主观能动性,但不主张译者无视客体的制约性去过分夸大主观能动性。译者权力的极限是不能丢掉"忠实"的责任。

权力是为责任服务的,在翻译中最贴切的、最自然的对等表达是我们最终的追求,翻译中的华而不实、捕风捉影、无中生有是译者权力绝对化的表现。随着翻译研究的文化转向,译者从"隐身"走向了"现身",译者的主体地位获得了承认,人们认识到,让一个没有"创造"权力的译者去完成"忠实"的责任,既不现实也不公平。但是,我们要警惕另一个极端性的可能,那就是丢弃责任而让权力绝对化。

译者在翻译活动中始终被各种制约因素所包围,这些制约因素有些是外部的,有些是内部的,但最终总是通过译者的权力在翻译中产生影响,因为译作毕竟是由译者完成的。一个译者在各种制约因素的包围下该如何表现?翻译的解释理论正介入这种讨论之中。然而,在我看来,我国的有些解释理论实际上是在误导译者,使译者不去积极探寻翻译的规范之意,而是在规范之外寻找意义。这对于译学建设来说是危险的。我不是把翻译排斥在解释学之外,而是说要慎重地对待解释。解释是分层次的,有限缩性解释,有扩张性解释,但这些都不应该是翻译所追求的,翻译追求的是原作原本含义的"解释"。

解释理论现在在翻译理论中占主流地位,认为所有的翻译都是解释,而按照迦达默尔的观点,所有的解释都是创造性的活动②,也就是说所有的翻译都是创造性的解释。当解释的地位获得前所未有的提高时,解释的权力欲也就随之膨胀,致使翻译的责任遭到了忽视,一系列的问题也暴露了出来:翻译的理想与原则应该如何坚持?译者如何表达对原语文本的服从与忠诚?解释与忠实的矛盾如何解开?

---

① 仲伟合、周静:"译者的极限与底线——试论译者主体性与译者的天职",载《外语与外语教学》,2006 年第 7 期,第 43 页。

② Gadamer, H. G.; 1975, *Truth and Method*, Sheed and Ward, 346.

解释的绝对性对翻译理论与翻译实践的冲击是巨大的,我们有必要对解释分一分层次,即解释至少可以分为认定含义的解释和意义添加或压缩的解释。与"解释"相关的一个词语是"创造"。"创造"一词在人文社会科学领域有被滥用的倾向,迦达默尔更是将其滥用到了极点。"理解就是创造"是哲学解释学意义上的含义,是从绝对意义上说的,在一般情况下,如果我们也这样认为就存在着问题。按照"360百科"所言,"创造是有意识地对世界进行探索性劳动的行为,指将两个以上概念或事物按一定方式联系起来,以达到某种目的的行为。简而言之,创造看字面意思就是把以前没有的事物给产生或者制造出来了。"①如是按照哲学上的说法,翻译就是解释,解释就是创造,那么翻译所要求的忠实,也应该属于创造性的思维。然而,翻译思维有自身的特殊要求,尽可能地忠实于原作是翻译的本质属性,不可以随便进行创造。如果一定要说所有的翻译都是解释,那么我们就要强调并不是所有的解释都是创造性的。从一般意义上来说,翻译的解释是对文本含义的认定式解释,是对文本的服从。创造与服从是翻译中碰到的两个最基本的问题,但是无论如何,服从总是第一位的,没有对文本的服从,就没有翻译的秩序。确实,翻译的解释也会带有限缩与添加的现象,这多少有些创造性,但这种创造性不是翻译的常态,而是例外。不受规则限制的思维才是创造性思维,如果我们承认翻译的解释是创造性的,那就是承认我们的翻译思维是可以不受限制的,这当然是说不通的。在我们一些翻译理论家那里,解释理论似乎就是鼓励创造性的理论,完全忘掉了语篇解释的明晰性原则,即能够忠实于形又能表达义的地方我们只需要确认其意义并加以表达就可以了。现在的翻译理论有过多的鼓励创造性的倾向,似乎我们遇到的都是文化与语言的巨大差异,其实我们忽视了形神兼备的忠实是能够解决80%以上的语篇的,只有少数语篇需要我们通过限缩或添加的解释来克服文化与语言上的差异。

迦达默尔在辩证法基础之上进行了哲学思考,得出"只要有理解,理解便会不同"的结论,这是对传统文本研究的一种突破。这种突破带来积极意义的同时,也导致了人们对文本的普遍怀疑。传统的文本研究总是围绕着作者展开,对文本的解释就是努力找出文本作者的意图,而解释哲学让人们意识到文本不仅是作者一个人发出声音。巴特在其重要文章《作者之死》中对此有清楚的阐述。他认为,作者不是统治文本意义的上帝,文本也不可能有确定的"神旨圣意",文本既消解了意义,又产生了意

---

① http://baike.so.com/doc/318003-336732.html.

义,从而使得文本的意义不是独一无二的,而是多元的。文本一经产生,就与客观现实断开了联系,成了需要别人解释的语言符号,而这些语言符号的所指与能指并不是一一对应的。总之,文本的意义不是凝固的,而是游移变动的,文本产生后,作者本人已经无法支配文本的意义了。因此,巴特宣布说"作者死了"①!

巴特的论述中有其合理的成分,即所有的语篇解释都含有解释者对文本的自主性看法,这是事实,但却不是翻译人应该追求的目标。对于翻译而言,应该明确文本的独断性,如果文本的独断性受到了普遍的怀疑,那么翻译的可信性也必将受到怀疑。事实上,对于某种"文本解释"的结论,人们经常都是这样回应的:"这仅仅是你个人的看法"。否定文本独断性的解释,与其说是解释了文本,不如说是阻碍了文本见解的表达。巴特的论述一旦被主流翻译理论所接受,原作的原本含义就会被放逐,翻译也就成了一件纯粹装饰性的外衣,或是一种释放个体自主意义的方式。

对于甚嚣尘上的"解释论",很多学者保持了冷静,并提出批评的意见。比如,美国学者赫希就认为,解释分"有效解释"与"无效解释",有效的解释一定具有客观性,其目的是寻找"不变的意义"。如果解释偏离了作者的原意,就不具有客观性,也就不具有合法性。因此,解释者应该尽最大可能排除自己个体的相对主义的解释因素②。对此,法国哲学家雅克·德里达也有评论。他认为,世界上的万事万物(包括语言符号)都是相互联系的,不可能独立存在,也不可能自证自明,这就导致了事物的延异性和不确定性;事物之间的相互联系不是鸡生蛋或蛋生鸡的单向的制约关系,而一定是相辅相成式的鸡中有蛋或蛋中有鸡的对等、包容的关系。文学形式与文学作者之间的关系也是如此,不能说前者决定了后者,也不能说后者决定了前者,而是我中有你、你中有我,呈现出一种对等包容关系。传统的作者至上论将作者视作本源,这就将作者与文学形式以及读者割裂开来了,这种态度是偏狭的,这样的文学研究也就不可避免地陷入形而上学的沼泽之中。但是,将三者对立起来,也同样是不科学的。作者跟文学形式、读者一样,都是文学活动中不可或缺的最基本的因素。只要文学还存在,作者就不会消亡,作者在文学活动中的地位与作用是独一无二的,也是不可取代的③。

---

① Barthes, R.: 1989,"The Death of the Author", in P. Rice and P. Waugh (eds.), *Modern Literary Theory: A Reader*, Hodder Arnold, 112-120.
② 肖锦龙:《德里达的解构理论思想性质论》,中国社会科学出版社2004年版,第159页。
③ 肖锦龙:《德里达的解构理论思想性质论》,中国社会科学出版社2004年版,第159页。

三、在译者权力问题上应该表现出的姿态

"解释论"的出现引起了人们对翻译制约因素的更多的关注。不一样的解释归根结底都与制约因素有关,一个因素强化了,其他的因素就要弱化;各种因素同时影响解释,所占比重不同,解释也就不同。对翻译制约因素的研究有两个方面,一个是理论性的,另一个是实务性的。我们近几年的研究,理论性占多,实务性较少。我们对哲学、政治、语言、文化在翻译中所起的作用有相当多的论述,大量的篇幅主要是讲立场、原则和抽象的方法,很少有在翻译实践中如何解决具体问题的讨论。在不多的实务性研究中,有相当一部分讲的是实务性技巧。也就是说,现在对于翻译制约因素的研究,要么是纯粹的理论式的研究,要么就是实务性的技巧,而两者融合的研究则比较少见。这说明,很多理论研究者可能缺少实践,而很多实务性技巧的研究者又可能缺少理论。虽然,从广义上讲,实务性技巧的研究也属于理论的范畴,但毕竟不属于"纯粹"的理论。

我们不必回避理论与实践之间的隔阂,这是社会分工不同所造成的必然现象,但是我们应该弥合两者之间的裂缝。翻译制约因素的研究肯定也是以理论的方式存在,但如何在实践中解决具体问题应该是研究的重点。现在,翻译理论与翻译实践彼此似乎处于一种失联的状态。我们从一些学术专著和研究期刊中看到的有关翻译理论与翻译实践两者关系的观点,往往是以情绪化的语言代替了理性的思考,公说公有理,婆说婆有理,谁也不服谁。许渊冲先生就是实践优先型的代表,他说:"关于翻译理论与翻译实践的关系,我认为实践是第一位的,理论是第二位的;在理论和实践有矛盾的时候,应该改变的是理论,而不是实践。……文学翻译理论如果没有实践证明,那只是空头理论,根据我60年的经验,我认为空论没有什么价值。"① 许先生的言论不是个案。理论与实践"两张皮"的现象的确十分严重。搞理论的人在乎的是成果在学术圈子里的转摘与引用,而对实践的回应漠不关心。搞实践的人也因为看不懂或者看懂了却觉得无济于解决实际问题,而对理论嗤之以鼻。当然,我们可以说,理论与实践本来就是两种不同的现象,但是分工不同,面向却应该是一致的,水乳交融才是它们应有的状态。理论与实践的失联,让翻译界有识之士深深担忧,因为长此以往,翻译理论的生存价值将受到质疑。

---

① 许渊冲:"实践第一,理论第二",载《上海科技翻译》,2003年第1期,第2页。

研究翻译制约因素时我们必须把心静下来，用理性的内心倾听他者的声音，在小心求证的基础上发表自己的见解。译者在处理制约因素的实践中，也应该静下心来，反复揣摩原语文本，并发出自己的"客观"理解，要与各种制约因素周旋，却不能被其左右而失去立场。译者在翻译中要有立场，但不能形成固执的心态，在一些具体情况下适度变通是可以的。研究翻译制约因素最重要的是要拿出具有很强说服力的理性的观点，不能以祖师爷自居，自己说的都是对的，别人的都没有道理。每一个研究者都是一个独立的个体，也都会有一定的独立的精神。你要让别人相信，就要以理服人。我们现在有些人搞一些云山雾罩的理论，连自己都不信。所以，要想说服别人，先要说服自己。

翻译中的"创造"是翻译得以完成的重要手段，但同时也是译者声名扫地的原因。"创造"真正是一把双刃剑，使用得好就能斩断一些由各种制约因素带来的麻烦，使用得不好就会误伤了原语文本。处理好各种制约因素与原语文本的关系需要相关的翻译理论，这些理论会运用到逻辑的方法、修辞与伦理等。现在谈翻译理论，如果还有人谈严复的"信、达、雅"或傅雷的"神似"，会被人们看成过时，甚至是笑话了。但是，人们决不会忘记这两个理论曾很长时间内在翻译界一呼百应的情形。为什么会如此呢？我认为，至少有这么一个原因，它们简明扼要，易于实践者操作。我们现在的翻译研究虽然在许多方面都有所突破，但是需要注意的是，论证可以细腻，结论却要明确、清楚、简洁，只有明确、清楚、简洁的结论才会影响思维和行为，才会更容易回应翻译实践。我们的翻译理论研究者已经有了各自的利益，不愿意重弹老调也是可以理解的，但老调曾经号令统一的成功做法还是值得借鉴的。理论界的利益争夺已经形成常态，研究者标新立异，堆砌术语，大量引进西方理论，我国的翻译研究也因此呈现出多样化，但与此同时，一些干扰翻译思维的理论也纷纷出笼，或张冠李戴、偷梁换柱，或以偏概全、主次不分，或正逆颠倒、鱼目混珠。翻译学需要丰富与发展，但更应该坚守好基本概念、基本原理和基本观点。翻译制约因素的研究不是助长权力扩张，不是为权力之争提供方法论的支撑，更不是点缀翻译研究"高雅"性的装饰，而是要弄清楚制约因素影响翻译的方式与途径，最终使得翻译变得忠实可信，回到该有的状态之中。

与当代翻译研究相比，中国传统的翻译研究具有评点式、感悟式、印象式、随笔式等特点，内容多集中在风格、韵味、笔调、精神等艺术因素上，这是因为研究者（包括翻译家本人）大多是些有文学研究学术背景的人，他们的兴趣在比较文学与文学史上,研究的根基以古典诗学和美学为主。然而,自20世纪90年代以来,随着西方翻译理论的大量引入,翻译研究出现了新老理论交相辉映的后语言学时代,先是文化学翻译研究占据了统治地位,然后功能语言学、话语分析、认知科学、语料库语言学、计算机科学等都开始与翻译研究结合在一起,形成众声喧哗的研究局面。但是,这些不同的翻译研究模式却有共同的倾向,即认为除了原语文本之外还有其他的翻译制约因素,这些因素影响着翻译的权力,导致翻译流量、翻译选材、翻译策略乃至翻译理论也随之发生很大变化,翻译不仅是表达原语文本的意义,而且还充当了文化压制与殖民、文化协商与调和、文化反抗与解殖的角色。人们在研究中认识到,所有的翻译制约因素都能成为译者手中的权力。然而,与此同时,理论界并没有达成对译者权力认识上的一致。译者的这些权力只是基于各种概念推论出来的。各种各样的声音都是对这些似是而非的权力斤斤计较,而少有人对翻译表现出真切的关怀。事实上,权力与责任是一种数量等值关系。权力多了,必定意味着责任也就多。没有责任,权力的实施就是非正当的。不谈翻译的责任,翻译的权力就有被绝对化的趋势。

美国翻译家葛浩文是莫言能够获得诺贝尔文学奖的幕后英雄。西方了解莫言的作品主要是通过葛浩文的翻译。那么,葛浩文具备什么条件和能力才将莫言的作品翻译得如此成功呢?从他的学习背景来看,他20世纪60年代曾在中国台湾学习汉语,后来又在印第安纳大学获得了中国文学博士学位。他的中文造诣极深,曾经用中文写过专著《萧红传》并出版,书中的中文用词造句一点儿也不比中国作家差。此外,他具有丰富的翻译实践经验,除掉莫言的作品外,他还翻译过萧红、白先勇、冯骥才、王朔等20多位中国知名作家的作品。他自己在介绍翻译经验时说"翻译过程就是重新写作的过程",业界也认为他的翻译"让中国文学披上了当代英美文学的色彩"。细心的读者在比较阅读时,亦能发现译作与原作有出入的地方,最明显的就是增删现象。比如,《天堂蒜薹之歌》第六章的一段:"一大滴一大滴的露珠沉重地落下去,打在那些脱落的枯黄黄麻叶片上,发出扑簌扑簌的声响。秋虫的鸣叫声更加响亮,好像有人在用竹片拨弄金属的琴弦。黄麻地里滚动着类似潮水涌流的沙沙声——她在很小时到北海去讨饭,曾在海滩上走过,那些舒缓的灰白色浪花舔着沙滩,发出神秘的沙沙声。她想起海上耸立着几块黑色的礁石,几片洁白的船帆漂在海上。好像动,又好像不动。她看海看得头晕了。她仰望着深蓝色的厚重天幕,竟发现它在旋转。躺着,躺在黄麻地里,她体验到了坐船的滋味。坐船一定也是这般滋味,她想。"①葛浩文译为:"Heavy pearl drops of dew splashed noisily on jute leaves that had fallen to the ground. Insects chirped more loudly than ever, setting up a racket like the plucking of lute strings by a bamboo pick. A sound like shifting sand rose from the floor of the jute field. This must be what it's like to sail the ocean, she thought, lying on her back."②原文的"她在很小时到北海去讨饭……竟发现它在旋转"没有译出。这就让"创造论"者又找到了新的论据。我们承认,葛浩文的译文虽然有删节,但确实也能将原文中心境与情境融合的描写处理得很连贯,没有滞涩的痕迹。但是,这样的翻译真的应该是翻译的方向吗?翻译研究者应该冷静地看待葛浩文的翻译,不能"成者王,败者寇"。我想,我们至少应该思考这样三个问题:一是翻译中"创造"的度究竟是什么?二是葛浩文究竟有没有权力改写和增删莫言的作品?三是如果葛浩文有改写之权,那么他相应的责任是什么?这三个问题涉及译者的权力,牵涉到译者在各种翻译制约因素面前的态度与处理的能力。葛浩文翻译的成功并不代表他翻译中的所有方法与策略都是对的,我们应该在翻译形式理性的范围内进行思考,实质主义的情绪有时会使我们陷入对问题认识的绝对化。

  葛浩文的翻译实践也反映了当代的主流翻译思想。自二战以来,西方的翻译研究主要是运用现代语言学的理论,结构主义语言学、语用学、关联理论、比较语言学、功能语法、比较语篇学、转换生成法、文体学、系统语法、应用语言学、言语行为、社会语言学等等语言学理论都被运用到了翻译研究上。然而,到了20世纪90年代以后,翻译中的许多现象仅用语言学是无法解释清楚的,翻译是要受到语言之外的各种制约因素影响的,于是新的理论蜂拥而入,尤其是文化学派逐渐成了翻译研究的主流。文化学派在宣扬其理论时,似乎为了"矫枉过正",有意忽视语言学理论所取得的成绩,特别强调甚至夸大了文化因素对翻译的影响,认为翻译的基本单位不是单词,不是句子,不是篇章,而是文化。这样一来,翻译的"忠实"就不是对单词、句子、篇章的忠实,而是对"文化功能"的忠实,即翻译的忠实就是译文在译语文化中起着原文在原语文化中同样的功能。在这种认识的基础上,翻译的意义与作用就被提高到前所未有的位置,翻译也就不再是"派生物",而是可以在某个因素的左右下打着"文化功能"的旗号创

---

① 莫言:《天堂蒜薹之歌》,作家出版社1988年版,第76页。
② Mo Yan: 1996, *The Garlic Ballads* (H. Goldblatt, trans), Penguin Books, 86.

作或编写的文学手段。

文化学派突破了语言学理论的桎梏,看到了语言因素之外的翻译制约因素的作用,这是对翻译研究的一种发展,但是过分强调非语言因素的作用,就需要引起我们的警惕了。我们承认翻译在语言之外还存在着其他制约因素,需要译者行使权力,进行"创造性"处理,但译者的权力不能绝对化。在一些简单的文字中,我们还是应该运用语言学翻译理论进行操作,不能忘记在翻译过程中,主要不是原文本不清楚,更主要的是翻译制约因素带来的复杂性使得译者难以用正确的方法加以解决。我们应该区分语言因素的制约与非语言因素的制约。语言上能解决的问题,就在语言层面上解决。只有这样,原文本才不会被搞得复杂化,翻译也就不会变得越来越像创作了。

翻译研究从广义上说就是以研究解决翻译制约因素为主要目标的学问,但是我们不能因此将翻译泛化,即使在处理非语言制约因素的过程中,对明确的语言学上的含义我们也应该恪守。对于非语言因素的过度强调会毁坏我们已经建立或正在建立起来的翻译学基础。翻译一般来说是通过原语文本获得意义。原作的文本文义构成了翻译的出发点和界限。也就是说,超越文义的翻译就有可能造成翻译的泛化。"翻译就是解释"应该限定在这样两层意思之中:一是解释的根据是原语文本,二是解释的范围是原语文本的可能意义。按照翻译的基本定义,创造性的解释已经超过了解释的范围,更像是改写、续写、变译(编译)等等。解释是以严格的限制作为条件的。我们不能把对原语文本含义的认定笼统地称为解释,所以也就更不能笼统地称为翻译。

在翻译的过程中有两个方面的问题一直是人们所担心的。第一个问题是在翻译的过程中添加过多的个人见解,使翻译成为创造。过多的意义添加有多种表现,其中重要的表现是在对非语言的制约因素处理中把译者的权力绝对化。译者行使权力太过,使译文不忠实。我们必须站在语言学的立场上来理解翻译上碰到的非语言的因素,切不可支持某些非语言因素对语言学上能解决的情况进行过度翻译甚至创造,这样才能遏制住译者权力绝对化的问题。权力的绝对化只能带来权力的滥用。第二个问题是过度地拘泥于文字的含义使翻译出现机械化倾向。有时候过于忠实反而成为不忠实,过于拘泥于文字,很容易离开原文的精神,这种刚性而绝不变通的"忠实",是给了译者的责任,却没有给足相应的权力,或者说是译者没有用足自己应该享有的权力。没有权力就难以很好地履行责任,当然也就不能很好地做到忠实表达原作。

译者权力的绝对化会使译者变成无上的君主。如果译者握有不受制约的权力,而翻译界与舆论界又允许这种权力肆意行使,就会出现翻译上不忠实甚至不能算是翻译的"翻译"结果。权力的绝对化就是滥用权力,如果我们在理论上也对其放任自流乃至推波助澜,那么翻译学能否继续存在都将是一个问题。这绝不是危言耸听。现在有很多翻译研究者已经意识到权力绝对论的危害性,开始持相对论的态度。

第二节 在翻译家研究方面存在着盲目与肤浅的现象

在翻译制约因素的研究中,作为翻译主体的翻译家们是一个十分重要的因素。近些年,有些研究者已经开始重视对翻译家的研究,但从整体上来说,还是很不够,因为研究翻译家是一个慢工细活,需要花很多时间对翻译家的背景进入研究与调查,还要对原作与译作进行双语对照的仔细分析,急功近利的学术氛围让一些人对这样的研究望而却步。所以,目前对翻译家的研究很不充分,更不系统,连一些基本的理论问题都还没有提出来,即使个别有分量的研究也只可能在翻译研究进入平稳期后才可能显示出作用。

我们感到,目前的翻译研究飞速而不稳健,倾向于对传统译论中一些即成的观点进行颠覆性的解构,而对如何在它们的基础上进行完善和发展不感兴趣,仿佛守住传统就是抱残守缺,就是学术性不强。翻译实践者更需要比较稳定的翻译理论,这些理论附随着对翻译家的研究,才能对翻译实践有更强的指导意义。我国翻译史源远流长,对传统翻译理论进行梳理和丰富,对翻译家的翻译经验进行传承与研究,既可以弘扬翻译家们的历史功绩,也可以对服务国家文化发展战略目标起到很好的作用。

一、翻译家的经验:翻译制约因素研究中不可忽视的领域

翻译的各种制约因素给翻译带来的影响和作用最终都要通过翻译家才得以体现,因此,研究翻译的制约因素就需要对翻译家的主体性以及翻译家的文化地位等方面进行理论探讨。20世纪80年代以来,中国学界对翻译家的研究虽不成体系,但也有了脉络,尤其是翻译研究的"文化转向"

使得翻译家的主体性研究已经成了翻译研究的新课题。这是一种很好的动向。要想深入探讨翻译与译语文化之间的关系,翻译家的主体研究是一条绕不过去的必经之路。

对于翻译家的研究,不仅仅是为了发现和整理他们的译作成果,是应该将研究放在一定的理论思想指导下进行,才能使得研究变得丰富、深刻和系统。如果把翻译制约因素的研究与翻译家的研究结合起来,我们就可能会发现翻译家在实践探索中成功与失败的原因,而这些原因必然涉及各种翻译制约因素,比如翻译家的心路历程、内在动因、素质准备、翻译过程、翻译理念、翻译策略以及外部的环境、社会的需求和社会环境等,而这些因素之间也会相互作用和影响。每一位翻译家在翻译史上都有不可抹杀的贡献,我们需要关注他们的翻译技巧在翻译实践中的发展与成熟的过程,需要关注他们在自觉或不自觉中采用了何种理论或翻译观来指导他们的实践,需要关注他们所处的时代背景和社会环境究竟对他们的翻译实践造成了什么样的影响,需要关注他们的译作对当时和当下的文学、文化及社会发展都起到了什么样的影响。当然,对翻译家的主体性研究并不意味着排斥原文作者和原语文本,而是要把翻译家放置于"复合间性"的研究网络之中,从文本出发,综合考虑翻译的各种制约因素,全面分析翻译家的成长过程以及影响他们文本选择、翻译策略和翻译理念的各种因素。那种把翻译家主体作用无限放大的观点是片面的,也是不负责任的,对于翻译家的研究与其他方面的研究都应该回归翻译研究的本体。

对于翻译家的研究不但需要有宏观的视野,还需要有微观的认识。我们的翻译理论研究总的来说太过于宏观,道理都说得通,但是在翻译实践中,什么样的翻译才算是"功能对等"?或者是语域变量的"非对应"?"读者效果"又该如何界定?实践者根本无法操作,最终这些理论概念反而会成为一些胡译乱译者为自己辩护的理由。因此,对翻译家的研究也需要有微观层面上的研究,这样的研究要能够对"什么样的译作才是优秀的译作"做一个令人信服的权威的裁定,也能够对以后的翻译实践者有一个方向性的引导。侯国金在考核译文质量的标准方面做了微观的研究,是一个很好的尝试。他确定了翻译质量评估的12个准则:"1)熟悉原文角色(以及作者)的认知环境(认知水平、文化水平、出身、职业、身份、性情、心态、秉性、近况/状况等)。2)了解原文的命题意义,并区分概念意义和程序意义(procedural meaning)。3)考虑原文的语音效果、正字法/书写效果,洞察其标记性。4)考虑原文措辞(词义和风格),洞察其标记性。5)考虑原文句式,洞察其标记性。6)考虑原文的语篇结构和连贯效果,洞察其标记性。7)考虑原文修辞风格,洞察其标记性。8)考虑原文文体风格,洞察其标记性。9)对原文做到深入和'神入'的理解。10)尽量'等效',即'语用标记'价值上'等效'地再现原文的上述各方面(3—8)。翻译时形式相似第二,意义等效第一。11)当意义丰富复杂时,以话语意义(utterance meaning)或说话人意义(speaker meaning)为重。12)若因语言和文化的差异无法完美移植原文标记性,就要寻找标记性最接近原文的译法。翻译时假如标记性特征出现较大遗漏或损失,就要适度调整:要么以注释说明,要么在上下文的比邻处补救。"①侯国金将这12个准则与若干参数结合起来,对翻译的评价的确有一定的意义,至少也算是一个开先河之举。在他的努力下,前人的宏观理论(如标记理论、功能对等理论等)都得到了继承和发展。但是,尽管如此,如果真的将这些准则用于操作,仍然会不可避免地带着个人或团体的主观性与片面性。也就是说,社会历史语境制约因素是研究翻译家时必须要正视的问题。任何翻译活动都与翻译家身后的历史背景紧密相关。每一本译作,无论优劣,都离不开个人或团体的主观作用,也都表现出一定的译者主体性的发挥。译者作为"历史的人",总会在译作中留下一点蛛丝马迹,不承认译者的主观能动性和创造性,翻译研究是无法继续深入下去的。翻译研究既要避免对翻译的误解,也要避免机械的理解,把原语文本敬若神明,不敢越雷池一步,是忽视了翻译的创造性和译者的主观能动性。翻译研究不只是研究语言层面上的转换,还需研究两种语言所负载的文化及转换以及如何转换才算是译得好的问题。

在研究翻译家时,另一种观点也时常凸现在我们面前,那就是"翻译不需要理论",因为许多翻译家从不研究理论,但是他们的译作也能够得到广泛的认可并被后人视为经典。翻译家可以不研究理论,但是他们对翻译必然会有自己独特的理解,这种独特的理解会隐含在译作的字里行间,会通过翻译家的翻译方法和策略表现出来。翻译理论家或许不像翻译家那样具有丰富的实践经验、实用的翻译技巧和灵性的翻译天赋,但是他们的长处在于能够理性地认识翻译,从具体的翻译实践中剥离并概括出抽象的翻译理论。翻译原本就是实践,一个人如果只阅读翻译理论而不参与实践,是不可能正确理解翻译的。但是,翻译理论是不可缺少的,否则翻译的智慧如何传承,这些工作总得有人做,所以我们不能要求每一个翻译理论研究者都是能有名译传世的翻译家。

---

① 侯国金:"语用标记等效值",载《中国翻译》,2005年第5期,第30页。

这些年来,我国翻译理论研究也可谓欣欣向荣,不但与其他学科进行了跨学科式的研究,而且引进了大量的西方翻译理论。但是,在繁荣的外表下,也存在着很大的问题。主要是翻译研究并未找到走向具体和深化的路径,翻译家们的经验未能很好地得到理论的解释,翻译实践没有能够在翻译理论的指引下进入预期的秩序。问题的原因是什么?就在于我们的理论缺乏回应实践的能力。理论不能太刚,也不能太柔。太刚则会与实践冲突,两者各走各的路,总是走不到一起;太柔则失去原则,不但起不到指导翻译实践的作用,反而变成了胡译乱译者的挡箭牌,结果只能是既搞乱翻译理论,也搞乱翻译实践。我们需要刚柔相济的翻译理论,它与翻译实践有距离,但也并不遥远;它有自身的体系,但也能与翻译实践和谐相处。翻译理论包含两个方面的内容:一是翻译学的条文,包括对翻译原理、概念、原则以及翻译史的理性思考;二是翻译实践方面的知识。这两个方面都应该是建立在翻译实践的基础之上的。比如,我们引进西方的翻译理论,就必须同时研究西方的翻译家。如果不这样做,这些理论在中国就只能是纯粹的逻辑符号性的文字,没有太大的实际意义。翻译家是用翻译实践讲话的,他们——或许没有时间,也或许没有足够的理论水平——去将他们的翻译理念讲清楚,但他们的翻译一定是有某种逻辑方式的,只不过藏在他们译作的字里行间,需要理论家用理论文字将这些逻辑方式清晰地表达出来。翻译家们——不管他们自己承认不承认——都有一套自己的翻译思想、观点,甚至是理论。中国早期的翻译理论实际上都是翻译家们自己的总结,著名的"信、达、雅"就是其中之一。可是,当代中国的翻译研究处于一个纯粹理论占统治地位的年代,如果我们的译论缺少了高深理论的包装,很可能被斥之为没有深度、高度和广度的幼稚之说。翻译家们如果缺少"理论"和"术语",就会丧失话语权。重视理性的理论是一件好事,但是忽视翻译家们实践智慧的理论研究不能说是理性的,而只能说是疯狂的。当前,受到轻视的不仅是翻译家们的实践智慧,就连翻译实践本身也没有得到应有的重视。比如,文学译作在高校职称评定中是不起任何作用的[①]。而与之相比,论文即使是观点错误了,也照样不影响其学术价值。这样做的结果就是,翻译研究过于重视理性智慧,而忽视翻译家的实践活动所蕴含的实践经验与智慧。

理性的理论往往是概括性的,不可避免地存在着漏洞。对于翻译家

---

① 陈刚:"翻译观与实践应是统一的——兼谈翻译研究不宜偏谈理论",载《外语与外语教学》,2005年第8期,第50页。

的研究恰恰可以弥补翻译理论的这个缺陷。研究翻译家是对翻译理论进行解释的一种方式，使翻译理论能更有效地指导实践，也能为翻译理论的发展提供支持，帮助其确立具体的翻译原则与规则。从方法论的角度来看，研究翻译家就是从他们的译著中寻找翻译规则。我们无法回答什么翻译才是最好的翻译，但是通过对实例的研究，我们可以逐渐使对好翻译的认识趋同。

然而，对于翻译家的研究，视野应该开阔，不能走进一个狭小的胡同。这在以往的研究中有所表现，主要包括：1）翻译家的研究仅仅变成了翻译经验的探索。翻译经验确实是重要的，好的翻译实践主要得益于翻译家丰富的翻译经验，但是我们不能把翻译研究完全寄托于直接的翻译经验，还应该从这些经验中提炼出广泛的、有普遍意义的理性见解，而且还要结合最新的理论研究成果多角度地考察翻译家的实践，不能把眼光仅局限于翻译的表征，也不能简单化地重复某个观点，即便是就事论事地谈经验也要有创新的精神和翻译研究的大局意识。翻译家的经验弥足珍贵，忽视它们，翻译研究就成了空中楼阁。但是，如果翻译研究陷于其中不能自拔，翻译研究就成了经验之谈，其结果就是限制了翻译学的视野与范围，制约了翻译研究的健康发展。2）翻译研究主观化。理论研究应该是客观的，至少是追求客观性，而翻译家的经验是主观的，如果我们缺少广阔的研究视野，翻译家的研究可能会将翻译研究带进主观的泥潭里。3）在细枝末节上纠缠不清。翻译家和翻译理论家的任务是不同的。翻译家善于处理翻译实践中碰到的各种实际难题，一些在许多人看来是不可译的地方，经过翻译家们的妙手变通，也可以获得基本"对等"的效果。这是翻译家的任务，也是翻译家的本事。翻译理论家或许没有这样的本事处理好翻译实践中碰到的这些难题，但是他们能够分析翻译家的翻译方法和策略，从现象中看到本质，并找到理论进行解释。4）理论因此受到轻视。研究翻译家时不可避免地会发现这样一种现象：一些翻译家翻译起来妙笔生花，但却从未谈过什么理论，相反他们中的个别人有时甚至会在一些场合公开否定理论的作用。这种现象导致一些人对理论产生了轻视。这种轻视的产生是属于认知上的偏差。翻译经验不等于翻译理论研究者的资格。就像是一个选美的评委未必是一个容貌极佳的人，一个音乐评论人未必是一个优秀的歌唱家或作曲家。一个翻译理论家也未必是一个能把翻译实践做得很好的翻译家。翻译实践和翻译理论是相互依托的关系，共生共荣，既互为照应，又相互制约。翻译家的经验与智慧只有在理论体系中才能留下结晶，否则只能随风而散，而翻译理论少了翻译家的经验与智慧就会失去生命力,在翻译实践中难以发挥作用。翻译家的经验,是翻译实践的总结,也是翻译理论的基础,少了它们,翻译理论与翻译实践就会脱节。所以,我们要加强对翻译家的经验进行总结与梳理,不能让它们像狗熊掰的玉米一样,被一个一个地扔掉了。

二、对翻译家译作的批评研究:翻译制约因素研究的一个不可忽视的手段

在翻译活动中,原语文本一方面是一种客观的存在,另一方面又是作者的意志、情感等的符号化形式,以及一种充满个体主体中心性的存在。译者只能通过内省的方式去体验它,去感受它,这样一来,不同的译者对原语文本就难免有不同的理解。同样,翻译理论家在研究翻译家时也是通过内省这样一种直觉式的自我认知方式进行的。这种方式不仅缺乏公共性,甚至连主体间性都没有[①]。那么,翻译家翻译得好不好,翻译理论家分析得对不对,在人们达成一致性的看法之前,就需要有一个去个体主体中心的过程,这个过程就是对翻译家成果的批评研究。

传统的翻译批评是围绕原作与译文是否等值展开,但是进入20世纪的最后几年,翻译批评出现了新的范式,解构主义逐渐占据了主导地位。这种范式以解释哲学为基础,把研究的重点从内部转移到外部,对影响翻译活动的外部因素(如意识形态、文化差异、权力操控等)特别关注。对话理论也应运而生。根据这个理论,文本的意义并非固定不变的,而是在对话中生成的,原文与译文的对等只是一种幻想,文本间等值转换成了不能实现的神话。翻译批评集中在对隐藏在文本背后的力量的批评。这种批评范式激荡出许多智慧的火花,打开了翻译批评的新思路,一些在传统思维方式下得不到解决的问题随之而解了。但是,它也带来了新的问题。人们开始怀疑翻译批评是否还有客观性,是否还有标准,对话中的意义生成是否意味着"怎么译都行",失去了翻译的标准是否会引起翻译理论与翻译实践的大混乱,原本在翻译中受到了制约的各种因素是否会失去制约而变成从潘多拉魔盒里跑出来的给翻译带来灾难的因素,甚至翻译批评还有没有存在的必要[②]。另一种理论也在这样的背景下热闹登场,那就是米歇尔·福科的权力话语理论。该理论依据解构主义的观点,认为翻

---

① 邓笛:"论文学翻译家的心理特征",载《安徽广播电视大学学报》,2001年第2期,第66页。
② 吕俊:"翻译批评的危机与翻译批评学的孕育",载《外语学刊》,2007年第1期,第125页。

译家作为社会中的人,必然会受到所处社会的文化和意识形态的影响。这种影响也会波及翻译家的翻译活动。翻译家头脑中固有的知识会对译家的思想行为形成一种控制力和支配力,这种力量就是翻译活动的权力。翻译的权力可以是有形的权力,比如出版机构和翻译规则,也可以是无形权力,比如意识形态、道德伦理、文化传统,等等,这些权力相互作用形成网络,任何译者都不可能独立于这个网络而存在①。语言的主要功能之一就是表达人的经验,这便决定了译作无法忠实地表达原作,因为译语语篇的经验意义是由译者在原语语篇经验意义的引发之下所重建的交际功能。译语语篇的经验意义和原语语篇的经验意义要达到对等的程度,就需要两个语篇的外部世界和两个语篇内部的各种因素完全相同,而这是绝对不可能的,所以说,那种认为译者只是用另一种语言表达原作的意思或者译者只是原作者的"传声筒"②的观点,只能是一种不切实际的愿望而已。如果说原语语篇是一辆卡车,作者的经验意义就是卡车上的货物,翻译就是用另一辆卡车去载第一辆卡车上的货物。可惜的是,这种比喻虽然形象,表达了翻译的某些含义,却不够准确,因为作者的经验意义不像货物那样是现成的或固定的,而是某种可变的潜势,它被搬上译语语篇这辆卡车的过程是一种移情过程,两辆车上的东西是不是同一个东西,取决于三个因素:第一,译者自身的经验与作者经验之间的关联度,关联度越高,移情度则越高,两样东西就越有相似的可能。第二,译者的意图和作者的意图是否同一,意图越近,对意义潜势的操控力就越相近,移情过程中的潜势变化也就越小。经验意义是某种可变的潜势,这一点在文学作品中表现得尤为突出。英伽登认为,每个文学作品就所表述的现实的确定性而言,从原则上讲都是不完整的,总是需要进一步的补充,这种补充就语篇而言永远也不会完结③。也就是说,翻译中总是会有译者的补充。那么,译者会补充什么呢? 补充的是译者的经验。译者是以中介者的身份出现的特殊读者,反映在译作中的经验是自身经验与原语语境、译语语境及预期的读者语境相结合的产物。第三,译者的经验对原语语篇经验意义的理解以及对译语语篇经验意义的构建有着明显的干预作

---

① 吕俊:"翻译研究:从文本理论到权力话语",载《四川外语学院学报》,2002 年第 1 期,第 107 页。

② Venuti, L.: 2004, *The Translator's Invisibility*: *A History of Translation*, Shanghai Foreign Language Education Press, 8.

③ Ingarden, R.: 1973, *The Literary Work of Art*: *An Investigation on the Borderlines of Ontology*, *Logic*, *and Theory of Literature*, (G. G. Grabowicz, Trans), Northwestern University Press, 63.

用。翻译虽然具备客观性,但却不可能变成客观的知识,因为翻译的前提是理解,而完全客观的理解是不存在的。译者经验中的翻译理念部分直接影响到译者采取什么样的翻译技巧与策略,当然也就影响到翻译的结果,这也是我们需要关注翻译家的经验与智慧的主要原因。

翻译家的译作好与不好,离不开翻译批评的声音,但只有把理讲透了,才能评判作品的优劣。翻译批评是一件非常不易的工作,做好这项工作不但需要深厚的理论功底、与时俱进的理论学识,还要对翻译实践的历史与当下现状有所了解,更重要的是要对所评论的译作与相应的原作进行仔细的研读。现在翻译批评的声音很弱,也很少,原因是翻译理论家们都忙着倾情于宏大的理论描述了,对翻译批评这种吃力不讨好的事情重视不够。同时,翻译家们又无兴趣理会这个事情,他们似乎更相信译感。译感在翻译实践中确实非常重要,但是译感若总是得不到理论上的升华,翻译研究的理性就会受到影响。中国的翻译研究向前发展,树立新的翻译理念必不可少,但是更主要的还是要在两个方面多下一些功夫:一是要在理论指导实践方面多做些文章,虽然翻译技巧在专业教学中也受重视,但一些学者总喜欢研究成果的轰动效应,视翻译技巧为雕虫小技,所以在这方面的研究很是不够;二是要多一些翻译批评,通过说理,褒扬优秀译作,遏制劣质译作。

三、避免翻译家研究中的盲目与肤浅:翻译制约因素研究必须解决的问题

赵军峰把目前中国的翻译家研究大致分为五种类型:"1)介绍翻译家生平简历和译著成果的期刊文章;2)以已故著名文学翻译家为主要研究对象的翻译家传记;3)翻译家词典;4)文学史和翻译史中的翻译家论述;5)专题翻译家研究。在翻译家研究方面,时下业已出版的翻译家词典由于受篇幅限制,只能简单介绍译家生平和主要译事,而翻译家传记也往往侧重于生平的介绍,大多没有从翻译理论角度去总结和探讨,因而难以把某一历史时期内有代表性的翻译家进行集中和系统的比较研究。相对而言,文学翻译史中关于翻译家的评述和专题翻译家研究,在翻译家研究方面显得较为全面和深入,尤其是后者在一定程度上可以弥补前者在研究方面的不足,但时下的翻译家研究一般都缺乏一定的理论框架,似乎只是对史料的钩沉和整理,或者对翻译家思想的总结和描述。"[①]翻译是通过翻译家来实现的,对翻译家研究的肤浅实际上也就是翻译研究的肤浅。

---

① 赵军峰:"论翻译家研究的理论模式",载《西安外国语学院学报》,2006年第4期,第40页。

我们所谈论的翻译制约因素,它们能够影响翻译,也是要通过翻译家才能做到。因此,对翻译家的研究,不仅仅是发现和整理翻译家们的语言转换技巧,而是要把重点放在他们所处的特定时代的社会文化语境与他们的翻译选题、翻译方法与策略之间的关系上,放在译语文化与他们的译作之间的关系上,研究那些影响翻译家的制约因素,如翻译家的内在动因、心路历程、素质准备、外部环境和社会需求等,同时所有这些研究都应该在一定的理论指导下并在对翻译家的实践有充分了解的前提下进行,才能避免盲目与肤浅。

翻译家研究应该如何开展,我认为穆雷和诗怡的见解非常深刻。他们提出几点想法和建议值得推介:"1. 翻译家研究应有计划、有系统地开展。我们首先应该对值得研究的对象做到心中有数,有轻重缓急,对尚健在的老翻译家要进行重点研究,不要再留下太多的遗憾。大型的研究应有明确的目的和具体的目标,可以多进行一些专题研究,除了文学翻译家之外,还要对科技翻译、法律翻译、外交翻译、各类口译、新闻翻译、政论翻译和各类实用翻译人才等进行分门别类的研究,归纳、总结各类翻译家共同的经验教训和成功必备的素质等。2. 重视对翻译史和翻译家研究的理论探讨。翻译家研究只有在一定的理论思想指导下进行,才可以避免盲目和肤浅。除了发现和整理翻译家的译作成果外,研究重点应放在探索他们成功的内在动因、心路历程、外部环境、社会需求和素质准备上,了解他们对翻译的认识及对翻译理论中一些基本问题的看法等,研究翻译家的选题和翻译过程、翻译策略受到哪些社会环境的影响,他们的译作又反过来对社会、文学和文化的发展起到了哪些作用,等等。这样的研究才能避免流于简单的成果介绍,才能对翻译史研究有更大的作用,才能把翻译家的主体地位和翻译家研究的重要意义体现出来,才能从根本上提高翻译家及翻译家研究的地位。3. 调整心态,正确认识翻译家个人对翻译史的作用。如果对翻译家求全责备,就无法进行翻译家研究了,因为那样会失去所有的研究对象。每个人都会有自身的特长和局限,但每个人的工作都是在为中国翻译史做贡献,个人的恩怨不应成为翻译家研究的障碍。4. 加强研究者之间以及研究者与研究对象之间的联系与合作。翻译家研究是一项延续性的工作,不是某一个人有能力完成的,而且,研究者之间的密切联系可以避免重复劳动,互通有无,最大限度地开发资料,研究者与研究对象之间的通力合作可以使研究进行得更顺利、更深入、更生动、更精彩。5. 提倡'知人论世'的研究方式。古人云:'颂其诗,读其书,不知其人,可乎?是以论其世也。是尚友也。'翻译家研究也要提倡'知人论世'的研究方法。翻译家研究不仅仅要记录整理他们的译作,更要关注在翻译实践中他们的翻译技巧的成熟过程和翻译观念的转变过程,以及他们如何自觉或不自觉地用某种翻译理论指导自己的实践,仅靠阅读译作和译者简介是很难达到这一目的的,按照一定的理论指导有针对性地与翻译家进行面对面的交流是一种好办法。这样可以使研究更加真实、生动、可靠、全面。笔者从自己的研究中就体会到,与翻译家直接接触跟只读译作对他的了解和理解其程度是大不一样的,你可以看到翻译家工作生活中的另一些侧面,可以亲耳聆听并记录下一些他们没有写出来的体会,可以感受到他们的人格魅力及其对翻译工作的影响,还可以按照自己的研究思路请他们进行思考,这样他们可能会谈出一些以前没有考虑过或没有谈过的问题。更重要的是,通过这样的研究,研究者自己也从中获益匪浅,加深对翻译实践和翻译理论的认识,也加深对自己工作意义的认识、理解和热爱。这时你就会感到,你所研究的每一个对象都很值得研究和学习,无论别人怎么评价,他们及其译作译论存在的意义是不言自明的。我们不得不承认他们在翻译史上不可抹杀的贡献。我们所应该做的,就是探究翻译家的成长过程、考察翻译家所处的社会环境对他们的影响,研究翻译家的译品对文学、文化及社会发展的影响。这才是翻译家研究的主要目的,这样才能体现翻译家研究在翻译史研究和文学、文化及社会发展史中的重要意义。6. 加强对国外翻译家研究的了解。国外翻译家研究近年来成果不断,国内过去这方面少有译介和研究,今后应改变现状。可以从国外翻译家研究中发现我们的差距和不足,吸收他们的理论,借鉴他们的研究方法,推进我们的翻译家研究工作。"[1]

第三节 对"翻译即解释"这个观点缺乏统一的理解

在翻译的制约因素研究中,人们常提到"翻译即解释"这个概念。从广泛的意义上来讲,翻译确实就是解释,但是我们在翻译制约因素的研究中所说的"解释"是另外一回事,即"解释性翻译"。我们知道,两种语言会

---

[1] 穆雷,诗怡:"翻译主体的'发现'与研究",载《中国翻译》,2003年第1期,第17页。

存在很大的差异,比如英语和汉语,它们的差异既存在于语言本身,也存在于文化上面,这就使得我们在翻译时经常会碰到一些难以用另一语言表达出来的句子。在这种情况下,有一个严谨的办法,就是通过给译文加注来补充说明原文中未能译出来的含义。从正确理解原文含义及欣赏原文风格的角度来看,这种做法是再好不过的了。但是,它的缺点也是显而易见的。并不是每个读者都是研究型的读者,这种加注的办法让那些普通读者感到了不便,一会儿看译作,一会儿看注释,确实有些扫兴。于是,有些译者把要注释的内容融合到译文中去,使译文本身巧妙地传达原文的含义与风格。这就是所谓的解释性翻译。解释性翻译主要分两种情况。第一种情况是语言层面上的,即译者遇到两种语言在表达习惯、语言结构、词汇搭配等方面有很大差异的时候,如果语言形式上贴近原文,则可能造成意义不能全面表达甚至歧义的发生。第二种情况是文化方面的,即译者遇到原语中文化背景知识对普通译语读者全然陌生的地方,如果照字面来译,则可能引起译语读者的不解甚至误解。因此,解释性翻译是翻译中必须要存在的一种手段。但是,我们要反对解释性翻译的泛化与绝对化。因为,泛化与绝对化了的解释性翻译会使翻译失去规范作用,而翻译一旦失去了规范,就会带来许多会瓦解翻译根本的危险。一个好的译者应该加强自己语言及各方面的修养,最大限度地理解原文,最大限度地尊重原文及其蕴含的原语文化,翻译的真正意义才会得到体现。翻译理论研究,无论哪个学派,都应该保持这个基本的态度。

一、翻译"解释"的概念界定

从哲学解释学的视角来看,翻译即解释,是"在跨文化的历史语境中,具有历史性的译者使自己的视域与原语文本视域互相融合,从而形成新视域,并用浸润着译语文化的语言符号将新视域重新固定下来形成新文本的过程"[①]。这个定义可以从语言差异、文化差异、译者视域和接受语境等方面加以论证。

然而,这个定义会在翻译理论尤其是翻译实践中引发混乱,"解释"会变成一件纯粹装饰性的外衣,任何胡编乱译只要穿上这件外衣,就可登上翻译的大雅之堂。我不反对哲学解释学视角下的翻译概念的认定,但是为了使我们的命题被一般翻译人所接受,而不仅仅是学者们讨论时的概

[①] 朱健平:"翻译即解释:对翻译的重新界定——哲学诠释学的翻译观",载《解放军外国语学院学报》,2006年第2期,第69页。

念,我们有必要恢复"解释"的日常含义。在日常生活中,我们所说的"解释",是把不清楚的东西说清楚,清楚的东西就不需要解释,越解释反而越混乱。也就是说,尽管从哲学上说,解释是翻译的普遍特征,但如果我们从"解释"的日常含义中去认识,翻译的"解释"应该是有限度的。

在任何讨论中,概念的界定非常重要,否则大家虽然都说的是"解释",但其实大家心中对"解释"的概念各不相同,那就永远纠缠不清,讨论也就无法有效地进行下去。所以,我要声明,我所说的"解释",不是哲学意义上的"解释",而是日常意义上的"解释";我所说的"翻译反对解释"也不完全是一个哲学上的命题,而是翻译学上的一种劝导性理论,它要劝导的对象是从事翻译实践的译者和对翻译关注的公众,而不是翻译理论的研究者。由于翻译本身就是针对译者的规范,而译者又是为大众服务的,所以我们把"解释"的概念定位在日常意义上,而不是纯哲学的意义上,应该更为合情合理。但是,无论是什么样的"解释"都是一种建立在观察、研究与思考基础之上的思维活动。从这个角度来说,"翻译反对解释"是说不通的,所有的事物都不能反对解释,因为一反对解释,思维就无法进行下去了,翻译当然也就无法进行下去。反对解释就是反对人的存在方式。但人们同时又发现,解释出来的东西不一定是事实,也不一定是正确的。正确的解释需要合理的论证。事实上,即使是有了合理论证的解释也不一定都是正确的。尽管如此,合理的论证仍然是解释的基础,因为只有这样,"解释"才让人们看到了积极的一面。"解释"的另一面是"掩饰",也就是自己骗自己,为自己不当的行为找借口。这意味着,当我们把"解释"回归到常用语时,我们同样要面临"解释"是一种合理的论证还是一种掩饰的问题。另外,翻译的解释,还应该与其他解释有些区别,比如,科学研究也需要"解释",但科学研究的解释是"创新",即通过解释,在挖掘各种可能的意义后找到过去所没有认识到的意义;而翻译的"解释"的第一要义是望文索义,尽可能避免节外生枝,更不可以刻意追求文本外的意义。"翻译反对解释"主要是针对一些翻译理论家所强调的"翻译即解释"。"翻译即解释"来自本体论解释学中的"理解是人生在世的存在方式"这一命题。随着本体论解释学在翻译理论研究中的不断运用,很多翻译人都开始相信,原语文本以及与原语文本相关的一切都需要解释,不解释就不存在翻译。翻译研究就这样陷入了危机之中,却鲜有人知觉。解释是主体积极参与其中的活动,文本随着主体的解释行为的发生而失去了固定意义,翻译的客观性与翻译的原则也就面临着挑战。

我们说"翻译反对解释",不是要反对所有的"解释",而是有一个范围的。哪些才是我们所要反对的"解释"呢？这是需要认真思考的问题。从哲学解释学角度研究翻译的理论者们会觉得，"翻译即解释"是一个公理，不言而喻，没有讨论的必要。要让他们觉得值得一辩，还是要界定一下"翻译反对解释"中的"解释"的含义。"翻译反对解释"不是要反对对新义或可能意义的探究，而是要防止原语文本中固有意义的失却。翻译虽然并不排斥在特殊的情况下与时俱进，但强调尊重文本并在文本意义明确的情况下运用已有的含义进行翻译，这应该是翻译的一条戒律。译者不可以冒犯意义明确的部分，如果连这一条也可以被随意打破，那么翻译就将失去意义。正是因为这一条戒律还在普遍地受到尊重，所以翻译还可以站立，尽管现在已经有些摇摆不稳了。

　　从严格的意义上来讲，"翻译反对解释"只是一种立场，表达的方式表现出了"极端"，是有"破绽"的，如此表达是为了引起阅读后的反应。"翻译反对解释"是对"翻译即解释"的反动，它挑战了新近人们已经形成的这个"常识"。"翻译反对解释"要表达的基本意思是，对原语文本中那些明确的意义我们需要的是遵守，而不是解释；需要解释的是那些意义模糊或意义虽然清楚但由各种因素而引起的语言转换困难的部分。明确的意义能不解释的就尽量不要去解释，这是主体间交流之所以可能的必备条件。当然，如果我们换一个说法，以"翻译反对误译或过度翻译"来命题，或许就不会有什么争议，但这样一来说了就等于没说一样。我们需要同时看到的是，"翻译反对解释"不是一个"标题党"的噱头，它是说反对的立场可以随着强度与范围的不同而不同，反对的程度也可以随着场景的变化而有所变化。

　　如前面所述，"翻译反对解释"反对的是对原语中的明确意义进行解释，而"解释"的概念也是其日常的含义而非哲学含义。所有人类的语言都有相通的地方，很多情况下，我们是可以在译语中找到与原语不仅在内容上对等而且在形式上也能对应的文字的。这时候只需要文字转换，而不需要解释。如果语言不是这么复杂，文化也不是这么具有多样性，翻译真的不需要解释，在科技发达的今天，机器完全可以取代人来从事翻译工作。这样的情况没有发生，是因为翻译需要解释，而解释需要人来完成。人类所有的语言都有共性的地方和个性的地方。这些个性的文字使得涉及翻译的两种语言互为共性总是有限的。然而，这些有限的"互为共性"在翻译中的作用是不可低估的。比如，在对个性文字的解释性翻译中，虽然是解释，但原作中那些明确的意义依然在起作用，它会影响到解释中对那些难懂的地方的意义的确定。这些明确的意义就具备了规则与程序般的制约作用。译者如果摆脱了这些制约作用就不配做一个译者,翻译研究者如果忽视了这些制约作用就不配做一个翻译研究者。

当然,你或许会追问:如果不解释,我们如何理解? 没有理解,又如何翻译? 而只要一理解实际上就是解释。这种追问没有错。但我说过,"翻译即解释"是一个哲学化的命题,你这样的追问是一种哲学化的思考,并不适合日常所讲的解释。翻译需要解释,但对那些意义明确的文字、凡是搞翻译的人一看就能明白的文字,你去解释它们干什么? 我们翻译思维的依据正是那些意义明确的文字,处理它们没有必要没完没了地解释,过多解释只能搞乱我们的思维。以中国人学英语为例,英语老师会围绕某一个词语让学生做翻译练习,这样的翻译在哲学上也叫解释,但我们好意思把它列入翻译解释学研究的范畴吗? 所以,我们说的解释并不是解释疑难的句子,因为"疑难"是一个相对的概念,一个学生眼中的疑难句子,可能在一个教授眼中一点儿也不难。"翻译反对解释"是针对专业人士提出的建议,即在意义明确的情况下,不要再用解释的名义去改变意义,在译语中忠实表达就可以了。只有当专业人士在文字转换中,碰到意义与文字两者不能兼顾的情况,才运用专业的语言解释方法来表达获取到的语言意义。

我们在进行翻译制约因素研究时,为什么要提出"翻译反对解释"这样的命题? 这是由翻译的本质所决定的。尽管翻译定义纷繁多样,至今未有一条能得到世人公认,但其本质意义大家还是有共识的,那就是翻译是用一种语言文字将另一种语言文字所蕴含的意义尽可能忠实地表达出来的活动。换句话说,原语中意义明确又可在译语中找到基本对应文字的地方,我们不赞成过多解释。原作中的明确意义犹如命令,命令就必须执行,否则翻译就会变质。"翻译反对解释"主要是反对那些以解释为名对原语含义进行随意减损与添加的行为。翻译是好是坏,其中一个最主要的指标,就是要看原语文字的含义在多大程度上得到了尊重。当然,翻译离不开译者的再创造,但是译者的再创造必须受到制约。译者的再创造只是一种消除因语言文化等因素造成的表达障碍的一种手段,译者不能因为使用了这种手段而放弃翻译的精神。"翻译反对解释"就是要在一个宽泛的意义上对译者的创造性加以限制,以防其演变为一种任意的行为。如果人们对尊重翻译的本质不再提异议的话,那么"制约"就是我们不得不提的话题。有了制约,翻译就不单单是"解释",应该还有"发现"。我们能用"发现"解决的问题就不要去用"解释"来处理,即使非得采取解释性翻译,也应该首先选用文义解释的方法和逻辑解释的方法,而那些目的解释、价值衡量以及社会学解释等方法则轻易不要使用。翻译解释的依据是原语文本,任何试图抛开原语文本的解释都是我们要反对的。

"翻译即解释"这个观点从哲学解释学的角度来看,一点问题都没有,但把它放到翻译研究的核心原则上来考虑,就能看出不少问题。这就说明翻译应该有自己的一套规范。"翻译反对解释"的命题也包含了翻译应该接受规范制约的倡导。

从现有的资料来看,最早把"规范"这一概念运用到翻译中来的应该是捷克翻译理论家利维和翻译研究派的创始人霍姆斯这两位学者,但是真正让翻译规范研究走出寂寥局面的是以色列翻译理论家图里。翻译规范的研究虽然得到了翻译理论界的重视,但是对于它的质疑声至今仍然不断,常见的有:"规范"只不过是翻译研究者虚构出的一种假设,在翻译实践中是否能够被接受还需要打一个大大的问号;目前一些研究者提出的翻译规范有没有建立在有一定规模的语料库的基础之上,这一点值得怀疑;所谓的翻译规范不过是一些众所周知的事实而已,并无太大价值[①]。支持这些质疑的最大事实是:不同的译者,即使他们都是公认的优秀译者,对同一部作品也能译出差别很大的译本。质疑的结果就是译者的翻译活动是一项创造性的活动,只要有理解,理解就会不同,翻译也就无法实现规范。但是,我们只要稍有一点心理学的知识就能知道,翻译的规范是必须的,因为译者只有接受规范,才能以规范支配思维,达到对行为决策控制的目的。没有规范,翻译就失去了控制。实际上,人们对翻译的接受就意味着对翻译规范意义的认同。人们认同的是翻译的应有之意、明确之意,而不是译者解释的或哲学家们所讲的可能意义。解释性翻译究竟是不是翻译,这要看在翻译实施的过程中,什么在决策中占据着主导地位,如果文本固有的明确意义占据主导地位,我们就可以称我们的活动为翻译活动。如果翻译中有较多的增删,我们可以称之为编译,以便与我们所谈的翻译区别开来。翻译与编译之所以说不同,就是翻译要自觉地接受规范,要对原作表达起码的忠诚,要在翻译实践中努力发现文本意义,表达文本意义,而非解释文本意义。"翻译反对解释"仅仅反对对文本的明确意义进行解释,而不反对对文本的模糊意义进行解释,更不反对对那些对译语读者而言晦涩难懂和无法理解的内容进行解释,译者通过解释在译语中赋予这些内容以翻译意义。

---

①   Gentzler, E. C. : 1993, *Contemporary Translation Theories*, Routledge, 142.

人类制定规范就是要规范人的行为,翻译规范则是要规范译者的行为,也为翻译人评判译作优劣提供标准。翻译规范的提出者原初的想法就是用完善的翻译规范解决翻译中的所有问题,至少使译者受到制约,不会让译作走得离原作太远。目前看来,想让翻译规范解决翻译中的所有问题是不容易做到的,但通过它制约译者以达到翻译能保持翻译本质之目的还是有些作用的。孙艺风先生曾说:"意义的产生不是凭空的,而是以文本为基础或出发点,最终回到文本语境中去。"①而原语文本的意义是预先限定的,因为"原文的词义、句义是被预先限定的"②。原作的文本意义在译者动手翻译之前就已经存在,译者的任务是去发现已经客观存在的意义并将其再现到译文中去。所以,翻译所追求的是发现原语文本的意义并忠实地用译语再现,而不是解释,更不是创造。再现原语文本意义的关键就是译者的思维要受到约束,约束的实现就是要规范译者的行为。翻译规范本身实际已经就是翻译方法了。当然,翻译规范需要有人去阅读,才能产生意义。再好的翻译规范若没有人去阅读,也不会对人的思维与行为有所影响。不去阅读它,怎么会承认它呢?

解释性翻译应该只是不得已而为之的事情。早期的关于翻译的设想并没有解释的位置,但翻译实践的历史表明,没有解释,翻译又难以实现。但是我说的解释不是笼统的解释,更不是哲学意义上的解释。"翻译反对解释"是在原语意义明确而译语表达无碍的情形下翻译制约论者所秉持的一种姿态,而在意义模糊或双语差异导致表达不清的情况下翻译制约论者不仅不反对解释,而且还提倡解释,因为翻译制约论者反对的是任意解释。"翻译反对解释"是把"忠实"视为译者的天职,希望尽可能地将负载于原作语言形式上的种种文学与文化信息保留下来,让译语读者能够领略到异域民族特有的文化韵味和异域作者特有的个人风采。即便是解释性翻译,也要尽可能保留原作语言文化的个性。在这里,我们还要将"解释"与"推理"加以区别。人们在不对解释与推理加以区分的时候,会把推理也称为解释,其实在方法论中解释与推理是两种不同的方法。那些通过上下文推理能够解决的情况不一定需要强势意义上的解释。把推理与解释区别开来,也是遏制解释泛滥的一个办法。

---

① 孙艺风:《〈直译·顺译·歪译〉英译译后语》,载《中国翻译》,2001年第2期,第71页。
② 刘宓庆:《当代翻译理论》,中国对外翻译出版公司1999年版,第52页。

二、解释的绝对化给翻译可能带来的危害

"翻译即解释"这一话题早在16世纪就已经提出了,到了17世纪又得到了进一步的强化与巩固,而发展到现在则成了一个不言而喻的预设。在这一过程中,人们对解释的具体内涵在认识上各有不同,因而研究和讨论得出的结论也就不同。尤其是在19世纪施莱尔马赫建立了方法论解释学后,翻译研究中的解释的普遍主义产生了,"翻译即解释"也就随之从根本上否定了忠实与对等的可能。我个人认为,解释的普遍主义将原本常见的东西变得神秘,把理解和解释混为一谈,是对翻译研究的一次重大伤害。我国的翻译学研究才刚刚开始,翻译学所需要建立的基本原则(如明确性、规范性、可预测性等)还没有成为翻译人的普遍信念,但是我们的译学研究却跟着西方译学走进了后现代。在翻译规则的严肃性、制约性和权威性还没有树立起来的时候,译学研究就遭遇到诠释性的转向,使得有些人会打着解释的旗号,在翻译实践中把很多文本中清楚明了的内容进行了所谓的变通。为了维护翻译意义的固定性和安全性,我们不得不喊出"翻译反对解释"的口号。应该说,后现代译学中有许多值得肯定的地方。但是,一些学者借打破作者和文本中心论的唯一性为由,将研究引向了极端,即过度张扬译者的主体性,过分强调文化、权力、意识形态等非文本因素的作用。他们还提出多元的解释方法的共同作用才是正确翻译的前提。我们承认正确的判断往往要在多元解释的帮助下才能建立,但是我们也不能忽视对多元解释方法的制约。各种解释方法的地位在翻译制约原则下是不一样的。从哲学解释学的角度来看,对"解释"的解释也是多元的,对原文文本清楚意义的认定可以是一种解释,将模糊不清的意义说清楚是一种解释,对边缘意义的说明是一种解释,对文本意义的联想还是一种解释。"解释"一词在解释学中成了最难解释清楚的词语。从翻译的原则要求来看,对原文文本清楚意义的直接认定不能称之为解释,而应该属于译者思维的常态。

"翻译即解释"还有一个理论依据,那就是巴特和福科的"作者死亡"之论。他们以现代认识论对作者传统地位进行了解构,认为意义本身就是非统一性和非中心性的,因为文本的创造者在构建文本时存在主观性和随意性,这种主观随意性是对客观现实世界的歪曲,也就使作者失去了"历史书记员"和"真理代言人"的资格。这种统一性意义权威的丧失使传统的作者论失去了立足的根基,作者也就因此"死"去了。对于翻译研究而言,作者死亡之论也起着很多积极的作用,它为翻译研究与实践开拓了

一个新的视野,使翻译人不仅要关注作者的创作意图、文本的结构和意义,还要关注读者的作用。但是翻译的本质属性决定了译者是一个特殊的读者,不能像普通读者那样任意挖掘文本的言外之意,整个翻译活动还是要围绕作者的意图和文本的意义来进行,任何"重写""生产"或"再创造"都是在对作者意图和文本意义的"前理解"的基础上开展的,也就是说,译本与原作之间存在着互文关系。当译者把自己视为一个普通的读者时,译者就会无视身份的制约,把自己变成一个不负责的人,这在翻译活动中导致随意性和蛮横性,使翻译意义失去本原,造成胡译乱译的结果。这就是翻译解释理论绝对化的危险所在。

"翻译即解释"的另一个依据是翻译的不确定性。翻译具有不确定性并不是后现代的发明,而是一个在前现代就早已存在的事实。这本来是一个常识性的问题。翻译就是要给原作以翻译意义,这必然会带来不确定性。任何文本,在翻译规范与个案融合之前,其翻译意义都是不确定的。译者的任务就是要实现从一般到个别、从抽象到具体的转化。在转化的过程中,译者可以根据翻译规范选词择句,也可以自由裁量。"翻译反对解释"强调的是译者能根据翻译规范选词择句的时候,就不要凭自己的认知语境去自由裁量。无论是"翻译反对解释"还是"翻译即解释",都不应该把翻译的不确定性当作背离翻译本质的理由,两者的出发点皆应该在于维护翻译规范之理想,只不过前者强调文本的原意必须坚守,而后者强调了人类的进步力量给翻译内涵带来的影响。事实上,翻译的规范性是在不自觉中丢弃的,因为很少有人会公然声称他们的解释与翻译的目的是相违背的,他们所有的解释都会打着翻译规范理想的旗号,所以我说解释的绝对化会可能给翻译带来危险,而不是必然,但即使这样,我们也应该引起足够的警惕。

要克服解释绝对化带来的危险,就需要树立规则的权威。翻译虽然离不开解释,但更需要一种规则来制约解释性的翻译。翻译是语际间的一种转换活动。这种转换活动是怎样进行的?译者在翻译活动中应该怎样实施自己的翻译行为?我认为,影响翻译活动的制约因素虽然有很多,但译者唯一需要自觉接受制约的因素是翻译规则,其他任何制约因素都必须受到翻译规则的限制,这样才可以避免让翻译成为译者随心所欲、我行我素的活动。我们说译者要自觉接受翻译规则的制约,并不是说要否认翻译的其他制约因素的作用与影响,把译者弄得在原文面前束手束脚、无能为力,而是要译者避免主观随意性,最大限度地避免误译与乱译。翻译规则是一种用以规范译者翻译行为的预防性的措施。有了翻译规则,译者就能控制自己的表现欲望和创作冲动,随时纠正自己在译语中表达原作时存在的误差,竭尽所能地忠实于原文。当然,规则不是万能的,在执行的过程中也会产生很多的歧义,不过这些歧义与规则之间只是一种涵摄关系,并不影响规则的作用。对那些超出规则范围的地方,解释性翻译则要发挥作用,并在解释的过程中完善规则的含义。"翻译反对解释"就是要强调翻译规则在翻译活动中的制约作用,让翻译中的无中生有或有中却无的现象降到最少。

中国早期的翻译规范研究主要是语文学的,大多是翻译家们自己从翻译实践中总结出来的经验,然后浓缩成类似于警句箴言式的翻译标准,传授给后人,如:严复的"信、达、雅",傅雷的"神似",钱钟书的"化境",张培基的"忠实、通顺",刘重德的"信、达、切",等等。到了20世纪80年代,中国的翻译规范研究主要是比较语言学的,比较语言学派一方面继承了传统的做法,另一方面又进行语言的比较研究,探索双语间的关系和规律,总结出一套翻译规则让译者参照执行。比如,《中国翻译》杂志在20世纪90年代左右刊登的比较多的文章就是介绍一些翻译方法,如:汉语叠词的译法、新闻标题的译法、各种修辞格的译法,等等。翻译规范的语文学研究和语言学研究一般都是规定性的,规定译者必须遵守一定的翻译标准或规则。规定性的翻译规范研究往往存在明显的不足之处:翻译规范的语文学研究注重灵感、悟性、字句,缺乏系统的理论和整体的分析;翻译规范的语言学研究注重语言的差异问题,缺乏对语言之外的譬如社会文化意识形态等方面的关注。翻译不单单是语法形式的翻译,而且具有特定的交际功能。按照语法形式开展的翻译可能是正确的,但在很多情况下并不能实现它在译语文化或语境下的交际功能。规定性的翻译规范研究存在的这些问题,导致了翻译研究和实践的混乱状态。一些规定性的翻译规则确实在翻译实践指导中起到了很大的作用,但也同时出现过大量的虽与这些规则不符合却又获得大家认可的成功译作。规定性理论对此无法解释。无法解释的结果就是能为我所用则用,若不能则改造或弃之不用。因此说,规定性翻译规范研究的局限性是显而易见的。这是由规定性理论重价值判断、轻理性说明的本质特征所决定的。这种局限性给一些观点极端的理论家提供了口实,比如,后现代译学、现实主义译学、翻译社会学等都在瓦解着传统的翻译规范,译者的意志与个人感觉以及其他制约翻译的因素的作用都被片面放大到前所未有的程度。对于译者而言,"翻译即解释"是很容易接受的,因为只要有了它译者的任何翻译行为都可以披上合理的外衣。因此,翻译需要权威的规则。当然,这并不是说翻译的规则是永久的真理。任何规则都不会是永久不变的,翻译规则也需要在发展中修改完善。但是,在规则没有被修改之前,我们有责任要保证它的权威性。只有这样,翻译才会有一个良好的生态,使得译者的权力受到约束,不至于在某些因素的推动下任意妄为。

"翻译即解释"有其合理的一面。在面对原作时,译者虽然带有翻译原作的特殊使命,但终究也还是一名读者,不可避免地有着自己的前理解和期待视野,他在阅读中获得的理解与原作者想要表达的不可能完全一样,这就意味着原作中有一些元素会被忽视甚至被曲解,同时译者在理解中也会产生一些"新"的元素并将这些元素带入到翻译活动中去,从这个意思来说,翻译活动就有了"解释"的性质。可是,译者与普通读者还是有所不同,译者是带有翻译使命的,翻译应该有自己特定的定义,这个定义也必须反映翻译的本质属性,而"解释"虽然是翻译的属性之一,但决不应该是翻译的本质属性。所以,"翻译即解释"的说法是不正确的,其谬误之处就是在于把解释性当成了翻译的本质属性。翻译的解释性与翻译的目的性、实践性、叛逆性、综合性、复杂性、创造性等一样都是翻译的基本属性,翻译具有多种属性是正常的,因为翻译是一种跨语言、跨文化的复杂的交际活动,但是翻译的本质属性只能有一种,即尽最大可能忠实地再现原作所表达的意义,有了这个本质属性翻译才能有别于其他的文化活动,否则翻译也就不能成其为翻译了。丢掉翻译的本质属性去谈翻译,必将导致翻译可信度的降低、翻译概念的最终消失及翻译学科独立地位的丧失。

如前所言,"翻译即解释"的论调与20世纪中叶盛行于西方的现代哲学解释学有着密切的关联,而后者的显著特征之一就是强调历史性,认为所有的人和物都是历史的存在。对于人而言,历史性则表现为人的经历或经验,强调历史性就是强调人的经验世界,而人的经验世界,在伽达默尔看来,是体现在语言之中的,而非通过语言来体现。就翻译而言,原语文本的意义存在于原语文本的语言之中,但语言本身又不能体现它的意义,意义的产生需要读者的理解,即"两个视域的融合"——文本视域与读者视域相互作用,换言之,理解既非由文本所决定,也非由读者所决定,而是由两者的统一来决定。问题是,这种"统一"如何界定呢?"统一"的问题处理不好,"视域融合"的观点就会被人利用而走向极端。比如,接受美学理论家姚斯就特别强调读者视域,认为读者可以自由地对待文本,接受美学在他的影响下也一度从"作者中心"走向了"读者中心"①。"视域融合"的内部平衡如果处理不好,这个理论对于翻译实践来说指导意义也就不大了。那么,如何才能达到"视域融合"的内部平衡?我们就想到了翻译规则。翻译规则倘若具备了权威性,便能很好地制约那些胡译乱译者,使低劣的译品不能在"解释"的美丽幌子之下肆意横行。但是,翻译规则的权威性也可能会带来副作用,就是那些翻译能力强的译者有可能会受到束缚而不能充分发挥他们的良好译感。

在翻译研究中,规范的概念十分重要。翻译是跨语言、跨文化、跨社会、跨意识形态及其他因素的交际活动,其目的是要将意义从原语文本送到译语文本。在文本转换的过程中,各种因素都在发挥着作用,随时可能搅乱"视域融合"的内部平衡。这就需要有一种规范,以便平衡各种因素,突出翻译本质属性,防止大面积曲解原作的情况发生。规范使得解释不再任意横行,使翻译的一致性和可预测性得到了加强,也使翻译意义不因译者的自由解释或者反复无常而失去固定性。所以,我们如果不想让翻译的"基本盘"出现崩溃,就要明确翻译规则并且认真践行。实际上,在翻译规范的制约下,译者的主体性还是能够得到张扬的。当规范使得两种语言承载的不同文化及价值观等各种因素发生冲突时,翻译主体性的重要性就会凸显出来。

第四节 在翻译的老矛盾上缺少新的辨思

只要有解释,就会存在正确的解释和错误的解释。现代解释学的方法论以追求对文本的正确理解为志趣,把避免误解视为达到正确解释的主要目标。自施莱依马赫以来,方法论一度被称为避免误解的艺术。然而,误解始终是伴随着理解过程的一种现象,甚至可以说,没有误解就不存在理解。从辩证法的角度来看,也正是有了错误的理解才有了所谓的正确的理解。但是,本体论解释学在对方法论的结构上有不同认识。本体论解释学以伽达默尔为代表,他认为理解是正确还是错误并不重要,误解甚至可以成为新的意义的增长点。这种对理解的新认识让人们的思维

---

① 何卫平:《通向解释学辩证法之途》,上海三联书店2001年版,第200页。

变得更加开阔,但其中的积极意义还是很难得到人们的普遍认同。本体论解释学与方法论解释学都有其自己的学理依据,但是它们需要对理解的概念阐明一个共同的前提,即理解应该是一种探索式的对话,而不是独白式的宣言。只有在这样的前提下,两者才有可能相互补充,达成一种调和。理解中的错误解释不可避免,但是我们在对翻译的制约因素进行研究的时候,要对错误解释的性质与其形成原因加以剖析,才会有新的辨思,而不至于在类似于"形似"与"神似"、"直译"与"意译"这样的老矛盾上反复而无新意地唠叨不休,也才有可能对被理解的对象以及理解的主体本身有深刻的认识①。

一、理解与误解

　　理解是翻译过程的一个重要环节。翻译中一直流行着一个观点,即"一千个读者就有一千个不同的哈姆雷特",而伽达默尔的"只要有理解,理解便会不同"的思想似乎又在理论上支撑了这个观点。这种观点实际上就是放弃了理解的标准,也放弃了对正确理解的追求。如果翻译任由这样的观点大行其道,我们不禁要问,翻译是否要有明确的行为规范?是否要有标准?翻译标准的作用是什么?按照本体论解释学的观点,方法不仅不能促成理解达到目标,反而会成为理解达到目标的障碍。这种观点对翻译学是致命的,意味着翻译可以任由译者发挥。我们必须看到,翻译终究是一项两种文字转换的实践活动,其本质属性决定了翻译不是自由的,必须受到约束。在解释的问题上,翻译与创作截然不同,创作是向前看的,而翻译是向后看的。这就是说,在翻译中,我们不是用已有的方法去发现新的意义,而是用已有的方法去发现文本的时代意义。所以,在翻译的解释问题上,正确的理解应该是存在的,而翻译的本质也要求我们必须追求正确的理解。虽然我们所追求的正确理解会遇到哲学上的难题,但我们决不能放弃这一目标。翻译研究没有必要总是在哲学后面爬行,译学应该有自己的标准。我们不能因为拿不出一个无可挑剔的翻译标准,就放弃了对制定翻译标准的努力。其实,即便是自然科学中的很多领域也不存在一个无可挑剔的标准。标准总是需要不断修改完善的,标准的动态性并不影响它在某一时期起到衡量的作用。后现代的一些翻译理论虽然摧毁了翻译的确定性,使正确的理解变成了不可实现的梦呓,但这些理论不过是一系列逻辑的展现。我们对翻译标准应该有一个实事求

---

① 潘德荣:"诠释学:理解与误解",载《天津社会科学》,2008年第1期,第32~35页。

是的认识,即翻译标准只是相对正确和相对固定的,有了它就能对人们的翻译活动产生很大的约束作用,没有它就会给胡译乱译者提供方便之门。

现在的翻译研究,往往会在"正确理解"有无可能的问题上无休止地纠缠。因此,我认为,当我们说"正确理解"时,更多说的是一种姿态。译者理解是不是正确,是译者个人翻译水平与技巧方面要解决的问题。翻译研究首先应当解决的是对"理解"持什么样的态度的问题。现当代翻译研究深受哲学解释学的影响,认为真相总是被"理解"背后的"无知之幕"遮蔽。所谓的真相原本就是由哲学家们提出的,因而也还得由哲学家们去解决,翻译理论家不一定非得跟在他们身后附和。翻译理论家要关心那些能够由已知材料去证明或根据文本可推定的事实,关心译界已形成共识的翻译原则在多大程度上起到了制约译者行为和思维的作用,关心哪些问题是能够探寻到答案的、哪些是必须要坚守的翻译原则的问题。而对于译者而言,他们没有兴趣和时间去关注什么"忠实"或"叛逆",他们所关心的是在尽可能短的时间内解决翻译中遇到的理解与表达方面的难题。翻译理论家未必要替他们拿出具体的解决方案,却应该提出有助于他们自己拿出解决方案的指导思想,而不是无休止地提出一个又一个问题,让他们陷入一个又一个的困惑。如果翻译学总是跟在哲学身后,那么从哲学的角度来看,对文本的理解确实没有标准答案,大家的理解也都是不同的理解,这样的话,翻译还有存在的必要吗?之所以有正确的理解,是因为有一个正确的标准,而一个标准是否正确又需要根据另外一个标准来衡量,如此这般,往复循环,永无止境。长此以往,翻译学终将沦为玄学,或成为一种纯粹的理论,而且这种理论对翻译实践非但毫无指导意义,还会干扰翻译家们的正常思维。翻译理论家不能在无穷无尽的哲学追问下丢失自己,也不必因找不到一个正确的理解标准而苦恼,而应该在规范翻译的学科地位上多下功夫。翻译规范的学理依据是翻译必须受到其本质属性的制约。失去了制约,译者就不会去积极地探寻正确的答案,即便是自己翻译错误了,也不会有任何羞愧之心,因为哲学理论会帮助他们找到借口:反正所有的理解都是不同的,反正正确的理解总是无法判断的,随便怎么译也就都是可以的了。翻译应该是有正确答案的,尽管这个所谓的正确是相对的正确;翻译的解释不是任意的,也应该受到一定的限制。具体地说,翻译规范要建立在形式逻辑基础之上,违反逻辑思维规则而获得的理解就是错误的理解,违背翻译规范的理解就是错误的理解。虽然这样的说法经不住哲学的无穷追问,但对翻译研究和翻译实践却有着重要的现实意义。

二、规范的翻译与灵活的翻译

翻译的规范是翻译的一个重要的制约因素。翻译的规范是翻译活动中人为添加的制度性的东西。与其他制约因素相比,这种制约因素的出发点是最为正当的,它是为了让译作更能忠实地在译语中表现原作而产生的。当然,我们必须承认,强调翻译规范也会带来片面的结论,但相对于那些翻译哲学理论,它还是能让我们看到一个框架,而不是漫无边际的宏观面向。在翻译规范的框架中,原文本中的某些社会现实意义受到了约束,在译语中无法得到很好的表达,这就使得有些人认为制定翻译规范是一种"作茧自缚"的"病态"之举。这种认识是对翻译规范的误解。翻译规范并不能解决翻译中的所有问题,所以它不排斥译者在规范外的种种努力,但是它的存在随时提醒译者什么是译者的本分。译者需要做的是努力弥合双语之间的语言分裂,解决双语之间的文化冲突,而不是给自己胡译乱译找到借口。这就如同一般与个别的关系。翻译规范的制约作用就在于让个别屈从于一般,虽然也会有些特例,但是我们不能拿这些特例来否定一般。一个合格的译者起码要有这样的姿态。对于译者而言,翻译中碰到的难题(除掉那些原作本身就不清楚的情况)几乎都是个别与一般的冲突。为了保证翻译的整体效果,译者有时完全可以在翻译规范之外寻求解决的办法,但是翻译规范不能因为出现了个别美妙的特例而遭否定。规范指导下的翻译之所以仍允许特例的存在,是因为翻译本来就是为了调解语言的冲突而来的,人们希望通过翻译来减少语言障碍,而不是通过翻译将不理解变成误解。但是规范之外的特例如果越来越多,翻译让不同语言使用者相互理解的效力就越来越低,从而使得双方正确理解的愿望进一步落空。

我们在研究中发现,翻译越是彰显译者的权力,其理论上的缺陷就越显著;但同时翻译规范也很难让译者接受——译者大多以自身的经验为指导,对细腻的规范还没有在心理上做好接受的准备,使得理论家们的规范只能是纸上谈兵,没有用武之地。翻译中复杂的情况确实不是任何规则所能穷尽的[①],我们也不能因为墨守由概念构造的认识论体系而放弃实现目的的机会。但若由于反对方法论而提出拒绝一切普适的标准,又会沦为翻译的"无政府主义",置翻译的法则、义务、责任于不顾。在这样的

---

① 吕俊:"开展翻译学的复杂性研究——一个译学研究思想观念和思维方式的革命",载《上海翻译》,2013年第1期,第4页。

情况下,我们一方面可能会放弃规范的引领作用,另一方面也可能会夸大规范的作用而把其视为翻译中的决定因素。实际上,我们既需要规范的翻译,更需要规范指导下的灵活的翻译。在翻译实践中是规范屈从于灵活还是灵活屈从于规范,是需要我们一直反复权衡的问题。

三、形式主义的翻译与实质主义的翻译

无论是"形似"与"神似",还是"硬译"与"意译",人们对翻译的思考长期存在着两种思维进路,即形式主义和实质主义。这两种思路完全不同,但译者与研究者都知道,任何人如果扎入其中一个而放弃另一个,都会走向绝对主义。过度强调实质主义翻译,就会毁掉翻译的思维基础;过度强调形式主义就可能背离翻译的目的。我们发现,在翻译实践中,译者总是在两者之间进行平衡,但矛盾总是得不到彻底解决。

形式主义翻译强调服从翻译规范,遵守翻译规则,而对翻译的创造性持谨慎的态度。如果译者完全按照形式主义的思维从事翻译实践,那么他们事实上就否定了翻译的创造性。实质主义翻译虽然也会打"忠实"的旗号,但是由于缺少规范的约束,往往会使翻译变得越来越不确定。如果翻译放弃了对翻译确定性的追求,那么翻译就可能会与权力操纵紧密联系在一起,所以我们必须认真对待翻译的形式主义。然而,实质主义的学者也在追问,对于那些不能解决翻译实践中遇到的具体问题的规则与规范,我们为什么还要去服从与遵守?

翻译中的各种问题之源是解释。翻译的解释是胡译乱译的诱因,原语文本一经译者解释,就宣告了原作者的"死亡"。从原作的角度来看,译作的读者是一群被误导的读者。但是,相比而言,形式主义译学比实质主义译学在问题解释上更为谨慎与理性。形式主义译学强调解释是对文本含义的解释,文本对解释有着制约的作用;而实质主义的解释则认为,解释是以语言形式对人与人之间的关系所做的一种社会诠释,这就使得翻译所建构的世界成了虚无缥缈的空中楼阁。当然,形式主义译学存在许多缺陷,比如,意义的模糊性、译文的不周延性以及由机械式翻译带来的译者创造性和能动性的减少,等等。但是,不管怎么说,翻译规范是翻译建设的最重要的因素,在规范的约束下翻译才不会放纵成创作。可以说,没有规范与规则,也就没有翻译。但是,我们也要认识到,翻译的规范不同于技术的规范,它不是精确的,而是相对粗犷式的。翻译还需要用艺术的方法去处理文本。可是,艺术不是可以重复使用的技巧。这就是形式主义译学与实质主义译学在中国的现状,两者可谓谈谈打打又打打谈谈,

若即若离又不可分离。从表面上看,中国的翻译研究是形式主义译学占据支配地位,无论什么样的观点,总忘不了亮一下"忠实"的旗号。但是,实际上,中国的译学一直在鼓吹实质主义的翻译。我们处于社会转型期,翻译思想上的不稳定是正常现象,但我们也同时处于翻译学建设的初级阶段,一定要有翻译的稳定性意识。在西方,译学的形式主义和实质主义也经常处于竞争的状态。这种竞争状态对翻译学的建设是有好处的。形式主义译学表达了翻译的制约本性和谦抑本质,这正是翻译的基本属性。虽然形式主义译学的许多主张是理想主义的,一些只能是理论上的一种姿态——比如,译者的价值中立说,因为译者不可能完全丧失自己的价值立场——但是,这种姿态是极为重要的,为翻译学的发展提供了稳定的空间。中国的翻译学建设还缺少形式主义译学的兴盛阶段,因此在当下的中国提倡形式主义翻译不是一种"过时",而是一种"及时",对有效遏制各种学说对翻译本质的侵蚀非常必要。

四、翻译的一般性与翻译的个别性

如果强调翻译的规范作用,我们势必就会坚持一般优于个别的原则。但是,由于翻译具备创造性的属性,尤其是近些年翻译解释学理论兴盛以来,翻译的一般规范作用以及对思维的约束作用明显有所下降,一些人夸大了意识形态等制约因素的作用,把个别上升到与一般同等重要。这些翻译理论淡化了翻译的基本属性,强调了翻译的其他属性。很多人打着翻译效果的旗号,对原作过分翻译,实施着能动主义的翻译实践。

传统的翻译主要是对原语文本和原作者负责,而如今的融贯理论提出了更高的要求,使传统翻译中的翻译标准成了被瓦解与分化的对象,在翻译标准参照下的正确翻译已经被读者的可接受的翻译所代替。翻译中的固有含义开始失宠,而合理性和社会性成了确定具体翻译含义的思想源泉。翻译研究的舞台越来越热闹,而这种热闹,更多的是一种疯狂,而不是理性。因而,我们在强调创造性翻译的重要性的时候,一定不能忘记翻译意义的一般性在翻译中的作用。翻译的最基本的理据是一般的翻译规范与规定,尽管它们不是翻译完成的唯一因素,价值等因素也会为翻译的内容添砖加瓦,使其更具有社会基础,但我们决不能因此放弃对翻译规范理想的追求,尤其不能忽视翻译规范在翻译学科建设及翻译实践中的积极意义。

社会的理性化追求起源于文艺复兴时期人性论的分化。文艺复兴运动最重要的意义,是在一切都被神学控制的世界里,发现了人的存在与价值,使人性逐步代替了神性,为社会的发展带来了生机与活力。然而,在人文主义者高扬起人性旗帜时,个人主义也由此产生。人文主义对个人的肯定一旦突破了各种原则与规则的限制,个人主义就会像脱缰的野马在社会的各个层面横冲直撞,社会秩序与集体意识便随之土崩瓦解,翻译也不会例外。当"人性化"失去理智的时候,理性与科学以及哲学的客观性理论就成为纠正这种倾向的主要思想。笛卡尔的二元世界划分的理论出现后,理性的绝对权威得到了广泛认可,理性的统治地位也由此得到了确立。紧随其后的法国大革命竖起了普遍性高于特殊性的旗帜,进一步巩固了理性的思想,使理性崇拜成了社会的普遍现象。

然而,理性并不能代替一切。后来的黑格尔就过高地估计了人类理性的力量,其结果就像拿破仑过高估计了法国军队的征战能力一样。马克斯·韦伯提出了感性制度理性化的理念,辩证地看待感性与理性的关系。他在《经济与社会》中对一些传统行为方式,比如习惯、习俗、惯例等,展开了详细论述,认为这些行为方式和非正式的制度仍未完全进入理性层面,因而才会是低效的。他提出在感性制度的基础上进行理性化改造,让感性行为符合工具理性和科学原则[①]。他以理性的方式修补感性的不足,实际上也是在理性万能的背景下对理性提出了冷静的思考。而法兰克福学派则兴起了西方对社会理性化批判的热潮。比如,马尔库塞揭示了科学理性及逻辑理性的局限性,分析了片面追求理性化带来的种种弊端,认为理性主义者高估了理性的设计能力,因为理性设计的制度和秩序总是短暂的,只有那些在人们自发感性行为下不断试错之后沉淀下来的制度和秩序才是稳定有效的。

我国的理论界近年来也出现了大量的针对社会理性化进行批判的理论观点,很多人都在高喊着要用非理性与非形式逻辑来改造我们的传统理论。我国学者刘少杰在研究后认为,感性选择是比理性选择更具有普遍性的选择方式,当感性选择与感性制度联系一起时,感性秩序就必然会出现[②]。在翻译研究中,这种论调也甚嚣尘上。翻译究竟是要基于理性还是感性,这个问题值得翻译界认真思考。这就意味着我们在翻译制约因素研究中要重视那些非形式逻辑的各种因素。我认为,一般的翻译规范

---

① 刘少杰:《当代学术思潮的感性论趋向——刘少杰在华东师范大学的演讲》,载《解放日报》,2008-07-13。

② 刘少杰:《当代学术思潮的感性论趋向——刘少杰在华东师范大学的演讲》,载《解放日报》,2008-07-13。

应对翻译建设具有优先意义。这一条原则必须坚持。但是,也要注意到,坚持翻译规范的原则并不意味着全盘否定非形式逻辑在翻译中的作用,毕竟理性并不是决定翻译成败的唯一因素。

翻译的理性思维,就是抱定以简单对应复杂的姿态,通过简化翻译运作的思维过程,把翻译方法约简为一些原则与技巧,从而使翻译人能够遵循某种逻辑,具有相对齐一的思维,并能够形成训练方式,用来培训翻译人才。翻译理性思维之下的翻译方法论,独立于个体的观点、信念和文化背景,是对许多成功经验总结分析后的共性认识。从翻译教学以及翻译职业训练所取得的成绩来看,翻译的方法论还是有成效的,至少对那些处于胡译乱译边缘的行为起到了一种"威慑"的作用。我们知道,总是有些创作欲过强的译者在翻译过程中滥用自己的权力,而看不到自己所应当承担的义务,而看不到自己应当承担的责任。

翻译的理性思维能帮助译者贴近文本,但也可能遮蔽译者的智慧。现在,方法论的讨论有一个缺陷,也是一个普遍性的倾向,就是企图以永恒不变的形式对待知识的问题。人们只热衷于对其陈述加以相互比较,而很少考虑它们的历史,对于它们可能归属于不同的历史断层这一事实视而不见。比如,如果初始条件、知识背景、基本原理及其他观察资料都是明确的,我们是否就能得出一个明确、一致的结论呢?回答也会是大相径庭的。有的会做出肯定的回答,并认为这一切还可以作为评价的指标。有的会做出否定的回答,认为凭借逻辑、根据内容和已经发生的事情推论出来的东西并不可信,更不能用来证明真伪。但是学界不少人还是以为,在原理清晰、观察精确、证据充分的前提下,可以得出确定的结论[①]。西方哲学家一直不断地提醒,过度的理性思维会对人们观察事物造成遮蔽现象。但是,我们要知道,西方哲学家的这些告诫可能是有针对性的,因为西方人确实对理性充满了迷信与盲从,从而导致行动的机械。然而,从中国翻译人的思维总体情况来看,则没有出现这种局面,更多的是那些没有认真对待规则与程序的现象,所以我们的理性观念不是需要削弱,而是要得到强化。我们的情况是,重视翻译效果和读者的可接受性成了我们忽视翻译规范的正当理由。翻译的理性思维对于翻译建设来说是至关重要的。在我们的思维层面,翻译的理性并没有被抛弃,只是没有明确翻译的理性主要是指什么。在我看来,认真制定规则并树立规则的权威,在翻译

---

① [美]保罗·法伊尔阿本德:《反对方法——无政府主义知识论纲要》,周昌忠译,上海译文出版社2007年版,第123页。

中,尤其是对国外重要作品进行翻译时,是必须要做的一件事情。这样做或许我们会造成某些"遮蔽现象",但可以保证翻译的基本质量。这就是翻译的辩证法。在目前国内翻译界普遍不重视翻译理性的情况下,强调翻译的规则甚至是程序更为重要,即使这有时意味着不能很好地照顾到翻译文本的特殊性。

翻译的规范建设应该是一个稳定而系统的过程,所以,对于当代的西方译学理论,我们应该认真反思,而不是简单地模仿。我们主张在翻译中奉行克制主义立场,坚持一般规范优于个别文本的涵摄翻译原则,在此基础上有限地张扬译者的权力和创造力。当然,有人会指出翻译克制主义的提法过于落后,是西方人早期的翻译实践意识形态。但是,中国的翻译建设需要补上这一课。在翻译本来就没有权威的时候,还主张消解翻译的权威,后果是很严重的,将使中国文化缺乏逻辑因素的现实状况进一步恶化,对翻译建设极为不利。现阶段的中国翻译需要继续加强形式逻辑在翻译建设中的作用,不能用牺牲一般性和普遍性来换取建立在感性选择基础上的秩序。中国的翻译学研究需要制度化,翻译实践行为需要理性化。我们中国翻译人要看到中国的翻译问题,有了中国的问题意识,我们的译学理论就有了中国之根。

当然,我们也要认识到任何方法论的"权威"都是相对的,方法论强调方法必须被遵守,是方法论的学术理念所决定的,如果不这样,方法论的研究就会被指责是无用的,其实任何一条翻译规则,不管多么有道理,也不管在实践中起到过多大的作用,也总是经常被例外所打破的。译者的智慧主要表现在对"例外"的处理上,似乎"明显地"摆脱了规则,又似乎在翻译的规范之中。这些"例外"总是会不断地出现在我们的视野里。这是由文本本身内涵的复杂性和发展的无限性造成的。但是,我们不能因此而反对研究翻译方法论。虽然一个翻译家不会在翻译中被翻译规范的条条框框束缚住手脚,但是我们训练和培养翻译人才的时候却必须要遵守这些规范。只有遵守了,才知道哪些原则是可以变通的,哪些原理是必须坚守的。作为翻译的职业训练,我们不能灌输任何违背规则的言论,虽然事实上在有的时候违背规则比遵守规则更有助于解决问题,但我们宁可显得迂腐一些。

五、译学与哲学

翻译规则是一些一般性的规定,相对于具体文本来说,这些规定显得很抽象,是一种舍弃了事物与行为的特殊性并抓住它们的共性后进行的概括性表述。因为翻译规则不是针对某个具体文本或译者制定的规定，所以可以在实践中重复地使用。为了防止一般性的规则成为一种绝对化的原则，翻译规则通常也会规定一些"不规则"的规则。译者的作用就是把一般性的规定具体化。具体化的结果是否正确，无非是看理解与表达是否符合规则与逻辑。这是一种逻辑判断的结论，而不是实质上的正确。翻译具有一般性的优点就在于翻译规则带来了翻译的高效率，同类情况同样处理，而没有必要每次都"旬月踟蹰"，翻译也因此具备了一定程度的确定性和可预测性。中国长期以来一直对翻译标准进行讨论，莫衷一是，争论不休，实际上标准也只能是一般性的规定，相对于具体文本来说，总不是那么确定，但也正是因为将翻译的一般性作为翻译的标准，才能引申出翻译的稳定性、明确性、可信性、效率性和可预测性等优点。然而，在西方，出现了把翻译的一般性绝对化的理论，这就破灭了一般性的理性，暴露出其不足之处，从而受到后现代译学和现实主义译学的攻击。翻译的一般性仅仅具有相对意义，绝对化了就有了缺陷，但缺陷的暴露并不意味着它一无是处。就像接受理论，其缺陷显而易见，但它仍然在翻译实践中起着重要的作用。翻译的一般性理论不能解决翻译的所有问题，甚至有时还会束缚住译者的手脚从而不利于优秀译作的产生。但是，我们必须看到，离开了翻译的一般性原则，人们可能就真的不知道翻译为何物了。

在翻译的过程中，翻译的一般性和个别性相互纠缠，共同影响着翻译的结果。翻译的个别性有两种含义：一是文本在翻译时相对于一般的翻译规范而言有其特殊性；二是与一般的翻译规则比较，文本的翻译总是需要有一些特殊的规范。翻译原则中的一般性优于个别性，指的是一般性的翻译规范优于个别翻译中的个性，译者应该运用翻译的一般性去规定翻译文本。也就是说，在翻译过程中，需要张扬的是翻译的一般性规定，而译者的个性在翻译中应该受到抑制，个别性需要被一般性所掩盖。

从哲学上看，"一般性优于个别性"是没有什么道理的，因为它要求公认的理论优于新的假说，把旧的东西看得比新的东西更为重要。毫无疑问，旧的东西不一定是正确的，新的东西也不一定是没有道理的。我们取的应该是正确的东西，舍的应该是错误的东西。新的假说提供给我们新的证据，只要论证充分，合情合理，哪怕与以往公认的理论相矛盾，也是非常珍贵并应该得到重视的。理论的发展是有益的，也是科学应该有的走向，但是齐一性则危害科学，导致一般性凌驾于个别性之上，从而使理论丧失批判的能力,也同时限制了个人的自由发展①。但是,译学不同于哲学。翻译特点决定了译学是一种片面的带有形式主义色彩的学问,而不可能像哲学那样对世界进行全方位的探索,在翻译中坚持"一般性优于个别性"的原则不一定就是错误的。然而,"一般性优于个别性"的说法还是因其突出形式而受到实质主义的攻击,最明显的是对"形似派"的攻击,比如,鲁迅、董秋斯和当代诗歌翻译家江枫等人都因强调在翻译过程中保留原文形式的重要性而引起争议。"一般性优于个别性"遭遇批评的理由是:一般性的翻译没有考虑到具体文本的复杂性,译者如果拘泥于一般性的规定,则无法显示翻译的灵活与变通;一般性的翻译会导致"硬译"或"死译",造成佶屈聱牙的译文,使读者难以接受。这种批评的声音可以说是理由充足的,但是问题是,如果我们强调了灵活,有没有什么方式来约束灵活?灵活若得不到约束,其结果只能是原则被丢弃到一边,灵活变成了任意。所以,强调"一般性优于个别性"并不是针对灵活性翻译,而是为了限制翻译灵活性中存在的专权与任意。

  我们反对把"一般性优于个别性"的翻译原则绝对化,就是要防止把翻译的"忠实"与"创造"两个概念对立起来。虽然这两个概念是有些对立的,但两者适用于不同的情况。翻译应该奉行忠实的原则,即意思确认后就要根据一般性规定翻译具体的文本;而"创造"是在一般性规定不能履行"忠实"的情况下采取的一种特别措施。一般性翻译优先原则反映了翻译统一性的要求,而翻译的"创造"反映的是翻译对特殊情况特殊处理的翻译要求。这是在翻译制约因素的研究中应该考虑的问题。一般性翻译原则必要时应自行避让,这个"必要时"是指一般性翻译原则无法实现"忠实"的翻译时。

---

① [美]保罗·法伊尔阿本德.:《反对方法——无政府主义知识论纲要》,周昌忠译,上海译文出版社2007版,第310页。

第二章

对"翻译制约因素研究"的概述

  翻译的目的一定是尽可能在译语中保持原语文本的本来面貌,这就需要对翻译进行制约,不能让译者随心所欲。然而,从原作到译本是需要一个语际间的转换过程的,在此过程中译者就像是一个调解员奔波在意念中的作者与译文读者之间并不断为他们做出选择与决策。对于译者而言,作者与译文读者都属于"他者",这就需要译者去理解他们,而译者的学识水平及其他因素不尽相同,这种理解就会产生差异。差异可以存在,但有一点必须是译者共同要有的,即译者要知道让自己自觉接受原语文本的制约,只有这样,译者才能称得上是一个译者。除接受原语文本制约的主动性与自觉性这个因素之外,翻译活动还要受到译者的阐释能力、价值体系、文学修养和美学偏好方面的制约,以及来自读者群、研究界、出版方和经济、政治、文化等多重因素的制约[1]。研究这些制约因素可加深对翻译性质的理解,促进翻译批评。

---

  [1] 徐修鸿、邓笛:"文学翻译系统中制约因素的图式框架——基于对译作生产与接受过程的描述",载《成都大学学报(社科版)》,2015年第5期,第66页。

第一节　回归常义的翻译概念

随着对翻译的不断探讨,关于翻译的界定越来越多,但认识非但没有随着探讨的深入变得清楚,反而连翻译的基本含义都面临被颠覆的危险。语文学派、语言学派、文化学派和解构学派等都站在自己的角度,对翻译有着片面的认识,置翻译的本质特征于不顾,而现在的哲学解释学派又抛出了"翻译即解释"的命题,致使翻译的正当性及翻译学存在的合理性都受到了质疑。其实,哲学解释学所言的"解释"也并非"任意的解释"。伽达默尔强调他所说的解释是针对晦涩不明和不可理解的东西,对于那些清楚明白的事物可以直接去理解,而且解释也应该是有根据的,即根据历史资料推断出作者的精神,再根据作者的精神进行解释①。相应地,"翻译即解释"的内涵则可用中国传统译学中的"形似"与"神似"来表达:翻译即对"形似"翻译后意思清楚、不会引起误解的部分不去解释并尽可能保持"形似",而对那些"形似"翻译后会带来晦涩难懂或无法理解的内容要进行解释以求"神似"。翻译的解释不针对那些"形似"就可以完成对原作内容清楚表达的部分。

翻译必须在制约之下进行,是因为翻译总是与某个原语文本联系在一起。译者的首要任务就是要探索这个文本的给定之物到底是什么,比如文本所隐含的思想及要想表述的内容。也就是说,翻译即原语文本在译语中的重建。因此,译者虽然是在用译语表达,但表达的内容应该是原作者的。译者应该站在原作者的立场上基于原语文本形成译语文本。这样的翻译,尊重原文本,突出原文本的重要性,强调原作者意志的可探寻性,也同时制约了译者的行为。与此相适应,翻译的语法因素、历史因素以及逻辑因素等都成了重要的翻译制约因素。

在当代翻译学研究中,我们应该倡导研究者接受原文本的约束,考虑译者的历史性,充分尊重但又不拘泥于逻辑与语法因素。翻译是一项实践性的活动,翻译研究也应当具备实践的目的,否则只能是中看不中用的"花拳绣腿"。过分强调翻译就是解释,不利于培养读者对翻译的尊重,也不能建设出有制约的、规范的翻译学科。

翻译是一个过程,通过这个过程,使一个原本不会被译语读者明白的

---

① Gadamer, H. G.: 1975, *Truth and Method*, Sheed and Ward, 159-160.

文本变得有意义;翻译也是一个起着媒介作用的方法,其目的就是用译语忠实地表达原语文本的思想与内容,因此译者很多时候只需对意义清楚、语法明确的句子的含义进行认定就行了,无需对每句话都挖空心思地去解释,或对一些简单的词绞尽脑汁地去挖掘其"深"义,这样做不仅是多余的,而且很有可能会搞乱翻译的意义。对翻译如此界定,就是对翻译最初含义的回归。在方法论的意义上,不能赋予翻译太多的意义,否则人们就会在各种纷繁的意义中偷换概念,要么使翻译变得不可信,要么引起人们之间没完没了的争论,使人们产生对翻译的厌恶。

第二节 什么是翻译制约因素研究

翻译的制约因素研究与翻译学研究的核心问题是一致的,那就是:什么是翻译?两者的区分也许在于,翻译学是在更宏观与一般抽象意义上探索什么是翻译,对翻译进行高度的概括,尝试用简练的词语在较短的时间内把握抽象意义上的翻译,从多个角度审视翻译的一般属性,描述翻译的本质、意义、功能、形式、地位、特征等;而翻译的制约因素研究是从另一个角度,即在翻译具体化的过程中,把握什么是翻译。翻译的制约因素研究是在具体文本的场景中探究翻译是什么,不在于对翻译进行抽象的表述,而是在抽象理论的指导下,关注翻译实践中的翻译是什么的问题。翻译学关心的是研究结论是否全面,翻译的制约因素研究关心的是作为具体的翻译是否合乎翻译的原则、规范和制约精神。翻译的制约因素研究在一定意义上仍然属于翻译学,虽然它是朝个别化的方向研究具体的翻译是什么,但这种研究并不等同于译者在翻译实践中的具体研究,它所叙说的还是一般理论。我们这个世界原本就是一个整体的世界,孤立的世界只存在于学科的研究中。翻译学科中又有不同的流派与方向,构成我们对翻译的基础认识,没有这些分门别类的基础理论,我们对翻译的认识只能停留在直观意义的经验感觉上。为了回答什么是翻译的制约因素研究,我们还得从理论家的一般论述来展开,这些理论家方向不同,角度各异,有些观点我们很难苟同,但是我们还得认真了解他们的理论,这样我们才能对翻译的制约因素研究有一个较为全面的认识。

一、翻译研究的核心是"翻译是受规范制约的"

学者们普遍认为,图里是系统进行翻译制约研究的第一人。他认为,"规范"在翻译行为和翻译活动中始终处于中心地位①。规范的制定不是想当然的,而是在对各种翻译现象进行描述性分析的基础之上将某一特定时境里大家所共享的价值或观念转化成行为的原则②。他由此提出了一个著名的论断,即历史、社会、文化作用下的规范制约着翻译③。图里认为,翻译规范是对译者行为的制约,这种规范体现了某一社区的价值观念。译者的翻译过程是一种选择的过程,而这一过程受到这些规范的制约。图里的规范研究是从译者的角度出发,以翻译过程中译者的选择为重点研究对象,是一种经验式的考察。图里通过对方法的研究求得对具体翻译的认识,并不像哲学那样探讨翻译的本源问题。他在把方法用于对翻译制约的研究中提出,译者在翻译过程所遵循的规范有三种类型:预期规范、初始规范和操作规范。预期规范决定了译者的文本选择和整体的翻译策略;初始规范制约了译者在原语与译语之间的选择范围,即在忠实于原作与原作在译语中的可接受性两极之间的选择;操作规范是对译者在实际翻译中所做决策的控制,这一规范又可分为"母体规范"和"篇章—语言规范"。母体规范决定了译文的宏观结构,比如是全译还是编译,而篇章—语言规范影响译文的微观结构,比如句子的结构、词汇的选择,等等④。图里认为,翻译活动是一项受制于规范的活动,就约束力而言,规范的两极分别是具有普遍约束力的社会文化制约和纯粹的个体癖好,而两极之间则是呈梯度分布的规则,这种梯度从社会文化制约到个体癖好反映出一个从客观到主观(更少客观)的分布态势。图里用"规范"这一概念指称了翻译中最主要的制约因素,这些制约因素影响着译者的决定⑤。

图里的观点受到许多学者的质疑,比如,有人认为他的"规范"研究有三大不足:一是在研究上片面强调客观中立,缺少价值判断;二是"规范"

---

① Toury, G.: 1980, *In Search of a Theory of Translation*, Porter Institute for Poetics and Semiotics, 51.
② Toury, G.: 1980, *In Search of a Theory of Translation*, Porter Institute for Poetics and Semiotics, 51.
③ Toury, G.: 1999, A Handful of Paragraphs on "Translation" and "Norms", In C. Schaffner (ed.), *Translation and Norms*, Short Run Press, 9.
④ Toury, G.: 1995, *Descriptive Translation Studies and Beyond*, John Benjamins, 58 – 61.
⑤ Toury, G.: 1995, *Descriptive Translation Studies and Beyond*, John Benjamins, 56 – 59.

太多,与翻译实践脱节,不利于翻译事业的健康发展;三是对译者的创造性不够重视①。不管人们对图里的观点有什么样的批评,我认为他把翻译的重心确定为"规范"与"制约"应该是没有问题的。翻译与创作是有区别的,而"规范"与"制约"在保证这种区别中起着重要作用。正如方平先生所说:"翻译可以说是一种'二度创作',创作可以充分发展自己的个性,天马行空、潇洒自如,而翻译有依附于原作的从属性这一面,不免束手束脚,是戴着镣铐跳舞的艺术。"②方平先生这里所说的"束手束脚""戴着镣铐跳舞",也就是指译者应该约束自己的翻译行为,不能为所欲为。图里的制约理论顺应了翻译界人士这样的基本认识,也有助于促进翻译研究学科地位的确立。在我看来,无论是翻译制约说,还是翻译创造论,其实都是对翻译是什么的探究。翻译创造论是在承认翻译需要制约的前提下讨论译者的创造性;翻译制约说是在承认译者的创造性的情况下谈翻译的规范。图里的翻译规范研究涉及语言、文学、社会等各个方面,试图找到决定译作产生的各个相关的制约因素。在图里看来,翻译的制约不是死板的,却是必需的,译者在翻译中有选择与创造的空间,但又必须在翻译活动中始终接受各种规范的制约。

二、翻译的制约因素研究是对创造性翻译的反思

翻译是一种实践活动,任何实践活动的参加者都会在活动中表现出主体性。就翻译活动而言,译者是具有创造性和主观能动性的个体,会在翻译活动中本能地操纵原语文本,以自身的文化为参照系对原语文本进行理解和重新表达,从而将个人的情感认知因素带入到译文之中。

现代哲学解释学认为,人是历史的,都有其无法消除的历史特殊性和局限性,人的理解与表达也因此总是以历史性的方式存在并镶嵌在历史之中。在翻译活动中,"创造"与"制约"总是会交织在一起,不可或缺。"创造"是针对横亘在两种语言文化之间的障碍提出来的,要逾越这些障碍,就需要发挥译者的主体性,但同时也说明译者的"创造"是有限度的。"制约"是基于两种语言文化的共同之处而言的,比如,两种语言文化在词汇、句法、语篇等方面多少都会有相同性和相似性,这就让制约成为可能。

"创造"与"制约"从表面上看是对立的,实际上是一致的,目的都是为

---

① 韩子满、刘芳:"描述翻译研究的成就与不足",载《四川师范大学学报》,2005年第1期,第111~116页。
② 许钧:《文学翻译的理论与实践》,译林出版社2001年版,第19页。

了最大限度地再现原作的风貌。因此,翻译的制约因素研究不但要研究"制约",也要研究"创造"。"制约"不等于死译,"创造"也绝非无中生有。两种文字间的文化缺失和词汇空缺的因素都呼唤着"创造",而基于翻译的本质属性因素,"创造"必须自觉地接受"制约"。就像英语语法中有规则动词和不规则动词一样,翻译中的"创造"是一种摆脱"制约"规则羁绊的"不规则"翻译策略,旨在跨越那些由文化语言共同体给有"规则"的翻译造成的语言障碍。这种"不规则"与"规则"相辅相成,不可或缺。只有在"规则"的"制约"因素和"不规则"的"创造"因素的共同作用下,译作才能不负原文"神""形"再现的翻译初衷。

三、翻译的制约因素研究是一种关于翻译规范的理论研究

翻译的制约因素研究是当下翻译理论研究中最迫切的内容之一。近些年来,由于哲学解释学在理论领域中得到广泛的推崇,其强大的"解释力"使翻译的客观性和方法论的必要性受到了重创。在这种情况下,图里第一个从翻译研究的角度系统地提出了翻译规范的概念,翻译的制约因素研究开始受到了越来越多的重视。他明确指出翻译是受规范制约的行为,并对"规范"进行了定义:如果我们将注意力集中在译者的非强制性的选择上,而不去理会那些构成语言之间差异的结构规则,我们就会发现译者在翻译过程中的种种选择其实都与外部的社会文化制约因素有关,这些制约因素即规范[①]。在图里看来,翻译规范包含了翻译制约因素的重要内容。他认为,翻译规范与其他社会规范有三个共同之处。首先,规范都以特定的文化为依据,文化不同,规范有异。第二,规范不是永恒不变的。一个社会可能会同时存在数种相互竞争的规范,比如,处于中心地位的主流规范、被现行规范取而代之的旧规范以及徘徊于边缘的新兴规范[②],这些规范在竞争中此消彼长,彼此遏制,又相互促进,不断推陈出新,使译作的面貌呈现出时代的光泽。第三,规范中呈现的矛盾性。社会的文化系统是复杂的,不同的文化子系统会生成不同的观念,这些观念都有各自的合理性,但相互之间却可能是矛盾的,遵守某一规范,可能意味着违反另一规范。而翻译又是一项跨文化的交际活动,涉及两个完全不同的社会文化系统,因此这种矛盾性就变得更加突出,这就使翻译成了一种协调各种矛盾以达到交际目的的活动。那么,翻译规范应该如何制定?

---

① Toury, G.: 1995, *Descriptive Translation Studies and Beyond*, John Benjamins,62.
② Toury, G.: 1995, *Descriptive Translation Studies and Beyond*, John Benjamins,62.

我想,翻译规范应该是抽象化、系统化,其相关因子间脉络清晰、层次分明,能够描述译作的生成机制,并同时具备以下三个特点:第一,适用度广。就一次翻译活动而言,"规范"能作用到翻译活动的始终以及各个层面。第二,客观性强。"规范"应该牢牢扣住翻译的本质描述翻译,指导翻译。第三,启发性大。"规范"并不出台具体的操作细则,但是却描写出翻译活动的操作规范及其潜在机制,对译者翻译策略的定位有启发作用。

很少有译者公开宣称自己的翻译脱离了原作的创作,这说明翻译应该遵循某种规范并接受原作的制约已然成为一种公识。但是,改头换面、偷梁换柱的"译作"总是一直存在着。如果我们把翻译比作一种商业活动,只要译者声称自己是翻译,那么对原作的不忠实就是一种"货不对板"的欺诈行为。也有另一种情况,就是根据原作进行了创作性的改编,我们认为这种行为一直存在,也就一定有其存在的道理,但是这种行为一定不能称为"翻译",究竟应该如何看待这种现象,这不是我们要讨论的。我们关注的是,如果译者承认自己的行为是"翻译",那就应该让读者从译作中看到与原作尽可能相同的模样。

图里致力于把描述翻译学建构成一门探求"规律"的科学,应该说他的努力方向是正确的,但是他的一些观点还是遭到了种种质疑。比如,赫尔曼斯就对"初始"的概念提出了挑战,质疑"充分"的可能性[①]。他的质疑击中要害。因为"充分"只能是一个相对的概念,不要说跨语言文化的翻译,即便是让同一语言文化的人对文本进行阅读理解,也不能穷尽文本的意思达到"充分"。其实,图里的"规范"从一开始就没有打算强制译者的行为,只是描写规范并劝导译者遵守。在"规范"的框架中,译者的行为就有了"度",不至于因为要适应客观形势的变化而让翻译失去翻译的秩序,也不至于因为要一味地遵守原语文本的意义而与社会分离以至呈现僵化。"规范"的提出,就是要使翻译意义的安全性得到保障,又不使个别的创造性完全屈从于翻译的一般性,这一切最终还是要看译者是否会接受规范的制约。

翻译的规范之所以考虑到社会文化的因素,原因在于原语文本原本就有多种含义,译者自觉不自觉地倾向于把原始意义发展成为现实意义以适应新的时代。这个过程是历史发展进化中的"自然"现象,尽管许多译者会以"忠实"的名义死抱住原始意义不放,但研究者不会对社会本身的进化视而不见。从文化的角度看,不同文化的人所受到的伦理、宗教等

---

① Hermans, T.: 1999, *Translation in Systems*: *Descriptive and System-oriented Approaches Explained*, St. Jerome publishing, 76.

传统的影响各有不同,因此他们对原作的理解也各有千秋。但是,图里的理论以研究与翻译主体所接受的规范相关的翻译行为及其所具有的规律为己任,而翻译中的与时俱进的行为又与翻译主体所具有的主体性紧密相关,那么,该理论的结构性缺陷就暴露了出来,它似乎悖论性地回避了对翻译主体所具有的主体性的研究和理论建构。这是因为,一方面,图里的理论是建立在以"中性观察说"为学理的实证主义的基础之上,它承认观察可以为理论提供经验基础,也承认观察有检验理论的作用,但是这种观察应该具备客观性,应该排除观察主体可能有的主观因素,是一种不带任何偏见的观察,但它的不足是忽视了理论对观察的影响,认为观察无须依赖理论的指导①。在实证主义的前提下,翻译主体在实施翻译行为之前就具备了"中性观察说"的前理解,这实际上也就排除了翻译过程中的主体性。另一方面,科学认识不能够认识它自己,不知道自己的变化,不知道自己在社会中所起的作用,不知道自己变化的方向。不知道这些事关主体与意识的概念,就等于剥夺了自己反思的权利,也就丧失了认识自己的自我观察②。也就是说,同一个人既是认识的主体又是他自己的认识客体,对客体的认识需要科学性与客观性,这种需求又反作用于认识主体,要把认识的主观性排斥在认识过程之外。图里的理论在认识论上蕴涵着理性的追求,而在方法论上蕴涵着反人文传统的思想。从这个意义上来说,翻译规范性方面的研究要在理论上保持权威性是一个很大的难题。

四、翻译的制约因素研究是让翻译研究走向论证的转向

长期以来,西方的规范研究太注重形式主义,不关注事实的个性,过多强调个别屈从于一般,这就使得研究对实践没有什么太大的价值。翻译制约因素研究的论证转向与西方新修辞学的兴起有关。修辞学在西方有悠久的历史,但是由于受理性的压抑而缺少应用价值。然而,自20世纪中期之后,合同用语得到了重视,智者学派在学术上占据主导地位,国家的政体与国力对软实力有了较高的要求,新修辞学发达起来了。新修辞学成了一种包括辩论与演讲在内的技艺。科学本是推论性的知识,一旦被当成追求目标的手段,其正当性就会受到质疑。新修辞学表现在翻译中的弊端就是,一旦翻译不重视形式,只追求所谓的"神似",并且打的是正当性的旗帜,翻译就可能失去制约,而成为译者的创作。制约的核心

---

① 冯契:《哲学大词典(修订本)》,上海辞书出版社2001年版,第2018页。
② [法]埃德加·莫兰:《方法:思想观念——生境、生命、习性与组织》,秦海鹰译,北京大学出版社2002年版,第70页。

就是翻译的一般性及其所包含的确定性。新修辞学下的翻译理论研究,虽然增大了翻译的可接受性,却动摇了翻译的根基。缺少了意义确定性的翻译还能算是翻译吗?

过分强调受众的观点,虽然确实方便了读者对译文的接受,却对翻译有着致命的伤害,这不仅是因为翻译的受众决定论无法操作,还因为制约应该是翻译的特征。我们不否定新修辞学式的翻译研究的意义,它对照顾翻译的个性、实现有特色的翻译、平衡制约与译者创造之间的紧张关系都起到了很好的作用。然而,这只能是对形式主义译学的一种修补,即使在翻译实践中获得了广泛应用,也不能成为翻译研究的本体。对于文学来说,新修辞学形成了宽容的胸怀和开放的解构;但是对于翻译来说,新修辞学动摇了翻译的根基。

翻译论证的理论设想是,通过论证人们能够达成一致的意见,但实际情况并不是如此。在译作的评介中,理论家对译者的译作总是不能达成一致。译作的优劣不是由一个人说了算的,但是理论家们又各有各的看法。所以说,翻译实践是一种寓于多样性之中的活动。翻译的复杂性使译作不可避免地具有了多样性,翻译的评价也是如此,但是翻译规范要求我们,翻译应该保持最低意义上的共识与和谐。被形式束缚不可能产生好的翻译。没有限制的"创造"则不再是翻译。翻译的制约因素研究是一种让翻译研究走向论证的转向。但是,翻译论证并不是要求译者在每一项翻译活动中都要进行复杂的论证。对那些典型的词句篇章,职业译者能够非常容易地给出很好的译文,但其实这也是论证,只不过他们的职业训练与翻译经验帮助他们很快做出了判断。当然,面对复杂的词句篇章以及有争议的词句篇章,译者需要在参照诸多因素之后才能做出判断。翻译论证为译者在规则之间与规则之外做出选择提供智慧的方案,既反映出翻译制约因素研究的优点,又能反映出翻译为普通读者所接受的灵活性。翻译研究走向论证是译学不可缺少的一个过程,也是当代译学发展中最为迫切的一件事情。

第三节　为什么需要对翻译制约因素进行研究

当我们思考为什么要对翻译的制约因素进行研究的时候,我们又不得不回到前面所提到"解释性翻译"这个话题上。要回答为什么需要进行翻译的制约因素研究,也就要回答为什么需要解释性翻译。从忠实的角度来看,翻译是不需要解释的,但这只是一种理论上的逻辑推论。从事翻译实践的人会发现翻译不等于逻辑,必须承认绝对忠实只是一种理想,在现实中是无法实现的。人们期待能有绝对忠实的译文,也期待有能指导译者译出绝对忠实的译文的方法与规则。这种期待作为一种美好的愿望是可以的,逻辑上也是说得通的,但实现起来却有很大的问题。因为语言与文化的不同、时代与政治的差异以及译者素养与读者期待等诸多因素,翻译成为一种受多种因素制约的复杂活动,解释性翻译是翻译实践中的必然之举。解释性翻译实际上是在译者、文本和读者三者之间架起的一座桥梁。这座桥梁虽然有效地沟通了三者,却也绕了一个弯,使忠实的实现打了一些折扣。

在了解为什么要进行翻译的制约因素研究之前,我们还须对翻译规范与翻译创造之间的关系有所认识。首先,翻译规范的作用不能被片面夸大。翻译规范并不排斥翻译创造,但是要对翻译创造有思维方式上的指导,不过这种指导绝不是一个解决实践问题的具体方案。创造性翻译需要接受规则的约束和规范的制约,各种制约因素需要通过创造性翻译得到调和,片面强调哪一个方面都会出现问题。过度强调规范,翻译就会出现僵化;过度强调创造性,翻译就会偏离原作风貌。也许这种矛盾的统一是因为翻译一方面要依赖于"死"了的文字,另一方面又要与活生生的现实世界相联系。这种"起死回生"的本领就是译者的创造性翻译。这种本领不是单一的,不同的译者自有不同的"回天之术"。然而,译者的"回天之术"可以不同,但是那个"回生者"应该是那个"死者"复生的,换句话说,译本与原作必须是一致的,否则翻译就成了"大变活人"的把戏了。翻译作为一种规范,限制着我们的理解方向和表达方法。即使如此,译者们的理解和表达仍然会有不同,但是职业的译者应该与普通的读者是有区别的,前者应该接受更多的约束,从而使自己的译文更加"正确"。这种"正确"的理解是译者能力的体现,应该有别于普通读者在自然而然的状态中的那种理解。人们要想吃翻译这碗饭,就必须研习如何进行创造性翻译,同时又必须学会在规范理论的指导下调和翻译的各种制约因素。这就是我们为什么要对翻译的制约因素进行研究的原因。

翻译的性质也需要我们对翻译的制约因素进行研究。翻译的性质决定了翻译的意义应该有确定性,但翻译的不确定性又在现实中存在着。比如,至今翻译界对翻译的定义还没有统一的认识。宋学智在《"翻译"定义繁多之论析》一文的摘要中说:"'翻译'(本文指文学翻译)的定义在翻译这门学科里是个看似最简单的问题,然而因其在国内和国外林林总总、各具特色,显露出复杂、深刻而又色彩斑斓的一面,折射出当前该学科领域的热门话题——翻译理论的种种缩写。当翻译活动经历了几千年悠久的历史后,却仍无一条翻译定义为世人公认,而当今世界形形色色的翻译定义又俯拾即是,'这是一个颇耐玩味的事实'。"[①]这说明翻译理论不可能一下子解决翻译中的所有问题,但翻译中的所有问题又都与翻译的不确定性有关。翻译的不确定性使翻译的理论与实践面临危机。面对这种严峻的形势,几乎所有严肃的翻译理论家都给予了基本的回应,因为只有当翻译有确定性时,译者的行为才可能有正当理由与可预测性,而这正是研究翻译制约因素的目的。

一、翻译的实施摆脱不了翻译的制约因素

没有规范就没有翻译。但是,没有译者充满个性的表达也同样没有翻译。因此,翻译注定是共性与个性的结合。因为有了译者,翻译规范这种具有概括性和一般性的抽象存在才能得到具体化。翻译的实施就是这样在多种制约因素的影响之下进行的。这些因素有很多,比如,语境的因素、语言的因素以及译者的因素,等等。

我们先说一说语境的因素。词语一旦进入某个语境,其含义就会发生一些微妙的变化,无论译者多么用功地研究原文本写作的背景知识,都只是对这个词语在这个特定语境中的意义的个人解读。

再说语言的因素。语言的因素曾经被看得至高无上,似乎解决了语言问题就解决了翻译的所有问题。这种把翻译当着是一种语言的简单转换的观点已经受到许多人的批评。我们不排斥翻译涉及的两种语言存在共性,它们无论在语言本身还是其他方面都一定有一致性,这种情况下我们主张通过逻辑推论来规范翻译活动,反对意义的增删,而提倡意义的认定。然而,翻译中遇到的丰富多样性会不断地向逻辑提出挑战,光凭逻辑不可能很好地完成翻译活动。两种语言间,语言形式的相似不代表意义的相似,有时甚至大相径庭。正如美国哲学家蒯因所说,如果我们以不同的方式将一个句子从一种语言翻译成另一种语言,我们会发现,这些不同的译句即使都与原句的言语倾向总体相容,它们彼此之间却不一定存在

---

① 宋学智:"'翻译'定义繁多之论析",载《扬州大学学报(人文社会科学版)》,2000年第5期,第44页。

合理的等价关系①。翻译的不确定性中很大一部分就是语言的因素引起的。

译者的因素更为复杂,当代科学研究最大的难题就是人类对自身的了解不足,从生物学的角度来看,人甚至根本不知道自己为什么能够思考。从哲学上来看,人之所以能够理解是因为有"前见"的存在,这就带来了问题,因为人的"前见"是不可能相同的,也就是说,人只能理解自己能够理解的,其理解力总是有限的。事实也是如此,尽管我们历史上有过许多伟大的译者,但是他们的译作也总是会出现让人感到不足的地方。因此,对于一个好的译者来说,能够虚心接受别人的批评是很重要的。翻译界要有正常的翻译评论与学术争鸣,让译者能从中受到启发。

由于翻译的实施受到了多种因素的影响,创造性翻译就在所难免,规范就显得很有必要。另外,在哲学上讲,翻译就是再创造,但在实际翻译中,我们主张只对那些意义弹性太大并同时存在许多变数的语句进行创造性翻译,而对那些意义明确的词语我们只要进行认定意义式的翻译就可以了。坚持这样的原则,才能充分显示翻译中的逻辑力量。

二、原语文本意义的不确定性使得翻译不能不对制约因素进行研究

人们对意义的认识完全受制于科学发展的状况。在科学发展史上,曾居于统治地位的经典力学,为人们构造出一个封闭的宇宙模式,所有的事物都在模式之内有规律地运动着。人们相信,科学总有一天能掌握到认识这个宇宙的所有知识。然而,当自然科学的发展进入到大量元素组成的复杂体系的研究后,元素运动的随机性、无规律性和不确定性使经典力学再也无法对解释这个宇宙充满自信。再后来,量子力学提出的"测不准关系"、美国数学家提出的"不完全原理"等使人们认识到,这个世界本身并不是完全确定的,科学不可能提供给人们完全确定的知识②。这种认识上的转变给社会的诸多领域都带来了变革,反映在翻译上就是原语文本意义的不确定性。但是,从翻译的角度来看,意义的确定性又是必需的,因为没有确定的理解,翻译就无法进行下去。在"不确定"与"确定"之间就需要翻译的主体发挥作用。关于翻译的主体,我同意刘宓庆教授的说法,即译者和翻译理论研究者是翻译的主体。他认为,主体具有三个主要特征。第一是主导性。人作为主体具有内在规定性,即人在行事时总

---

① Quine, W.: 1960, *Word and Object*, The MIT Press, 27.
② 祁志强:《美学关怀》,复旦大学出版社 1998 年版,第 19 页。

是根据自己的意识、意向或目的而动的,是在"自我权威感"的引导之下开展行动的。第二是主观性。人在实施自己的主体性的时候总是伴随着一种以自己的意识、意向和目的为轴心的心理倾向。第三是主观能动性。主观能动性是人在一种精神或观念支配下的创造性行为,这种行为使人的主体存在有了价值①。面对译者的主体性和翻译的不确定性,很多人得出了"翻译忠实之不可能"的结论。这个观点正确的一面就是"翻译的忠实只可能是一种相对的忠实",错误的一面是这个观点忽视了翻译本身对译者思维的约束。尽管翻译思维对译者的约束可能是不全面的,但有了翻译思维我们才可能会把不确定的文本意义确定下来,然后再通过创造性翻译来表达这个确定意义。

我们不能认为,既然翻译存在不确定性,那么我们就可以松动开译者被束缚住的手脚,让他们只追求相对的忠实。翻译的不确定性与译者对翻译绝对忠实的追求并没有多大的关系。翻译的不确定性使得人们难以对翻译行为进行预测,对翻译忠实的期望值就会降低,对译文的正确性就会产生怀疑。从心理学的角度来看,译文读者期望看到的是与原作一致的译本。这是一种正常的期待,而这种期待会在翻译实践中遭遇到困难。这些困难一旦加以夸大,连许多译学家都失去了对翻译确定性的信任。译学家在阐明自己观点的时候,不能忘记翻译的约束。"无论是风格和意义动态对等的'忠实'再现,还是'神形'两全的'创造'再现,以及'忠实'与'创造'的'折中'表达,所针对的都是如何跨越'语言障碍'。无论是在'形式'与'意义'不能'形意'兼顾,'神似'与'形似'不能'神形'两全时不能'得意'而'忘形',还是不能因'形'而'害意'的'折中'选择,都是基于对'忠'而不'美',或'美'而不'忠',即'忠实'与'创造'或'创造'即'叛逆'这一悖论的消解之上的。也就是说,创造的目的不是叛逆,而是为了更加'忠实'地、最大限度地再现原文各个层次方方面面的意义,'创造'并不是一种不得已而为之的补救措施,或离经叛道,而是文学翻译的最佳选择,也是唯一的正确途径。"②翻译的不确定性构成翻译创造的理由,但这个理由要基于对"忠实"的理想信念之上。

原语文本意义在具有不确定性的同时还具有确定性,正是文本意义的确定性才导致翻译的创造性是有限的,也使得翻译行为成为一门技艺及翻译研究成为一门学科具有了可能性。也正是文本意义的确定性,使

---

① 刘宓庆:《翻译与语言哲学》,中国对外翻译出版公司2001年版,第52~53页。
② 班荣学,赵荣:"文学翻译的'忠实'与'创造'",载《西北大学学报(哲学社会科学版)》,2006年第3期,第159~163页。

得译者的视域不只具有个人的独特视域,更具有大众的公共视域。虽然翻译的结果因人而异,但也绝不是不着边际的,能称之为"译作"的东西必定被限制在一定范围之中。翻译的结果是视域融合即译者个人的独特视域与大众的公共视域融合的结果。翻译结果的不同是这种视域融合的视域差造成的。造成这种视域差的因素有很多,比如译者、译语读者、原语文本和译语文化。这些因素均具有视域。朱健平认为,这些因素构成的视域差至少有六种:译者与原语文本的视域差、译语文化与原语文本的视域差、译者与译语文化的视域差、译者与译语读者的视域差、译语读者与原语文本的视域差、译语读者与译语文化的视域差①。这些视域差的存在形成了翻译理想与翻译现实之间的矛盾。

翻译的不确定性有时也表现为概念的模糊性,包括像"忠实""对等""通顺""规范"这些翻译谓词的模糊性。从绝对意义上来说,模糊性始终是存在的,因为词语的流变性和不可捉摸性始终是存在的,就像一句哲理名言所说——"人不能两次踏进同一条河流",但这种逻辑上的追问并不影响我们对河流的整体性认识,也就是说,事物的整体状态是能获得大家公认的。虽然我们有时不能确定某个译本是不是忠实于原作,或某个具体的翻译是妙笔还是败笔,但是我们还是要坚持对翻译确定性的追求。事物运动的绝对性并不影响相对静止。原语文本可以获得不一样的解读,但总会保持相对不变的确定意义。后现代译学抓住了原语文本意义的不确定性进行了夸大,以至于人们觉得翻译有时候竟不能做到起码的交流。人在变化的世界里总是要展示自己的力量,所以关于翻译不确定性的理论就多少有些言过其实之处。承认翻译的不确定性并不是说翻译没有任何确定性。翻译具有相对的确定性使得我们的思维具有了连贯性和逻辑性,也才使得翻译有了存在的必要。承认翻译的确定性与承认翻译的不确定性并不矛盾。翻译的不确定性使我们看到了翻译存在的问题。因此,翻译不确定性的提出不是置翻译于死地,而是击中了翻译问题的要害。事实上,人们也没有因为后现代关于翻译不确定性的理论而放弃翻译实践工作和翻译理论研究。相反,翻译研究变得更加科学与客观。人们发现20世纪的翻译研究往往带有主观性,很多言说不是描述性的,比如,说一个译本是忠实的译本时,实际上表述的是研究者的一种态度,并没有陈述客观的事实。所以说,无论是翻译研究还是翻译实践,翻译不

---

① 朱健平:"视域差与翻译解释的度——从哲学诠释学视角看翻译的理想与现实",载《中国翻译》,2009年第4期,第5~12页。

确定性最大的麻烦不是翻译词语的不确定性,而是意识形态强大的操控力,因为前者只要通过对语词与情境的解释,因不确定性带来的模糊性就会消失,而后者才是一个复杂的问题,需要一个强大、明确的翻译理论才能与之抗衡。对于原语文本意义的不确定性我们应该从两个方面认识。从消极的角度来看,只要翻译存在不确定性,翻译的预测、指导、评价功能就会受到限制,原文与译文之间的平衡就会失去,完美的翻译就不可能存在①;从积极的角度来看,翻译的不确定性增强了翻译适应译语文化的能力,为译者能动地使原语文本适应译语文化提供了灵活的空间。

  翻译的不确定性还来自原语文本意义生成的动态性。比利时语用学专家维索尔伦指出,意义的动态生成是语言使用顺应过程中的核心所在,主要包括三个方面:时间维度、语境因素和语言的线性结构的灵活变化②。意义的生成过程是话语与语境互动的过程,不同的语境因素可以左右语言的选择,改变话语的意义,而不同的语言选择又会产生新的语境,这种意义的变化和语境的变化是连环发生的。对翻译而言,时代背景会对译文的生成产生重要的影响。任何一个文本的产生都会带上时代的烙印,而翻译文本的产生也同样会带上译者所处时代的痕迹。译者在翻译的过程中不会不去考虑读者的认知心理状态,包括他们的愿望、知识、信念和接受能力等。同一个原语文本,不同的年代会产生不同的译本。在中国的文言文时代,译本是文言文体,现代的读者阅读时就有困难,所以就需要方便现代读者阅读的文本。西方《圣经》的翻译也是一个典型的例子,顺应不同的年代产生了不同版本的译本。时间维度与语境因素有着紧密的关联。不同的年代产生不同的文化语境,而不同的语境又影响着人们的认知。可见,原语文本意义生成的动态性导致了翻译的不确定性。

  与翻译的不确定性相对应的是翻译的确定性,那么翻译的确定性包括哪些方面呢? 1)头脑可以清楚、明白的确定含义;2)确定是一种相对静止的状态,不随情境的变化而变化;3)确定本身不涉及对确定的理解。其实,关于确定的概念没有必要哲学化。我们看到,对一个训练有素的译者来说,原语文本很少有不确定的地方,讲翻译的不确定性似乎只包括某个难懂的词语、段落或逻辑关系等,大部分内容的意义应该都是确定的。所以说,"翻译即解释"是一种纯粹理论上的逻辑推断。从哲学的角度来看,翻译的确就是解释,但从翻译现实的角度来看,有些"解释"只是对原

---

 ① 陈永国:"翻译的不确定性问题",载《中国翻译》,2003年第4期,第9~14页。
 ② Verschueren, J.: 2000, *Understanding Pragmatics*, Foreign Language Teaching and Research Press, 147-159.

语文本意义的认定,即沟通意义上的理解。如果说在翻译中对原语文本中的每一句话甚至每一个词语都有复杂的解释,那么我们不免会对翻译产生失望的情绪。我们论述翻译的不确定性是出于翻译确定性的目的,即将原语文本中那些有不确定性的内容通过译者在目的语中的创造性翻译而变为两种文化的融合。

三、原语与译语信息的不对称让翻译的制约因素研究成了翻译研究的永恒话题

翻译的创造性是翻译中的一个很重要的属性,甚至说是一个必不可少的属性。如果说有两种语言在语义、语体、语法、语用等方面都是吻合的,所有的文字都能在另一种语言中找到对称信息,我想这两种语言就失去了同时存在的必要。正由于两种语言中不存在绝对的信息对称关系,译者在原语文本中所碰到的一切信息才具有了再现的价值,这些价值的再现依靠的就是创造性翻译。但是,价值的再现,可能是一个随机事件,翻译的信息也可能是一个随机变量,一个词、一个句子的翻译在事先都是不确定的。翻译的正确态度是既要看到信息绝对的不确定性,又要看到信息相对的确定性。在制约下发挥创造性,在创造中自觉接受制约,这是翻译永恒的主题。

李平认为,不对称信息有两类。第一类是外生的不对称信息,这种不对称是客观事物本来所具有的、由事物特征性质和分布状况所造成的。第二类是内生的不对称信息,这种不对称主要是由人(译者)造成的。内生的不对称信息又分为两种,一种是"隐藏行为"的信息不对称,是由译者的翻译行为造成的,比如,译者理解的错误或表达的不充分,因为一般情况下我们只看到翻译的结果,故这种行为是"隐藏"的,无法得到及时的处理;另一种是"隐藏知识"的信息不对称,是由译者的知识不足引起的,因为一般情况下我们不会去查证翻译结果的对错真伪,故这种知识缺乏造成的原作与译作之间的信息不对称也是"隐藏"的[①]。内生的不对称信息需要通过提高译者的专业素质获得改善,而外生的不对称信息则需要译者予以融通,但融通过多会使翻译的规范作用丧失,因此我们必须思考下面的问题。

---

① 李平:"信息不对称、意义、认知与翻译研究",载《外国语》,2003年第2期,第74~79页。

第四节 翻译制约因素研究属于规范性技术还是选择性理论?

翻译的方法有很多,常见的方法有:归化翻译、异化翻译、"信、达、雅"翻译、"化"论翻译、语义翻译、语法翻译、交际翻译、功能翻译、意译、直译、等值翻译、等效翻译、目的翻译、语用翻译、生态翻译、语篇翻译、文化翻译、对等翻译、双向构建、必要性对应、选择性对应、纪实翻译、工具型翻译、后瞻式翻译、前瞻式翻译等。所有这些翻译方法都是翻译人从不同的角度对翻译的一种认识。虽然,对翻译方法的运用,译者有选择的余地,因为翻译并没有规定在具体翻译过程中运用什么样的翻译方法,但是你不能说哪一种翻译方法更好,也不可能在翻译过程中始终只用一种翻译方法。只有在一些特殊的情境中,人们才敢于说必须运用什么样的翻译方法。但这种表述也只是方向性的,且附有条件,不会具体到某一个具体的译本。译事之难,难在它是处理多源信息的复杂思维活动。如此复杂的思维活动,若仅从文本、语言对应关系或读者反应等某一个角度去认识,是不可能全面把握其实质的。对于翻译方法的位序,很多译学家都进行着不懈的努力,但这一命题本身具有的"永动机"性质,使得它不可能被真正解决。除了一部分不顾逻辑与现实的自命不凡的译学家,说自己能够解决这一问题外,大部分现实主义译学家已经放弃了对这一问题的研究。只有一些对翻译的创造性提出质疑的人还在念念不忘地用此来批评翻译创造论的不完善,现在很少有人提出如此幼稚的问题,即非要给各种翻译方法排出位序。为翻译方法排序实际上是要把翻译方法当成一种规范的技术,要求译者必须遵循这种位序。但是,根据胡庚申①的观点,从"翻译适应选择论"的角度来看,最好的翻译当是"整合适应选择度"最高的翻译。这里的"整合适应选择度",指的是译者在产生译文时从语言维、交际维、文化维等方面多维度地适应翻译生态并继而依此照顾到各种翻译因素的适应性选择程度的总和。一般来说,翻译中的"多维度适应"和"适应性选择"的程度越高,翻译的"整合适应选择度"也就越高。因此,译者如果要生产出恰当的译文,就必须做到在翻译过程中"多维

---

① 胡庚申:"从译文看译论——翻译适应选择论应用例析",载《外语教学》,2006年第4期,第50~54页。

度地适应"特定的翻译生态环境并进行多维度(其中语言维、交际维、文化维是最基本的)的选择转换。所以,用逻辑对于翻译方法进行排列几乎是行不通的。这倒不是逻辑的无能,而是很多翻译方法都有着程度不同的重合。这意味着,虽然翻译方法是译者必须掌握的,也是翻译时必须运用的,但是译者在翻译时并不是没有任何选择的余地。可以说,翻译方法是一种选择性理论,也是一种规范性的技术。只不过我们对选择性理论要有所限制,对规范性技术又不能死板。这好像是什么都没有说一样。

  学者们对译者的主体性、创造性及译者的权力、价值、地位等方面的问题进行过长期的争论。其主流趋势是:译者一方面要译出既忠于原文又符合译语语言文化规范、达到特定翻译目的、有利于译语语言文化发展的杰作;另一方面有权在译著中注入自己的经验,使译作成为一个新的创作品,具有独立的艺术价值。对译者权力的限制,并不能说明翻译不是一种选择性理论。实际上,译者在创造性翻译中充满了选择。翻译理论的主导声音是要限制这种创造。限制的办法就是要制定规则和方法,使翻译再创造囿于规则和方法形成的笼子,不至于变成创作和改写。但是,我们发现,翻译的规则和方法也同样具有选择性,翻译理论本身其实也就是一种关于选择的理论。翻译从头至尾都充满了"译者的权力"。译者在翻译的过程中既会受到历史时代的影响,又会受到文化语境的制约,还会受到译者本身主观性限制,翻译的制约因素是多层次和多方面的,对不同的译者形成不同的组合,其结果就是不同的译者对原语文本的理解各有不同,基于不同理解的译语文本当然也就是多样的[①]。我们不得不同意翻译的世界的确存在着各种可能,这与哲学解释学说所言别无二致。虽然我们暂时无法否定这一结论,但我们也不能用它作为翻译的宿命,正像我们前面所坚持的一样,翻译意义多元的问题是我们要正视的,但它绝不是任意翻译的借口,译者的创造性不能因此与创作混为一谈。翻译有自己的专业性,译者也有自己的职业思维,这些都会形成专业的惯性、程序、规则和方法,规范着翻译的进程。我们可以说翻译是一种选择,但我们也能看到翻译理论本质上是一种劝导性选择理论。翻译是行为规范的观点已经被广为接受,译者即使对翻译有选择的权力,也必须承认翻译的约束。郑海凌指出,译者的选择不是漫无边际的搜寻,而是在原作提供的空间里进行有限的选择,这种选择也是受某种标准约束的,

---

[①] 杨晓斌:"别样的语境,多样的阐释",载《外国语文》,2011年第3期,第105~107页。

译者需要在自我的创造冲动与接受原作制约的意识中不停地协调关系，努力表现出"适中"与"得当"。要做出"得当"的选择，就要结合具体的语境，因为只有在具体语境里，译者才能看清楚整体，使自己的选择无论在译法上、文体上或是在词句的结构上都能与各种关系相互协调并达到和谐①。

因此说，翻译是有规范的，而研究翻译规范就需要研究翻译的制约因素。研究翻译的制约因素，不能忽视这些制约因素所释放的翻译意义。规范研究是一种方法论研究，与之相关的翻译制约因素研究也是一种方法论。翻译方法有时候决定着翻译的意义，而这些意义又决定着译作的命运。译者不能忽视翻译方法对译作命运的影响。采取不同的翻译方法所翻译出来的翻译意义有很大的区别。因此研究翻译的制约因素不可避免地意味着要揭示这些差别——无论有意识的还是无意识的，直觉的还是方法的。某种程度上，正是翻译方法而不是文本本身决定着翻译文本的可能意义。虽然这样说多少有点夸大了翻译方法的意义，但我们不能否认语义翻译、语法翻译、交际翻译、功能翻译等各自的结果是迥然相异的。我们必须承认制约因素在翻译中的作用是选择的结果，而非必然所为。语境会使得我们做出必然的选择，但语境的善变与异化却使我们堂而皇之地自由采取那些必然的选择。虽然翻译者大多是经过训练的职业群体，但是机械地依照规则来决定方法的选择仍然被称为迂腐。翻译方法据说有上百种，除了给译者带来困惑之外，它们还做了些什么？过去和现在仍有人在为所谓翻译的方法寻找使用的条件，除了纸上谈兵以外对翻译实践能有什么用？翻译方法像兵法一样，只是一种劝导性理论，它会引导你选择某个方向，但绝不会告诉你具体如何去做。如果真的有这种指导，你又真的信了，十之八九会使你走向失败。这还涉及翻译理论是为谁来写作的问题。我们常常把翻译研究当成是为译者写作，但我们忘记了译者根本无暇顾及这些研究成果，只有那些并不真的从事翻译实践的学者才会听从我们的所谓忠告。译者在什么时候都是"我行我素"的独立之人，除非他们受到政治或某个强权势力的干扰②。

我过去在翻译中更看重自己的理解，不懂得寻求原意对翻译来说意味着什么，所以也一度因自己生动的"译笔"而得意，认为原作者在文学活

---

① 郑海凌："译者的选择"，载《外国文学动态》，2003年第2期，第43~45页。
② 邓笛："翻译界外的翻译"，载《上海翻译》，2008年第4期，第78~80页。

动中已经死去,不再起作用了,"原意说"不过是一种迂腐的观点,追寻的是"死去"的意义。但是后来我发现了"原意说"这种"迂腐"的观点背后所隐藏的价值。文学没有原意只是一种逻辑推论。我们不能不承认,"原意说"是一种规范性理论,它打着对原文忠诚的旗帜,把翻译拉向了需要受到制约的轨道。对译者来说,各种方法的选择虽然有相当大的自由度,但是否尊重原文作者的原意或原文本字里行间的原意是衡量译者是否真心维护翻译原则的试金石。虽然我承认在翻译方法的选择问题上,译者有很大的自由取舍空间,但是任何受过翻译训练的译者,在翻译的时候不可能不受翻译原则的影响,会想尽办法来做出正确的判断。我们有时不得不叹服翻译的神奇力量,但也惋惜它的软弱。在各种翻译方法面前,翻译的无力使得有些人快要怀疑翻译是否还具备忠实于原语文本的能力——翻译已经使原意失去了生存的空间。从相对论的角度看,所有的翻译都不能是任意的翻译,所有的翻译都是为了使交流能够进行下去,所以起码的共识还是很有必要的。从哲学解释学的角度来看,"原意说"或许有很多问题,但是在翻译制约因素的研究中若不对它进行维护,整个研究就失去了意义。从这个角度看,我们应该维护"翻译方法是一种规范性技术"的观点,而对选择性理论持一种警惕性的姿态,尽管选择性理论更容易被证实。在人文社会科学领域,观点与方法原本是不同的概念。观点是上位概念,方法是下位概念,但对研究观点的设定会影响方法的选择。我认为,在研究翻译制约因素的初级阶段,观点可能比方法更重要。可是,我们可以发现,目前在许多人眼里两者的区分相当模糊,观点与方法往往混为一谈。这是粗疏的翻译方法所造成的一种必然的现象。

翻译的制约因素研究既是一种理解方式的研究,也是一种翻译技巧的研究,还是对翻译的哲学的或价值观判断的反思。翻译哲学的克制主义与能动主义,以及文学翻译所说的自然主义、现实主义、浪漫主义,都属于翻译制约因素研究的观点或取向。任何翻译研究最后的落脚点,都会回到探索"什么是翻译过程中的具体翻译"这个问题上来,翻译的制约因素研究则是对这一目标的理论建构。在翻译实践中,忠实是翻译最直接的标准,但这个标准不是一套封闭的规范体系,而是一种可以修正的翻译渊源。道德、事物的本质等在修正翻译的过程中发挥着重要的作用。一般来说,判断译作好坏的直接标准是忠实,但是这一标准就科技翻译而言是适用的,而对于文学翻译则显得有些难以把握,其作用的发挥受到了一定程度的限制。翻译规范的概念由此被提了出来,比如,彻斯特曼提出期望规范、专业规范、义务规范、传意规范、道德规范和关系规范等概念①,翻译人若真的自觉地运用它们,那么它们对翻译人的思维规范作用应该会是明显的。彻斯特曼的理论告诉我们,对于翻译的专业人士而言,原作的一句话译成另一种语言后,其含义是清晰的还是模糊的,并不在于语言表述本身,而在于译者选词择句的目的以及与原作总体意义相吻合的考虑。译者的目的也不会是一个,而是存在着众多的相互竞争的目的,这些目的有时还可能会与翻译的价值不一致。

  翻译的制约因素研究是追求在翻译中运用智慧的学问。翻译制约因素的提出为翻译结果提供了多种可能,这就需要翻译人运用智慧在多种可能中找到那条理性的、审慎的翻译之路。这不是一件容易的事情,既需要翻译的论证,也需要道德的论证,还需要在这两个方面发生冲突时的协调机制。正如秦文化所言,翻译是一种双重权力话语制约下的再创造活动,他说,在七八十年代,新历史主义进行了"历史—文化"转型,"旨在强调并张扬艺术与意识形态、文本与历史现实、文学与权力话语之间错综而复杂的关系……对任何文本的进入,都不可能仅仅停留在语言的层面,必须不断返回个人经验和特殊环境中去。所谓特殊环境,不可否认是与权力结构有所关联的。于是,阐释文本的行动,从某一角度看来,就成为自我言说与被权力话语所说,和自我生命表征与被权力话语压抑的综合作用的结果。由此可见,新历史主义诗学坚持权力话语的制约作用。在其领袖人物斯蒂芬·林布拉特看来,历史是文学参与其间,并使文学与政治、个人与群体、社会权威与其他权力相互激荡的作用力场。翻译作为与文艺毗邻的学科,必然与之共同拥有这一特征……作为译者,在进行翻译的过程中,既要吃透原文诸多方面的内容,也不能完全脱离自己所处的社会关系与历史环境,因此他的一系列活动——从对译著材料的筛选,到对翻译行为的衡量与把握——都受到社会政治的影响和权力话语的制约。这种新历史主义的眼光使我们认识到了翻译研究与权力话语必然存在着密切关系。"②尽管这样的描述使得翻译的制约因素听起来多少让人感觉有些神秘,但我们不能停止在这方面的探索。

---

 ① Chesterman, A.: 1997, *Memes of Translation: The Spread of Ideas in Translation Theory*, John Benjamins, 67-70.
 ② 秦文化:"翻译——一种双重权力话语制约下的再创造活动",载《外语学刊》,2001年第3期,第73~78页。

第五节　翻译制约因素研究视角下的译学

从翻译制约因素的研究视角来看,翻译学的方法在于解蔽。要解蔽首先就要弄清楚什么被遮蔽了。要说清楚这个问题,我们不妨看一看传统的翻译理论。传统的翻译理论可粗略地分成"主观说"与"客观说"两种。按照主观说,被遮蔽的是原作者的意志,翻译就是要明确原作者想要表达的思想。可问题在于,原作者的意志是译者能够说清楚的吗?甚至是否存在原作者的意志都还是一个问题。英美新批评学派的代表人物维姆萨特提出了"意志谬见"的观点,认为文本就是文本,与作者的意志和读者的感受均无关系,它是独立存在的。后现代主义学者也有类似的观点,比如,罗兰·巴特提出了"作者之死",米歇尔·福科提出了"什么是作者"的疑问。翻译的"客观说"也据此为理论。原作的意义是一种客观存在,存在于原语文本的字里行间之中,不管译者是怎么想的,它就在那儿。不过,这种认识还是存在许多问题。比如,作者的意志与字里行间的意义是一种什么关系,我们要探寻的究竟是前者还是后者?其次,我们在字里行间中探寻的到底是什么?是原作者的意志吗?如果是,所谓的"客观说"实际上还是主观的。按照"客观说",翻译所要解蔽的是隐含在文本字里行间的客观意义。但是,问题是,所有这些"客观意义"在译语中得以呈现都要依靠译者的理解,即使同样的理解,译者使用不同的翻译方法也会导致翻译意义的不同流变。因此,翻译最需要解蔽的是译者的无知。所有的翻译结果只是译者心目中的结果,都是主观与客观作用之后的结果,决不存在什么"客观说"。"翻译的成功与否、质量高低不在于其在多大程度上与原作实现了对应,而在于其在多大程度上实现了预定的目标。"[①]

解蔽意味着正确理解原作的意义并用恰当的译语清楚表达出来,这个过程离不开一定的翻译方法和技巧。所谓正确理解原作的意义其实主要就是根据原作去理解,因此所谓翻译活动就是根据原作表达原作意义的活动。原作是翻译思维的根据和评价译作优劣的标准,假如原作本身就是不清楚的,翻译就无法进行。从艺术的角度去看,我们开始翻译前首先要搞清楚翻译的目标是什么。我们经常在这个问题上弄错,好像翻译

---

① 曾记:"'忠实'的嬗变——翻译伦理的多元定位",载《外语研究》,2008年第6期,第82页。

的目标就是把原作的意义用译语说清楚。但是,我们发现,说清楚原作仅仅是赋予原作以翻译意义的前提。就翻译而言,最终因翻译而得到解蔽的是翻译意义,而非原作意义,译者在用译语"说清楚"原作的过程中使原作的翻译意义得以产生,在此之前翻译意义是不确定的。但是,传统的翻译理论对这个问题看得不很清楚,它们都把对原语文本的解释看成了翻译的研究重点,而忽视了"翻译"是一个独特的行为。是的,对于原作来说,翻译确实就是用译语把原作的内容说清楚。但是,我们为什么要把原作的含义说清楚呢?赋予原作以翻译意义是其目的。翻译不是为了要说清楚原作,而是为了用译语表达原作。语言通过语词和句子,又通过概念和命题,祛除遮蔽,使所描述的事物或事实显现其存在。随着对事物和事实的切分,语言和概念就有了生动的结果。这是语言在认识事实真相的过程中所起到的作用。翻译是在别人认识事实真相的基础上进行的,即用译语表达别人对事实的认定,也就是给原作附加上了翻译意义。因此也就有了传统上所说的"忠实"。"忠实"有一个基本的预设,就是任何文本都存在一个由其语言构成的、被文本作者认定过的终极意义。然而,20世纪中叶开始掀起的后结构主义思潮对有关语言、符号、文本及意义的各种传统观念都从根本上进行了颠覆,"忠实"的预设也似乎由此变得苍白无力。然而,当翻译意义被普遍认定为各种翻译因素相互戏动而产生的一种结果,翻译就变成了一种动态的并且带有很大不确定性的活动,译者忠实的对象变得模糊起来,原作也从神圣不可侵犯的权威变成了任人宰割的羔羊。这种混乱的局面呼唤着翻译规范和翻译制约。根据翻译制约方面的理论,译者不需要在原作符号意义清楚的情况下进行复杂的解释,只需要通过推理直接用译语加以认定。创造性翻译只是在原作的符号意义经翻译进入译语后会出现意义不清的情况下才被请出来起到澄清翻译意义的作用。原作所承载的翻译意义在译者翻译之前都是处于待定的状态,即有待译者解蔽,因此说,翻译的解蔽,主要不是在说原作中隐含着什么,而是说当两种文化在理解的过程中相互抵触时,需要译者拉开原作与译语表达之间的幕布。换言之,所谓解蔽就是寻找翻译意义或者用译语恰当地表达译者的理解。在翻译实践过程中,原作自身的含义就在那儿,模糊也好,清楚也罢,它都在那儿,而变幻莫测的是待定的原作的翻译意义。翻译的过程需要技术,因而翻译的方法就被很多人称之为解蔽的艺术。事实上,使用"解蔽"这个词汇有故弄玄虚之嫌,因为"解蔽"与"翻译"并没有实质性的区别。只不过在"翻译即解释"被用哲学解释学的理论过度强调的当下,使用"解蔽"一词也算是对泛滥了的创造性的一种抵制,以显示出与那种"解释"的"翻译"是有区别的。翻译是原作意义的延伸,在未被翻译之前,原作本身的意义就在那儿,或许是清楚的,或许是不清楚的,翻译对此没有决定权,翻译所说的"解蔽"是要解开原作与译语文化遭遇以后出现的翻译意义之"蔽"。

把翻译说成是一种解蔽的艺术,总会遇到一些不同的意见。翻译研究中,对翻译的见解一直有争议,有人认为翻译是科学,有人认为翻译是艺术,还有人认为翻译是科学与艺术的统一。劳陇①提出了第三种观点的理据。他认为,用辩证的眼光去看,我们对待任何问题都应该采取矛盾分析的方法,即揭示出问题的内在矛盾,尤其是要揭示出矛盾双方是如何相互渗透、相互转化和相互统一的。具体到翻译实践方面,就是通过翻译让人们看到翻译的艺术性是如何包含着科学性的,翻译的科学性中又是如何包含着艺术性的;从翻译理论上讲,就是通过考证让人们理解翻译艺术论的主张也蕴含着翻译科学论的道理,而翻译科学论的主张也同样蕴含着翻译艺术论的道理②。但是,劳陇同时也指出,矛盾双方既有统一性,也有斗争性,决定翻译本质的最终一定是翻译中起决定作用的矛盾的主要方面。劳陇认为,艺术性(即主观创造性)在翻译中起着决定的作用,应该是矛盾的主要方面,因为翻译实践证明,任何翻译活动都绕不开由理解和表达这两个环节构成的程序,在这个程序中客观规律的约束虽然无处不在,但是无论是理解还是表达,最终起决定性作用的必然是主观创造性思维。主观创造性意味着艺术性,既然它在翻译中起着决定性的作用,担任着矛盾的主要方面,那么翻译的性质就应该是艺术而不是科学。翻译的性质问题是翻译研究的根本问题。或许它是复杂的,既有科学性又有艺术性,但它必须是明确的,即科学和艺术(或其他什么)究竟谁在翻译中起着决定作用。这不是一个可以模棱两可的事情,因为对于这个问题的回答决定了翻译的性质,而翻译的性质又决定了翻译理论研究的走向。如果翻译是科学,那么翻译研究的重点就应该是语际转换的客观规律,迄今为止尚未有哪位译学家找到这个客观规律,或许有待于"吾将上下而求索"。如果翻译是艺术,那么翻译研究的重点就不是翻译的客观规律,而是研究翻译的 Why(为什么)、What(是什么)和 How(怎么办)。

但是,不管存在多大的分歧,有一点我们必须要有清醒的认识,那就是翻译有别于创作。翻译的独断性是翻译的属性之一,这个属性告诉我

---

① 劳陇:"'翻译活动是艺术还是科学?'——对《翻译学:艺术论与科学论的统一》的一点意见",载《中国翻译》,2000 年第 4 期,第 62~63 页。
② 黄振定:《翻译学——艺术论与科学论的统一》,湖南教育出版社 1998 年版,第 2 页。

们,译作来自原作,而原作中已经有了明确的意义,尽管对这个明确的意义人们解读的结果可能会不同,但这绝不是说不存在共同的明确意义。所以当我们说解蔽时,不是说原作中藏有什么秘不示人的意义。原作的意义是明确的,不需要我们解蔽什么。原作的多义性是显而易见的,这导致了翻译学与哲学解释学的不同。需要我们去解蔽的是原作与译语表达之间的意义关系,正因为这一点,翻译才具有了艺术性。孙艺风也认为翻译是一门艺术,他在《翻译与跨文化交际策略》中强调,翻译需要长期的学习与反复的实践才能掌握。两种语言的转换过程确实存在许多精妙之处,有时真的是"只可意会,不可言传"。面对同一部原语文本,不同的译者相互区别的是语言背后的推理、论证和思维方式。人们一般认为,如果有了各种方法,只要按照方法来实施就行了,似乎谈不上什么神秘。翻译方法的操作与一般的技术规范有所区别,译者需要根据不同的情境灵活地来进行处理,非有智慧的介入不可。然而,"有些至关重要的成分,无论是内容、措辞、风格,还是语气,在本质上是不可译的"。从翻译方法论上讲,强调"不可译"会使翻译方法论走向神秘化,最终成为玄学。不过,孙艺风又认为,"从跨文化角度看问题,不可译是相对的而非绝对的。实际上,文化意义即使是不可译的,也是可以移行的,但需要在复杂的本土化过程中进行解读和挪用,以适应本土环境。"①理论需要关注一般性知识,也需要有普及化的过程,不然确实有可能变得神秘化。不过,理论知识并不等于能力。知识只有得到智慧运用,才可能转变为能力;没有知识,能力与智慧都很难产生。也就是说,能力与智慧要依靠知识才能得以实现,没有知识,能力与智慧无从谈起。对翻译方法进行强化训练,充其量不过是让学生学到了更多的实用性的知识,还不能算使能力得到了智慧的运用。因此,笔者虽然认同知识培训的重要性,也不赞成将翻译方法神秘化,但在翻译人才的培养上还是应该将能力的提升当成主要任务。教师与学生都需要通过获取实践经验才能提升翻译能力。普遍的问题是,实践经验的获得需要一段较长的时间,不是一蹴而就的,而学生的时间很难得到保证。

与许多的其他语言表述相比,翻译有原作为依据,似乎显示出更多的确定性,但事实上明确的行为规范是很难制定的,也几乎不可能得到所有人的认可。翻译的确定性只能是一种理想,是译者永远的追求;翻译的模糊性与不确定性经常存在于翻译的实践之中。在翻译的模糊性与不确定

---

① 孙艺风:"翻译与跨文化交际策略",载《中国翻译》,2012年第1期,第16~23页。

性面前,我们似乎只得承认原语文本的一些含义非被遮蔽不可了。然而,这些被遮蔽的含义恰恰应该是译者最需要引起重视的地方。这些地方的遮蔽之幕需要译者去揭开来。文字表述的模糊性,并不意味着翻译一定也是不确定的。对于原作中模糊性的表述,我们在具体的翻译中需要反复推敲并最终加以确定。这就是严复所说的"一名之立,旬月踟蹰"。当然,这种说法似乎也存在漏洞,有忽视翻译规范作用之嫌,尽管模糊性只是整个翻译工作中的个案,文本意义在多数情况下还是明确的,也一定是可译的。因此有很多人认为,译者只有在碰到难译的词句与文本时才会想到使用翻译方法。难译与易译因人而异,我们这里所说的难译与易译是针对职业翻译者;易译指原作中意义明确并且也能够用译语的表达方式说清楚的内容;难译指原作中意义模糊甚至矛盾的内容,或者虽然能够确定意义但却很难在译语中找到合适的表达方式。对于职业翻译者来说,这种区分也应该是清楚的。

尽管我们所知道的一切历史真相,其实都包含有当代解释者的剪裁,但历史终究还是由那些历史参与者们创造出来的,而不是由解释者创造出来的。这种说法如果被运用到翻译中,人们会感到困惑不解,不清楚被遮蔽的到底是什么。被遮蔽的是原作作者的意志呢,还是原语文本中的应有之意呢,传统翻译理论与现代译学会有不一样的回答。虽然对翻译的概念有许多不同的表述,但人们大多都会同意,译者的任务应该是站在原作者的立场上并在可能的认知范围内忠实地表达原作思想,也就是说,译者的认知能力可能有限,但绝不可以故意对原作进行限缩或扩张。翻译不是创造。但是,翻译却不能因此轻视创造性,因为翻译受到了来自文理的、逻辑的、历史的和体系的等各方面因素的制约,没有创造性,忠实地传达原作的思想则不可能。如此说来,翻译就是寻找出原作的意义并用译语表达出来——即挖掘不明确的意义,或者说揭示被掩盖的意义。把翻译方法说成是"解蔽之术",有其合理的一面,翻译因此被看成是一个发现的过程,这就使翻译不但与创作区别开来了,也与字对字的那种绝对意义的翻译区别开来,极大地维护了翻译意义的安全性。然而,从翻译学的角度来看,翻译并非全部是解蔽,其创造性存在于翻译的全过程。所以,从翻译规范的角度来看,我们希望翻译仅仅是解蔽,但这绝不是翻译的真实过程。发现原语文本的意义并用译语表达是低层次的翻译,翻译只有上升为一种依照原语文本进行语言转换的艺术,才能说是高层次的。

第六节　译学因为有了"翻译制约因素研究"而弥显艺术

翻译是一门实践性很强的技艺,因而好的翻译必然既有技术含量又有艺术含量。翻译的技术性说明了翻译的专业性。翻译有了专业性,就起了限制的作用,只让接受过专业教育与学习的人成为职业的译者,这种限制也对防止任意与专制行为破坏翻译起到了一定的作用,因而在技术上有利于翻译事业的健康发展。翻译不仅需要技术,也需要艺术,这个命题已经被翻译史证明,并将得到更多的证明。在强权的意识形态因素严重干扰翻译时,只有规则的技术手段才能维护翻译的基本面貌。从制约权力的意义上说,规则与程序让翻译在强权面前保持了理性。翻译的艺术性在翻译实现的过程中也起到了重要作用。傅雷的翻译成就便是一个很好的例子。傅雷翻译了大量的外国文学作品,其翻译风格在翻译界独树一帜,他卓越的翻译成就得益于其深厚的艺术涵养与非凡的艺术鉴赏力。罗曼·罗兰、服尔德、梅里美及巴尔扎克能在中国有如此大的影响,与傅雷艺术地大量翻译了他们的作品不无关系。掌握翻译技术是翻译从业人员的职业基础。在翻译职业化过程中,翻译从业人员只有在翻译技术的基础上重视翻译的艺术,才能真正提高翻译的水平。因而翻译技术与翻译艺术之间是一种什么样的关系,值得我们认真研究。翻译方法有益于翻译,但是僵化地理解与使用方法,无疑会使译者显得迂腐,艺术地运用才是一种智慧。翻译之所以具备艺术性,是因为翻译需要兼顾很多方面,既要关心翻译结果是否能与原作的精神相一致,又要关心原语文本是否能有效地制约译者的思维,更要关心译者的主体性是否能获得充分的张扬,忠实是否能溶入具体的翻译之中。

一、翻译的艺术显现的是译者的智慧

智慧听起来像是一个普通的词汇,但与其相关联的一切绝对不会寻常,可能会超乎世人的想象。拥有智慧意味着可以发现普通人所不知道的知识与认识背景。智慧应该是一套极其严密的知识体系,但是,智慧的形成应该是建立在人类已有的知识体系基础之上的。人类拥有想象力、记忆力、忍耐力、思维能力、认识能力、判断能力与审美能力,具备灵性、灵魂与情感,是一种高级的智能型生命。智慧是相对的,人类拥有的都与其

存在的特定的时空背景相关。翻译的艺术显现的是译者的智慧。艺术的概念非常宽泛,甚至可以说世间万物皆是艺术,一切行为皆是艺术,善恶美丑皆是艺术。关于艺术的这种看法,是一种艺术的世界观,反映出人类观察问题时的精神境界。艺术的概念普遍认为是从基督教文化传统中发展出来的。在欧洲中世纪,人们用绘画赞美并重现神的存在,于是艺术在表现上帝荣耀的过程中被创造出来了。当一些诸如手工艺品这样的实用品一旦被提升到艺术的高度时,就可以表现人生的、社会的、世界意义的和形而上的荣耀与苦难。当艺术偏离了它自身的形象时,就产生出为了艺术而艺术的观念。从此,艺术被夸张为人生意义最高境界的表达,代表了最完美的人生价值。艺术和技术的区别,是人们对人生和自然不一样的观点和态度。就翻译来说,翻译的艺术更多的是指创造性的翻译思维或翻译方法。艺术应该是翻译的最高境界。艺术的翻译少不了译者的创造性的自我表现,或者说是译者对规则灵活而恰当的运用,表现出译者对充分掌握了翻译专业技能的一种自信。一般来说,翻译规范对译者并没有这样的高要求,艺术的翻译是译者对自己的翻译活动自我加压的产物。把翻译当成一门艺术,翻译就有了无限发展的空间,对完善译者的职业人生有着十分重要的意义。纯粹的翻译艺术属于翻译美学的范畴,而不属于翻译学研究的范畴,翻译学中的艺术更多是以译语表达原作的姿态出现的。

然而,法国现代文论家巴特提出了"作者死了"的断言,如果我们同意他的论断,就意味着我们承认追求作者意图不过是一种假设。译者对作者意图的追求,只是依据原语文本、写作背景及作者生平等做出的自己的理解与判断。译者具有原语文本的读者与原作在译语中的写作者的双重身份。译者的智慧就在于把那些原本是自己做出的判断让人们觉得是原作者的意图。这就要求译者在翻译时,既要依据原语文本,又要超越原语文本,并借助翻译的独断性、探究性最终获得翻译结果的正当性。在很多时候,译者的智慧还表现为:翻译结果既能与原作对应又能契合译语接受主体文化心理的实际状况;既符合原作的神韵又与译者所处时代历史条件下的接受主体的普遍审美心理相吻合。当然,要达到这样的翻译结果绝非易事,因为如果很容易的话,就不需要译者具有智慧了。一般来说,智慧与规则是相联系的,如果不需要接受规则的制约,译者可以任意妄为,也就不需要智慧了。但是,智慧又不等于规则,因为智慧不是抽象的,需要一定的情境。译者的智慧就是在具体情境中艺术地从事翻译活动。如果说好的译文必须是"忠实"的或者具有"正当性",那么这样的译文在翻译语境中必须具备一个条件,即能够与原作作者的原来意思相契合。尊重原作就是尊重原作作者。任何故意背离原作的原意自说自话的"翻译",都不能称之为"翻译",这应该是翻译的一条原则。翻译要产生效力,就必须借助原作者的原意来获得正当性。这也是翻译独断性的要求。当然,难度也是显而易见的,因为原作者的原意是个很神秘的东西,没有人能搞得清楚原作者的原意与原语文本的原意究竟有什么区别。也就是说,译者的翻译也存在着主观的翻译还是客观的翻译这样的问题。主观的翻译是说译者头脑里有自己所谓的"前结构",也就是在翻译前译者的知识状态、叙事立场、价值偏见等因素会制约着翻译。不同的译者,"前结构"也是不同的,影响着翻译的结果。比如,在莎士比亚的《哈姆雷特》的翻译中对"to be or not to be, that is the question"这一句就有各种不同的翻译。译者和翻译研究者试图从莎士比亚的创作背景、哈姆雷特的性格特征及哈姆雷特所处时代的环境等客观地在汉语中表现这句话的意思,忠实地表达原语文本的意思或莎士比亚的意图,但译者的"前结构"影响着翻译的结果,这就有了"生存与灭亡""活与不活""生与死""存在与毁灭""死还是不死""和我周围的邪恶势力斗争呢还是妥协呢""继续与罪恶斗争还是就此罢休"等不同的译法①。什么才是莎士比亚的"意图"?就算能确定意图,也需要用译语文字来表述,而大凡用文字重述的东西,重述者的"前结构"就会在这一过程中起到影响作用。假如有人宣称找到了"原作者的意图",那么谁能确保这个"意图"真的就是原作者的,而不是译者自己的?如果我们承认翻译是一门艺术,就意味着我们承认原语文本是可以在译语中获得细致入微的表达的。只有具有艺术气质的人才能真正理解原语文本的真谛。我们应该注意到,翻译的艺术有其固有的特点。在翻译领域,对原语文本在译语中的表达有着严格的制约,如果我们的翻译与原作者意图有明显的违背,那么我们的翻译就会遭遇质疑。原语文本的表现常被认定为翻译的权威标尺,虽然这一常识般的观点在应用上既是间接的又是有限的。翻译的艺术,不像纯粹的艺术那般自由。"翻译是译者戴着'镣铐'跳舞"是对翻译十分恰当而生动的比喻。这种说法有两层意思,一是说译者在表达上的自主性是有限的,会受到与原语文本相关的各方面因素的制约;二是说译者在翻译过程中必须接受公认的翻译规则的制约。翻译的艺术毕竟不是纯粹的艺术,译者不能够尽情释放个体的意见。翻译的艺术就在于在尊重规则的前提下运用修辞来展示

---

① 李伟民:"中国莎士比亚研究五十年",载《中国翻译》,2004年第5期,第46~53页。

智慧。这种修辞也可以称为翻译论证。在西方学术语境中,"修辞"本身就是一种艺术,是一种理性说服的艺术。亚里士多德对修辞术的定义是"一种能在任何一个问题上找出可能的说服方式的功能……修辞术是论辩术的对应物,因为两者都论证那种在一定程度上是人人都能认识的事理,而且都不属于任何一种科学"[①]。修辞术的功能在于以适当的方式说服别人。在辩论领域中,有些是无法通过逻辑或科学证明来进行的,亚里士多德希望修辞术能够是一种新的说服性手段。在他及其追随者看来,修辞是一种可以接近真理的推理方法。这类似于翻译中的道德推理与关联推理中的规约术或效度判断。

在我国,有人认为,翻译的艺术体现为善用译语的优势。许渊冲就是持这种观点的代表人物。他认为,对等的译文不一定就是最好的译文,也就是说好的原文要成为好的译文并不一定以对等的形式出现[②]。两种文字的差距越大,这种情况也就越明显。英语和汉语就是两种差异较大的语言。英语和汉语有着各自的特点,优势也各不相同,对等的译文未必能发挥译语的优势,也就不能取得最好的翻译效果。例如,英译汉时,可以考虑使用汉语的叠字或四字词组等优势,即翻译时在表达方式上应该照顾汉语的习惯,而不一定非要与原文对等不可。严格说起来,许渊冲先生的翻译艺术是对翻译表达环节的宏观把握。但是表达环节只是翻译各环节中的一个,尽管是非常重要的一个。许渊冲先生讲的"善用译语优势"是关于译者译语表达能力的问题,与我所说的翻译的艺术并不完全是一回事。真正的翻译艺术是翻译过程中显示出的技巧。我想,许先生重视表达可能是因为理解对他来说已经不是问题。翻译中普遍的情况恐怕是,理解是一个很大的问题,或许对简单的原语文本在理解上的问题不是很大,而对于复杂的文学文本,译者的欣赏水平与译者的表达能力都是非常重要的问题。

二、翻译是受规则制约的艺术

传统翻译理论认为文本语词存在着客观性,译者依据形式进行逻辑推理就能够获得客观意义。但是,哲学解释学对此表达了质疑。其质疑的基本理由是:在翻译的实际过程中并不存在主客观的分离,所有的理解都必然是视域融合的结果;而视域融合的本身就意味着一个思维的创造

---

① [古希腊]亚里士多德:《修辞学》,罗念生译,三联书店1991年版,第21~24页。
② 许渊冲:"译者要敢为天下先",载《中国翻译》,1999年第2期,第4~9页。

性过程。对于哲学解释学学者来说,所有的理解都不会是客观的,理解是人们进行的自我理解。因此对于原语文本的理解便成了翻译学方法论的重心,环绕语词对原作意义进行探寻与认证。比如,某个陈述与另一个陈述之间有怎样的逻辑关系?以某个陈述为根据的意义推论有无可能被接受?等等。然而,就翻译学而言,过度迷信本体论的解释学是危险的,翻译学主要还应该以方法论为主而立足。翻译学要想在学术上立足应主动划归方法论的范畴。翻译的艺术应该接受某些规则的制约,这个方面与其他任何艺术没有什么不同。接受制约就意味着翻译结果的正当性,达到翻译结果正当性的目标应该是译者的主要目标。

尽管传统的翻译推理方法受到了质疑,但这不应该是我们放弃翻译推理方法的理由,而应该成为我们继续完善它的原因。翻译推理方法尽管遭到了许多学者的批评,但是在翻译实践者的思维中总是会自觉不自觉地使用着某种推理方法。张翁荟和沈晓红认为,英汉翻译过程是一个推理的交际过程,没有推理,就不能够成功地完成交际,译者也就不可能在译语中正确地表达原文作者的真实意图[①]。翻译的推理不但与语言本身有关,而且与语言以外的世界有着这样或那样的联系。翻译的推理是译者有意识或者下意识地在最佳关联原则的指导下调用语境信息分析后得出的结论。译者不同,所调用的信息就不会完全相同,最终的结论也就不完全相同,结论中所包含的意图当然也就不一样了。"通过对翻译过程的研究,我们发现推理受三个方面的因素影响:前提和结论的真实性,推理过程的合理性,以及语境变化的影响。"[②]就译者而言,影响翻译走向的不是推理方法中所体现出的思维模式,而是译者的规范理念和经验成分在推理中的作用。用技术性的程序或规范来阻止翻译中可能会有的不当行为,这在翻译的一般道理上与翻译规则的形式化逻辑上是一样的。不一样的地方只是具体作用领域的不同。因此,英国翻译理论家纽马克认为,译者的任务绝不是拷贝原文,因为原文是不可能用译语替代的,译者所能做的就是用自己的话语意向表达原文的内容,这就需要译者能把自己置于原文内容的意向之中接受规范并进行合理推理[③]。

译者表达的艺术皆是其经验与理性的结合。在每一个翻译活动中,

---

① 张翁荟,沈晓红:"英汉翻译过程中的推理形式及其影响因素",载《山东外语教学》,2006年第2期,第76~80页。
② 张翁荟,沈晓红:"英汉翻译过程中的推理形式及其影响因素",载《山东外语教学》,2006年第2期,第79页。
③ Newmark, P.: 2001, *Textbook of Translation*, Shanghai Foreign Language Education Press, 79-80.

译者都应该接受某些翻译的规范,使自己受到约束,除非译者本意就是要篡改原作。这种自我约束并不限制他们在翻译活动中的实质性选择,而是使他们以清醒及清晰的方式表达自己。规范的作用也只能如此。如果没有译者的经验判断,规范的使用也可能会出现问题;如果翻译没有了一定的技术性,原作被曲解的可能性则会增大。比如,机械死板的硬译,从正常的阅读角度看有着很大的问题,但若从字词对照的角度看似乎又没有什么问题。因此,我们必须强调译作应该与译语语境相协调,这就需要译者在翻译过程中施展艺术功底。

三、翻译的"艺术"在翻译活动中必不可少

翻译是一项复杂的心智活动,因此,翻译的思维方式及其活动构成了翻译的主要内容。翻译的复杂性在于它不但包含个体的心理变化,而且包含诸多主体的"心灵汇集",这些主体共同参与翻译活动并试图达成共识。读者、研究者、原作者、出版界人士、外语爱好者等诸多关心翻译结果的人士,都需要通过译者的翻译来说服。译者在与这些人士的说服活动中需运用诸多艺术成分。翻译说起来很简单,只要忠实于原文就能达到,但实际上"忠实"仅仅是翻译的一个原则,涵盖不了理解与表达的全过程。翻译,如果没有艺术,就会变得十分困难。无论是理解,还是表达,都需要艺术。原因都是因为人这种动物是有复杂的心理活动的。人的思想行为中交织着意识与无意识、理性与非理性以及对诸多利益的追求。对翻译艺术的强调是翻译研究进步的表现。不讲艺术,翻译就可能会沦为专断,而且这种专断很可能还是打着"忠实"招牌实施的。千万不能让翻译成为单纯的翻译技巧的竞技场。当然,从逻辑上讲,把翻译变成单纯翻译技巧的竞技场是不太可能的,但很多人过分看重翻译技巧却是一个现实问题。我国的翻译人到底有多少是讲究艺术的?统计结果一定不是令人乐观的。翻译如果没有译者有艺术含量的工作,光凭坚持"忠实"的原则,是不能搞好翻译的,也就谈不上使读者感受到原作的意义。

在我国,反对翻译艺术说法的学者大概都不了解翻译实践的现实状况。而且,从理论上讲,翻译讲的是对等转换,而要用译语将原语表达的内容对等地表达出来,就需要运用翻译的艺术,光凭翻译技巧的运用是很难实现的。理论家眼里的翻译与翻译家眼里的翻译是不同的,因为他们所处的地位各不相同。理论家可以十分超脱,但翻译家则不可以。翻译家的翻译与对原作的推理联系在一起,他们的翻译更多的情况下是对原作字里行间透露的信息进行推理。翻译的目标是要为读者解决语言障

碍,因此在翻译过程中,译者个体不但要理解、体会原语文本,而且要关注怎么样翻译才能使译作令读者信服。信服首先是"信",然后才是"服"。要使人"信",就必须说清楚"理",因而翻译就与说服的艺术有了关系。但是,翻译的"说服"是件很困难的事情,因为卷入翻译的诸多主体都有各自的利益,而最难办的事情就是协调各方利益。这样就有了翻译的艺术。翻译的艺术,最直接的好处就是对专横多了一道约束,最起码他们得设法掩盖,这比起赤裸裸的专横总是一种进步。原作在译语中的命运掌握在译者的手里。译者要考虑自己对原作的理解对不对,更要考虑自己的翻译能否产生自己所想要的结果。也就是说,译者首先要说服自己,但更重要的是要说服读者(包括普通读者和同行读者)。译者不仅要把原作的意义向读者说清楚,而且还要艺术地说清楚,最好能使读者心悦诚服。从这个角度来看,翻译反映出的更多是译者行使权力的过程。"翻译像其他的文化活动一样,是各种权力话语碰撞和斗争的场所,不仅可以传播和交流文化,还是文化压制、文化抵抗甚至颠覆的工具。"[1]这种观点,笔者并不反对,反对的只是权力的滥用。通过分析与考量,我们发现,虽然翻译的技术与艺术能为许多学者所接受,但从职业化导向来看,各校外国语学院的翻译技能方面的教育并不十分令人满意。更令人困惑的是,中国的翻译用人单位在抱怨学生能力不足的时候,似乎仅仅指的是他们的外语能力,并没有感觉到他们的翻译技能的缺乏。所以说,如果学校对翻译技能教育不足,不能简单地归结为学校不够重视。这是因为,社会对翻译人才的需求才是翻译技能开放的动力,没有社会的需求也就不可能把研究成果转化为有实用价值的知识产品。现在人们对翻译实务的认识还相对简单、粗陋,认为能懂两种语言就能翻译,不需要太多的技能,加上现在外语专业的毕业生就业多元化,很少真正从事翻译实务工作,翻译技能教育对他们来说并不具备太大的吸引力。没有了翻译职业的支撑,翻译技能的外在发展环境也就丧失了。我们现在的译学特色并不显著,与传统的人文学科过于相近,这不仅影响了翻译教材,也影响了教学方法,更挤压了翻译技能教育与研究的发展。我国翻译事业的发展需要具有翻译技能的翻译人才,没有翻译技能的人肯定会被淘汰出翻译队伍。现代语言学的研究告诉我们,人的语言交际能力有四个方面,其一是语言组合能力,其二是社会语言能力,其三是对答能力,其四是应付能力。语言组合能力是

---

[1] 黄焰杰:"权力开路,翻译为媒——个案研究高行健的诺贝尔文学奖",载《山东外语教学》,2011年第1期,第101页。

按照语言规范组织语句的能力;社会语言能力是按照社会情景使语言运用与社会功能相适应的能力;对答能力是按照交谈情景做出反应和相应表达的能力;应付能力是在语言交际遇到障碍的情况下能够及时采取对策的能力[①]。因此,翻译技能也就体现在这四个方面:第一,按照译语的语言规范组织语句表达原作全部语义信息的能力;第二,按照语言的社会功能使译文适合译入语社会交际情景的能力;第三,对原作的理解与领悟的能力;第四,在碰到原语中的一些概念或表达方法在译语中找不到相对应的表达时,译者要有找出对策灵活应付的能力[②]。

  在正常的翻译实践中,除掉翻译技能之外,翻译技巧也很重要。所谓翻译技巧,指的是翻译中一切能解决问题的、适合达到翻译目的的手段。许多研究与实践证明,译者的翻译不单单是从语言学上理解原语文本,还要在历史上、文化上以及技巧上诠释原语文本,探求文本所面对的社会关系、文本内在的本质意义以及通过逻辑运作后获得的含意。译者的主观能动性发挥越多,译作则越生动,但翻译结果是否忠实也就越难确定。所以,为达到忠实,处理翻译中遇到的障碍,更多的是要通过翻译技巧来实现。这种翻译技巧应该是一种公众可接受的技巧。但是,无论运用什么技巧,翻译都应与现行翻译规则一致,而不要去发生冲突。无规矩难成方圆,翻译的效力也是建立在现有规则基础上的。如果不能艺术地运用规则实施翻译,就很难促成有效翻译的实现。

---

  ① 于影,郝瑞松:"英语教学实践中翻译技能的培养",载《长春大学学报》,2003 年第 5 期,第 25 页。
  ② 于影,郝瑞松:"英语教学实践中翻译技能的培养",载《长春大学学报》,2003 年第 5 期,第 25 页。

第三章

翻译制约因素之间是互为制约的关系

译作在生成的过程中受到了各种因素的影响,这些因素错综复杂,既相互联系又相互补充。这一章主要从原语文本、译语文本及译者素养三个方面看翻译的种种制约因素之间是如何相互制约的。

第一节 原语文本是翻译制约因素,也是翻译制约因素针对的对象

原语文本是翻译的制约因素还是翻译制约因素针对的对象?一般认为,原语文本是翻译制约因素针对的对象。这主要包括三个部分:一为原语文本的含义,二是译作文本的意义,三是翻译主体与原语文本、译作文本、翻译语境之间的相互关系。从翻译研究的范围来看,翻译制约因素针对的对象还会涉及翻译原理、翻译方法和翻译体制三个部分。翻译中原语文本的作用主要是约束、规范人们的思维,

使人们认识到翻译规范的必要性。翻译思维实际上是用规则牵引着我们顺着某种轨道行走的过程。所以尽管规则常常会遭到现实主义译学的批判与诋毁,但是规则影响并约束思维是普遍存在的事实。自图里提出了翻译规范的三分法之后,许多翻译研究者(如彻斯特曼、赫曼斯、诺德等)对翻译规范都有过比较系统的论述。规范好似一条明确的路轨,领悟与掌握其含义,译者就可以在思想上把自己连接到这条路轨上,只要保持这样的连接,翻译活动就会在规范的引导下不至于迷失。还可以把翻译比作是一把双刃剑:一方面,它可能会让原语文本的意义在译语中得以还原;另一方面,它也可能把原语文本在译语中变得面目全非。译者总是面临两种选择:一是视原语文本为翻译的制约因素,译者的思维必须依赖原语文本方可进行;二是视原语文本为翻译制约因素针对的对象,这就是说原语文本在译语中的意义需要依赖翻译的制约因素才能产生。

在翻译的过程中,原语文本之外会有很多因素能够牵制、干扰着译者,使原语文本对译者的约束力减少。原语文本不再是翻译的唯一制约因素。巴特在《作者之死》中指出,文本的意义不是凝固不变的,而是游移不定的,文本不可能具备确定的"神威要意",这种说法实际上是说原语文本不再有统一性的意义,是对其权威性的否定。因此,如何对待原语文本及如何对待翻译规范就必然成了翻译的重要问题。人们并不完全认同原语文本对译者思维的规范作用。尽管这种规范的最基本特征是译者根据原语文本进行思考,就像让思考奔走在规则铺设好的路轨上一样。尽管用路轨比喻原语文本的规范作用应该说是比较贴切的,但是维特根斯坦认为思维过程不会像路轨那样明显①。思维的轨迹比路轨要复杂得多。实际上,在思维上根本不存在独立的路轨,更不存在能保证我们的判断正确无误的路轨。既然思维被限定于哲学选择,由此类推翻译,也可以说翻译只要被需要,即使原语文本意义清晰明了,这种意义的认定也必然包含着译者的主观判断。尽管现实如此,但我们在理论上如何证明作为翻译制约因素的原语文本又成为翻译制约因素针对的对象呢?作为翻译制约因素的原语文本与作为翻译制约因素针对的对象的原语文本有什么区别呢?原语文本是翻译制约因素针对的对象,在翻译实践中无人怀疑这个观点。但是,奇怪的是,原语文本能不能作为翻译的制约因素现在反而有了不少争论。争论的焦点在于:如果原语文本是翻译的制约因素,那么在

---

① Wittgenstein, L. : 1999, *Philosophical Investigations* (G. E. M. Anscombe, Trans.), Basil Blackwell, 218.

它本身就不清楚时，它如何去制约翻译呢？从语言学的角度看原语文本，我们可以把它分为两种情况：一种是原作的文字可以在译语中找到对应的文字并且意义相当，这样的文字是翻译的制约因素，一般的译者也都能掌握其基本含义，我们所说的根据原语文本思考就是根据这些意义明确的文字进行思考。另一种是由于文化等因素造成的原语与译语的语言相异性。这些具有相异性的地方需要译者发挥"译者主体性"。翻译思维指的是根据原语文本进行思考，即根据意义明确的原语文本在译语中表达意义。翻译的难处在于不同的语言在表达上有各自不同的特点，更在于不同的文化反映在文字上有其独具特色的情调神韵①。这种差异使得译者的文化素质、价值观念及其他行为规范等因素通过翻译进入译文变得可能。这种时候，如果不强调原语文本的制约性，原语文本的意义就有大量丧失的可能，胡译乱译之风也有可能盛行。纵观翻译历史，"封闭"与"开放"的拉锯战始终存在。翻译的本质特性总是要求人们把原语文本作为翻译最主要的制约因素。但是，所涉两种语言的差异性又总是要求人们顾及翻译效果，在译语中表达原语意义时要从实际出发。这样一来，在翻译中，"忠实"就给"译者主体性"让出了一些位置，对译文需要"忠实"的要求就成了"忠实"与"译者主体性"相结合这样的更实事求是的要求，同时"神似"、"化境"和"创造性翻译"也就成了译者的口头禅。不同语言相互转换的现实情况也确实是如此。翻译理论家也反复强调，"忠实"与"译者主体性"应该是一致的，这是由翻译的本质所决定的。发挥了"译者主体性"的翻译总得建立在"忠实"的基础上，没有了"忠实"，任何"翻译"都不能称其为"翻译"，因为这背离了翻译的目的和初衷。然而，"忠实"与"译者主体性"的冲突也事实上存在着。这令翻译理论家们十分头疼。他们需要处理：什么是"忠实"？它与"译者主体性"之间有什么内在联系？如何把握译者主体性的"度"？什么样的翻译才是"忠实"的？谁是译作是否"忠实"的裁决者？什么意义上的"忠实"？什么角度的"忠实"？理论家们和翻译家们对这些问题莫衷一是，相互争论，但也正因为如此，译学充满了魔力。如果我们能借助于某个规则使得原语文本一经译语表达就成了"忠实"的文本，什么问题都能一目了然，那么译学也就没有存在的必要了。

因此，原语文本既是翻译的制约因素又是翻译制约因素针对的对象。

---

① 王奇：" 适境、适体、适情：翻译制约理论下的审美调节"，载《中国外语》，2014年第2期，第104页。

但是,仅仅抽象地谈论两者之间的关系没有太大意义。我们还要对什么是翻译的制约因素以及翻译的制约因素针对的对象有所交代。意义明确的原语文本作为制约翻译的因素是没有争议的,这些明确的原语文本是译者理解和用译语表达的前提,同时也是翻译得以实现的保证。译者是否根据原语文本进行思考,是翻译能动主义与克制主义的分水岭。这个分水岭将翻译的立场分为能动与克制两种。一般来说,翻译规范的提倡者更倾向于翻译的克制主义立场,因为这对维护原语文本的权威有积极意义,根据原语文本进行理解与表达是克制的核心。翻译克制主义虽然不排斥"译者的主体性",但要求译者恪守翻译的"忠实"原则。然而,在具体的有难度的翻译中,"译者的主体性"可以优先于形式上的"忠实"。换句话来说,"译者的主体性"是用来解决难题的,如果一个译本大部分都靠"译者的主体性"来实现,"忠实"遭到放逐,就意味着翻译的失败,或者说翻译的目的出现了问题。而在现实主义译学看来,"译者的主体性"不是洪水猛兽,只不过是译者打开僵硬的思维,试图用更灵活的方式在译语中找到更能恰当地表达原作意义的词语。我们现在只是一般地谈论"忠实"和"译者的主体性",没有在具体的场景中研究,也没有涉及它们之间的逻辑关系。如果我们要确立的是与翻译原则相适应的翻译意识形态,这样做显然是不够的。但是"忠实"与"译者主体性"的关系问题究竟如何探寻呢?有三个问题需要我们讨论:第一,"译者的主体性"应该在何处发挥才是有意义的?这是"译者的主体性"的基本问题。第二,发挥"译者主体性"的目的是发现意义吗?第三,针对某段文字发挥"译者的主体性",其具有的价值是什么?这是"译者主体性"必要性的问题。翻译是用译语说出原语的内容,这实际上是告诉我们,翻译是一种文本与译者之间的沟通性言说。

原语文本之所以能对译者的行为起到约束作用,这是因为原语文本能约束人的思维。思维有了规范,行为才有可能受到约束。同时,我们也要注意到,原语文本对思维的约束是有限的,原语文本不可能约束所有的思维。这是因为思维从本质上讲是自由的。人为什么能够思维,这到现在仍然是自然科学的一个难题。所以,由于缺少自然科学的基础,这个问题现在暂时还讲不清楚。我们所能依据的仅仅是社会科学所提供的一些感觉意义上的经验描述与证成。无规矩不成方圆,译者应受到原语文本的约束,这一点已经在经验范围内获得广泛的认同。我们也就因此面临这样一个现状,那就是,翻译作品越来越多,但能被公认的好的译作却没有多少,而理论界在评判译作优劣的标准上从来都没有统一的意见,这究竟是由什么原因造成的呢？

这就要让我们从原语文本说起。从静态的角度看，翻译制约因素针对的对象就是原语文本。那文本是什么？再追问一句，自然界算不算文本？后结构主义学者克里斯特娃认为，文本是一种超越语言的工具，目的在于传递信息，其方法是通过使用一种通讯性的言辞对语言的秩序进行重新分配，这些言辞既与那些先于其而存在的言辞有着某种关联，也与那些与其并存的言辞相互作用并产生意义[1]。法国学者让-克罗德·高概从现象符号理论出发将文本理解为一种表达方式，"说文本分析的时候，应该把文本理解成一个社会中可以找到的任何的一种表达方式。它可以是某些书写的、人们通常称作文本的东西，也可以是广告或某一位宗教人士或政界人物所做的口头讲话，这些都是文本。它可以是诉诸视觉的，比如广告画。也就是说，实际上是一个社会使用的旨在介绍自己或使每个人在面对公众的形式下借以认识自己的表达方式"[2]。从高概的角度看，任何表征了人对自然改造的都属于文本，这样一来，文本就与文明差不多了。所以，他对文本的理解属于泛文本的范畴。从学科建设的角度来看，这种泛解释的文本观是不利于学科发展的。文本多种多样，研究文本的角度也多种多样。译学研究的文本应具备为了相互沟通而创造出来的表征系统的意义，即文本具有表层结构，构成作品可见与可感的一面。这种表层结构包括三个层面：语音结构、语言功能和叙事句法；从符号学的角度看，文本是从发话人那儿通过某种媒介以某种符码或某套符码传递到接受者那儿的一套记号[3]。一般来说，确定文本的过程也是确定意义的过程，有意义的就会被探究，没有意义的就会被忽视，因此确定文本的过程也就成了一个价值性判断的过程，文本中尽管不乏客观性的成分，但是意义总的来说是被认定的结果。巴特认为，文本不是一个静止的单纯客体，而是一种活动过程，这个过程充满不确定性，只有创造才能有所感受[4]。

许多原语文本在转换成译语文本的过程中，都多多少少在语言、文化、意识形态等方面存在着冲突，这些冲突不应视为翻译的障碍，相反，恰恰是它们反映出翻译存在的价值。文本决定论的说法虽然有些问题，但把文本所有的语词都当成是翻译制约因素针对的对象，是另一种极端，带

---

[1] 王先霈，王又平：《文学批评术语词典》，上海文艺出版社1999年版，第168页。
[2] ［法］让-克罗德·高概："范式·文本·述体——从结构主义到话语符号学"，载《国外文学》，1997年第2期，第7页。
[3] 王先霈，王又平：《文学批评术语词典》，上海文艺出版社，1999年版，第168页。
[4] Barthes, R.: 1981, *Image-Music-Text*, Fontana Press, 39–40.

来的问题也会很大。其中最明显的问题就是不利于交流的成功进行,至少是增大了交流信息被扭曲的可能性。翻译中的理解与表达是有关联的,但是正确的理解未必就有正确的表达,理解与表达中只有表达才是将最终确定的含义适用于译语的情形。译学关注的重点是译者如何在译语中解读原作并表达出作者及相关人员的内心世界。译学要求译者及研究者都应具有较强的阅读能力,能够充分解读出隐藏在文本后面的目的和意义。然而,翻译是一种跨语言和文化的实践性活动,译语文本也应该受到重视。一般情况下,对于译语文本人们首要关心的是,译语文本能否等同于原语文本;此外,译语文本的生成会受到哪些因素的影响,也是人们关心的重要内容。译语文本终究不可能等于原语文本,译语文本被赋予的只能是原语文本的翻译意义。

我们探讨翻译制约因素针对的对象问题,就绕不开对原语文本与译者之间关系的探讨。比如,存在正确和不正确的翻译吗?翻译的正确或不正确由谁说了算?翻译是客观的吗?原语文本的约束作用越来越受到质疑,现在很多人相信忠实于原语文本会封闭译者的思想,因为原语文本在翻译过程中不可避免地会受到意识形态、语言文化等因素的制约。从早期的名著名译来看,如果那些成功的翻译家只选择了完全忠实于原作,那他们的译作就不可能产生巨大的社会效果。所以很多人在谈论翻译标准的时候,都主张在"忠实"之外再附加上其他的标准,想给那些翻译中割舍不掉的"不忠"一个合理的解释。比如,意识形态的因素也是人们在思考翻译标准时会想到一个因素,因为文化的背后是意识形态,大凡两种文化的交流,总免不了出现两种意识形态的对抗①。语言文化差异则是业内人士众所周知的一个造成翻译困难的重要原因。"文化的缺项造成语言词汇的缺项;文化背景的差异导致各民族语言对非语言经验的实际切分不同;人们对物质世界的不同认识及对世界映像的不同感受也在语言单位的划分、句法结构的形式等方面有着程度不同的反应,造成了翻译活动中'对应单位'的缺项、结构的错位"②。译作生成时所处的时代背景以及译者想使译作达到的社会效益也都会影响到忠实性的问题。所以,美国翻译理论家韦努蒂认为,翻译既然是以译文读者为交际对象,就必然会考虑读者的知识结构和接受能力,也就难以做到在质、量、关系及方式上都

---

① 王东风:"一只看不见的手——意识形态对翻译实践的操纵",载《中国翻译》,2003 年第 6 期,第 17 页。

② 许钧:《译事探索与译学思考》,外语教学与研究出版社 2002 年版,第 224 页。

与原文保持一致①。

需要明确的是,翻译意义的确定不能脱离文本,但是翻译研究不能拘泥于文本。研究者的思维不能受到原语文本的束缚,那样的话翻译研究就会窒息而死,这一点有别于译者,译者的思维一定是要在原语文本的规范下进行的。当我们说译学的规范作用时,讲的是译学的一些基本原理对译者思维的规范,而不是对译学研究的限制。与其他学科一样,译学研究也没有禁区。当然,如果翻译研究完全脱离了原语文本,对翻译实践就不会有太大的影响。因此绝大多数的译学研究者,尽管研究方法不同,采用资料不同,但都还是围绕着原语文本进行研究的。

第二节　译语文本是翻译制约因素,也是翻译制约因素针对的对象

翻译研究最主要的任务是要对译语文本中的原语意义进行探讨,使翻译与规范建立起关系。张今提出了原型-模型论,认为,"文学翻译实践过程的最终目的是用译文的语言形式真实地再现原作中的艺术境界(艺术现实)。"②许渊冲曾说:"翻译的艺术就是通过原文的形式(或表层),理解原文的内容(或深层),再用译文的形式,把原文的内容再现出来。"③"再现"概念的提出解决了翻译的一个重要逻辑问题,就是原语文本与译语文本之间通约的问题。西方的译理学者们一直想解决译学中的一个最基本问题,即如何让译语文本与原语文本画上等号,但逻辑学家们却说,译语文本与原语文本是不同质的两种事物。"再现"的说法使译语文本与原语文本成了同质的东西。有了这种说法,翻译与规范之间就有了可搭建的逻辑关系。当然,这种认识是纯粹从逻辑理论的角度来看的。其实,在"再现"概念出现之前,翻译人一直都在思考两者之间的关系。原语文本与译语文本之间的关系问题是翻译研究的主要内容之一。翻译的要素有三个:译者、翻译的根据和对象。其中,翻译的对象有两个方面,一是原语文本,二就是有待形成的译语文本的意义。译语文本的意义不是自动

---

① Venuti, L.: 1998, *The Scandals of Translation*, Routledge, 21-22.
② 张今,张宁:《文学翻译原理》,清华大学出版社 2005 年版,第 167 页。
③ 许渊冲:《翻译的艺术》,五洲传播出版社 2006 年版,初版前言。

产生的,主要指在原语文本制约下,由译者用译语表达的意义。换句话,译者是要受到制约的,但是译语文本的意义还是要由译者来赋予的。从原语文本到译语文本需要一个翻译的过程,没有这个过程,就没有译语文本。根据翻译的独断性原则,译者的译语文本不是凭空生成的,而必须根据原语文本得出。纵观翻译史,号称"译作"的文字有很多,但从翻译的角度来看,只有根据原语文本并自觉受原语文本制约的译语文本才具有翻译上的意义。从翻译的过程看,也不是只有原语文本制约译语文本,与译语相关的语言、文化、意识形态等因素也制约着原语文本在译语中的表达,因此原语文本与译语文本之间的关系不是单向的,而是相互影响的。总的来说,原语文本的制约作用具有规范性与指示性。它通过描述的方式,使译语文本在生成之前就有了某种抽象的状态。虽然译语文本的意义主要是由译者根据原语文本赋予的,但译语文本不只是一种被动接受,它对丰富原语文本的含义也起着重要的作用。所以研究两者之间的相互关系是译学的一门重要功课。其实,几乎所有翻译人都有这样一个共同的"毛病",偏信原语文本,怀疑译语文本,"译本对原作的忠实永远只是相对的,而不忠实才是绝对的"[①],"所谓译文无绝对佳译,亦无钦定译本"[②]。从译学研究的角度来看,译语文本是如何受到翻译制约因素制约的问题是一个值得高度重视的问题。译学研究,如果只涉及对原语意义的研究,而忽视对译语文本的研究,就会变成一种纯粹抽象的逻辑理论研究。

第三节 译者素养是翻译制约因素,也是翻译制约因素针对的对象

在如何看待译者的问题上,译学研究者始终存在着不同的意见。就中国传统的翻译研究而言,较之于译者,人们更重视对文本原作者的研究。比如,在文学翻译中,"作者论"者认为,译者应当研究文本原作者的生平、语言风格、创作意图以及思想发展轨迹等,并以此揣摩出文本的思想主题、艺术风格等内容,然后在译语中努力展现原作的"神韵"。然而,进入20世纪,自然科学的新发展带来了一场革命,彻底颠覆了启蒙时代

[①] 谢天振:《译介学》,上海外语教育出版社1999年版,第237页。
[②] 包通法:"文学翻译中译者'本色'的哲学思辨",载《外国语》,2003第6期,第74页。

以来所倡导的理性主义和人本主义思想。作者在文艺批评领域一向被称为天才和理性的化身,在这场革命中也在劫难逃了。法国现代文论家巴特给传统的"作者论"敲响了丧钟,他的断言"作者死了"受到众多学者的响应,作者开始被抛弃了。与作者的死亡同时出现的是读者的诞生。读者从后台走到了前台,读者的语言支配地位日益突出,对文本的话语权力也更加彰显。对作者权威地位的解构表明人们开始否定文本的确定意义。

巴特指出,以往的文学研究一直将作者视为统治文本意义的上帝,解释作品就是寻找作者意图,人们只能也只相信作者一个人的声音。他认为文本的意义是多元的,文本不可能有确定的"神威要意"。文本的写作既产生意义,也消解意义。文本的意义是游移变动的,而不是凝固不变的;话语一旦形成,就脱离了客观现实,因为语言符号的所指和能指并不能一一对应,写作只不过是语言符号的游戏,他认为,文本的意义不是作者本人所能支配的,作者一旦写下文字,意义的游移就变得不可避免。因此,作者不是作品意义的最高权威,在这个意义上说作者"死了"。巴特还把文本分为"阅读性"古典文本和"写作性"现代文本。阅读性文本(如现实主义作品)更多的是让读者在阅读中被动地消耗文本,而写作性文本(如后现代作品)则要求读者在阅读中参与文本意义的创造,从而生成出无限多元的文本意义。巴特认为,读者作为一个创造性主体参与文本意义的生成,就能够充分自由地去领略"能指"的神秘和创作的乐趣。写作性文本给读者带来的这种自由,其理据是享乐主义美学原则,其结果就是以作者的"死亡"为代价[①]。

福科则从另一个角度提出了作者死亡论。他是从权力的角度来看待这个问题的。他认为,权力是一种无所不在的现象,任何时代的任何话语都是权力的产物,而非某个个人想象或创造的结果;权力系统中既无个人,亦无主体,权力以隐性渗透的方式来组织、控制和传播知识。写作中,"能指"依照自身的规则支配着写作,由此,写作创造了一个空间,而写作的主体在这个空间里悄然地消失殆尽。福科提倡以"作者功能"取代"作者"概念,因为他认为在写作和文本中有的只是"作者功能",并不存在绝对的主体性作者。他说,作者只是一种功能,仅起到区别话语类型的作用(以便话语类型之间进行比较)。和巴特一样,他也认为文本是无确定意义的,批评的任务既不是为了揭示文本的确定意义,也不是揭示以作者原

---

① Barthes, R. : 1989, "The Death of the Author", in P. Rice and P. Waugh (eds.), *Modern Literary Theory: A Reader*, Hodder Arnold, 110–122.

意为中心的诸多关系,而是通过研究文本语言或其结构的内部运作来分析文本。福科努力揭示的是那个控制和驾驭个体主体言说的内在力量——权力,他的努力结果就是彻底否定了作者,否定了传统意义上表现和创造的主体①。无论是巴特的"作者之死",还是福科的"作者功能",这些有关"作者"的现代理论,其本质都是颠覆传统的作者论,否定作者作为意义垄断主体的权威地位,而其认识论的基础则是现代有关"意义"之理论中的意义多元性和意义不确定性等言说。

所以,我们的研究更加看重对译者的研究,因为译者是作者在译语中的代言人,是掌握着作者在译语中如何言说的"实权派"人物。同时,我们也更加关注译者与译本之间的关系。这种关系,就像人与世界、社会、他人、自我等的诸多复杂关系一样,意义总是在其中作为一个不可或缺的前提存在着,我们对意义的探索因此具有了本体论的性质。现代意义论为什么彻底反拨了传统意义论?这与科学技术的发展状况密切相关。经典力学在科学发展史上一直占据着至高无上的统治地位,人们深受其影响,在心中构造出了一个简单的、封闭的宇宙模式。人们相信,世上所有事物的运动都必然是精确的并且有规律可循的。继而,一个共识形成了,即未知世界一定会存在着确定的知识,我们不知道这些知识,是因为我们做出的努力还不够,这也成为科学家们探索未知世界的动力。然而,随着自然科学的发展,人们的这种观念在 19 世纪后期遭到了挑战,人们发现了由大量元素组成的复杂体系,这些元素数量庞大,其运动随机、复杂,难以捉摸,元素与元素之间或元素与整个体系之间都缺少可以归纳的固定不变的联系。经典力学不能给这些现象找出合理的解释,第一次显出了无能为力。接着,1927 年量子力学中有了"测不准关系",1931 年数学家又提出了"不完全原理"。人们开始无可奈何地接受了一个可能性,即科学极有可能无法提供完全确定的知识。人们对世界的认识由此出现了一个颠覆性的重大转变:这个世界本身极有可能就是不完全确定的,无论科学家们如何求索,也终将不能获得完全确定的知识②。

在此之前的古典哲学体系认为,世界是可以认识的,人的认识是对客观世界的客观反映。客观世界是不依赖人的认识过程而存在的绝对实在,人类对客观世界进行观察,然后将观察的结果在形式上予以重建就可以获得真理。然而,科学的发展逐步动摇了哲学认识论的根基,因为人们

---

① 转引自 Lodge, D.: 1988, *Modern Criticism and Theory: A Reader*, Longman, 171.
② 祁志强:《美学关怀》,复旦大学出版社 1998 年版,第 19 页。

越来越清楚地认识到,客观世界作为认识的对象有时只是一种主观的反映,并不完全是客观的。虽然我们不能说科学与真理是主观杜撰的或任意虚构的,但也不能否认在科学与真理中总是会闪动着主体参与的影子,换言之,没有主体的参与,也就没有科学与真理的存在。但是,主体的参与,又恰恰是抹杀科学与真理客观性的致命要素。翻译研究也同样如此。对译者的主体性不能不予以重视,又不能不予以警惕。认识论上的这种转变给社会的诸多领域都带来了一场巨大的变革。巴特和福科就是以现代认识论为基础对作者传统地位进行了解构。他们确信,意义本身具有非统一性和非中心性,认为文本作者在构建文本意义时带有主观性和随意性,而这种主观性和随意性便是对客观世界的扭曲。这种扭曲客观世界的主观认识不可避免地存在于作者构建文本的过程中,也就使作者丧失了"历史的书记员"或"真理的代言人"的资格。他们因此宣判作者"死亡"了。没有了意义权威的统一性,传统的作者论也就失去了立足的根基。我们不得不承认,作者死亡论为现代文学研究开拓了一个广阔的新视野。文学批评不再仅仅是关注作者的创作意图、文本的结构和意义,而且也更多地关注到读者的作用以及文本的言之未言之意。翻译研究的视野也同样得到了拓展,有关翻译主体的讨论成了翻译研究者们经常提到的话题。译者首先是读者。当代解释学对读者很重视,在提出"作者死亡论"的同时抛出了"读者决定论",认为读者比作者还能更好地理解作者和作品。在这样的背景下,文本的重要性必然会有所降低。

但是,翻译研究中,无论多么强调读者的作用或是多么深地挖掘文本言之未言之意,作者的意图和文本的意义仍然是翻译研究的根基,译者或读者的"重写"也好,"再创造"也罢,都不能离开前文本,译语文本与原语文本不可避免地存在着互文的关系。读者的作用一旦过分夸大,文本意义就会游移出本原,继而导致文本阐释的随意性。胡译和乱译将会在翻译界横行,不负责任的译者也会变得越来越多。人们希望赋予译者再创作的权力,但同时也需要将这种权力锁在"规范"的笼子里。译者再创作的权力能使翻译灵动起来,变得不再那么僵硬,继而与社会保持一种更加融洽的关系,但译者的权力一旦失去制约,翻译的原则和作者的本意都将受到伤害。译者所坚持的立场,是能动主义还是克制主义的,将直接影响到他翻译的结果。如果我们不得不在两者中选择,我们更喜欢克制主义的译者,因为这样的译者恪守的是翻译者应该信奉的显而易见的翻译意义,没有他们的存在,能动主义翻译就会泛滥,读者对翻译的信任将不复存在。可以说,失去了制约的"译者"或许就不再是译者了。

因此，我们不能把译者与译语文本之间的关系仅仅看作是认定意义上的关系，译语文本更主要的是译者在正确理解原语文本的基础上被赋予了翻译意义。当然，从解释学的角度来看，译语文本即使是忠实地依据原语文本而来，也还是人认定的结果。翻译中充满了解释，所以按照现象学的说法，我们必须对作者原意、文本本意、读者意义与翻译意义进行反思。译学只有在反思中才能凝聚深刻的哲学基础，否则就会在就事论事的境地反复徘徊。所有的翻译人都应该加入反思者的行列。反思的主要手段包括对概念的分析、对原语语言的体悟、对译语文本的理解评价性的批判、对原语文本与译语文本的比较，等等。还要进行时间、空间、经验和关系的反思，以加深对原语文本与译语文本关系的理解。运用现象学对解释进行反思是十分重要的，有时这种反思还可以暂时与实践分离，这种暂时的分离是社会分工的需要，有利于进行更充分、质量更高的翻译研究。分是为了更完美的合。重实践者不必轻理论，重理论者也要多关注实践。实践需要那些有价值的理论，理论也不能脱离客观现实。实践与理论是既相互独立又相互联系的近亲关系，一方的强大与发展对另一方来说是一件好事，不能将对译事进行的深入的哲学思考与形而上的探求视为无意义的行为，理论与实践并不相悖。

第四章

从翻译的特性看翻译制约因素

我们在探讨翻译的制约因素时不能不围绕翻译的特性展开。因为如果避开翻译的特性去谈翻译的制约因素,我们的研究就可能会由于失去了焦点而变得漫无边际。翻译之所以不能使原语文本与译语文本画上等号,之所以在许多主观因素的影响之下仍未变成纯粹主观的东西,也就是因为翻译存在其独具一格的特性。那么,翻译有哪些特性呢?

第一节 翻译具有客观性与独断性

什么是翻译的客观性?什么是翻译的独断性?两者有什么关系?可以这样说,独断性追求的是原语文本的原意,承认翻译具有独断性的前提是要假定译者是有可能捕捉到原语文本原意的。独断性是要强调翻译出来的意义应该是原语文本的原意。但文本原意说已经受到了攻击,种种新鲜的理论让人不得不承认译者确实难以用译语表达出原语文本绝对意义上的原意。从理论上看,译者能否找到原语文本的原意或者原语文本究竟有没有原意,都取决于原语文本本身是否存在客观性以及译者是否能将客观意义揭示出来。也就是说,假如原语文本中存在客观性的话,独断性翻译就可以进行;假如原语文本中并不存在客观的意义,独断性翻译也就无从谈起。独断性翻译表现出的特性是文本决定论。这与读者决定论是完全不同的。独断性与客观性之间存在着如此密切的关系,所以我们有必要把它们放在一起研究。

一、译学中的客观性指什么

严复提出的"信、达、雅"三条翻译标准,在翻译界引起过巨大反响和争论。大多数译者赞同这三条标准,但也有人不以为然,认为"达"和"雅"是画蛇添足,因为一个"信"字就可包括全部,"达"必然是"信"之"达","雅"也必然是"信"之"雅"。然而不管怎么说,这三条标准中,将"信"放在第一位,确定为最重要和最根本的一条,是不会有异议的。任何译文,只要存在不"信",无论看上去多么"达"与"雅",都不可能成为优秀的译文。如果说基本上无"信",那就不配称为翻译。"信"实际上就是我们这里所说的翻译的客观性。关于翻译的客观性,我认为有如下三个含义:第一种是语义学上的客观性,即译文表述照顾的是语义,而不顾及时代价值或读者反应等其他因素。如果译者在译文表述中加入了自己的思想、好恶、欲求等诸如此类的表达,那么这种译文在语义上就是主观的。如果译者是用译语描述原语文本而非作者的心灵状态,那么这样的翻译在语义学上就是客观的。这种意义上的客观性毫不考虑文本的思想,只是纯粹地讨论语言行为的意义。第二种是形而上学意义上的客观性,即译本与原作在思想上要完全一致。只要译本中有原作根本不存在的某个意义,那么这样的翻译就是主观的。形而上学意义上的客观性假设了译作与原作至少在思想内容上是可以相等的。第三种是逻辑上的客观性,即如果译作基于原作又同时在表达上能为译语读者所接受,那么这样的翻译在逻辑意义上便是客观的。

翻译的客观性是以译者理解原文为基础的。译者对原文的理解是指译者通过深入进原作及其作者的心理过程之中,把作者的创造活动重新创造出来的一种能力。既然是能力,就有强弱之分。所以翻译的客观性就可以根据译者理解与表达能力的强弱程度分为三种。首先是强势意义上的客观性。这是一种与自然法的联系最为密切的符合论意义上的客观性。这种客观性承认文本的意思不以人的认识手段为转移,具有相对的独立性,译者经过努力可以获得其意思。强势意义上的客观性对于翻译来说是十分重要的。如果不存在译者能够获得原作意思的可能性,那么人们如何才能够信任译作呢? 中度意义上的客观性承认每个人对原语文本的理解都是不同的,所有自认为译得不错的译作也都可能是有错误的,但是在一定的理想认识的条件下,人们普遍认同某种译文为正确的译文。这里的"理想认识的条件"包括如下四个方面:第一,充分理解文本所有的字面意思以及文本涉及的相关知识;第二,译者在理性的状态下(比如,遵循某种逻辑规则)从事翻译活动;第三,为了理解文本所体现的精神以及文本作者的心理状态和思想意图,也为了能够充分挖掘出文本后面隐藏着的文本作者的主观世界,译者能够走出自己的思想世界,进入文本作者的思想世界,最大化地运用移情和想象的能力;第四,译者能够较好地运用各方面的知识理解文本上下文之间的联系和文本作者的思想意境。这些"理想认识"要做到虽然很难,但是对于很多高水平的译者来说,也并非没有可能。最后是低度意义上的客观性。这种客观性指的是最低意义上的共识,也就是说翻译是否客观是由大多数人的习惯认识来决定的,这与惯习主义十分相似,因而也就不存在认识上的难度问题,许多译者实际上都是在坚持低度意义上的客观性。如果所有人对 good 译成"好"、bad 译成"坏"没有异议,那么这种约定俗成的认同就确定了它们的所指。所有的客观性都是以理解原文为基础的,不可避免地依赖于一些主观因素,因而也就不是那么纯粹的客观了。客观性的说法更多的是为了表达出一种努力摆脱主观因素干扰翻译的姿态。

翻译,尤其是文学翻译,如果完全排斥了主观因素,是无法进行下去的,因为对文学作品的理解总会带上个人的喜好。确切地说,翻译这个概念蕴涵着不止一种结果的可能性。当然,要承认这一点,需要我们有宽容的态度。也就是说,我们既要承认翻译存在着好坏、对错之类的区分,又要承认翻译具备多元性和不一致性。语义学意义上的客观性使得翻译具有了基本的客观性和可评价性。形而上学的客观性要求译者竭尽全力地探寻作者的创作意图,只有在这方面获得成功,翻译才是客观的。可是,在这方面取得成功,是毫无可能的,因为谁也无法证明译者的理解就是原作者的意图[①]。翻译的独断性更多的仅是一种理解的姿态,并不是承认译

---

① 彭勇穗:"谁的文本?谁的历史?——论图里描写翻译学中的'客观描写'",载《解放军外国语学院学报》,2012 年第 1 期,第 78 页。

者的理解就是作者的意图。虽然无法证明译者对作者意思的理解是否具有客观性,我们却不能说翻译的独断性就因此不重要了,我们只是说翻译的客观性在这一领域很难确定。翻译需要有一种信念,即我们经过努力就可以在译语中正确表达原作者的意图。逻辑意义上的客观性是一种相对主义,即在更宽容的条件下承认不同翻译的正确性。因此,客观性只是评价翻译的一个方面,而且极有可能还不是一个最为重要的方面。

从历史发展的角度看,创造与忠实这一主客观方面的矛盾一直是翻译面临的难题。译者似乎总是难以恰当地解决两者的关系。克制主义者强调忠实,而能动主义者强调创造。克制主义与能动主义虽然一直未能得到协调,但由于它们总是此消彼长,故而从翻译史的长河中整体地去考察它们时可以发现它们的矛盾其实是相互消融的。在中国当代翻译研究的哲学倾向中,创造性被高扬,克制主义似乎成了保守主义的代名词。就"忠实"与"创造"的本质与初衷而言,"创造"所针对的是那些横亘在两种语言文化之间的"文化语言共同体"的"语言障碍","忠实"则是针对那些基于两种语言文化之间共存或趋同的语言文化共享,诸如词汇、句法、语篇、思维在表达习惯上的相同性和相似性。"忠实"与"创造"这对矛盾,双方的出发点却是一致的,都是为了最大限度地再现原文中语言的、文字的、艺术的各种形式以及各个方面的意义。翻译的首要任务是要跨越"文化缺省"和"词汇空缺","创造"是对语言深层结构的一种"忠实"。因此,"忠实"不是逐字逐句对应的"死译","创造"也绝非是无中生有,两者应该是殊途同归的关系。与"忠实"是为了追求翻译的客观性一样,"创造"的目的也不是要放纵译者的主观随意性,而同样是为了更加客观地在译语中最大限度地再现原文方方面面的意义。如果我们把"忠实"与"创造"绝对化、真理化,就难免不出现争论不休的局面。然而,尽管"创造"如此重要,拯救客观性仍应该是当代译学界的使命。这里所谓的客观性既包括作者的原意,也包括原语文本的原意,尽管这种原意难以追求,但这并不应该构成我们放弃的理由。

有太多主体心理因素渗入进翻译的过程中,因而翻译绝不可能是纯粹客观的。但是,承认翻译的客观性是必要的,起码客观性的姿态是翻译所需要的。译者如果没有对翻译客观性的追求,那么,从方法论的角度来看,翻译就没有了实现的可能性。有了这种追求,翻译就有了实现的基础,但是这仍然不可能使译作等于原作。翻译过程中存在着主观性因素是一个事实,即使我们努力回避主观性,主观性也自有融入翻译的途径。但是,我们坚信,世界上的存在并不是精神的延伸,它的存在是客观的,独立于我们的认识和信念,与我们所掌握的认识世界的手段无关。我们只要关心翻译的客观性原则,它就会对翻译结果的客观性起到一定的作用。如果谁想建立翻译话语的客观性,那么他就会在翻译研究领域中倾向于采取一种语义现实主义的观察视角。而如果谁想证明原作意义是客观的,那么他就会顺理成章地采取一种对翻译形而上学的现实主义观点。

二、对客观性翻译的辩难

目前,翻译的问题是,一方面翻译的客观性已经受到了普遍的怀疑,但是另一方面无论是翻译实践还是翻译研究都离不开客观性。从当代一些学者的言论来看,翻译好像已经等同于主观主义,他们认为翻译既不是确定的,也不是客观的,更不是中立的。更致命的是,各种对翻译的怀疑都能从哲学理论中找到理据。这种情况引起了制约论者的焦虑与警觉。他们焦虑的是,译者的翻译是否真的就缺乏客观正确性,或者换言之,人们看到的译文是否真的仅是译者的理解。他们警觉的是,翻译如果太偏重译者的权力,就可能带来权力滥用的危险。译者权力的使用必须与翻译的客观原则适度结合,这样才能不至于偏离翻译的本质太远。但无论使用何种策略,翻译追求的立场与目标应该是客观性的。不要将客观性与确定性混为一谈,也不要将形而上学的客观性与一般语义学的客观性混为一谈。在译学发展的历史上,出现过比较强劲的客观译学说。古代专门解释学和近代一般解释学一般认为,文本是由作者创作的,文本的意义也是作者赋予的,文本一经产生,其意义就被固定了下来,读者所做的就是理解,理解的任务是把握文本已经固定下来的意义,而不可能参与文本意义的创造[①]。

与此相对应的中国传统的翻译原则无一例外地都把"忠实于原文"当作核心的内容。无论是支谦在《法句经序》中提出的"因循本旨,不加文饰"的译经原则,还是道安在《革卑婆沙序》中提出的"案本",或是严复在《〈天演论〉译例言》中提出的"信、达、雅",或是朱生豪在《莎士比亚戏剧全集译者自序》中提出的"神韵"说,或是傅雷在《〈高老头〉重译本序》中提出的"神似"说,或是钱钟书在《林纾的翻译》中提出的"化境"说,等等,虽然都有各自的侧重点和表达方式,但都包含了"译文必须忠实于原文"之意思。根据张今的《文学翻译原理》[②],我们发现,这方面的言论在国外

---

① 王金福:"论理解与文本意义的关系——解释学基本问题探讨",载《苏州大学学报(哲学社会科学版)》,2008年第2期,第1页。

② 张今,张宁:《文学翻译原理》,清华大学出版社2005年版,第203~242页。

也有不少。比如,多雷在《论如何出色地从一种语言翻译到另一种语言》中提出了翻译的五条原则,第一条就是:"译者必须熟知原文作者的含义与题材";又如,泰特勒在《论翻译的原则》中提出的"三原则"中的第一条是:"译文应该完全摹写原作的思想";再如,国际译联在 1963 年通过的《翻译工作者宪章》中指出:"任何译文都应忠实于原意:准确表达原文的思想和形式";奈达对翻译提出的四个标准中也提道:"传达原文精神风格"。国外专家的这些言论均含有译文应忠于原文之意。然而,现代哲学解释学和后现代主义解释学对这些传统的观点产生了巨大的冲击。以海德格尔、伽达默尔等人为代表的西方现代哲学解释学认为,作者的"本意"是不存在的,人们对作者"本意"的探求因此也是徒劳的。他们指出,一件作品(文本)被作者创造出之后,这件作品(文本)就是一个脱离了作者的存在。伽达默尔强调,理解是以历史性的方式存在的,无论是理解的主体(人),还是理解的客体(文本),都处于历史的发展演变之中,以历史性的方式存在着。理解根本无法复制文本作者的本意,因为就像人不可能两次踏进同样的河流一样,作者的本意在历史的长河中也已经演变成了一系列的他者,再也找不到它的原貌了①。

  文本的意义是由理解生成的,而理解因人而异,因时而异,因此文本的意义始终是变化着的,理解也因此成了一种创造性的劳动。阐释者不必消极地复制文本,徒劳地寻求作者的原意,而应探索文本所关注的问题。巴特一反传统理论,认为写作的主体是读者,无论是句子的源头还是说话的声音,都不是写作的真正地点,阅读实际上才是写作,而所有的写作也都是阅读②。也就是说,写作的主体是阅读中的读者。不同的读者对文本可以有各不相同的阐释。需要强调的是,巴特在此所说的读者还包括传统意义上的作者,因为传统意义上的作者所要做的是表达自己的意图,而这些意图的形成也是一种"阅读",即利用已有的语言系统阅读一本"元作品"。巴特认为,传统意义上的作者如果真的想表达自己,至少需要明白他想表达的事物本身只是现成的词典,词典的词要获得解释非要依靠别的词不可,而这些"别的词"也需要"别的词"才能获得解释,这样就不断延绵,以至无限③。作者的工作就是对"词典的词"进行解释,因此他就是读者。另一方面,受多种文化的影响,文本写作具有多重性,这种多重性会在一个终点聚合。这个终点就是读者,而不是作者。作者不过是文

---

① Gadamer, H. G.: 1975, *Truth and Method*, Sheed and Ward, 482.
② 赵毅衡:《符号学文学论文集》,百花文艺出版社 2004 年版,第 511 页。
③ 赵毅衡:《符号学文学论文集》,百花文艺出版社 2004 年版,第 510 页。

本的起源,而文本的统一性在于其终点①。

　　读者就这样取代了作者,文本的开放性和写作的多元性也就有了依靠。对于"作者之死",巴特的论述将作者理论带入了一个新的境界。他的论述至少包括如下四个方面:第一,消解了作者的权威性。作者是文本意义决定者的观念长期在学界占据着统治地位,而巴特认为这种观念限制了人们理解文本的多种可能性。巴特的见解与新批评所说的"意图谬见"是一致的。文学阅读实践的常识告诉我们,读者对作品的理解完全可以超出作者的意图。巴特宣布作者之死从理论上对这个常识进行了合理的解释。其次,看到了文本含义的多重性和开放性。文本的含义不是固定不变的,不一样的语境,不一样的话语系统,可能会使文本的含义有所变化,从而产生出新的意义。巴赫金的复调话语理论也证实,文本不是单纯的作者个人化的产品,而是不同话语系统的交织物。文本永远都是开放的,总是处于未完成的对话状态中。第三,契合了接受美学中关于读者理论的基本观点。接受美学认为,文学文本只有通过读者的阅读才能产生意义,这与巴特肯定读者地位的理论不谋而合。承认读者为文本意义多重性的承担者是把握住文学文本理论的关键。第四,充实了主体研究的理论。巴特突出了语言/写作系统,揭露了传统作者理论中作者是独立个体的假象,对被学界搞得极为混乱的客观性概念未加界定,这就为人们进一步分析意识形态话语询唤主体的机制打下了基础。

　　作者的原意难以寻找是从绝对意义上来说的,而翻译之所以被需要,就说明译者还是能够知道原作在表达什么的,只是译者能否理解原作的全部内容还存在着问题。原意说对原作原意的追求,也不是非要把作者原意的方方面面搞得一清二楚不可,其目的主要是要搞清楚其交流意义。原意说限制的是译者的任意性,重视的是作品的基本意义。到今天,我们还有人经常引用作者的原意来否定翻译的结果。这仍然是去追求作者的个人意志。我们应该在原作中来探寻作者的"原意"。所谓翻译就是在原作中探寻作者所表达出来的意愿,这些意愿中所包含的思想和意志内容是翻译的唯一权威。当然,原语文本的意志是活生生的,也是可以变化的,译者对它的探求使它具备了适应社会的能力。翻译是跨文化和跨时代的,所以两种文本必然会面对不一样的技术、经济、社会、文化、道德等方面的因素,这些因素强烈要求译者根据现有的表达习惯、思维方式、价

---

① 赵毅衡:《符号学文学论文集》,百花文艺出版社 2004 年版,第 512 页。

值判断等开展翻译活动。这样,译者就会去应对原作者完全不可能了解和思考的现象和情势,也就是说译者超越了原作者。对这种超越,很多人认为是放逐了客观性,但实际上他们无法说明他们口中的客观性译文应该是什么,也无法说明这些"被放逐了客观性"的译文是不是真的不是原意。客观翻译论者的言说理论上是崇高的,但是他们难以证明哪一种译文代表了原作原意。所以,翻译理论研究不能在这个地方没完没了地绕圈子。翻译的客观性是一种姿态,有了这种姿态可以使我们的翻译进一步规范,也会导致翻译结果存在着一定程度的客观性,从而使可信度大大增加。巴特将写作的启动权从作者转交给了读者,但是他在宣布作者死亡时似乎忘了读者对文本的阅读也是有特定程式的,其中一个聚集点就是理解作者的意图总是读者在阅读中的一个重要目标。虽然,读者的理解与作者的意图是否吻合属于另一个问题,但是在读者的阅读活动中把作者作为一个主导文本意义的聚集点是一个不可否认的、无法跨越的规则。这个作者尽管为读者所建构,但是表现出的应该是一个作者的位置与形象。无论读者所理解出的文本意义是什么样子,他们都会认为自己的理解就是作者的意图。所以说,作者总是存在于读者心里的。同时,我们也确实可以看到这样的情况:对于同一个文本,不同的读者有不同的理解,有时候这种不同甚至可以说是千差万别的,但这些理解仍存在交叉重叠的地方。"一千个读者就有一千个哈姆雷特",这些哈姆雷特虽各不相同,但仍是哈姆雷特。这个交叉重叠的地方是由文本的表意规则所决定的,也是由特定的阅读程式所决定的。读者之所以确定自己的理解为作者的意图,是因为读者的理解是读者运用了一种文化中共享的代码对文本进行解码后得到的所指,而同时作者又被读者认定为按共享代码进行编码的主体。总之,在读者这里,作者总是存在的,是存在于读者心目中的一个运用共享代码进行编码的主体形象。翻译不会"杀死"作者,相反,翻译让作者活在译者的阅读之中,更活在众多的译语读者的阅读之中。同样,一个绝对正确的客观的翻译是不存在的,一个客观性的翻译也总能露出"不客观"的漏洞。从内部来看,翻译评价的标准就是翻译规则本身,然而人们并不能够证明这一规则是正确的。客观的翻译可能是错误的,但并不影响它代表原作在译语中发挥作用。同时,客观性也表明,翻译规则和翻译行为会受到原作的约束。从制约的观点来看,翻译的合理性更多地表现为客观性而不是正确性。

三、翻译的独断性要求

翻译的独断性首先要遇到的问题是翻译的不确定性。学界的争论和译者的迷茫都是由翻译的不确定性引起的。翻译的不确定性不是文本的问题,而是译者理解方面的问题,或者说是由视域差造成的。视域差是指翻译的各种制约因素的视域之间的差异。翻译涉及的因素很多,比如,译者、原语文本、译语文化和译语读者。这些因素均具有视域。视域差造成译者的多角度理解,使得翻译的意义难以确定。译者的思考由此出现了不对称的逻辑问题。这就是翻译的不确定性。翻译人应该如何看待翻译的不确定性呢?根据朱健平[①]的观念,翻译之所以存在不确定性主要有三个原因:首先是译者视域。译者在接触原语文本前就已经有了各种前见,这些前见决定了译者对待原语文化、译语文化、翻译标准和策略的态度,以及对译语文本预期要达到的目的和预期的译语读者对象的基本认识等。此外,在最初接触原语文本到译语文本形成之前,译者视域还会不断拓展,以便尽可能多地将原语文化和译语文化纳入自己的视域。译者视域因人而异,因而导致了翻译的不确定性。对此问题本书有专章论述。第二,原语文本视域。原语文本在内容上具备一定的确定性,反映了原语语言、文化、思维、思想等方面的特征,但是按照接受美学的观点,原语文本在结构上是一个由确定点与未定点及空白构成的图式化结构,因此又具有未定性和开放性。这些未定性和开放性是翻译出现不确定性的另一原因。第三,译语文化视域。翻译活动不是在真空中进行的,要完成于译语的文化语境之中。译语文化不是静止的,而是一直处于不断变化中,具有历史性,而且作为一种集体意识,译语文化同样具有前见,这些前见也就构成了译语文化视域,其结果就是不同历史时期的译者会对同一个原语文本有不同的认识,因此也会造成翻译的不确定性。

翻译的独断性要求人们应该追寻原作者的意图与原语文本字里行间的意图。也就是说,译者所翻译出来的意义只能是原作的意思,不能有自己的意愿。如果译者号称自己的翻译说的是自己的意愿,他会遇到两个方面的问题:首先人们会怀疑翻译结果的信度,这样译文的效力便大打折扣。译者与原语文本相比较,人们显然更信任的是原语文本。如果能够无障碍地直接阅读,人们肯定会更信任自己从原作中获得的理解,因为这

---

① 朱健平:"视域差与翻译解释的度——从哲学诠释学视角看翻译的理想与现实",载《中国翻译》,2009第4期,第5~12页。

样的理解没有受到译者情感和利益的影响,从而更具有客观的意义。二是译者承受不了来自社会和原作者的压力,因为译作一旦是译者的意志,原作与原作者的问题都会成为译者的问题,所有的责任都是译者的,译者的灵魂就会发生扭曲。像"解经学"一样,如果牧师号称自己的解释是出于自己的意愿,那这种解释就失去了效力,只有根据上帝的意志做出的解释,才具有说服力。译者的翻译只有根据原语文本的意思而译,才具有信度和效力。当然,独断性翻译在逻辑上是站不住脚的,经不起哲学的无穷追问,但翻译研究和翻译实践都需要它发出声音。翻译是依据原作进行的,因此独断性翻译能够成立的前提是翻译具有客观性。翻译的客观性隐含着一系列标准。它意味着对译者创造性的遏制,意味着可以用一系列规范来衡量翻译,也意味着翻译的判断可以脱离人的是非观念而获得。它透露出的是一种客观的、非人格化的观念。翻译的客观性可以使翻译在一定程度上避免滑向翻译的虚无主义。这正是翻译具有独断性的前提条件。但是,我们也要注意到翻译意义在确定的过程中会融入译者主观含义的可能性。任何在翻译中完全剥离主观性的尝试都是痴心妄想。然而,按照翻译独断性的思路,所有的主观性都超越了翻译思维或翻译技艺,这又使翻译成了译者不可能完美地完成的任务。翻译主观性把握的分寸恐怕会是翻译永远的难题,就像庞德的诗歌译作,虽然读起来富有情趣,文字清新,笔调活泼,但如果对照原作,就发现它们只能说是改写,甚至是创作了。

寻找翻译的客观性,我们把希望寄予文本的字里行间,而不是放在虚无的原作者身上。人的思维是瞬间即逝的,因而文本的意图不会独立于语词而存在。翻译的目的就是用译语表现出原语文本字里行间的意义。如果我们决定要去捕捉文本的意图,我们要做的就是将文本中处于特定语境中的语词与字典以及所有其他的对翻译可能有所帮助的辅助物都整合在一起。然而,翻译中的所有理解都是自我理解,是通过翻译形式沟通原作与译作、作者与译者、翻译与社会、历史与文化的关系。原作者的意图更是难以寻找,即使真的找到了,也不见得对当下的翻译就一定有什么意义。所以,在独断论基础上,我们提出融贯翻译原则。所谓融贯翻译原则,就是要保证信念之间的连贯一致,并且要在最大限度上表现出推论上的相互支持与和谐。在翻译中,译者最应该给出的译文就是那个最为融贯的译文。当然,我们相信的融贯应该是我们认为能够符合强势客观的翻译要求的融贯。翻译的融贯论是一种认识论,是建立在合理确信基础上的合适翻译。

第二节　翻译具有探究性与创造性

人们所理解的翻译客观性,如果不是从严格意义上来说,基本上也包容了译者的创造性。翻译要拯救客观性的努力并不排斥主观性对翻译的影响。事实上,只要我们承认翻译过程是原语文本的含义被理解和表达的过程,我们就是承认翻译是具有主观性的,因为理解和表达的行为必然伴随着译者个人的色彩。与此同时,译者也不是毫无限制。译者不能随意地强加给原语文本他们所希望的意思。一系列的翻译规范会制约他们,翻译的基本概念也会制约他们。尽管翻译规则的具体内容会有学派之争,但是不同的翻译规则的功能是一致的,都是用来制约译者的,使翻译的主观受到限制,客观获得张扬。任何语言翻译成另一种语言都不可能不加变动,意译是翻译必须有的手段。翻译涉及选择,而选择一环套一环,前一个选择会影响到下一个选择,这些选择有时很难用对与错来评判,因此翻译的创造性必不可免。如果我们只容忍严格意义上的翻译的客观性,那么我们就不得不把"创造"视同为"叛逆","忠实"与"叛逆"就成了翻译的悖论,且永远无解。事实上,人们一直没有停止将"忠实"与"创造"相融合的翻译实践追求和翻译理论探索。我国著名翻译家傅雷认为,翻译要做到神似与形似浑然一体,才能进入翻译的胜境;在不能两全其美时,则"神似"高于"形似",宁可略于形色,也不要让译文因拘泥于字面而死于句下。而"神似"也是要受到约束的,捕风捉影不是神似,望文生义也不是神似,神似应该是基于对原文的深切理解和透彻领悟。只有弄懂了原文,才有可能让译文虽弃原文之形却能得原文之神,从而达到"神似"[1]。美国著名的翻译理论家奈达也说过"翻译即翻译文本的意义"这样的话,认为译文只要能做到在功能上与原文对等就算是合格的译文了,若在此基础上形式上也能做到对等当属锦上添花、意外惊喜[2]。而现在在中国颇有人气的美国翻译家葛浩文更是提出了用"写"而不是"译"来阐释他对"忠实"与"创造"的理解,他的"忠实"体现在反复研读原作上,他的"创造"体现于在"忠实"基础上的"写",事实上也正是他的这种翻译追

---

[1] 罗新璋:《翻译论集》,商务印书馆1984年版,第11页。
[2] 谭载喜:《新编奈达论翻译》,中国对外翻译出版公司1999年版,第80页。

求,成就了他,也成就了莫言①。

不管是傅雷的"神形",还是奈达的功能对等,或是葛浩文的"写",所阐发的都是要重视在译语中再现原文的内涵,但也都没有因此而忽视尽可能再现原文所承载的原语语言文字艺术形式的重要性。这就说明,"神形"两全是翻译的一种理想效果,但实在难以两全时,译者首先要保存的是"神",需要做的是跨越"语言障碍",其目的都是为了消解"忠"而不"美"或美"而不"忠",也就是为了消解因"形"害"意"或得"意"忘"形"或"创造即叛逆"等悖论而做出的努力。也就是说,主观性的创造,其目的却是带着客观性的,翻译的"创造"从来不该有"叛逆"之心,而是为了使译文尽最大可能照顾到翻译的各个层面上的因素从而更加"忠实"。翻译中的"创造"不是一种被动的补救措施,也不是故意的离经叛道,而是为了获得最佳结果的一种积极主动的选择,此乃翻译实现的唯一正确途径。从这个意思上说,翻译谚语所说的"翻译者即反逆者"或"翻译即叛逆",也可理解为人们对翻译这一活动或行为者本身的喻说。如果没有翻译,原语文本的阅读范围本该只是在作者与原文读者之间,他们独享着那份他者无法获得的秘密。但是,因为有了翻译,这个秘密则被毫无保留地全盘托出了,即译者首先以读者身份获得了秘密,然后又毫无保留地将这个秘密再现给因不谙该语言文化而不知晓此秘密的另一语言文化受众。因此,翻译的"叛逆者"或"叛逆"更明确的解释应该是"告密者"或"泄密"。也就是说,译者仿佛就是谍报员,而翻译行为本身如同谍报员窃取和传递情报,情报有无价值,其真实性及可靠性是首先要保证的,而获取情报的目的是其有可利用的价值。所以,创造性叛逆所体现的不是要掩藏或篡改情报的真实内容,而是要将情报"泄密"得更彻底,所关注的是要确保"窃密"的"价值"和"传递"的高保真。翻译"叛逆"的根本原因是文化的民族性和语言的异质性。没有这种"叛逆",一种语言的言说,对于那些不谙此语言的人来说,永远都是一个秘密。要获知这个秘密,"叛逆"得越彻底,翻译则越"忠实",译文则越贴切。从翻译道德上来讲,"忠实"于原作者是译者应尽的本分,而翻译"创造"的源泉是基于原作的文本,其目的又是为了满足译文读者的期待。因此,"创造"的翻译其实是一种"忠实"翻译策略,它与"忠实"的翻译一样,旨在让译语读者能获得与原语读者一样多的"秘密"。

---

① 张耀平:"拿汉语读,用英语写——说说葛浩文的翻译",载《中国翻译》,2005年第2期,第76页。

在翻译的创造性问题上,有人提出了引出过很大争议的命题,这就是许渊冲提出的"译文能够胜过原文",即译者在正确理解原文的前提下,发挥译文语言文字的优势,与原文语言文字竞赛,竞赛的结果则有可能是译文的表现力强于原文。这种翻译观经不住推敲的地方就是提出了"胜过原文",这种说法本身就已经超越了客观性,当然也就使这样的翻译观多多少少会丧失一些客观性。但是,这种观点不但考虑到了原文的语言文字,还考虑到了译文的语言文字,这种考虑的角度又多少也是有客观性的。译文或许是有可能胜过原文的,但是把"译文能够胜过原文"作为一种翻译观提出来是存在疑问和危险的,这种高扬译者主体性的翻译观可能会使原作的权威性受损。译者的个人观点会随着翻译进入译文,这是一个事实。翻译意义的产生难免会包含添加与引申。"译文能够胜过原文"的这个概念,从哲学的角度看,是表明翻译没有正确答案,尤其没有唯一正确的答案,只存在更好的答案。译文能够胜过原文,讲的是在一些具体情况中由于原文语言和文化的特殊性使得翻译不可避免地出现信息缺失时,译者为了补偿这种缺失,发挥译文语言和文化的优势,从而造成在表述上胜过原文的效果。这种效果取得的前提是把翻译的创造性视为一种便于用译语表达原文的手段,是服务于客观性的,或者说是一种次要的、寄生的客观性。承认"译文能够胜过原文"就是把客观性与创造性都当成一个相对的、有限的概念。翻译活动所能追求的唯一一种客观性只能是有限的客观性,也是唯一值得我们去认真关注的客观性。在翻译中坚持寻求放之四海而皆准的真理无疑是一个伪命题。所以要使翻译的制约因素研究能够不断地做下去,我们就不能追寻纯粹逻辑上的客观性与创造性,而是要模糊两者之间的界限。死板地按照逻辑或理论要求译者,只能产生死板的译文。

　　翻译是通过语言进行的,译文语言的构建产生出了新的意义,这就是翻译的创造性。翻译的思维也是用语言进行的,语言的运用会在思路之外产生新的意义。翻译包括了理解和表达,这两个方面都需要语言才可以进行。语言的使用少不了修辞,但是只要有了修辞的参与,译文就不可能在绝对意义上忠实于原文,创造性翻译也就在所难免。"修辞"这个词本身就表达与实际情况的出入,与实事求是地说话是相对立的,有说话蒙人或过分推敲的含义。翻译是带有说服性的言语活动,而修辞有实用主义的倾向。翻译需要让对方接受并相信翻译者的言说,修辞就是一种很好的表达方式,同时还可能是一种很好的推理方法——实质推理的方法。译者要说服读者相信自己是作者在译语中的代言人,就要尝试使用各种手段去打动读者,获得读者的信任。译者要做到这一点,就必须自己首先准确地理解原文。如前面所说,理解要使用语言,使用语言就有可能添加新的意义。因此,应该有某种翻译规范的存在来保证翻译的相对客观性。翻译规范是一种已在同一社群取得一致意见的沟通技术,是一种有实际性和有效性的语言结构。但是,尽管翻译规范也需要用语言进行解说,我们还是能够发现,翻译规则的运用与语法规则类似,通过约束着运用者而成为翻译语言的组成部分。只要是规则就必须具有权威性,规则的权威只能由一个共同体赋予。翻译规则由一个翻译共同体确立,这就使得翻译的创造性是有限的或相对的。

第三节 翻译具有循环性与译者主体性

一、翻译的循环性

翻译的循环性原则也可以称为翻译的语篇原则,是指在翻译的过程中,我们要在句子中把握语词的意义,在文本的整体中把握句子的意义,反过来对组成文本的语词和句子的准确理解才可能是文本准确的整体意义。译者必须在部分和整体之间往来穿梭,最终才能达到对原语文本的准确理解。可以说,对原文的理解,不是语词决定意义,而是句子决定意义。而句子又是由语词间的相互依存关系构成的。人们之所以能够相互理解,是因为理解了语词之间的相互关系。从原文的整体来看,我们甚至可以说,句子也未必能决定意义,因为句子也不过是原文的组成部分。对文本进行翻译需要译者在整体与部分之间来回奔波,最终达到理解。翻译的循环性有两种:一种是整体与部分之间的循环。翻译的循环性与翻译的关联性原则关系密切,其共同的特点就是以循环的方式探寻句子与文本整体之间的意义关联性。另一种翻译的循环是逆向回溯的循环。我们的理解有了一个结果后,我们再从这个结果逆向回溯到开头,这样的流程会帮助我们更为准确地理解原作。理解的结论是译者基于前理解的结构而得出的,前理解之前还有先前的前理解,结论就是一种符合事物本身之前理解的佐证。翻译的循环属于翻译的过程性描述,也应该是翻译规范体系的要求。翻译的循环性要求译者应具有开放的胸怀,能不断放弃偏见去接受新的理解;另外还需要译者具有与原语文本大体相当的知识前见,否则难以有平等的对话和正确的理解。翻译的循环性不能被理解为死钻牛角尖的那种无谓的恶性循环,它强调的是翻译的过程。翻译的循环性与翻译的关联性原则有很大的关系。整体及内在的意义是关联的。整体是由部分构成的,文本的意义只能在整体与部分的相互关系中把握,断章取义难以达成对整体意义的正确理解。整体的意义从部分中获得的,部分的意义又通过整体的成分之间的关系来理解。翻译的整体与部分至少可以从两个方面来观察:一方面,我们可以把一个文化系统视为一个整体,而有待翻译的文本是一个部分;另一方面,文本本身是整体,而要翻译的句子是部分。这说明整体与部分是一个相对而言的范畴。

  译者只有了解了整个文本,才能准确理解文本中的每一个词语、句子或段落;而离开了对词语、句子或段落的理解,理解整个文本是不可能的。这就需要有理解的循环,前理解使得这种理解循环能够启动。但翻译也存在着一些恶性的循环。比如,语言的一词多义现象十分普遍,我们要确定某个词的词义,有时候要分析它所处的语境,通过了解它前后的词,去确定这个词的词义。如果分析了这个词的邻近搭配而仍然不能确定其义,我们就必须同时分析该词所处的更大范围的上下文,即这个词汇单位所在的段落甚至某个篇章。篇章是一种有机的动态组合,不是多个语句的数学式累加。译者通过翻译的循环既要推敲小的单词和短句也要在宏观上整体把握,从原语语篇中的各种衔接手段和语义结构中推断出逻辑关系,然后准确解码。以上环节环环相扣,如果每一步都是正确的,就形成了良性的循环,但若有某个环节出了差错,则恶性的循环就会形成。翻译的循环还包括其他的意义。比如,选择什么样的翻译方法与技巧也会影响到翻译循环的状态。按照解释哲学的观点,理解就是这样一种循环反复、无穷递归的过程。韦努蒂认为,文学翻译在很大程度上是一种"话语实践",因为在文学翻译中,译者无论是在翻译文本的选择上还是在翻译方法的选择上都首先会受到自身译语文化现状的限制[1]。译者的话语实践在不同时期不可能一直保持永远固定的身份,因为身份存在于特定的历史时期,这就使得话语实践具有多样性、不可比性和对抗性[2]。方平认为翻译是一种艺术,所以不存在"理想的范本",也正因如此,翻译的艺

---

  [1] Venuti, L. : 1995, *The Translator's Invisibility*, Routledge, 41.
  [2] Laclau, E. and Mouffe, C. : 1985, *Hegemony and Social Strategy*: *Toward a Radical Democratic Politics*, Verso, 105-114.

术才能"永葆青春"①。许钧也说"翻译不可能有定本"。他根据国外的阐释学和接受美学的原理,指出:"文学作品是一个相对开放的符号系统。译者首先是读者、阐释者,其首要的任务是理解、发掘原作的潜在意义,尽可能接近原作的精神。但由于不同的读者有着不同的审美趣味、价值取向、不同的文化修养和人生经历,对同一部作品的理解会各有不同,一部作品不可能被一个读者理解阐释殆尽,这个人的理解不可能是唯一的正确的理解。"②

对于原作的理解因人而异,也因时代而异,现在的人只能看到现在的或过去的译本,而未来将可能会产生什么样的新译本是无法预知的。而过去的译者的理解总是会被新的理解打断。这种打断是必然的,也是必要的。首先,文本的价值具有变化性。文本价值是潜在的,有待读者从阅读中阐释。当不同的人阐释文本时,文本价值就体现出了多元化特征。因此,文学作品的"庐山真面目"不是唯一的,而是呈现出多元性。广大读者把文学作品当成感知和审美的对象,对他们的阐释和评论是始终不断的。因此,文学作品的价值从历史发展的观点来看也就不可能是一个固定不变的量③。其次,在翻译中译者具有主体性。在后殖民主义学者对原文与原意所进行的深入探讨中,原文原意变得越来越模糊起来,译作与原作等同只是一种幻想,译者对原作的顶礼膜拜只是一种荒诞,真正的翻译应该是在把握原作基本意义的前提下,消化原作,为翻译者的目的服务④。译者人生阅历的不同、所处时代的不同、目标读者的不同以及其他因素,使得译者在翻译中表现出主观能动性是难免的,这也就决定了翻译结果的多样性和差异性,"在人文活动中,主体都带有'个体主体'性质。他们有各自的先有、先见、先识的基础,所以,同一本书,不同人去翻译,往往产生不同的译本。"⑤事实也正是如此,一旦原语文本的创作结束,作者就不可能对其实行完全的掌控,此时读者(译者)对文本意义的实现起着举足轻重的作用。第三,翻译受原作与译者的历时性的影响。对于不同时代的读者(译者)而言,原作本身总是具有明显的历时性。一部作品,不同时

---

① 方平:"不存在'理想的范本'——文学翻译工作者的思考",载《上海文化》,1995 年第 5 期,第 12 页。
② 许钧:"翻译不可能有定本",载《博览群书》,1996 年第 4 期,第 13 页。
③ 中国社会科学院外国文学研究所《世界文论》编辑委员会:《布拉格学派及其他》,社会科学文献出版社 1995 年版,第 35 页。
④ 袁莉:"文学翻译主体的诠释学研究构想",载《解放军外国语学院学报》,2003 第 5 期,第 75 页。
⑤ 吕俊:"结构·解构·建构",载《中国翻译》,2001 年第 6 期,第 9 页。

代的译者会有不同的解读,这些解读会带有不同的时代特点,生活在某一时代的人必会受其影响,因为人的本质就在于人的社会性。往往,时代发展了,也会对翻译有新的要求,新的时代诞生新的译品是顺理成章的事情。同时,人还是有阶级性的,所以人也就有了阶级的特点。译者在翻译中必然会受自身的影响,译品也就因此烙上了某些时代和阶级的烙印。即使同一个时代中阶级属性相同的人,也是千差万别的。译者也是如此。译者的人生态度、宗教信仰等因素各不相同,对同一作品的解读,也必然会显示出多样性。第四,译语语言存在着规范性。没有译语语言就谈不上翻译。只要有语言,就会有语言规范。语言是一种历史现象,不同的历史阶段有不同的语言规范,在某一历史阶段很流行的语言现象,可能会在另一历史阶段归于沉寂。语言也是一种文化现象,不同的语言背后是不同的文化,具有不同文化特点的语言也就有着不同的语言规范,在某一语言中通俗易懂的语言现象,会在另一语言中显得晦涩难懂。原作者创作时要遵循他所处时代与文化的语言规范,译者翻译时也要遵循他所处时代与文化的语言规范。当然,这并不是说译者必须服从于译语的语言规范。翻译总归是翻译,要受制于原作。但是,译语当前的语言规范肯定会对译者的翻译活动产生影响,译者要么顺应它,要么违背它,要么改造它,译者总要做出自己的选择,不能不承认它的存在,更无法忽视它的影响。就像许钧所言:"一部译作只能是对原作的一种理解、一种阐释。作为对原作生命在时间和空间上的延伸和扩展,其本身又不可能是超越时间和空间的'不朽'。任何一个阐释者不管其修养、学识如何,不管其意愿如何,都不可能穷尽对原作生命和价值的认识。他只能给读者提供一个尽可能接近原著的本子,不可能提供一个与原作亦步亦趋、完全对等的'定本'。"[①]

这就是一个悖论,因为任何一个行为方式由不同的规则来确定,就会得出不同的结果,符合某条规则的行为方式,可能就与另一条规则相冲突。翻译的循环,就是对翻译的行为方式确定的慎重。对此,我们需要研究的问题可能是:翻译的循环不能无休无止,我们应该在哪一个环节停止循环?这是不是该由译者的自主性来做出决定呢?

二、译者的主体性

"总体上说,译者的主体性就是指译者在受到边缘主体或外部环境及

[①] 许钧:"翻译不可能有定本",载《博览群书》,1996 第 4 期,第 13 页。

自身视域的影响制约下,为满足译语文化需要在翻译活动中表现出的一种主观能动性,它具有自主性、能动性、目的性、创造性等特点。从中体现出一种艺术人格自觉和文化、审美创造力。"①译者的主体性并不是说译者在翻译中可以随心所欲,它应该表现为"受动中的自主"。受动性表现在两个方面,一是人对客观对象的依赖,二是客观对象对人的制约。从哲学意义上讲,离开受动性,译者的主体性就无从谈起。受动性是译者主体性的前提,也是译者发挥主体性的依据。离开了受动性的主体性,盲目无依,失去了改造客观事物的意义。翻译的受动性来自制约译者的受动因素,比如:翻译所涉两种语言各自的特点、规律、异同以及译者所处的特定的社会和时代背景,等等。受动因素既是制约译者任意发挥的因素,也是构成译者主体性充分发挥的客观环境。

　　译者的主体性必须在制约中发挥。译者首先要对原作者和原文进行深刻的研究。这是译者发挥主体性的一个不可或缺的过程。译者与原作者的关系也是译者主体性表现的一个重要形式。译者和原作者在某些翻译环节上都是翻译的主体。我们可以从主体间性的理论视角来探讨译者和作者之间的这种关系。"主体间性"是指主体与主体之间相互交往的特性。从主体间性的理论角度来看,翻译既是原作者与译者主体间相互交往的方式,也是他们主体间共在的场所。原作是他们对话交流的平台,也使他们的对话有了契机。从对话的角度来看,作者和译者之间的对话,议题是原作,过程是翻译,对话的结果就是译作。在这个意义上,我们可以说,译者和原作者都是翻译的主体,他们在一起共同完成了翻译的任务。因此,原作者和译者之间是平等的主体间对话的关系,而不是主与仆的关系,译者主体作用的发挥是与作者进行了深入交流之后开展的,也就是说译者与作者共同完成了翻译任务。这就要求译者在动笔翻译之前,应充分了解原作者,既要了解其所处的时代,也要了解其家庭背景、个人社会经历、创作意图、文学风格,等等。我们对作者了解得越多,就越能理解作者的写作意图和表达方式。原著需要译者解读,但是这种解读也是与原作者一起完成的,因为译者的解读受到原著的制约。译者须从整体上领悟原作文字组合中的思维逻辑,然后顺着这种思维逻辑,透过语言现象分析出语言形式意义的性质,从而用译语准确地传达原文的信息。其次,译者在对文本的理解过程中也会受到制约。原作作者作为一个具体的人,必然会受到自己所处的民族、文化及特定的时代背景的影响,这些影响会

---

① 屠国元,朱献珑:"译者主体性:阐释学的阐释",载《中国翻译》,2003第6期,第9页。

反映在其作品之中,译者也有自己所处的时代和生活环境,也受到其本土文化和风俗习惯的影响,这些影响也会反映在其译作之中,译者要与作者达到"视域融合"非得对原作有着透彻的理解不可。第三,译者在翻译的表达过程中也会受到制约。在经过对原语文本的解读和阐释之后,"作者的原作"已经在译者心中转换成了"译者的原作",虽然仍停留在未表明的意识阶段。翻译的表达过程就是把这种意识转换为读者可以接受的语言的过程。这一转换过程是译者最大限度地发挥其主观能动性的过程。这一转换过程既包括了译者从文字和文化上理解原作和传达原作含义,也包括了译者凭借良好的审美能力,接近原作的审美观,传递原作的审美价值。不同的审美经验和审美能力对原作产生的领悟也会不同,一名合格的译者应该对措辞、短语、句法以及文体等方面有敏锐的洞察力,就像画家会对色彩和线条敏感或音乐家会对声音敏感一样。

译者的主体性反对的是教条主义的直译观。教条主义的直译观剥夺了译者的任何自由,固执地坚持翻译就是探寻原作者或原文本的原意,而这已经被实践证明是走不通的。所以说,译者的主体性在一定程度上消解了文本决定论。我们可以通过制定翻译规则,让翻译结果既不是文本决定的,也不是译者任意创造的,尽管两者在翻译中都能起到一定的作用,但意义是文本(作者)与译者平等对话之后出现的意蕴。我们不能用文本决定论或原意探究说将翻译限死,而应当把翻译视为译者与文本之间动态的相互作用的过程,对文本语言的分析和作者原意的探究都只是意义被理解的过程的一部分。大凡理解都是自我理解,大凡翻译都要打上译者主体性的烙印,那些所谓的去除译者印记的直译其实并没有真的去除掉译者的印记,去除掉的只是译者的责任心。但是,在译者主体性的概念下,我们需防止另一种极端,即过度张扬译者的主体性,将他们的创造性置于无限的动态之中。翻译需要接受一系列翻译规则的约束。

第四节 翻译具有合理性与有效性

蒯因的"翻译的不确定性"这个论题在哲学领域和翻译研究领域都得到了广泛讨论。我们认为,蒯因在反对确定性和强调不确定性的过程中,过分强调了人的主体性和主观能动性。在翻译过程中,译者主体性的发挥并不是说译者可以任意发挥其个体的意愿,而是一个包含着制约与反制约的对抗过程①。这就要求我们重视译者的主体性与主观性或曰任意性的区别的问题。主体性完全不同于主观性或任意性。主体性从来不能是任意的,因为所谓主体总是社会的、历史的主体。主体的社会性与历史性意味着主体必然会受到各种因素的制约,意味着主体必然是一种能动与被动的结合体。"主体是一个行动者或主动者……同时也处于臣服状态,是被决定的"②。蒯因在他的"翻译的不确定性"的论题中把译者当成了翻译的尺度,主体因而就变成了主观。

在一般的翻译理论中,翻译的有效性与合理性是紧密相连的,认为翻译只要是合理的就是有效的。但我们看到,合理性作为高于形式的概念,思想基础是翻译的内容具有客观性。翻译的合理性并不完全是一种抽象的表述,而应被视为一种更高的标准,与语境有着紧密的联系。人们要求翻译客观合理,无非是要增大翻译结果的有效性。但是这些建立在逻辑推论基础上的客观与合理并不一定能确保翻译的结果真的有效。我们常说翻译需要忠实于原文,忠实于原文的翻译结果才算有效,但忠实于原文的翻译结果未必能打动人,翻译结果能否打动人还要看社会的需要。所以忠实于原文的翻译结果要想产生实际的效力就要符合社会的需要。从选材到词句的选用,如果不是社会所需要的,这样的翻译就不会产生多大的效力。但是翻译也必须是讲专业的,不能一味迎合社会的需要,从这个角度来讲,翻译应该是理与力、抑与扬的结合。如果译者为了迎合社会的需要,任意篡改原文,这样的效力只能是暂时的,绝不会长久。翻译的有效性与理性也应该有着紧密的联系。所以,翻译的效力既来源于翻译内容的客观性,也来源于翻译结果的合理性以及翻译过程的合理性,这两个方面制约着强权翻译,以达到规范翻译的实现。当然,翻译毕竟建立在译者对原文的理解基础之上,我们还得承认人与人的理解总是不一样的。

翻译的合理性表现在多个相对应的方面,比如:形式意义上的合理性与实质意义上的合理性;基于政治的合理性与基于道德、伦理的合理性;程序意义上的合理性与实体意义上的合理性,等等。现在很多译论家都使用过合理性这个概念,但是却很少有人对它进行过专门的研究。我个

---

① 袁筱,邹东来:《文学翻译的基本问题》,上海人民出版社2011年版,第104~122页。
② 罗岗:"翻译的'主题'与思想的'主体'——文学史与思想史的视角",载《文艺理论研究》,2005年第2期,第4页。

人比较赞同徐剑的观点。徐剑[①]认为,对翻译行为"合理性"的研究,可以在三个不同的维度上展开,即:制约翻译行为的社会关系的维度、客观知识与客观规律的维度以及译者实施具体翻译行为时的思维判断的维度。换言之,就是从常理、道理、心理三方面出发对翻译行为的合理性问题进行考察,其中,前两个维度是自外向内的考察方式,即从影响译者的外部因素入手考察翻译行为;后一个维度则是自内向外的考察方式,即由译者的心理入手考察翻译行为的合理性。"常理"的维度具有时代性、地域性和变化性,带有约定、共识的性质,对翻译行为的合理性问题提供"正当性"的评判。"道理"指的是客观知识与客观规律,"道理"的维度就是以客观知识与客观规律为准绳对翻译行为的合理性进行考察。因为客观知识与客观规律具有普遍性,所以能在一定程度上对翻译行为提供"正确性"的验证。客观知识是指人们普遍认可的那些与客观事实相符的知识,在这个维度上人们可以依照翻译行为中涉及的客观知识给翻译结果下一个令人信服的"正误"结论,如:翻译中语言的正误、译文是否与原作相符,等等。但是,与自然科学不同,翻译的规律是难以捉摸的,要想在这个维度上让翻译提供出像自然科学所能提供的科学规律式的客观检验标准几乎是不可能的。不过,这并不能够阻止人们对翻译规律的不断探索。人们像在其他的认识活动中一样,也在翻译实践中不断地寻找翻译自身的规律,然后形成某种认识和意见,并通过具有一定内涵的命题传达出来。这种方式的认识活动往往以普遍性为诉求,以规律的抽象总结为宗旨,就像严复的"信、达、雅"、泰特勒的"三原则"以及"对等""忠实"的翻译原则一样。只是人们表达出来的种种翻译规律总是难以让人们信服,不足以成为指导翻译行为的客观准绳,所以人们也才会总是围绕着"忠实""信""对等"这样的概念展开长期的辩论。人们对翻译规律的认知历程注定是漫长的,不同的时期有不同的观点,这些观点体现在具体的翻译行为和翻译批评中。然而,无论如何人们总是要努力以客观正确的标准去审视并评判具体翻译行为的合理性,"道理"的维度至少提供了客观知识等方面的考察视角。"心理"的维度描写并解释了翻译行为的理性思维过程,是从译者在实施翻译行为时的慎思推算入手,对影响译者翻译行为的各种因素进行推理、权衡、判断,并选择行动的方式。前两个维度以翻译行为发生的外部世界为观察点,由外向内地考察翻译行为的合理性,而

---

① 徐剑:《从合理性的三个考察维度看翻译行为》,载《外国语》,2007年第1期,第74~77页。

"心理"的维度以译者内心世界的理性活动为考察点,然后由内向外,涉及客观知识的运用和社会关系的权衡等因素。也就是说,翻译行为的施行涉及的不仅仅是客观知识和客观规律,还不可避免地受到各种社会因素的制约,如翻译规范、意识形态、权责关系等。70年代图里[1]借用社会学的"规范"概念,从社会关系的角度考察翻译行为,其后赫曼斯[2]、彻斯特曼[3]、沙夫纳[4]等人也有很多这方面的探讨,其要旨是视翻译为"规范制约的行为"。翻译规范是特定的社会、历史、文化背景下某特定的社会、社团信奉的翻译观念,译者作为翻译行为的主体,在这样的翻译观念的支配和影响下,有规律性地和习惯性地选择了某些翻译行为。翻译规范具有约束翻译行为、维护既存观念的作用。由于翻译规范与特定的社会价值观相关,因此翻译行为也必然与特定的社会价值观念发生联系,在社会关系的维度上翻译行为需要接受"常理"的评判。翻译规范、翻译标准、批评标准的交锋与变迁往往与社会变革、意识形态、权责关系、文化语境等密切相关。考察与制定翻译规范就是从社会关系入手对翻译行为的合理性进行描写。意识形态、社会政治、文化语境、个人翻译观念与社群翻译规范、翻译动机与目的、个人性情与背景、翻译经验与能力以及出版商与赞助人这些因素都会作为翻译行动的参数,对译者的翻译行为产生影响,译者在这些因素的制约下慎思推算以形成翻译的决定,并具体施行翻译行为。"常理"的维度从规范和其他社会制约因素出发,对翻译行为做出"正当性"的评判;"道理"的维度则从客观知识出发,对翻译行为的"正确性"进行考察;与前两个维度相比,"心理"的维度则是译者通过推演、解释等方式进行理性思维判断的过程。

---

[1] Holmes, J. S., Lambert, J., and Van, B. R.: 1978, *Literature and Translation: New Perspectives in Literary Studies*, Acco, 83 – 100.

[2] Hermans, T.: 1993, *On Modelling Translation*: *Models, Norms and the Field of Translation*, Livius, 69 – 88.

[3] Chesterman, A.: 1993, *From "Is" to "Ought": Laws, Norms and Strategies in Translation Studies*, Target(5)1, 1 – 20.

[4] Schaffner, C.: 1999, *Translation and Norms*, Multilingual Matter, 1 – 5.

第五章

从翻译的功能看翻译制约因素

翻译是一种让原作文本在译语中得以实现、传播以及应对新语境挑战的机制。这种机制是复杂的,那种认为通过正确的翻译,译语读者就能在译语中读到原作意义的想法是错误的。因为在译语中表现原作意义不仅仅是翻译问题,还涉及其他因素,译作更多的时候只是社会综合因素互相作用的产物。我们仅从翻译功能的视角考察翻译,就不难发现各种翻译制约因素在翻译过程中所发挥的作用。

第一节 翻译有自主整合与修复的功能

我们有些人常把翻译主体性与译者主体性混为一谈,其实这是两个完全不同的概念。从总起上讲,翻译主体性是原作者、译者和读者的主体性和主体间性[①]。翻译活动受

[①] 查明建、田雨:"论译者主体性",载《中国翻译》,2003年第1期,第21页。

到了原作者、译者、读者、原语与译语的语言与文化等因素的制约,这些制约因素既相互牵制又相互指涉,从而促成了翻译活动的整体性。译者的主体性贯穿在翻译活动的始终,保持着无可动摇的中心地位,而其他因素的主体性都只是体现在整个翻译活动的特定环节中。所以,我认为,译者应该是翻译活动的中心主体,而原作者和读者是影响和制约中心主体的边缘主体。而语言与文化等接受环境虽然构不成主体性,但是在翻译过程中起着不可忽视的作用,亦应列入对中心主体制约因素的研究范围之内。在我们探究翻译本质的译学研究中,以上的各种制约因素皆应该受到重视,不能以偏概全,那种唯作者论、唯译者论或唯读者论的观点都是片面之说。总体而言,译者的主体性就是指译者在翻译活动中为满足译语文化的需要所表现出的一种主观能动性,具有自主性、目的性、能动性、创造性等特点,但是这种主观能动性要受到边缘主体、外部环境及自身视域等因素的制约。一方面,译者是翻译活动的策动者,有自己的翻译目的,同时也有着不依赖于作为客体的原作而存在的独立性,因而也就具备了发挥自己能动性和创造性潜能的动机;另一方面,译者的能动性和创造性的发挥也不是无节制的,译者的主体性必须控制在一定的限度和范围内。首先是来自边缘主体因素的影响。原作者的语言风格、审美情趣等以及目标读者的审美要求与期待等皆会对译者的翻译活动产生影响,这些影响波及译者翻译的方方面面,如:翻译文本的选择、翻译策略及翻译目的的确定,等等。其次,不同的语言系统、不同的语言文化规范等因素也会制约着译者主体性的发挥。另一个制约译者的因素来自译者自身。译者的价值标准、思维方式、认识图式、情感、意志等都会在译者解读文本的过程中起作用。译者的主观化色彩难免会在译本中有所表现。翻译之难就是译者需要在种种限制的夹缝中行进,也就是译界前辈所比喻的那样,译者是戴着镣铐的舞者,既要处处受到羁绊,又要尽量呈现出优美的舞姿。翻译需要张扬主体性,又需要抑制主体性。因此,关于学界中对翻译主体性的批评,我们要有积极的认识,这些批评对维护有制约的翻译是事关重大的。尽管译者的主体性是需要译者自己做主的,但整合翻译制约原则下的各种因素才是反映原作文本基本意义的不可或缺的方法。

刘宓庆认为:翻译的主体应该是译者和翻译理论研究者。他认为,主体需具备三个主要特征:一是主导性,指人这个主体总是以自己的目的、意识、意向为前提或主导而行事,表现出一种"自我权威感",处处显示出人的内在规定性;二是主观性,指主体在实现自己主体性的同时常常伴随一种以自己的目的、意志、意向为轴心的心理倾向;三是主体能动性或者主观能动性,指的是在一种观念或精神的支配下的具有创造性的行为,能动性通常也是主体的价值源泉。①

翻译是一个从理解到表达的动态过程,蒯因认为,在这个过程中译者起着主宰的作用。他说,"语言表达是一种具有社会性的技艺。人们在交际中,要说什么,什么时候说,完全依赖主体之间各种可以利用的线索。因此,只有知道那些使人们做出明显反应的社会刺激,我们才能检验语言的意义"②。蒯因对翻译的理解延续并发展了行为主义的意义观。行为主义的意义观强调所有的反应方式都是人性与文化之间相互作用的结果。因此,人的固定的行为方式是不能用习惯来解释的。翻译过程也属于人的固定的行为方式,同样也就离不开人性与文化因素的相互作用。在涉及文化因素的翻译行为中,译者的主体性会表现得尤为突出。如果从文体的角度看译者主体性的作用,我们会发现在科技文体、商业文体、政论文体、日常文体和文学文体这样一个文体连续统中,译者的主体性呈现出一种逐渐增强的态势。这是因为科技文体的意义最为确定,所以译者的主体性也就最弱。比如,为了避免歧义,许多科技术语的词汇都是由拉丁语的词根构成的,这就最大限度地保证了科技文体的意义确定性。而在这个文体连续统另一端的文学文体中,其意义的确定性最低,也就导致译者的主体性最强。比如,意识流小说由于受到了后现代思潮的影响,在理解上常常让读者产生很大的差异。在这种情况下,译者的主体性作用就有了较大的发挥空间,原作对他的限制就相对宽松。但是,无论是什么文体,译者的主体性都会起作用,只是程度不同而已。强调译者的主体性是译学的基本倾向,毕竟翻译本来就是基于译者对原作的自我理解产生的。译者的主体性强调的是翻译时译者所展示的主动性与能动性。

翻译是对原作的意义及其相关的信息、思想和文化的传递。因此,翻译从来就不是一项单纯的语言活动。译者在这种传递活动中充当着使者的角色。随着人们对译者翻译主体地位认识的加强,在翻译活动中,发挥译者的主体能动性已经被普遍视为译作成功的关键。但是,翻译的能动是一种"受动中的能动"。所谓"受动"表现为两个方面,一是人对客观对象的依赖性,二是客观对象对人的制约性。从哲学的意义上说,能动性应该是以受动性为前提,没有受动性,能动性的发挥就失去了依据。换句话

---

① 刘宓庆:《翻译与语言哲学》,中国对外翻译出版公司,2001年版,第52~53页。
② Quine, W.: 1960, *Word and Object*, The MIT Press, ix.

说,正是因为有了受动性,能动性的发展才不至于盲目无依,也才有了改造客观事物的意义。就翻译而言,原语和译语两种语言的差异、特点、规律以及社会的特定环境和时代背景等都属于制约译者的受动因素。然而,同时,也正是因为有了这些受动因素的存在,译者才有了充分发挥能动性的客观环境。比如,胡文仲在《跨文化交际学概论》中举了一个实例:"Sometimes a person who presents himself as kind and gentle can in private turn out to be a dragon, who breathes fire."有人就译为:"有时,某人在公开场合显得和蔼可亲,温文尔雅,而在私底下却像个凶神恶煞。"译者没有把 dragon 直译为"龙",源于汉英民族对于"龙"的概念迥然不同。在中国,"龙"是中华民族的象征,代表了气势磅礴的民族精神;而在英语文化中,"龙"却是"一条拖着长尾、满身长鳞、口中喷火、有双翼的巨大蜥蜴"[①]。同样,中国有许多译者在向西方介绍中国传统的"龙"时,往往会译成 Chinese dragon,希望西方人能够用移情的方式审视中国文化。所以,翻译中的译者创造性是十分必要的。翻译是一种意思表达,而同一种意思的表达,不同的语言可能在文字表达上大不相同,因此如果不想曲解原作,我们就必须深入了解原作深层的意思内涵,从内而外而不是从外而内地去发现原作真意。是忠实于内心真意,还是忠实于外表文字,译者常常面临选择,而且这种选择是单选,非此即彼,不能两全。翻译应该探求的当然是原作的真意,译者的心中要承认原作原意的存在,努力站在原作者的立场上,把翻译对象的意义客观化,对翻译对象进行独断性解释,为此有时不得不摆脱词句的束缚。但是,细究起来,原作的真意,实质上还是由译者确定的。也就是谁能确定译者表达的就是原作的真意呢?甚至会不会有人打着"探寻真意"的旗号去乱译呢?翻译应该有一种制约体制的存在。一方面,译者不能做制约下的奴隶;另一方面,没有制约的翻译是不可信的翻译。翻译的困难在于,我们能够意识到,译者追寻原作者的原意是不可能的,因为作者完成作品以后就"死"了,作品的意义只能由读者(译者)来决定。但是,我们也知道,翻译是有其存在价值的,而这个价值所在就是追寻作者原意。所以,我认为,在原作的理解过程中,作者虽然"死"了,但是对理解还是有影响力的,这也是译者探寻原作原意的意义与可能性之所在。从翻译的实质和过程来分析,翻译中译者的作用是十分重要的,没有了译者的翻译,原作在译语中只有跟着作者一起"死"去。所以,虽然不可能在绝对意义上获得原作的真意,但是作为译者,追求原

[①] 胡文仲:《跨文化交际学概论》,外语教学与研究出版社,1999年版,第69页。

作者的原意还是一种必要的努力,因为这代表了一种虔诚的立场。译者只有站在这种虔诚的立场上,才会与有待翻译的对象心灵联结,从而避免先入为主的偏见,在翻译中表现出合理、合情与真诚,否则译者翻译的可信度就要大打折扣,所谓的"翻译"也就可能是译者心中早已有的定见。译者最终能够探寻到的是翻译的意义。所以,当代译论家在阐释翻译概念与原则的时候,会对翻译主体表现出适度宽容,提出了"与原意相当"就算是表达出翻译客体本意的翻译准则。

翻译创造性的目的是弥合语言间的差异,缩小原作与译者之间的裂缝,所以翻译创造性展现的是翻译的恢复功能[①]。虽然翻译的创造性有"创造"两字,但是翻译的创造性强调的是翻译的恢复功能。发挥译者的创造性并不是默许译者可以创作,而是基于原作的发现和解释。译者的创造性十分重要,却又不宜过分强调,否则会使翻译有创作的倾向,这会给翻译带来无尽的混乱。我们把创造性翻译视为翻译的一种修复手段,是有一定前提的,那就是创造性翻译虽然带有一定的创造性,但却一定要排除翻译的任意和专横。所以,在翻译方法上,译者也要受到一定的制约。

第二节 翻译有信息交流与沟通的功能

如果我们承认翻译学是一个相对独立的学科的话,我们就不难发现,翻译学在某种程度上承载着信息交流与沟通的功能。这是与整合与修复功能相对应的一种功能。翻译的信息交流功能主要表现在主体与表达形式的交流、主体与文本原意的交流、主体与主体之间的交流、规范与文本原意之间的交流、现实与传统的交流、国际与国内的交流、不同译学流派之间的交流。在信息交流过程中,翻译在原作转化过程中承担着一种修正功能。翻译作为搭建在两种语言之间的一座人文交流的桥梁,具有了将人类众多的理性结合起来的可能性。虽然译者被要求认真地对待原作文本,遵循翻译过程中的规则,但是译者的人文素养应得到加强,视野也应当扩大。译学中最复杂的问题之一就是原作与社会的关系。因为这个

---

① 许相全:"翻译的功能:拯救、对抗、补充——基于东西方文化视野下的比较",载《福建江夏学院学报》,2015年第5期,第84页。

问题需要解决的是原作与译作的语境之间的关系。对于这个问题，不是研究具体的词句就能解决的，而是要采取一种总体的研究方法。因此，译学要做的就在研究词句翻译的时候，把词句翻译纳入原作整体的视野内，在与翻译的各种制约因素的平衡中阐发原作的意义并满足社会对翻译的期待。在翻译过程中，各种与原作文本相关的信息都会汇聚在译者的思维中，译者需要对它们进行处理，最终找到有助于准确翻译的有用信息。在处理信息的时候，译者要考虑到各种因素之间的关系，这些关系可能涉及原作的意义、翻译的伦理以及社会与意识形态等。翻译虽然是翻译原作文本，但是原作要想在译语中再现生命，就不能把原作视为孤立的文本，更不能把翻译视为单纯的文义翻译，而是应该把翻译放置于各种社会关系之中。现在的译学理论已经不再是纯粹的规范译学，而是一个和文学、历史、哲学、伦理学、经济学、逻辑学等有密切关联的学科。可以说，译学可以包容各种各样的译学流派的观点。但是，无论译学具有多宽广的包容性，翻译的方法论属性还是决定了它主要是以解决问题为己任的学科。为了解决翻译实践中出现的各种问题，自然科学的方法甚至也可以拿来为我们所用。事实上，自然科学的发展已经为解决翻译问题展示出强有力的技术支持。在各种方法混合运用的实际背景下，我们还死守传统的翻译方法，则显得十分可笑。

  翻译学是一门开放性的学科，所讲的理论大多是经验的总结，它的智慧之处也只有在运用中才能得以彰显。翻译学的智慧就是反对教条，灵活运用各种翻译方法和策略。翻译学所研究的方法和规则属于学科体系中的方法和规则，这些东西在翻译实践中只是一种可供交流的信息，用于启发翻译思维并与社会衔接与沟通。译者翻译时遇到困难，大概不会想着去找一本讲述翻译方法论的书，即使找了这样一本书，也很难"按图索骥"地解决问题。虽然人们已经能将导航仪做得十分精确，但却不可能将对翻译方法的研究做到可精确地解决具体问题的地步。翻译方法仅仅是一种规范性的劝导理论。但是，我们不能因此忽视翻译方法在翻译实践中所起的作用。虽然，关于这一点，有些译者并不认同，坚持认为自己的翻译实践从来都不需要什么方法的指导。确实，许多时候，译者在翻译的过程中，并没有提到翻译的方法与规则，但是，其思考的过程，从文义开始就在不知不觉中随着某种理论、体系或历史的翻译规则进行，不管译者是否承认，其译作的形成通常都能够用方法或规则来解说。这不是说翻译可以无师自通，而是说人们往往会忽视译者翻译能力获得的途径。任何译者对如何翻译都至少有一些笼统的知识，他或许没有专门学过翻译，但他至少学过外语,而在学外语的过程中他多多少少总是会有自觉或不自觉地把学到的外语词汇与句与本国语言相应表达法对照起来这样的做法,这种做法本身就是翻译。虽然很多译者没有经历过完整的有系统的翻译理论的学习,但在外语学习过程中形成的对翻译的笼统的知识早已成为他心中的翻译理论的一部分,这些"理论"会适时转化为先在理解影响着他的翻译,尽管这一切有时候会是在他无意识的状态下进行的。所以,译者的翻译方式有时候是在操作过程中的有意识的选择,也有的时候是无意中进行的。也就是说,翻译理论和翻译方法对译者思维的指导作用是的的确确存在的。根据孙艺风的总结,翻译方法与规则在翻译实践中有五项功能:1)"虽然没有任何理论是放之四海而皆准的,但由于理论所具有的高度概括性,适用范围相应扩大了许多,在更高的层面上具有指导意义。"2)"理论的基点并非凭空预设,而是依据一定的事实形成的规律性原则,独立于具体的、局部的事实或现象。当然与牵强附会、缺乏常识的想当然绝无共同之处。如何避免片面性、表面性和主观性无疑是理论关注的焦点。只有对实践模式的互动关系加以理论化,我们才能理解个中原理(缘由)。理论探索的目的是找到一个上述类型的'深层结构'。这个'深层结构'可以使我们对经验体系做出演绎,并让读者跟踪我们的思维轨迹,而不是满足于浅层结构的一般描述。"3)"理论的作用是让人们对翻译这项人类古老的文化活动产生与以往不同的、更深入的理解,或是对某些相关问题做出更合理的解释,或提供更好的答案,即使是暂无定论,探索的过程本身也可能带出许多启迪,在某种程度上,起到推动这门学科发展的作用,起码不至于让它停滞不前——反复地重复一些表象的经验之谈。"4)"就翻译而言,原作者的意图和动机以及译者的意图和动机难以用经验来解释清楚,更不必说意义更宽泛的一些社会的、文化的、意识形态的、审美习惯等因素了。由于各种因素的总和以及由此对翻译产生的影响和作用是复杂的,所以需要较为系统和深入的理论来进行探究。"5)"理论可以规范经验,否则各种不同的经验所产生的冲突将无余地与机会进行它们之间的调和。"①

翻译的信息交流功能与整合功能是有着紧密联系的。从大家公认的那些好的翻译作品来看,好的翻译显然不是通过纯粹的逻辑推论形成的,而是对各种信息巧妙处理的结果,这就要求译者既要考虑两种语言的特

---

① 孙艺风:"理论、经验、实践——再论翻译理论研究",载《中国翻译》,2002年第6期,第4~10页。

殊性,又要考虑一般翻译与针对原作个性的翻译,还要考虑社会情势和社会发展的大趋势。所以,要做一个好的译者,其实是相当不易的,必须在主动接受制约的前提下妥善处理各种各样的信息。译者不仅需要在具体的翻译实践中体现繁多的翻译规范,而且需要处理与整合那些与原作、翻译规范相关的大量信息。另外,翻译的整合功能也要求译者在翻译实践中少些抵制、多些合作,努力赢得译语读者群的支持。翻译的功能归根结底就是译者发挥作用的过程,不考虑译语读者群,译者的作用就无从发挥。译学还有一种沟通是指理论与实践、翻译理论家与翻译家之间的沟通。因为翻译理论与翻译实践总是要有结合的,在这个结合过程中,理论家们的那些学说,不仅获得了沟通,而且也得到了验证。

第三节 翻译有完善与发展的功能

原作要在另一语言中获得生命,就需要有翻译,而翻译也正因为此,才有了发挥作用的契机。从这个角度看,翻译是对原作的延伸与丰富。没有翻译,原作只能局限在自己的原语中,无论多精彩,其光芒只有原语读者才能见识。有了翻译,原作的影响无疑是扩大了。但是,问题也来了。一般来说,创作者总是要考虑到读者的。原作者在创作时心中的读者必定是原语读者,而不会是译语读者,故原作的选材与表达未必都适合译语读者。另外,两种语言本身的差异以及所处的社会与文化等方面的不同也使得翻译增添了许多不确定性。翻译实践表明,译作与原作是难以做到绝对相等的,翻译扩大了原作的影响,也同时改变了原作的面貌,这些改变有时还具有一定的创造性。

"忠实"虽然是翻译的本质要求,但是翻译并不支持片面的"忠实",而是提倡发挥译语的优势与特点,使原作在译语中得到完善与发展,这种观点已经成为翻译人普遍接受的一个命题。原作因翻译而提高了影响力的事例并不鲜见。比如,《莫斯科郊外的晚上》这首歌原作是苏联某纪录片的插曲,在当时的苏联并未引起广泛的注意,但被译成中文后,则迅速流传,成了一首家喻户晓的经典名曲。之所以如此,是因为翻译有对原作完善与发展的功能。译作与原作是不同的,尽管译作需要忠实于原作,但译者在翻译实践中为了能够有效地传达原作的意义和风格,必须将原作中的原语语言文化与译语语言文化两者结合起来,这种结合也就使得原作在译语中获得了完善与发展。翻译绝对不是纯粹的语言转换,因为翻译不是在真空中进行的,翻译所涉的两种文化尤其是译语中的诸多文化因素(如译者的意识形态、文化观念、审美心理以及译者所处的时代环境等)都会影响和制约着翻译。因此,同一个文本经由不同译者翻译都会产生不一样的译本,即使是同一个译者在不同的时期翻译同一个文本也可能会产生差异很大的译本。同时,译本也会对译语社会的文化产生重要的影响,起着重要的作用。这种双向的影响在意识形态方面最为明显。美国翻译理论家勒弗菲尔曾说,他在研究中发现了一种现象,那就是在翻译过程中,当意识形态上的考虑与语言上的考虑发生冲突时,最终占得上风的总是前者,而且这种情况在翻译过程的每一个层面都是如此[1]。其次是语词与附着于语词上的文化上的双向影响。各民族之间由于发展的历程、生活的环境等存在不同,导致文化之间存在着大量差异,形成了各自的文化特性。第三,文化差异的复杂性使得翻译中还存在着很多文化缺位和文化错位的现象,即某个民族的社会生活和文化传统中所存在的观念、行为、言语等在进入另一个文化环境时发生缺失或错异的情况。这种情况对译者是巨大的考验,译者需在文化差异和译语读者接受能力之间进行适度的调整和选择,这也是翻译的完善与发展功能。第四,译者的审美心理结构也在影响和制约着译者的理解与表达,这种理解和表达的结果产生的影响也是双向的,是翻译的完善与发展功能的成因之一。

不同民族的审美心理结构差异是各个民族在长期的发展过程中形成的,是文化的长期积淀的结果。这种结果构成了一种民族审美的先意识、先理解、先结构,潜移默化地制约和影响着人们在审美上的习惯和标准。翻译的任务不但要实现语言文字的转换,而且要实现审美效果的转换,让译语读者获得与原语读者基本相同的审美效果,这就需要译者在翻译中发挥"创造"性。然而,翻译的本质是反对创造的,因为创造使原作意义在译语中的可靠性发生危机,也使翻译行为的可预测性不复存在,但是在以上所述的复杂情况下,创造性翻译又是不得不使用的手段,所以为了避免翻译的任意性,研究出如何制约译者创造性翻译的理论十分必要。虽然译作有发展原作的功能,但是我们不能忘记,所有的翻译都是在某种规则下进行的,即所有的翻译都必须尽可能地向原作靠拢,这样的翻译才是合

---

[1] Lefevere, A.; 2004, *Translation, Rewriting and the Manipulation of Literary Fame*, Shanghai Foreign Language Education Press,39.

理的,也才能称之为翻译。所有的译作都应该能够回溯到原作的基本意义上,否则的话,所有翻译都是令人怀疑的。当然,"译无定法",译者尽可以独立决定使用何种方法,甚至用不用方法,或者综合运用各种方法,以达到自己的翻译目的,但是翻译方法的任意选用,并不意味着方法论也是可以任意选用的。翻译方法既可能使译作"信",也可以使译作"不信"。原作在转变成译语的过程中不断地被变通、发展和创新。原作一旦被创造,作者就失去了控制权,更不能预料转换成另一种语言会发生什么样的情况,所以原作在被翻译的过程中要获得生存,只有完善与发展这一种途径,才能适应新的语言、新的文化和新的社会。但是,翻译的方法论必然是宣扬翻译制约论的,总是要提醒所有的翻译人警惕所谓的翻译"创造",尤其是要警惕后现代译学的一些极端的言论,这些言论往往会打着翻译具有多种可能意义的旗帜,鼓吹翻译只是任意选择的想法。在后现代译论者看来,译者在做出选择的过程中,总是要在表达中印上自己价值观的烙印,因而所有的翻译都是戴着面具的权力的彰显。这就使得翻译加大了泛化道德和恣意的机会,是翻译虚无主义的一种表现。可靠与客观应该是任何翻译的特性。译者只能表达原作所表达的东西,至少不能故意让自己的是非观念影响翻译,更不能因政党或政治共同体的观点而有意对原作做曲解。

第六章

从文义的释放看翻译制约因素

"How old are you?"这句话是什么意思,学过英语的都知道,但是有一个笑话,说的是有人将这句话译成了"怎么老是你?"。之所以是一个笑话,是因为这种翻译在文义的释放上出现了问题,译者孤立地看待词义,未能照顾到每个词在句子中形成的整一性①。翻译出来的文义必须注意到语境、语言体系以及语用目的等制约因素。

第一节 翻译中的词义确定

一、语素分析法

语素分析法是词义分析法中的一种,其他还有多义词辨析法、同义词分析法等。词可以分为单纯词与合成词,对

---

① 周晓梅:"直译与意译之争背后的理论问题——从本质主义哲学转向介入主义哲学对译学的影响",载《外语与外语教学》,2013年第6期,第71页。

合成词的分析常被称为语素分析法。我们把由两个以上的语素构成的词称为合成词。语素又分为词根和词缀。词的主要组成部分是词根,附加在词根上的构词成分称为词缀。词根一般都有原始意义,但是在借用语素分析法分析语词的时候,我们也发现,有些词根意义已经发生了变化,失去了原来的意义,对于含有这些词根的词我们切不可望文生义。当然这只是针对那些初学翻译的人,而对那些已经有过较为系统的双语学习和翻译训练的人来说,强调这些没有太大的现实意义。但是在语言教学与翻译教学中老师们还是应该时刻提醒学生们准确地把握语素和词义的关系,既不能忽视语素对词义的作用,也不能割裂语素与词语之间的关系,更不能想当然地把语素意义当成词义。

二、多义词辨析法

所有的词都有其最初的原始意义,有着自己的既有意义中心,因为人类在最初给事物命名的时候都是任意的,但是当社会文化发展进步到一定阶段时,面对层出不穷的新生事物,人们会以已知事物词汇为基础表达自己对世界万物的进一步认识,这就导致符号意义的拓展或延伸,也就产生了一词多义的现象。一词多义现象是人类认知发展的结果,与人类认识世界的程度和人类与外界互动的情况有着紧密的关系,受到社会、经济、文化、科技等多方面的影响,是语言发展的必然。所以,每一种语言都会有多义词现象,只是由于在发展过程中所受到的影响各不相同,词的拓展与延伸也就可能会沿着不同的方向,有些词虽然意义中心一样,但意义的边缘却可能迥异,这就给翻译带来了极大的麻烦,也同时给译者留下了创造的空间。因为有了多义词,语言表达变得丰富起来了;但是也是因为有了多义词,意义的不确定性也就出现了。多义词的理解与使用也是译者经常碰到的困难之一。而且,一个民族的文化越是悠久,其语言系统中就会含有越多的多义词。在辨析多义词的时候,译者首先要判断作者有无设置特殊的含义,其次得留意语词的使用语境,切不可完全依赖词典解决问题,因为字(词)典只是讲了某个词的几种基本的含义,它无法涵盖该词在不同的语境中有可能产生的其他含义。以下介绍一些步骤,对多义词辨析或许会有所帮助:全面分析该词在字(词)典中的义项;在上下文中考察该词通常情况下的含义;大致确定其规范含义,并将其归属到某个通常含义之下;在各种语境中考察其使用时的规范意义;比较该词的规范意义与通常含义,看前者脱离后者的限度;将确定的含义放在译句中检验看是否合理;再将确定的含义与上下文译句进行比较,看是否相互协调。通过这些工作，就能相对准确地辨析并翻译出词的意义。

三、同义词分析法

　　同义词现象在每种语言中都会存在，当然，这些同义词更准确地说应该是近义词。它们有时候含义统一，有时候多少会有一些细微的差别。在翻译中我们需要认真甄别。有时候，为了彰显语言的张力，或为了起到强调的作用，又或为了让语言的运用更显丰富多彩，一些相近的词是可以替换使用的。但更多的时候，同义词的意义是不同的，所谓"同义"不过是一个相对的概念，绝对的同义词其实是不存在的。

　　同义词的同与不同会产生出模糊语义，这样语义分析法就有了用武之地。语义模糊的情况一般分为三种：多义模糊、外延模糊和结构模糊。语义分析法就是通过对语词的分析确定语词和文本之间的关系，又通过分析句法、词义等语法结构确定词语在文本中的意义以及与文本的表达效果之间的逻辑关系。我们可以采取如下方法来分析语词的意义：1）根据题材决定词义。许多词汇都或多或少地具有一词多义和一词多类的特征，想要准确地判断出这些词汇的意义，首先需要弄清楚它们出现在什么题材的文本之中。2）根据句法决定词义。我们把句子的排列组合规则称为句法。句子表达的意义是相对完整的。一个句子如果能够成立，这说明这个句子的词与词之间是相容的。因此，一旦我们了解了这个句子的结构，那么根据句子结构来确定句中的某个词的意思就应该容易多了，毕竟我们已经知道了这个词与其他词之间的关系。

四、根据词语搭配决定词义

　　这里说的词语搭配指的是句子成分内部词与词的搭配使用，比如，名词词组内部会有中心词（名词），还可能有与其搭配的修饰语（定语）；动词词组内部会有动词，还可能有与其搭配的宾语或状语；等等。只要这些搭配在一起的词语在语义上是相容的，当我们确定了其中一个词的词意之后，我们就可以通过这个词的意思来确定与之搭配使用的另一个词的意思。语言的意义是约定俗成的，但语言的意义总是在变化的状态之中。所以，有些文本虽然被我们反复翻译，也总是不能保证翻译的完全精确化，似乎永远不可能有完美的译本。

第二节 文义翻译的重要性

　　文义翻译在词的选择上值得我们认真对待。如果我们要将"我们掌握的知识越多越好。"这句话译成英语，那么"掌握"这一词就颇费踌躇，因为可以找到很多表达这个意思的英语词汇，如 get、acquire、master、grasp、attain、obtain 等。但是，词义选择取决于它们的语法义素存在的差别，如果我们确定把"知识"译为 knowledge，那么这些词当中只有 acquire 可以与 knowledge 搭配，这么一来句子就可译为：The more knowledge we acquire, the better. 。

　　当然，这是文义翻译中的一些细节问题。文义翻译的重要性远不止这些。从规范的角度看，尊重文义就是尊重原作。这是翻译得以实现的一个必要条件。只有尊重文义的翻译才是可信的翻译。此外，从另外一个角度看，也只有对原作的文义心怀尊重，译者的任意才会收敛，译作才能够有在译语中代表原作的资格。虽然这种为文义翻译做出的努力并不会完全挡住意义的流变，但是这种努力是有价值的，因为它确实可以使翻译具有相对的稳定性。人们对翻译的信任正是从翻译的稳定性中获得的。也正因为此，翻译制约因素研究才显得更加重要。希望通过译作去了解原作的公众最希望翻译受到制约，因为这意味着翻译意义将更具客观性，译者的行为也更有可预测性。文义翻译是最能满足这部分读者的最佳翻译方法。尽管恪守文义可能会产生死板的翻译从而给翻译带来一些负面的作用，但是它的积极意义似乎是无需论证就可以得知的。

　　以上所说的文义翻译在中国传统译学中称为直译，这种翻译有着明显的不足之处，即它与目的因素、语境因素等存在着一定的矛盾。事实上直译一直被指责忽视了原作者的意图。理由是，如果翻译完全依靠直译，原作者的意图则可能在译文中落空。可以说，这种指责是有一定道理的，但是在翻译实践中落实原作者的意图并不好操作，也难以确认。硬是要找出原作者的意图，有的时候怕也是强加给原作者的。原作者的意图体现在字里行间，离开了文字，意图无从谈起，但寄托于文字的作者意图有时又难以具体化，不排除有人会打着寻找作者意图的旗号去宣扬自己的意图。这种情况在翻译史中并非鲜见，要引起我们的高度重视。

　　在原作文本中，相对固定的是原作的文义，而原作者的意图常常并不清晰,有时还是令人难以捉摸的。即使我们把追求原作者的意图当成我们翻译追求的目标,我们也没有办法搞清楚我们最终追求到的到底是不是原作者的意图。我们不能用这种不确定的意图限制住译者的思维。翻译中的实际情况是,当译者追求原作者的意图时,实际上在译文中所表达的只是译者自己的意图。因此说,尽管指责直译忽视了目的因素是有道理的,但实际上翻译中目的因素的强调常常会事与愿违。至于语境因素,语境论者认为,文本的意义不能只由文本来决定,文本的意义取决于更宽广的语境。文义翻译还存在着日常文义与专业文义之间的矛盾。从专业的角度看,无论是金融还是法律或科技都有自己的语言系统,就连文学也会在日常文义之外有自己的艺术追求。在这样的情况下,专业文义往往会被优先考虑,日常文义则受到压抑,退居次要的位置,但这种文义的选择有时候并不好把握。尽管直译存在这样或那样的问题,但我们必须牢记一点,那就是翻译应该是从词汇的文义开始的。

第三节 文义在翻译中是如何变化的

一、文义释放主要是释放其固有的意义

　　许钧在其著作《翻译论》中提到了美国语言学家雅各布森的一个观点,即"没有符号就没有意义"。雅各布森是从符号学的角度出发明确了符号与意义之间的这层关系的。我们知道,文化也体现为各种各样的符号,那么按照雅各布森的观点,文化的核心也可以理解为意义的创造、交流、理解与解释。一个作家用语言符号创造一部作品的同时,也就赋予了这部作品以意义。因此,翻译的任务就是要根据语言符号,去捕捉隐藏在字里行间的意义,在透彻理解后,用另一种语言将它表现出来[①]。

　　然而,翻译意义的确定实非易事。正如朱光潜在《谈翻译》一文中所指出的那样,词语有种种不同方式的意义,如字典的意义、上下文决定的意义、联想的意义,等等,这就意味着翻译出字面意义不能算完成了翻译任务,字里行间所隐含的意义也是译者应该在译语中要表达的内容。[②]

[①] 许钧:《翻译论》,湖北教育出版社2003年版,第137页。
[②] 罗新璋:《翻译论集》,商务印书馆1984年版,第449~451页。

刘宓庆从翻译美学的角度,将文字翻译分成了两大类:一类是非艺术性原语的翻译,另一类是艺术性原语的翻译①。一般来说,对理论著作及科技论著的翻译属于非艺术性原语的翻译,这类著作的语言语义稳定且明确,译者只需用流畅的译语把原文的内容表达出来,就完成了翻译的任务,不需要发挥太多的再创造。而文学作品的翻译都属于艺术性原语的翻译,文学作品的语言既形象又抒情,越是好的作品越是容易让人浮想联翩,其意义往往具有不确定性,译者在翻译中需要再现原语的形象、情感,但是这种对原文所包含意义的确定往往只能根据译者自己的审美理解来进行。张今和张宁曾在《文学翻译原理》中引用过茅盾的一句话:"文学的翻译是用另一种语言,把原作的艺术意境传达出来,使读者在读译文的时候能够像读原作一样得到启发、感动和美的感受。"②这本书中所引用的苏联翻译理论家加切奇拉泽的一句话也同样说明了这个观点:"文艺翻译是把用一种语言写成的作品用另一种语言再创造出来。"③

文学语言所具有的特点,加上语言之间的差异以及文化等诸因素的影响,使得文学翻译的再创造充满困难,这种困难不但表现为对译者的艺术素养有较高的要求,也表现为对再创造的度的把握难以掌控。傅雷曾把翻译比作"临画","所求的不在形似而在神似",但他认为翻译实际上比临画更难,"临画与原画,素材相同(颜色,画布,或纸或绢),法则相同(色彩学,解剖学,透视学)。译本与原作,文字既不侔,规则又大异。各种文字各有特色,各有无可模仿的优点,各有无法弥补的缺陷,同时又各有不能侵犯的戒律。"④钱钟书在《林纾的翻译》一文中明确指出译文和原文存在差距是一种不可避免的客观现象:"一国文字和另一国文字之间必然有距离,译者的理解和文风跟原作品的内容和形式之间也不会没有距离,而且译者的体会和他自己的表达能力之间还时常有距离。"⑤这三大"距离"足以说明翻译活动本身存在着局限性,失真和走样对于翻译而言是一个客观真实的存在,译文要么在意义上要么在口吻上多多少少都会有违背或不尽贴合原文的地方。在文学翻译中,要让这种"违背"和"不尽贴合"减少到最小,就必须要释放文义。

许多翻译实践也证明,文学翻译中一味地固守词语的词典意义,实际

---

① 刘宓庆:《翻译美学导论》,中国对外翻译出版公司2005年版,第278页。
② 张今,张宁:《文学翻译原理》,清华大学出版社2005年版,第10页。
③ 张今,张宁:《文学翻译原理》,清华大学出版社2005年版,第11页。
④ 转引自罗新璋:《翻译论集》,商务印书馆1984年版,第558页。
⑤ 转引自罗新璋:《翻译论集》,商务印书馆1984年版,第697页。

是一种似"忠"非"忠"的做法。译作是在译语中表达原作,如果译作只是词语的词典意义的堆积,那译作就忽视了翻译的其他制约因素,传达给译文读者的极可能是一种与原作貌合神离的东西,其结果只能是对原作的不忠,使原文的意义与神韵丢失更多。当然,词语的词典意义也是翻译活动的一个重要制约因素,如果不受其制约而一味地追求"话外之音"或无原则地满足所谓"读者的审美期待与接受心理",也同样会有负于作者。因此,在翻译中,词义的释放一定是在词的固有意义基础上进行的。

二、固有意义的释放必须与语境相融通

语言作为信息传递的工具是人类所独有的。语言在发挥其信息传递作用时,总是要有特定的语言环境。离开了语境,语言的作用则难以得到充分的发挥,而没有考虑语境的语言研究也会遇到种种棘手的难题。语言教学中,忽视了语境,语言教育者往往会陷入难以自圆其说的窘境。大量的研究成果表明,研究语用意义是不能够脱离语境的,不谈语境,语用意义就无从谈起。语用学的研究成果表明,文义的释放与语境也是相融相通的,而且也必须相融相通。

在离开语境训练语言的时候,我们如果要表达某些特定的意思,经常需要说很长一段话才能让人听明白。但是,当有了明确的语境之后,我们可以用更简洁的话语表达同样的意思。例如,两个人去餐厅吃饭,一个人点完餐之后,另一个人对服务生说"the same",服务生很快就能明白,而无需这个人说"请帮我点跟与我同来的这个人一样的饭菜"。因为有了语境,听者就能根据语境进行推断,因而一些本来笼统的意义就释放出具体的信息。这就是词语的固有意义与语境相融通之后获得的效果。

语言的形式总是有限的,而人的思想是无限的,用有限的语言形式表达无限的思想,语言是如何做到的呢？其中有一个重要的因素就是语境。语言形式所表达的字面意思总是有限的,但当字面意思与语境融通之后,就会产生超出字面意义的意思,就有了所谓的言外之意或弦外之音,但是失去了语境,这些存在于句子意义之外的意义也就随之失去或者变得模糊不清。比如,"It's raining."这个句子,若没有语境,它表达的就是一种自然现象;但是,如果说话时窗户是敞开着的,就可能是说话人暗示对方把窗户关上;如果说话时的语境是孩子准备上学去了,这句话则可能是要提醒孩子随身带上雨具……可见,语言一旦使用起来,要想获知其真实信息,就必须结合语境。我们在理解一个人讲话的时候,不但要理解这些话的固有意义,还要捕捉到话语固有意义与语境融通之后释放出的言外

之意。

有了语境,我们不但可以用简洁、笼统的话表达具体的特定意思,而且也可以让那些容易产生歧义的词语变得清晰起来。比如,有些词语本身就是多义,还有些句子的句法结构会让人产生多样的理解,这些情况借助于语境,意思就会变得明确。举一个例子,"Pass the glass."这个句子,如果没有语境,它的意思就不清楚,究竟是指传递杯子呢,还是指传递玻璃呢? 但如果是在酒宴上,你听到这句话,就知道是要递杯子。所以,固有意义与语境融通之后,不但可以释放出言外之意,还可以控制固有意义,避免歧义产生,让释放出的信息更加准确。还有一种情况,就是当词语的固有意思与语境结合之后,会产生出与固有意思完全相反的意思。比如,当一个侦探对犯罪嫌疑人说:"Well done, guy!"这绝不是在夸奖他的才能;又比如,热恋中的情侣如说出"I hate you!"这句话,表达的不一定真的是仇恨,有时真实信息或许恰恰相反。忽视了语境的作用,就难免会把挖苦当成了奉承,把别人的逗趣当成真的去信了。

翻译也是一个语言固有意义的释放过程,在这个过程中语境同样会起着重要的作用,全面地理解语境,就能够正确地理解原作,更准确地用译语表达原作的思想内容,有助于产生好的译本。

第四节　文义的"忠实"与功能的"忠实"

尽管人们对"忠实"的认识有所不同——有人认为,忠实意味着对词句的忠实;有人认为忠实是对意义的忠实——但是,"忠实"一直都是传统翻译理论最核心的理念之一[①]。在传统翻译理论的伦理表述中,"文义优先"是翻译必须遵照的原则,译者因此常常处于天然的劣势。而在以作者为中心的文学批评模式中,原作就成了意义的本原和诠释的终极标准,译者只能行走在由作者主体性支撑的"本真"和"权威"所投射的阴影里。

随着理论的发展,文义优先的"忠实"理论已经受到了越来越多的质疑,作者中心的批评模式也在强有力的证据面前风雨飘摇。翻译已经被越来越明确地视为一个决策的过程。不过,传统的"忠实"理念似乎并没

---

① Munday, J.; 2001, *Introducing Translation Studies: Theories and Applications*, Routledge, 24.

有被完全抛弃。不同理论背景的翻译研究者在触及翻译伦理问题时,"忠实"仍然是一个绕不去的首选关键词。但是,"忠实"虽在,内容则有了变化。我们说"忠实"时可能不一定就指文义优先的"忠实",也有可能指的是功能优先的"忠实"。人们就这样对"忠实"做出批判性的反思,不断地加以形形色色的改写和再定义。

德国翻译学者诺德、莱斯、费米尔等人倡导功能优先的"忠实",他们提出的最重要的观点就是翻译目的论。功能学派翻译理念的最显著的特点就是体现出一种实用主义哲学,它不像传统的翻译理论那样以原文为本位,而是将基本的出发点落实在翻译的实用目的上,更强调翻译在目的导向之下最大限度地实现预期的效果,完成具体情境下翻译行为所肩负的任务。目的论指导下的翻译,其质量的高低,并不是看其在多大程度上与原作实现了对应,而是要看其在多大程度上实现了预期的目标。功能学派的理论在一定程度上提高了译者的地位,从原来传统的从属身份,摇身一变成了精通跨文化交际的双语专家,有了自主采取必要的措施来实现翻译预期目标的权力。这意味着文义不再优先,译者被赋予了过去所没有的自由,可以在一定限度之中不以原文为依归来操纵文本[1]。在诺德看来,传统的"忠实"主要是原文与译文之间的联系,但是她认为,在翻译这种跨文化交际行为当中,不论是交际行为的发起者还是译语文本的受众,都无法检验译语文本是否真正符合他们的期待[2]。译者才是文义的主宰。译者具有理解原文和在译语中表达原文的双向使命,对原文的发出者和译文的受众负有双重的责任。这时,翻译的目的显得尤其重要。目的明确后,译者在原文与译文受众之间来回奔波,既要尽可能地对双方负责,也要实现预期翻译目标。这个过程中,译者为了实现翻译目的对原文的某些方面进行凸显、淡化、掩藏甚至改动就不可避免了。

刘易斯提出了"僭越的忠实",强调必须重视语言特质,而不能一味关注信息或概念。他认为,译者应当能够在原文的未说与不可说中以撼动、冲撞、僭越的方式追寻出那些未思与不可思的意义与思想[3]。他的"僭越的翻译"是一种强势的主张,旨在释放文义的冲撞力量,重现原文的意指及其造成的诗学特征,在译语中恢复语言符号的多义性和意指链条的开

---

[1] 陈小丽:"邓笛与外国文学翻译现象",邓笛译文集《种水仙花的男人》附录一,上海文化出版社 2015 年版,第 215~221 页。

[2] 转引自 Shuttleworth, M.:1997, *Dictionary of Translation Studies*, St. Jerome Publishing, 98。

[3] 转引自 Venuti, L.:2004, *The Measure of Translation Effects*, Routledge, 42。

放性,以补偿译语的标准形式所造成的翻译损失。刘易斯的新的忠实观不是建立在自足统一的原文文义基础上,而是在一定程度上体现了后结构主义的语言观,立足于语言作为符号运作的不稳定性和意指过程的开放性。"僭越的忠实"是能指对能指的忠实,它打破了翻译对单一的、明晰的意义的追求,不再坚持传统的文义优先的忠实,凸显了翻译过程中语言的游戏性和颠覆性。

翻译研究的文化转向之后,对翻译的理论探讨已经不再局限于文本,翻译再也不是原作与译作两个文本之间的关系。虽然翻译研究还是要从具体文本出发,但正如巴斯奈特所言:"当代的翻译研究要打破的正是'把原作和译本视为两极这种陈旧的二元翻译观'"①。翻译活动已然成为一项与文化系统充分结合的动态活动。意义流动的概念引进到翻译过程中后,翻译就以其开放性和不稳定性参与到各种文化政治进程当中。莱文在其著作 The Subversive Scribe: Translating Latin American Fiction 中称自己是"subversive scribe"(颠覆性的书写者)、"faithfully unfaithful"(忠实地不忠者)。她强调要忠实于原作文本要旨就要不惜颠覆其表面。虽然传统翻译理论中也有"得意忘形"的意译观,但莱文强调要重视翻译对原文中包藏的意识形态等因素的发掘,而非译文和原文两者之间单纯的对等。莱文认为,好的翻译就像修辞一样旨在制造一种劝谕读者的效果,将原语文本的意识形态"再语境化",从便更好地引发读者思考,所以,好的翻译是一种批评行为,从宽泛的意义上来说,也是一种政治行为②。"再语境化"的概念,给翻译带来了革命性的影响。首先,这意味着原来隐藏在原文本中的各种次文本等潜在内涵都可能会在译文中显化;第二,有些以原意为依归的内容,一旦进入到一个完全不同的语境,就可能在译语中受到与原语中不一样的解读。这种"颠覆"尽管不是以破坏文义为目的,但它意味着对原文的解构,为的是将文义中的隐含力量释放出来。

另一位名叫雪莉·西蒙的翻译学者也给"忠实"赋予了新意,她认为忠实既不是对作者的忠实,也不是对读者的忠实,而是对写作方案的忠实③。许宝强和袁伟认为,西蒙的所谓"写作方案"论不是一种个别现象或是一个单纯的翻译出版事件,而是通过翻译张扬一种"身份诗学","以笔发挥主观能动作用","以言行事",以提示传统翻译观所掩藏的译者的话

---

① 转引自许宝强,袁伟:《语言与翻译的政治》,中央编译出版社 2000 年版,第 322 页。
② Levine, S. J.: 1991, *The Subversive Scribe: Translating Latin American Fiction*, Graywolf Press, 3 - 4.
③ 转引自许宝强,袁伟:《语言与翻译的政治》,中央编译出版社 2000 年版,第 322 页。

语权力运作,改变被固定的话语网络所限制的权力等级①。这种对"写作方案"的忠实,彻底打破了传统忠实观的形而上的依赖,强调对翻译价值的判断要在特定的文化政治进程中才能进行,译者的翻译活动要受到具体情境中各种权力因素的制约。译者的主体性作为整个译介活动中复杂过程的一部分,应该是在对翻译的目的有充分把握之上的一种积极的带有批判性的文化干预,而不是译者个人风格和创造性的任意发挥,更不是被动地尊崇接受文化为至上权威的规范。

当前翻译理论中对于"忠实"的重新定义,包括以上说的几种,都反映了翻译学科向文化政治领域逐渐延伸的这样一种现象。我们已经可以清晰地看出,翻译的问题,通过审美中介,开始被伦理政治化了。对于"忠实"理解的不一致,反映出翻译自身的理论困境。不同的"忠实"的修改版都有自己的道理,但又相互矛盾,仔细推敲其实都背离了传统"忠实"的一般内涵,这就提出一个问题:翻译能否有一个普适的伦理原则?努斯认为,回答这个问题,就要看是否存在能被普适化的翻译行为②。现实是,翻译的概念乃至翻译学科本身都已经被扩大了,翻译通过不断吸收其他学科的内容也持续消融着学科的边界从而给自己带来"身份的焦虑"。除非我们以"削足适履"的方式来硬作限制,否则就不得不接受翻译伦理的多元性和由此带来的文义的任意释放。笔者认为,究竟是文义优先还是功能优先,并不是一道简单的选择题,关键是要搞清楚学者们各自理论的前提预设是什么,在什么层面的问题上更表现出关怀,以及这些理论在翻译实践中会暴露出什么样的缺陷。

① 许宝强,袁伟:《语言与翻译的政治》,中央编译出版社 2000 年版,第 323 页。
② Nouss, A.: 2001, "In Praise of the Betrayal: On Re-reading Berman", *The Translator* 7 (2),284.

第七章

从翻译的目的看翻译制约因素

"对等"一直是翻译理论研究者研究的一个重要内容,但是许多研究者在深入研究后发现翻译的"对等"并不总是能够实现的。在有些情况下,形式对等了,功能则不对等;还有的时候则恰恰相反。这种情况下,有些译者会优先考虑功能对等。翻译功能派的奠基理论为翻译目的论,这一理论是威密尔以行为理论为基础创立的。威密尔认为,翻译是人类的一种行为,而人类的一切行为都是有目的的。因此,翻译行为的实施一定是为了达到某种目的,并期望在译语语境中产生某种结果或影响。翻译目的论的主要观点可以概括如下:在目的与文化等概念的基础上对翻译的重新界定;翻译行为参与者各自的作用;翻译行为与历史及文化的关系;原语文本与译语文本之间的关系;翻译目的论的最高准则及相关准则;译本与翻译行为的目的之间对接的充分性等①。在目的论者看来,翻译既具有文化性,又具有交际性,是一种跨文化的交际行为,是在译语中对原语语言

---

① 转引自仲伟合,钟钰:"德国的功能派翻译理论",载《中国翻译》,1999年第3期,第47~49页。

及文化的一种不可逆的信息传递,译者在此过程中通过翻译标准来表达自己的翻译目的。翻译活动的预期目的是指具体翻译活动的参与者的目的,而不是指翻译本身的目的或意图①。因此,翻译活动的预期目的是由翻译活动的参与者决定的,不一定与原作者的写作目的相同。威密尔进一步提到,译文的走向与最终的效果主要取决于翻译的目的②。原作者的写作目的是难以求证的,而译者的翻译目的是可以确定的。翻译目的不明确的翻译只能带来意义模糊的译本。翻译的目的可以指译者的目的、译文的交际目的和以翻译为手段想要达到的某种特殊目的。在通常情况下,翻译目的指的是译文的交际目的,这个目的由翻译活动的参与者来决定。自然而然地,"对等"等概念则由目的实现的"充分性"所取代,也成为衡量翻译行为的标准。在目的论中,"充分性"成了翻译的本质属性,即译文应足以满足翻译的目的。换言之,在目的论者看来,译文只要达到了翻译活动的预期目的,就是完成了交际功能的好译文。所以,从翻译的目的看翻译的制约因素,也就会看到与前面所言略有不同的另一番景象。

第一节 不再单纯的翻译目的

人类的行为只要是主动做出的皆有其目的,翻译行为当然也就有自己的目的。但翻译行为毕竟有其特殊性,因此其目的也会有自己的特性。我国古代译论家释道安在《鞞婆沙序》中引用秘书郎赵政的话说:"传胡为秦,以不闲方言,求识辞趣耳。"③他在其《摩诃钵罗若波罗蜜经抄序》中又说:"正当以不闻异言,传令知会通耳。"④他这两段话都与翻译的目的相关,前者的意思是说,翻译的目的是要让不懂外语的人也能够明白它表达的意思;后者的意思是说,正是因为有人不懂外语,才需要有译者,译者的目的当然是要使这些不懂外语的人懂它表达的意思。美国著名翻译理论

---

① 涂兵兰:"翻译的目的与规范之冲突",载《外国语文》,2014年第3期,第113页。
② 转引自仲伟合,钟钰:"德国的功能派翻译理论",载《中国翻译》,1999年第3期,第47~49页。
③ 转引自马祖毅:《中国翻译简史》,中国对外翻译出版公司1998年版,第18页。
④ 转引自马祖毅:《中国翻译简史》,中国对外翻译出版公司1998年版,第18页。

家斯坦纳曾言,因为这世界上有人讲不同的语言,翻译才有了存在的必要①。这句话本来是讲翻译的起源,但细细想一想,何尝不也是喻示翻译的目的?翻译的目的就是让看不懂原语作品的读者通过译文明白甚至能够欣赏原语作品的内容、风格及其神韵②。

但随着近年来翻译研究中的文化转向以及随之带来的翻译研究的跨学科多元交叉,人们发现翻译的目的并不总是像我们过去想象的那样单纯。比如,有人在讨论中国古代佛经翻译时有这样的论述:"我国早年之所以大规模翻译佛经,是因为统治阶级为了巩固其地位,对人民进行精神统治。"③徐光启等人之所以选择西方科技著作来翻译,目的是"裨益民用"④。严复的翻译目的是让国人学习西方的自然科学方法和民主政治制度,所以他在选材上也注重西方学术经典⑤。鲁迅、瞿秋白等人翻译文学作品的目的是引入新的语言成分和文化内容⑥。西方翻译文化学派认为,在译语文化中实现原文在原语文化中所实现的同样的功能才应该是翻译的目的⑦;而功能派翻译理论则认为,翻译的目的可以多元化,甚至"赚钱、娱人、娱己、搞对象"也可以是译者的翻译目的,而且以这样的目的从事翻译亦不失"正当"和"高尚"⑧。

由此可见,目的对翻译有着重要的影响。目的是不可缺少的,目的就是译者在实践过程中的一盏指路明灯。然而,目的也是复杂的,各种交织的目的使翻译活动变得比自然现象更难研究。没有目的的翻译行为是盲目的行为,但目的太多也使人无所适从而变得茫然。应对的方法只能是让目的优化和更加明确化。翻译的目的可以有多种,但它们不能放弃对原作精神和价值的追求。翻译的目的论有两个倾向:作者决定论和读者决定论。前者是译者把自己想象成原文作者,思索原作者在译语环境下如何思考与表达,通过这样的假设去探寻原作者或原文的"客观"目的。后者是译者站在某类读者的立场上去看待翻译,也就是说把翻译的目的交给读者来决定。无疑,目的论的这两种思维倾向将会得出不一样的结

---

① Steiner, G.: 2001, *After Babel: Aspects of Language and Translation*, Shanghai Foreign Language Education Press,51.
② 曹明伦:"译者应始终牢记翻译的目的",载《中国翻译》,2003 年第 4 期,第 92 页。
③ 转引自马祖毅:《中国翻译简史》,中国对外翻译出版公司 1998 年版,第 18 页。
④ 陈福康:《中国译学理论史稿》,上海外语教育出版社 2000 年版,第 53 页。
⑤ 马祖毅:《中国翻译简史》,中国对外翻译出版公司 1998 年版,第 382 页。
⑥ 朱志瑜:"类型与策略:功能主义的翻译类型学",载《中国翻译》,2004 年第 3 期,第 9 页。
⑦ 潘文国:"当代西方的翻译学研究",载《中国翻译》,2002 年第 2 期,第 36 页。
⑧ 张南峰:《中西译学批评》,清华大学出版社 2004 年版,第 39 页。

果。而且,这两种倾向实际上都是无法操控的,稍一放纵,就可能会有译者借作者或读者的旗号,玩起任意翻译的把戏。

在翻译的现实中,文本目的的实现会受到来自政治目的、文化目的等非文本目的的制约。政治目的之形成与意识形态有关,而文化目的必然与诗学理念有关,这些也都是翻译的制约因素,这些因素的存在给文本目的的实现加大了难度。但是,在翻译研究领域,注意到翻译过程中存在着大量制约因素的学者大有人在,但思考如何摆脱那些非文本制约因素的学者却少之又少。以意识形态和诗学理念这样的制约因素为例,一方面我们要承认它们的客观存在,另一方面我们应该把它们对翻译的影响限制在最低程度。要做到如此,我们就要对翻译的文本目的和非文本目的有足够清醒的认识,将非文本目的的影响限制在可接受的程度,既要考虑译语读者的期待视野,又要考虑让译作能够在译语文化中立足。不以规矩,不成方圆。译者有译者的职业良知和行为规范,翻译的文本目的是翻译的核心目的,任何个人目的或政治目的、经济目的、文化目的等不能取而代之。虽然对于如何规范译者的行为,理论界的认识不尽相同,甚至有人对这种提法有强烈的反感,但译者对自己的翻译行为应该有所自律,这一点还是能达成普遍共识的,而且也只有译者最清楚怎样才能够更加充分地实现翻译的文本目的。我们对"翻译者即叛逆者"这句名言,不要仅仅当作一句翻译谚语,更应该视为对翻译界人士的一句警告。诚然,翻译的目的不是求同而是存异,但是我们不要忘了人们之所以需要翻译是因为不懂外语,译者有如实传达让人们了解原语之本来意思的使命。无论如何,翻译行为实施者的目的应该是文本目的,对此翻译人必须有清醒的认识。译者有责任和义务让不懂原文的人通过阅读译文了解甚至欣赏原文的内涵与风格。要实现这一点,那就是要实施翻译的文本行为,也就是把文本目的作为翻译的核心目的。落实文本目的就是要把一套语言的与非语言的符号转换成另一套语言的与非语言的符号,而这两套符号所负载的信息要大致相等,这是译者的根本任务。

第二节　翻译目的能否被规范

我们在说翻译目的的时候,常常忘掉翻译的文本目的和非文本目的是两个不同的东西。比如,作为翻译家的梁启超在《论小说与群治之关系》一文中提出了他翻译的非文本目的是要"改良群治"和"开启民智",同时他的《论译书》一文中又提出了他翻译的文本目的,那就是"凡译书者,将使人深知其意",这就使他的译文基本上符合他的文本目的,但为了达到非文本目的他也时常会使用改写的办法。同样,严复翻译的非文本目的是"自强保种"(《译〈天演论〉自序》)和"取足喻人"(《〈名学浅说〉译者自序》),而他翻译的文本目的是他著名的"信、达、雅",所以我们也可以在严复"信、达、雅"的译文中看到他为了实现非文本目的删改原文的地方。通过观察翻译目的实现的途径,我们也可以区分出翻译的文本目的和非文本目的。翻译的文本目的只有一条途径,那就是实施翻译的文本行为,把一套语言符号或非语言符号所表达的信息用另一套语言符号或非语言符号表达出来。翻译的非文本目的,无论是政治上的、经济上的或文化上的目的,都可以通过多种途径去实现。实现翻译的非文本目的,既可以通过选材来实现,也可以通过增删原作来实现,还可以通过仿写与续写等方式来实现。

对翻译目的的讨论之所以众说纷纭、莫衷一是,是因为讨论者总是从某一个特定的角度去看问题,或以某个特定的历史时期或某个特定的译者为基础去看待问题。将翻译目的二元划分为"文本目的"和"非文本目的",充分考虑到了翻译活动的本质属性,突出"文本目的"才是译者的根本目的。自"文化转向"以来,学界在对翻译的本质属性的认识上出现了混乱。王东风认为,"翻译,从根本上讲,就是向本土文化意识形态输入异域文化的意识形态。"[①]张瑜则认为,"翻译已不是中性的、远离政治及意识形态斗争和其他社会、经济因素制约的行为,相反,翻译是政治性十分强烈的活动。"[②]而图里则认为,翻译是一项受到规范制约的活动[③]。这些意欲揭示翻译本质的言论,虽然都揭露出了翻译的某些事实真相,但因为没有对翻译的"文本目的"与"非文本目的"加以区分,导致了对翻译本质属性的片面认识。通常情况下,本质属性指那些能够与其他事物区别开来的充分必要条件。"文本目的"一方面恒定守常,另一方面语言符号转换是翻译的一个既充分又必要的自身特性。而"非文本目的"具有多重性,

---

① 王东风:"一只看不见的手——论意识形态对翻译实践的操纵",载《中国翻译》,2003年第5期,第17页。

② 张瑜:"权力话语制约下的翻译活动",载《解放军外国语学院学报》,2001年第5期,第71页。

③ Toury, G.: 1995, *Descriptive Translation Studies and Beyond*, John Benjamins, 56.

多重的认识势必模糊翻译活动与其他活动之间的界线,缺乏与其他事物区分的充分性与必要性。既然"文本目的"是翻译的根本目的,译者的根本任务也就是要充分利用译语中一切可利用的语言资源实现这个目的。当然,在这个过程中追求译语文本与原语文本之间的"意义之相当、语义之相近、文体之相仿、风格之相称"①就是译者应做的分内之事。

第三节 原语文本目的对翻译的制约

目的论是以解构主义为基础开创的一种新的翻译理论,帮助我们突破了纯粹的文本认知模式,为翻译学研究打开了更为宏观的新视野。目的论承认文化的相对性,重视从社会学角度认知文本,深化了译者对文本的理解,对培养译者的翻译意识而非仅仅是翻译技能起到了积极的作用,也使翻译研究具有了更深的维度。目的论对文本类型特点的关注,有助于译者提高对翻译的交际功能的意识,能够提高翻译效率,也因此具有了广阔的实用性。但是,目的论中对非文本目的的重视,在一定程度上鼓励了有目的的"改写",增大了原文本功能弱化的可能性,有可能跌入功用主义的陷阱,使翻译实践与研究渐渐丢掉翻译应有的本色。因此,我们在充分肯定翻译目的论作用的同时,仍然不能忽视对翻译本体论的坚持与研究。

对目的论的认识在翻译界一直存在着混乱。除掉翻译的文本目的与非文本目的常有混淆之外,还有人把德国功能派的目的论作为翻译谚语"翻译者即叛逆者"的理论依据。孙致礼在《新编英汉翻译教程》中提到了德国学者汉斯·弗美尔(Hans Vermeer)的一个观点,即翻译是要受到目的制约的,因为翻译是一种行为,而一般来说行为都是有目的的。古今中外的翻译史告诉我们,翻译不是被文人学者用来表达某种意识形态,就是被统治者用来为维护和巩固其统治服务②。这就导致翻译中一些屡见不鲜的情况:融入了译入语国家的主导意识、采纳了赞助人的意图和要求、迎合了译文读者的趣味和接受能力。所有这些,都是翻译的制约因素。译者在这些制约因素的裹挟下会适当地在翻译中对原文做出"策略性的

---

① 曹明伦:《翻译之道:理论与实践》,河北大学出版社2007年版,第160页。
② 孙致礼:《新编英汉翻译教程》,上海外语教育出版社2003年版,第134页。

叛逆"①。当然,译者的译语水平以及自身对原作的认识水平也是一个重要的制约因素,原作中有些地方不太好懂或翻译起来难度较大,译者可能会用删改的办法进行"变码"处理②。在孙致礼看来,这样的处理都是有意性的叛逆。他认为,这些有意性叛逆虽然不忠于原作,但事出有因,情有可原,这样的处理有时候还会产生出积极的效果③。那么这些"积极的效果"指的是什么呢?孙致礼没有进一步说明,但有一个署名"高巍"的学者在《增值翻译系列谈》一文中对此做了诠释:有意性的叛逆在某些情况下是十分必要的,因为叛逆的结果是译作广受读者的欢迎,出版社获得更大利润④。比如,张生祥和朱玲玲⑤注意到,英国作家乔纳森·斯威夫特的经典讽刺小说《格列佛游记》在国内有多种译本,但最受欢迎的译本却是对原作有较大改动的译本。这是因为国内的出版社看到了少儿读者是一个巨大的市场,译作贴近他们可获得更大的利润。所以,译者在翻译中淡化了原作中的讽刺意味,突出了原作中夸张的表达方式和神奇的想象,以吸引少儿读者的注意,从而导致《格列佛游记》在很多中国人的眼里就是一本经典的儿童读物。出于这样的翻译目的,译者在翻译中自然而然地就会根据儿童的语言、心理、生理及审美等综合特征对原文进行了比较明显的改写,以便译文能够为少儿读者所接受并喜爱。这样的事情国人听了当然会痛心疾首,但从翻译的效果来看还是非常"积极"的。

以上案例绝非个案。在中国,翻译谚语"翻译者即叛逆者"与德国功能派的目的论联姻之后生成了一种新的翻译目的论,这种新的目的论实际上是把文本目的与非文本目的混为一谈,于是就有了"翻译的目的不是求同而是存异"⑥这样的说法,也有了翻译的目的"不是译好某些文字,而是为了委托人的最大利益"⑦这样的说法,也就有了把上述译例中译者对原文材料所做的"必要改动"视为阐释"翻译即叛逆"之最佳例子的译评。功能派的目的论至少还强调一个"好的理由"及"目的之正当"⑧,而这种变样的目的论只强调"目的",似乎想强调凡是目的都是好的和正当的,就

---

① 孙致礼:《新编英汉翻译教程》,上海外语教育出版社2003年版,第133~134页。
② 孙致礼:《新编英汉翻译教程》,上海外语教育出版社2003年版,第132页。
③ 孙致礼:《新编英汉翻译教程》,上海外语教育出版社2003年版,第132页。
④ http://www.xue163.com/exploit/34/347866.html.
⑤ 张生祥、朱玲玲:"儿童的读者特征对文本改写的影响研究——以《格列佛游记》译本为例",载《浙江师范大学学报(社会科学版)》,2016年第5期,第35页。
⑥ 郭建中:《当代美国翻译理论》,湖北教育出版社2000年版,第177页。
⑦ 周兆祥:《翻译与人生》,中国对外翻译出版公司1998年版,第3页。
⑧ Vermeer, H. J.: 2000, Skopos and Commission in Translational Action, in L. Venuti (ed.), *The Translation Studies Reader*, Routledge, 223.

像上述那个译者,为了赢得销售业绩取得"委托人的最大利益",就可以采用"必要改动"和"非常之处理"这样的手段,这样的目的和手段变成了凌驾于原作文本之上的东西,会无限增加翻译的不确定性,从而给翻译带来很大的风险。原作文本是一种客观存在,有着自身的含义和思想。尽管原作者在创作时赋予文本的意义随着社会及时代的发展变化而发生了变化,并因此而失去了拘束力,但是文本作为一种独立存在,其内部仍存在着合理目的,翻译的任务就是从若干可能的语义解释和语义表达中选择当下最符合目的的那一个。

美国语言学家兼文论家罗曼·雅各布森针对"翻译者即叛逆者"这句来自意大利的翻译谚语提出了两个问题,即"翻译什么"和"叛逆什么"。他在《论翻译的语言学问题》一文中举了一个例子,即将意大利传统名言"Traduttore, traditore."翻译成英文为"The translator is a betrayer.",原句与译句似乎表达了同样的意思,但是如果认真比较,就会发现原句在意大利语中不但是押韵的,而且在文字上还具有游戏的价值,从这个认知上看这句谚语的翻译,迫使人们思考两个问题:译者译了什么信息?背叛了什么价值?① 雅各布森通过这两个问题的提出以及对"Traduttore, traditore."英译,告诉我们,翻译需要目的的融入,而翻译的"叛逆",仅仅是指对"文字游戏"之类语言形式的背叛。加拿大渥太华大学语言学教授凯利根据雅各布森的这两个问题对翻译界两千年来的职业良知进行了概括,他指出,在所有语言中,信息和价值都被总括在言者和听者的关系之间,总括在奥古斯丁和索绪尔指出的能指和所指的关系之间,译者是在引导他的读者"阅读"原作,帮助他们穿越布贝尔所说的"语言经验"②。从凯利的言论中,我们至少可以得到如下几点启迪:1)为了忠实地翻译出原文的信息内容,我们有时候需要背叛某些语言形式;2)翻译者应该尽最大可能在译语中表达出原文的信息内容,如果有意背叛,实际上就是故意欺骗译本的读者;3)德国功能派的目的论不能作为"翻译者即叛逆者"这句翻译谚语的理论依据。

原语文本目的虽然不易确定,而且会受到非文本目的的干扰,但这并不是说文本目的就是变化无常、不可捉摸的,根据一些可观察的因素,原语的文本目的基本上是可以确定的,也就是说翻译的客观性是存在的,它

---

① Jakobson, R.: 1992, On Linguistic Aspects of Translation, in S. Rainer and J. Biguenet (eds.), *Theories of Translation: An Anthology of Essays from Dryden to Derrida*, The University of Chicago Press, 151.

② Kelly, L.: 1979, *The True Interpreter: A History of Translation*, Basil Blackwell, 219.

就是稳定在原语文本中的固有意义。

一、原作者的目的或意图

受父权文化的影响,直到 19 世纪末,人文学者都十分强调作者的重要地位,因为,作者——无论是诗人或其他文类的作家,通常被称为文本之父、创始人或是美学的创造者。他们甚至被称为"生殖者",而他们的笔则是"阴茎",是具有生殖力的工具①。具有创造力的作者们创造了一个反映宇宙真貌的小宇宙,把现实世界网罗于其中。浪漫主义诗人雪莱称诗人为"世间未被公认的立法者",济慈认为"古代经典作家就是广大行省的君王",而亚里士多德、西德尼、莎士比亚、琼森等统统都被认为是人类精神的先驱。所以,传统人文学者几乎毫无例外地认为:作者总是要表达自己的某种想法,并将他们的想法在语言学约定俗成的程式范围内加以传递,最终能为读者所理解②。在这样的背景下,传统的译者首要的任务就是要最大限度地弄清楚作者的意图。为此,他们会在考证作家的生平和时代背景等方面耗费大量的时间与精力,努力探寻作家的思想感情和对人物事件的看法。

关于译者如何捕捉作者的意图,传统翻译人探讨过许多种方法,其中心理角色转换的理论是比较有影响的一个。这个理论认为,译者的任务是要在译语中落实原作者的意图和目的,但原作者的意图和目的怎样才能在翻译的过程中被译者捕捉与理解,角色转换是一个相对可行的方法,即把自己设想成作者,然后站在作者角度设身处地思考翻译的各种问题,以达到在翻译中实现作者意图的目的③。这种理论一度被追捧,认为既有理论,也便于实践,但不久就遭受到了哲学解释学学者的攻击。哲学解释学认为,作者一旦完成作品之后,就"死去了",文本的意义由读者说了算。因此,他们认为重塑原作者的意图是一种徒劳之举,任何翻译出来的东西,无论译者怎么揣摩作者的意图,最终仍是译者自己的理解和表达。但我只能部分同意哲学解释学的观点。从绝对意义上讲,原作者的意图的确是不可重塑的,但哲学解释学的问题在于忽视了文本的存在,或者说忽视了文本对翻译的限制与制约作用。翻译终究不同于创作,忽视

---

① Abrams, M. H.: 1986, How to Do Things with Texts, in H. Adams and L. Searle (eds.), *Critical Theory since* 1965, Florida State University Press, 488.
② Abrams, M. H.: 1986, How to Do Things with Texts, in H. Adams and L. Searle (eds.), *Critical Theory since* 1965, Florida State University Press, 436.
③ 邓笛:"论文学翻译家的心理特征",载《安徽广播电视大学学报》,2001 年第 2 期,第 66 页。

了原作文本对译者的制约作用,就是否定了翻译存在的必要。原作者的意图虽然是不可重塑的,但通过研究原作文本可以发现原作者的"目的表达",并可以据此来揣测原作者的意图。尽管揣测中少不了译者的主观认识,但只要主动接受原作文本的制约,这种揣测就还是有很强说服力的。因此,在翻译实践中,译者假想自己是原作者是一个有一定效果的办法。译者可以假想原作者在译语当下的语境中会如何表达原意、如何解决翻译中遇到的问题。这种假想,在熟读原文的基础上,会让我们在翻译的时候产生与原作者一致的认识,比如,原作者应该会按照译语的方式遣词造句,原作者应该会使自己的表达合乎译语的表达习惯,原作者不会想让自己的表达在译语中表现出明显的荒谬或毫无文采的生硬,等等。

  原作者的目的确实难以把握,但是我们不能因此而否认原作者意志的约束作用。就翻译来说,树立译者的权威不能以牺牲原作者的权威为代价。个别译者忽视原作者权威的任意翻译甚至已经使读者对翻译产生了不信任感。在思维方式上也是一样,只要还有对原作者意志的尊重,过度翻译或胡乱翻译现象就会受遏制。原作者的权威与翻译的权威相互联系、相辅相成,翻译过程中对原作者存在的漠视会助长译者的不负责,从而也就削减了翻译的权威。

  然而,在对原作者意图的追寻中,我们不能钻牛角尖,因为具体的原作者的意图是难觅的,翻译仅仅是探寻和模拟原作者的思维倾向,我们更多的还是应该在原作文本的字里行间寻找原意。原作的原意就是原作者写作时的所想所思,如果我们不借助于原作文本的文字本身来界定、证明或印证原作者的想法,翻译中所谓的对原作原意的探寻就成了一句空话,这种空对空的探寻结果就是让翻译具有了高度的不确定性,最后结果必然是,译作属于译者,却未必属于原作者。尽管原作者的原意在语义上存在不确定因素,在我们探寻它的道路上也充满了陷阱和圈套,但我们还是应该在原作文本的指导下规范我们的思维,不能使翻译沦为权力的游戏,用译者的意志取代原作者的意志。

二、原作字里行间的目的

  虽然原作者的意图难以查寻,但是为了表示对原作者的尊重,我们必须在原作的字里行间寻找并发现原作的目的。事实上,只要我们愿意这样做,就会程度不同地发现原作用词的目的所在。茅盾说过:"文学的翻译是用另一种语言,把原作的艺术意境传达出来,使读者在读译文的时候能够像读原作时一样得到启发、感动和美的感受。翻译自然不是单纯技术性的语言外形的变易,而是要求译者通过原作的语言外形,深刻地体会原作者的艺术创造的过程,把握住原作的精神,在自己的思想、感情、生活体验中找到最合适的印证,然后运用适合于原作风格的文学语言,把原作的内容与形式正确无遗地再现出来。"①传统译学中的"神似"说,就是基于对原作的尊重在译语中重现原作者意图的一种有效努力。"神似"就是要尽可能地保持原作的神韵和风姿,达到原作的艺术效果,使译文读者得到与原文读者大致相同的感受。文学翻译的"神似"说是傅雷首先提出来的。他认为,翻译还是要看重效果的,就像临画一样,求神似总是第一位的。一个合格的译者要以提高自己的艺术修养为根本,只有具备了"敏感之心灵""热烈之同情""适当之鉴赏能力""相当之社会经验""充分之常识",才能透彻理解原作,深切领悟原作的神韵。同时,他也承认,即使最优秀的译文也未必能够反映出原作的全部韵味,不是用力过猛,就是功夫不到,很少有恰到好处的。因此,他提出译者的任务就是要在"恰到好处"上下功夫,"过则求其勿太过,不及则求其勿过于不及。"②"神似"说应该是译者假想自己为作者的一种结果。两种语言的转换中会遇到许多矛盾,而翻译首先应该解决主要矛盾,这个主要矛盾就是译文表达出原作的精神实质为第一重要,译文当然也不应忽视原作的文字表述,但在两者不可兼得时充分表达其精神实质才是翻译的根本。探寻原作的目的,不是鼓励机械理解原作的文字,而是鼓励宽泛地理解原作,这样才有可能保持住原作的精神,使翻译显示出更大的灵活性和开放性。"神似"说立足于原作文本本身,但对"神似"具有约束力的并不是原作者的目的和意图,而是存在于原作文本内部的合理的意义。翻译的目的就在于探求原作文本本身合理的意思。原作是用文字表达的,文字承载着原作的意义,而对于原作文本本身合理意思的探寻则需要运用移情与模拟的主体想象的方法。以这样一种方式探寻翻译目的,译者必然就受到了原作文本的制约,同时也为发现隐含在原作文本字里行间的原作目的提供了可能。翻译的目的一旦明确,翻译的目的就成了制约翻译的支配因素。

  翻译目的的运用至少在以下两个方面对翻译有显著帮助:一是当人们对原作的理解并不是十分确定的时候,目的可以帮助结合更宏观的因素来理解文本的细节;二是当原作的语词在译语中没有对等的表达法的

---

① 茅盾:"译文学书方法的讨论",载罗新璋编著《翻译论集》,商务印书馆1984年版,第338页。
② 傅雷:"《高老头》重译本序",载罗新璋编著《翻译论集》,商务印书馆1984年版,第558~559页。

时候,目的可以帮助我们判断在译语中选用什么样的语词才能同样反映出原作的意趣。但是对第二点,人们还是心存疑虑,担心目的是否会被强权译者所利用,变成危及翻译的因素。所以,目的作为辅助手段,其运用虽已经被广泛接受,但一些传统译论者对它作为独立义源还是相当排斥的。人们现在能够普遍接受的是原作文本中可以探寻的目的,而不是文本外的目的,但其实所谓原作文本中可以探寻的目的未必就是文本的目的,误解总是会存在,译者常常会把自己的目的当成翻译的目的,有的时候还真不是故意的。因为不只是非文本目的才会有多样化的现象,原作的文本目的也可能会多样化,译者有很大的选择权,在选择的过程中译者仍可能会受非文本目的的各种因素的影响,有的会考虑自己的偏好,有的会照顾到译语读者,有的会贴近国家的意识形态,等等。在各种因素影响下,翻译的文本目的也会偏离原作,呈现出一定程度的异化。

  人们在探寻文本字里行间的目的时,就其理解层面来说困难在于:首先,原作文本总是会存在空缺结构,这就使得人们从文本中寻找字里行间意图的想法落空。其次,原作中的词语总会有一些存在中心意义和边缘含义的,这两种含义有时候交织在一起,有时候有所侧重,有时候与文本的某个语境有着千丝万缕的关系,这也给目的的确定带来困难。第三,一方面译者的理解受制于文本的制约,另一方面原作文本的意思也受制于译者的理解,不同的译者理解的前见也是不同的,译者所理解的只是他们能理解的,所以对文本字里行间的目的的探寻效果因人而异。在前面我们讲到翻译方法的运用的时候提到了文义优先,文义优先强调的是思考问题的逻辑起点,目的是希望通过正确的方法实现对译者权力的限制,使翻译结果不至于走出原作的框架之外,最终实现翻译的价值判断和目的。所以文义优先并不是必然的优先,其优先应表现在牢固抓住原作固有的逻辑结构和秩序结构的基础,找准翻译的价值判断方向,然后通过逻辑的、历史的、应用系统的等各种分析方法,相互为用,相互结合。所有的方法都是翻译过程的因素,不能割裂开来使用。

第四节 目的在翻译中的必要性及意义

  在翻译中,目的性有其存在的理由,毕竟没有目的的行为是一种盲目的行为。但是,目的的多样性使我们不得不有所舍弃,因为不能让所有的目的都作为翻译目的进入翻译文本。目的论认为原作文本的含义应该与时俱进,随着社会的发展而不断发展,这是一种适应社会进化要求的观点。从这个意义上讲,有时候"目的"就进入到"意义"之中。"意义"是翻译的核心问题。翻译意义融入了翻译的目的,而且包含了原作文字与译作文字释放出的意义。

  目的在翻译中最大的优势即在于紧贴译语的社会现实,具有灵活性和开放性,从而最大限度地实现有效性。翻译的目的还可以帮助我们解决由于语言的不同在表达上存在的差异。比如,有些原文的句子若按字面意思直译会不符合译语的表达习惯,或者不能将原文的意思清楚地表达出来;又比如,原作与译作的读者所处的文化环境迥异,有时候译者在译语中找不到合适的词对应原文中的词,等等。这种时候,人们可以根据探寻到的翻译目的,通过引申、释义、拆分重组、改编等翻译策略和方法,改造那些不宜采取直译的词、句子、篇章,以便它们被译语读者所接受。目的在翻译中的重要性是显而易见的,它的巧妙运用有利于原作意义在译语中传播,但是过分强调目的论翻译方法的使用,也会危及翻译,因为目的本身的复杂性可能会给原作文本意义的固定性和客观性带来损害。所以,目的论的翻译方法主要在逻辑搭建、意义连贯以及修正字面翻译可能会带来的荒谬结果方面起作用。正因为目的的重要性,所有目的进入翻译的意义都应该经过严格甄别。我们首先应该考虑原作文本的意义、价值及其精神选择目的。文字不是纯粹的符号,中国人所说的"文以载道"就是指文字表述里面自然含有原作作者的目的。但是,由于人们理解能力、表述能力及文字本身概括性的局限,还是会出现目的不清晰甚至发生字面与目的相互冲突的现象。然而,在多数情况下,人们通过对原作文本融通性的理解能够捕捉到原作所要表达的目的。

  目的论进入翻译学研究,让我们从解构主义的翻译视角认识到一种新的宏观认知模式,对于克服过去的那种纯粹的文本认知模式起到了积极的反拨作用。翻译目的论不但提升了译者作为翻译主体的主动参与性,而且还突出了翻译活动的所有参与者(特别是翻译活动的发起者)在整个翻译过程中的作用与影响。它承认了翻译的文化功能,并努力协调了译语文化对翻译活动的宏观制约作用,解决了在等值翻译论或对等翻译论的框架之中不能解决的许多翻译问题,使得翻译研究进入了跨文化交际的范畴,极大地拓宽了翻译研究的视野。目的论具有广阔的实用性,比如,通过区分文本类型的特点,增强了译者对交际功能和功能翻译单位的语言标志意识,有助于翻译效率的极大提高。但是,目的论偏重于译文功能的研究,使得原文本的功能相对弱化,若不加以限制,那种为译文效果而有目的地改写原作的翻译行为,可能会使翻译偏离翻译研究应循的轨道,而走向功用主义的陷阱。因此,我们主张,在实践翻译目的论的同时,还要坚持翻译本体论。翻译目的论为翻译研究提供了新的视角,推动了翻译理论的发展,有利于全面研究各种翻译现象。但是单凭目的论不但解决不了翻译的所有问题,而且还会给翻译带来新的问题。因此,翻译研究还是应该提倡多种研究方法共存,相互学习,相互借鉴,不断发展。

第八章

从翻译的语境看翻译制约因素

首先,让我们以一个译例作为本章的开头:

High-vaulted rooms with cool uncarpeted floors, great dogs upon the hearths for the burning of wood in winter time, and all luxuries befitting the state of a marquis in a luxurious age and country.①

译文:高拱顶的房间内,没铺地毯的地板显得凉爽,几条大狗趴在冬天烧木材的几个壁炉台上,房间里陈设着一个奢靡的时代和国家里适合于侯爵身份的一切豪奢用品。②

从语法和文字本身来看,译文似乎还是说得通的。但是考虑到作者此处描写的是房屋内的陈设,"几条大狗"的出现就显得有些突兀,更主要的是结合句子所在的语境(限于篇幅,未在译例中显示)来考虑,这几条"趴在壁炉台上"的"大狗",除掉在这个句子里出现了一下,其余地方就不见

---

① Dickens, C.: 1983, *A Tale of Two Cities*, Bantam Book, 109.
② [英]查尔斯·狄更斯:《双城记》,石永礼、赵文娟译,人民文学出版社1993年版,第101页。

了它们的踪影,这就有点不合情理。仔细推敲,dog 一词应该表示的是"(壁炉内支柴等用的)铁架"的含义。无论什么语言,都存在一词多义现象,当然也就存在歧义句。但是,因为有了语境,词语歧义就得以消除。上面译文显然忽略了语境,可以修改为:

  高拱顶的房间内,没铺地毯的地板显得凉爽,大铁架架在壁炉台上,是在冬天烧木柴用的,房间里陈设着一个奢靡的时代和国家里适合于侯爵身份的一切豪奢用品。

  翻译是在一定的语境中运作的,这种语境我们称之为翻译语境。翻译语境就是要求译者不能仅根据在字典中找出的与自己想法一致的解释做翻译,而应该联系文本的上下文以及相关的其他语境因素,全面地把握文本的意义。

第一节　语境对翻译的制约

  1923 年,英国社会人类学家、功能学派创始人马林诺夫斯基提出了语境这一概念,并将语境分为文化语境和情景语境两个大类①。正如世间万物皆有其赖以存在的环境一样,语言的交际活动也离不开一定的环境。因此马林诺夫斯基指出:"话语和环境互相紧密地纠合在一起,语言环境对于理解语言来说是必不可少的。"②后来,英国语言学家、伦敦功能学派的创始人约翰·鲁伯特·弗斯继承并扩展了这一观点,并于 20 世纪 60 年代提出语境学说。弗斯认为,意义就是语言成分在语境中的功能,而语境既包括语言本身的上下文,也可延伸至与其相关的文化、信仰和社会环境等。在正常情况下,人类交际都依靠语言,而语言的使用必定是在某个特定的环境下进行的。翻译是人类交流的一种形式,当然也是在特定的环境(原语作者或说话人、译者以及译语读者或听话人三方交流的环境)

---

① 吴霞辉:"论翻译中的词义与语境",载《四川外语学院学报》,2002 年第 5 期,第 114~116 页。
② 转引自李淑琴:"语境——正确翻译的基础",载《中国翻译》,2001 年第 1 期,第 42~46 页。

中进行的。人们使用语言时总有一定的目的,或者是想产生某种语言效果。那么,在翻译语境下,原语作者或说话人到底想表达什么样的目的或想创造什么样的语言效果呢?这就要求译者根据当时的语境在分析与推理的基础上对原语进行理解,然后用译语尽可能准确地表达出原语使用者的目的和想达到的效果。20世纪英国二战后主要翻译理论家彼得·纽马克认为,语境决定语义,语境是翻译中的制约因素,其重要性大于任何理论、任何法则和任何基本语义①。根据他的理论,译者要弄清原语使用者的目的、用译语大致表达出原作在原语中的效果,必须要认真对待翻译语境。

  语境是规则体系,而规则体系大都有某一理论核心概念作为坚强的支撑。翻译的语境规则体系也必然如此。翻译体系理论可以使翻译的语境规范及其运用中产生的效果以概念方式展现,译者以之作为翻译手段和翻译表达的依据。首先,译者可以通过语境从文字笼统的意义中推断出具体而鲜活的信息。每一种语言的文字都有一些习惯而笼统的说法,在语境不够明晰的情况下,模糊而不确定的意义可以让人产生不同的理解。但是,当语境清晰明朗之后,这些笼统的说法就能以简洁的形式表达具体、特定而又不失丰富的内容。例如,我们在谈"语义释放"时提到的对"the same"这个词语的理解,如果语境不明,这个词语只能表达"一样"这个笼统的意思;可是如果是两个人在餐厅,其中一个人点完餐之后,另一个人对服务生这样说话,意思就具体了,即与前一个人点一样的饭菜。这就是语境的作用,离开了这一语境,听者的分析与推理就毫无头绪,因而也就难以从这个笼统的意义中获得特定的信息。其次,译者通过语境可以推断出言外之意。有了语境,有限的语言形式可以表达无限的思想内容。因此严格来说,翻译不是译字面意义,而是译话语意义,也就是包括存在于字面意义之外的所谓言外之意或弦外之音。当然,有些话语意义是可以随着字面意义的转换而进入另一种语言的,而有些话语意义不但不会随着字面意义进入另一种语言而自动带出原有的话语意义,反而会生出完全不同的话语意义,这就要引起译者的重视。这种存在于句子意义之外的话语意义依赖于语境。而就翻译来说,因涉及两种语言,所以翻译的话语意义依赖于翻译的语境。第三,译者通过语境可以准确确定信息,避免歧义产生。有些词语本身就具有多个含义,加之交际者对句法结构的理解不同,会有可能导致歧义的产生。理解了特定的语境,才可能正

---

① Newmark, P.: 1982, *Approaches to Translation*, Pergamon Press, 134.

确理解话语的意义。第四,译者通过语境可以推断出,什么句子是正话反说,什么句子是反话正说。人们说话,有时出于某种需要,会言不由衷,会口是心非,译者对这些情况都要通过语境而了然心中,只有这样才能在用译语表达时措辞得当,否则难免会出现把挖苦当作奉承或把逗趣信以为真的不恰当的翻译。总之,有了语境,我们就能翻译出正确的话语,而不仅仅是文字的意义,或不适当的话语①。

语境是一个体系,这个命题解决了若干理论和实践问题。比如,翻译的一致性、融贯性都需要在语境体系的名义下完成。翻译的一个大难题就是我们在遇到文化差异的时候,不能用系统一致的观点来解决矛盾与冲突。比如,我们看这样一则国内企业的产品广告:

> 中国贵州茅台酒,自悠远的汉朝传承至今依旧古朴、醇厚,积淀着千百年来醉人的酱香。从汉武帝饮枸酱酒而甘美之到秦商聚茅台的胜景,从风来隔壁三家醉的浪漫到酒冠黔人国的至尊,从怒掷酒瓶振国威的悲壮到融化历史坚冰的豪迈,茅台酒,聚天地灵气于神秘微生物的精华之中,醉了中国,也醉了五大洲,成为世界三大蒸馏酒之一。时过境迁,精益求精的酿酒人,选用珍藏60年以上的茅台酒精心勾兑,更打造出弥足珍贵的贵州茅台酒龙玺,令万世瞩目。

广告的措辞为中国人所习惯,其表达模式也是典型的:攀龙附凤,用帝王文豪说事;说古论今,用历史典故渲染气势;为文俊丽,用华美的辞藻描绘事物;文华空阔,用虚渺的语义营造诗境。因此,在汉语语境中,"酒冠黔人国""令万世瞩目""风来隔壁三家醉"等都是扣人心扉、妙笔生花之言。但是,倘若进入英语语境,效果则大不相同,译语读者会觉得这些言辞模糊空洞、生拉硬扯,甚至是言不及义的。而像"汉武帝饮枸酱酒而甘美之""聚天地灵气于神秘微生物的精华之中"这样的描述更会让译语读者觉得言之无物。同样的内容,在不同的语境下,会产生完全不同的感觉。也就是说,在一个语言中堪称文辞典雅的美文,若换成另一种语言,则不一定还能称之为美文,有的时候甚至被认为是不堪卒读的蹩脚文字。当然,我们可以采取变通的办法,不去字字译出,或删繁去冗,或改头换面,或干脆重写以求功能和效果大致相等。这种思路虽然符合翻

---

① 谭卫国、阮熙春:"翻译语境与词语选用",载《上海师范大学学报(哲学社会科学版)》,2012年第1期,第129页。

译语境的思维,但理论上却有明显不堪一辩的地方,超越了翻译的基本含义。

第二节 体系观念下的翻译语境

体系观念下的语境翻译作为一种翻译方法体现了翻译研究的整体论和系统论。这种翻译方法的目标是通过语境实现翻译的融贯性和一致性。在传统翻译理论中,语境翻译所依赖的体系是指构成语境的内部体系,可以包括语境原则、规范、价值(甚至语境目的)等,但通常不会包括开放结构的语境外因素。体系观念下的语境翻译可以做如下界定:就是视语境为一个体系,以概念、文义及关联意义为手段,并借助逻辑推理所形成的一种翻译方法。传统的语境翻译是体系观念翻译的基础。传统语境翻译即为逻辑推理的运用,这一点与体系观念翻译并无二致。其实,大凡解释,都离不开推理,无须一定要成为一种独立的方法。体系观念下的语境翻译要求我们将被翻译的语词、语句和文本置于一个包括语言语境、情景语境或社会文化语境等因素的更大语境中进行翻译。在体系的观念下,译者要对同一类型问题的语源级别进行比较,如,对语境原则、语境规则以及一般语境中对某类问题的规定、特别语境中对某类问题的规定等进行比较,然后按照特别优于一般的原则进行意义取舍。在体系观念中,翻译可运用的逻辑规则有:确证推理、类比推理、反面推理以及对表面含义过宽的文本进行限制。

在翻译语境体系的诸多规则之间,不仅会存在着一种消除矛盾的融贯性,而且会存在一种全面渗透的和谐;这种和谐源自掌控着语境体系的一般精神,当各种被选择的方案出现的时候,这种一般精神便发挥起和谐的作用以证明译者进路的合理性——即使这种一般精神并未表达在任何文本中,译者仍认为自己正从一个具体的翻译语境攀升至翻译系统之潜隐原则的位置上;并且,正是为了维持翻译语境系统的和谐,也是为帮助翻译语境系统更好地在翻译中发挥作用,这种一般精神能够让译者得以自然而自信地领会文本的言外之意。体系观念下的语境翻译不仅涉及内在融贯性,而且还涉及外在融贯性。这是一个综合的语境翻译的方法。甚至可以说,它概括了所有的翻译方法。但一般来说,翻译语境是指内在融贯性。

翻译语境的主要作用是"二次限定"翻译对象和翻译范围,通过语境中的文字在语境体系上的关联性来增强翻译的精准性。因为,应然的翻译语境规范是自成体系的,其功能类似于"自圆其说"。体系观念下的语境翻译方法比传统的语境翻译更进一步的表现,就是不再仅限于文本内部体系的推理,而是将翻译对象扩展到与文本相关联的其他语境关系。体系观念下的语境翻译实际上还包括意义关联的翻译原则和翻译的循环性特征。意义关联的翻译原则主要是防止断章取义,但实际上也存在着限制读者认知的可能。比如,我们从俄裔美籍作家弗拉基米尔·纳波科夫所著的在20世纪受到关注并且获得极大荣誉的一部小说《洛丽塔》的中译本里找出这样的例子:

例1:……促使这位心肠厚道的上校①……

例2:……厚道的露易丝在我发抖的手中留下一封没贴邮票的特别干净的信。②

两个句中的"厚道"一词在原文中用的都是"good",分别修饰的是"colonel"和"Louise"。"good"的含义与它所修饰的名词的含义是有意义关联的。作品中,纳波科夫用"good"修饰的上校和露易斯均是出自主人公亨伯特的自述,上校是亨伯特妻子不忠的对象,露易斯是黑兹太太家的女仆。也就是说,"good"一词反映出亨伯特对这二人的评判。对于原作读者而言,要想获得对"good"一词隐含意义的理解,需要在文本语境中进行一个逻辑判断的过程,而不同的读者可能会有不同的理解。比如,我的理解与该书译者的理解就不一样。根据小说的文本语境以及我自己对西方文化语境的认识,我觉得在这两处将抽象的"good"具体理解为"kind-hearted"并译为"好心的"是比较恰当的。但是,其实无论是译成"好心的"还是译成"厚道的"都不免有失偏颇,是把译者自己的价值观和文化意识强加给了小说人物,其结果则是限制了读者的认知,以先入为主的方式干扰了读者本应通过自主阅读去获得自己的理解与判断的过程。意义关联强调的是译者在翻译一个词语时应该寻找到其他相关的词语,同时对词语的翻译要符合整个语境的意旨。

---

① [美]弗拉基米尔·纳波科夫:《洛丽塔》,黄建人译,漓江出版社1989年版,第28页。
② [美]弗拉基米尔·纳波科夫:《洛丽塔》,黄建人译,漓江出版社1989年版,第65页。

但是，语境意旨以表现于整个文本中的词语为准，不能舍词语而另外去寻找所谓弦外之音。翻译的关联性问题，首当其冲的是各种翻译的原则或者方法有无优先的问题；其次就是遇到各种优先原则发生冲突时怎么办的问题。所以，翻译的选择论亦成为21世纪的新译论，即某种程度上翻译就是译者的适应与译者的选择，这种理念为翻译实践提供了新的视角。换言之，译者在不得不选择时要有原则和立场，是按照文义、逻辑、体系或目的论的顺序加以运用，还是其他什么方法。不仅在复杂的文本中，即使在简单文本中，我们至少需要确定相关的翻译规则，把文本作为一个整体去翻译，而不是作为一个个碎片去翻译，这样才可以确定每一个词语在具体的翻译语境中的含义是什么。

第三节　体系观对翻译的意义

翻译研究的难题之一就是翻译的创造性与适用语境之间并没有严格的界限。法国文学社会学家罗贝尔·埃斯卡皮提出了"创造性叛逆"一词，认为翻译就是一种创造性叛逆。其实在体系观念下的翻译语境的理念中，"创造性叛逆"并不是一件轻松的事情。当语境内部体系的规范需要与语境外部的体系的其他规范一道实现某个具体目的的时候，这个"创造性叛逆"的结果才可能会得到广泛的接受。所以，体系观念下的语境翻译与翻译的目的论关系紧密，很难分开。体系观念下的语境翻译在很大程度上与翻译的目的论是一回事。但这并不绝对，有时我们还是能够把两者分开，因为目的只是体系语境中一个系统性的因素。体系观念下的翻译语境的实际含义是：翻译语境是一种动态的系统。它应该包括作者原意、文本本意、读者（译者）理解意义。传统的翻译语境原则认为，译者应该在文本内部体系这样的语境中准确译出原文内容，忠于原文作者，即翻译"作者原意"和"文本本意"。体系观念下的翻译语境却认为理解具有历史性，作者的原意并不存在，文本的意义也是开放式的，译者所要追寻的不必是作者原意，而应是自己的理解意义，在翻译过程中充分发挥主体性。从一般意义上区分这三者是很难的，而在一些疑难语篇中更易区分它们，原因是疑难语篇往往存在文本本身的缺漏和模糊或者存在由文化差异导致的缺漏和模糊，从而在某种程度上造成翻译理解的不确定性。

我们现在的教科书会罗列出一些在语境中进行翻译的方法,然而这些显然是不够的,语境翻译是一个系统的理论,这个理论的建构始终是围绕着理解和表达两方面来展开的。我们始终不能忘记语境翻译是一种制度性与规范性的操作。

在系统观念的翻译语境中,如果要维护语境系统的完整性,不仅要将模糊的语境意义明确化,还要协调其含义与字典意义及其日常含义的连贯。如果出现某一个词语的翻译意义与它的字面含义不一样的情况,也应该通过使其与语体系保持一致或接近,让语境的整体意义来弥补局部意义的不清晰。这实际上是用多个规范生成整体意义,在局部意义不清晰或与整体意义格格不入的情况下,通常采取整体意义优先的办法。因此,系统观念下翻译语境的翻译规范建设就要注意权力与责任的关联,比如,设定了权力就应该有相应责任;设定了权力就应该有澄清与补充意义的弥补手段,这样的权力才是完整的。

系统观念下的翻译语境整体意义,必须对作者原意、文本本意、读者意义等进行综合考察。从翻译语境系统中看,不可避免地会发现词汇意义、语法意义和语用意义在很多时候并不一致,或者还会发现社会环境、自然环境、听读对象、作者心境、时间地点以及文化背景等因素存在着矛盾。对于如何调和这些矛盾,已有的翻译研究成果实际上做了很多贡献,比如:大家耳熟能详的"信、达、雅"原则,目的性原则,化境原则,另外还有多维度适应与适应性选择的原则[1]、语用价值优先原则[2]等。

确立体系观念下的翻译语境有如下优点:第一,防止对原作文本的断章取义,使译者在理解文本的时候既了解权力也能注意到责任,有利于培育译者完整的翻译观念。第二,在一定程度上可以起到文本整体间相互论证的作用。通过对相关词语、段落、语篇的比较可以使译者所理解的意义相互印证。第三,强调翻译语境体系符合解释学的循环论观点,即任何理解的真正达成需要在文本的部分与整体、解释者与事实、解释者与语篇之间不断循环,体系翻译语境的观点与循环论的观点基本一致。

然而,体系观念下的语境翻译把语境视为一种开放的系统,承认体系之外总还是有别的体系存在,如果我们不断追问,就会陷入毫无意义的逻辑上的循环解释与论证之中,不像传统的语境翻译的方法仅限定于语境

---

[1] Gutknecht C. and Roelle L. J.: 1996, *Translating by Factors*, State University of New York Press, 273 - 281.
[2] 黄忠廉、李亚舒:"科学翻译的三大原则",载《外国语言文学》,2004年第3期,第42~47页。

内部体系，也仅在这个内部体系中追寻语境的一致性和融贯性。虽然体系观念下的语境翻译会导致没完没了的孩子般的追问，但它有着明显积极的一面，即它对那些思维片面的人来说始终是一个提醒。

第九章 从翻译的逻辑看翻译制约因素

翻译有特殊的逻辑吗？有独特的推理形式吗？回答这两个问题最简洁的答案就是"没有"。理由是：如果翻译只有一种或只剩下一种思维方式，那么翻译的没落与终结都将不可避免。因此，翻译研究一定要破除任何想使翻译走向单独一种思维模式的企图。翻译既然是两种语言之间的沟通活动，就说明两种语言必然存在相互间的离异，这种离异的表现是两种语言具有相互排斥的性质。正因为这种相互排斥性的存在，翻译才有了生存的必要，才能成为人类跨文化的一种必要活动。假如两种语言在思维上完全相同，那么翻译还有什么发展的潜力呢？然而，即便如此，逻辑还是需要研究的，因为任何一部有价值的作品，无论是原作还是译作，从构思到表达必然都是合乎逻辑的。在理解与表达的整个翻译过程中，凡遇到一些模糊不清的问题，依靠逻辑总是会给我们带来帮助。因此，从这个意义上说，翻译也是有逻辑的。那么，从逻辑的角度来看，翻译的制约因素是如何在翻译过程中发挥作用的呢？

第一节　翻译制约因素通过逻辑起作用

虽然学界普遍反对"翻译逻辑"这样的命题,但都一致承认翻译与逻辑存在着密切关系。这一点非常重要,因为只有承认了翻译与逻辑的密切关系,才能使得原作文本意义的稳定性或固定性得到一定的保障。然而,在翻译过程中,过分地强调逻辑又可能会使翻译出现僵化。从这个意义上讲,逻辑虽然对翻译不可或缺,但却不是翻译的生命。那么什么才是翻译的生命?人们在探寻的过程中,发现了翻译目的的重要性,认为翻译应该更好地适应社会,然而这种倾向也带来了负面的作用。当代西方的主流译学,对翻译逻辑的作用是持否定态度的,主要理由是:原作文本是由语词构成的,而语词在应用过程中一直是流变的,因而原作文本是一个变量,每时每刻都处于变化之中。作为一个变量,原作文本当然也就失去了确定性。这种观点挑战了翻译的传统理论。传统的翻译理论大多是在原作意义的固定性、稳定性和确定性的基础上进行研究的。随着翻译的不确定性在理论上占据上风,等值翻译理论开始发生了动摇,而过分张扬译者解读权利的能动主义观点也甚嚣尘上。在这样的情况下,原作文本的权威性是不可能不遭受重创的。

各种批判翻译与逻辑关系的理论对翻译实践与翻译教学都带来了巨大的冲击。许多译者理直气壮地反对形式逻辑的作用,并有意识地强化意识形态等翻译外的因素。忠实于原作文本的原则在理论中面临质疑,在实践中已经风雨飘摇。翻译教学者也在混乱的实践与理论的批判声中不知所措。原作文本逻辑的权威遭受到一次又一次的来自理论与实践的双重冲击。逻辑与翻译的密切关系被撕裂了,而且似乎正变得对立起来。这种对翻译逻辑的批判严重影响了翻译思维。

多年来的学习与研究让笔者坚信,逻辑在翻译中的作用是不可替代的,翻译实践中的主要思维就是靠简单的逻辑来支撑的,尽管笔者并不能确定翻译逻辑是否真的像有些逻辑学家们所鼓吹的那样在生活中无处不在并指引和规制着一切问题。笔者对逻辑学只有一点肤浅的涉猎,但已经感受到了逻辑学科的精深与复杂。若要系统地研究逻辑学,必须要有长期坐冷板凳的功夫。虽然一些逻辑学模型只要认真审视也并不是太难理解,但要完全搞清楚各种符号和严密的推理却是非常费劲,有可能影响学人对专业文献的阅读与理解。逻辑学的缜密与复杂让很多研究者难以深究逻辑的真谛。翻译家不一定要成为逻辑学家,但是一定要能够用逻辑学的知识来认识翻译。翻译思维无论多么复杂,都一定有最基本的逻辑规律,译者的思维也一定是主要依靠逻辑思维的规律来完成的①。

翻译得以实现的前提就是原作文本意义具有固定性。原作文本失去了固定性,原作文本也就不再能够作为翻译思维与行为的指南发挥作用。忠实、等值、神似等翻译原则,都是建立在原作文本存在意义的固定性这一基础之上的。皮之不存,毛将焉附? 没有了原作文本意义的固定性,所有这些原则都无从谈起,甚至连翻译本身都是毫无意义的。尽管变化是事物永恒的运动规律,也是事物绝对的存在方式,但是事物本身运动的相对性造就了原作文本意义的固定性。许多译学家,尤其是后现代主义的译学派受到了哲学解释学的影响,对原作文本的固定性予以否认。从他们的角度来看,这一观点还是有道理的,只可惜将原作文本意义的变化绝对化了。文本意义确实存在流变性,而且翻译实践可能会加剧这种变化,但是原作作为文本所具有的意义固定性是不应该被忽视的。一方面,在理解的过程中,词语本身的含义不断地被重复使用;另一方面,在表达的过程中,翻译思维要借助形式逻辑的规律才能在另一种语言中重现原作文本的意义。这两个方面确立了翻译稳定性的基础。翻译中各种各样的推理方式虽然给创造性翻译提供了空间,但是逻辑规律的使用是创造性翻译不可或缺的工具。

曾克明②曾从三个方面来认识逻辑在翻译中的作用。

首先,逻辑有助于确定词义。每种语言的词语都有多义性。确定词义不仅要依靠词典,也要借助于词语所处的语境。实践证明,将词典释义简单地搬到译文中来是不行的,而应该通过逻辑分析,反复推敲,获得词语在具体语境中的确切含义。

试看下列各例:

1. Thus did the year one thousand seven hundred and seventy-five conduct their Greatnesses, and myriads of small creatures—the creatures of this chronicle among the rest—along the roads that lay before them. ③

---

① 王杨:"浅析翻译中的逻辑问题",载《西北民族大学学报(哲学社会科学版)》,2012年第3期,第128页。
② 曾克明:"逻辑分析在翻译中的作用",载《中国翻译》,1997年第3期,第19~21页。
③ Dickens, C.: 2003, *A Tale of Two Cities*, Shanghai World Publishing Corporation, 3.

原译文：1775年便这样引导着他们的丰功伟绩，以及千百万小人物——这部历史的人物也在其中——沿着展现在他们前面的条条道路前进。①

译文中"他们的丰功伟绩"指事，"千百万小人物"指人，两者本是并列的关系，若相提并论，则背离了逻辑关系；况且，"丰功伟绩"又怎能"沿着……道路前进"呢？逻辑分析让我们能更接近真相。把"Greatnesses"译成"丰功伟绩"是译者知其一而不知其二，该词也可以用来指"大人物"，相当于"their Majesties"，首字母大写是为了表示尊敬。因此，若把"他们的丰功伟绩"译成"这些赫赫大人物"，才为贴切之译。

2. For the rest, the Old Bailey was famous as a kind of deadly inn-yard, from which pale travellers set out continually, in carts and coaches, on a violent passage into the old world.②

原译文：此外，老贝利还以一种死亡客店的场院闻名于世，脸色灰白的旅客们坐着运货或载客的马车，不断由那里出发，经过暴力的过程，进入另一个世界。③

译文中"经过暴力的过程"令人费解，在上下文中找不到逻辑关系。结合当时的历史背景以及小说中其他部分对这种场面的描写来考虑，这里应该是讲死刑犯在受刑前乘着囚车游街示众去刑场的场面，之所以是"violent passage"，是因为当时伦敦的街道坑坑洼洼，车辆一路剧烈颠簸，坐在车里的人犹如遭受暴力。因此，将"经过暴力的过程"改译为"经过一段颠颠簸簸的路程"，才合乎逻辑，也更接近原文的确切意思。

3. "A man don't see all this here a goin' on dreadful round him, in the way of subjects without heads, dear me, plentiful enough fur to bring the price down to portage and hardly that, without havin' his serious thoughts of things …"④

原译文："一个人如果不认真想事，就不明白他周围发生的这些可怕

---

① [英] 狄更斯：《双城记》，石永礼、赵文娟译，人民文学出版社2004年版，第4页。
② Dickens, C.: 2003, *A Tale of Two Cities*, Shanghai World Publishing Corporation, 53.
③ [英] 狄更斯：《双城记》，石永礼、赵文娟译，人民文学出版社2004年版，第9页。
④ Dickens, C.: 2003, *A Tale of Two Cities*, Shanghai World Publishing Corporation, 287.

的事,那些没有头的尸体,天啦,多得可以降低搬运费,搬运也够辛苦的……"①

如果光从译文本身来看,译文没有出现逻辑上的问题,但是如果对照原文,就会发现毛病。把"hardly that"译成"搬运也够辛苦的"显然不合逻辑思维形式。这是一种翻译中的错误连环。前面的"bring the price down to portage"意思为"价钱降到搬运费",但被译者译成了"可以降低搬运费",导致把"hardly that"译成"搬运也够辛苦的",以便在译文合乎逻辑。相关处可改译为"……多得价钱降到搬运费,甚至连搬运费都不够"。

逻辑在翻译中的作用,从以上译例中可见一二,不是后现代译学家们所能否定的。其实,从逻辑学上来看,后现代译学家们的基本观点存在着自我颠覆的问题。他们在否定语词的意义固定性的同时,又使用语词来发表他们的观点,并且他们的观点别的人也大体能够看懂,他们之间也相互进行学术交流。因此,他们的观点无须驳斥,就已经漏洞百出了,若语词没有固定性,他们的交流何以进行? 别人又怎么能听懂他们的话?

其次,逻辑有助于理解句意。根据语词的基本意思,对句子进行语法分析,是我们理解句意时常用的方法,但是这种方法不总是有用的,有时候我们需要借助于逻辑才能搞清楚句意。有些句子从表层形式来看存在多义,这时候就必须透过表层结构,深入到深层结构之中,并通过语境把逻辑与语言结合起来,才可能使含混的语义变得清楚。例如:

4. "A likely thing, too!" replied the strong woman, "If it was intended that I should go across salt water, do you suppose Providence would have my lot in an island?"②

原译文:"这也很可能!"那位强壮的女人回答道。"要是我们有这个打算,我就要过海,难道你认为上天会安排我在岛上过一辈子?"③

从表层结构看,译文中用"这也很可能!"来译原文的"A likely thing, too!"还算说得过去,但是如果我们深入到深层结构中去理解该句,就会发现这个译文不但没有能译出真正的含义,而且还与原意背道而驰,换句话

---

① [英]狄更斯:《双城记》,石永礼、赵文娟译,人民文学出版社2004年版,第316页。
② Dickens, C.: 2003, *A Tale of Two Cities*, Shanghai World Publishing Corporation, 24.
③ [英]狄更斯:《双城记》,石永礼、赵文娟译,人民文学出版社2004年版,第26页。

说,就是不合逻辑。"A likely thing, too!"是这位强壮的女人在洛里先生请求她陪同露西小姐去法国时的回答。要确定这句话的意思,我们还要看她下面所说的话"要是上天注定要我过海去,难道你认为他还会把我的命运安排在岛上吗?"因此,"A likely thing, too!"的意思是"说得倒也挺像!"或"那绝不可能!"

5. "Let it deceive them, then, a little longer; it can not deceive them too much."①

原译文:"那么,就让他们再受一会儿骗吧;不过骗他们也不能太过分。"②

"can not ... too much"的句式既可表示"不能太过分"也可表示"无论怎样都不过分"。从表层结构分析,译文翻译没有太大的毛病。但是当我们运用起逻辑分析,就不难看出问题。首先我们应该考虑到这句话是作为革命者的德法吉对修路工说的,句中的"it"就是指群众激动欢呼的场面,"them"指的是法国统治者,既然是要"deceive"这些统治者,使他们误以为这些群众真诚地拥戴他们,不会造他们的反,当然这种"deceive"就要演得越像越好,译文中的"骗他们也不能太过分"就显得逻辑不通了,而应该是"无论怎样骗他们都不算过分"。

6. "On the drunken occasion in question (one of a large number, as you know), I was insufferable about liking you, and not liking you. I wish you would forget it."③

原译文:"在那次大醉时,(你知道,这是许多次中的一次),我老考虑是不是喜欢你,搞得我无法忍受,希望你忘了它。"④

译文的逻辑有问题,既然是"搞得我无法忍受",怎么"希望你忘了它"呢?再对照原文看,原来是译者把"I was insufferable"理解错了,这句话不是"搞得我无法忍受",而是"我使你难以忍受"。试改译成:

---

① Dickens, C.: 2003, *A Tale of Two Cities*, Shanghai World Publishing Corporation, 161.
② [英]狄更斯:《双城记》,石永礼、赵文娟译,人民文学出版社 2004 年版,第 178 页。
③ Dickens, C.: 2003, *A Tale of Two Cities*, Shanghai World Publishing Corporation, 191.
④ [英]狄更斯:《双城记》,石永礼、赵文娟译,人民文学出版社 2004 年版,第 210 页。

"在我们说到的那次大醉时,(你知道,那是许多次中的一次),我说过我喜欢你不喜欢你的那些话,让你受不了,希望你忘了它吧。"

在句子翻译中逻辑固义对我们会有很大的帮助。逻辑固义在翻译中的表现之一就是,翻译的明晰性原则,即对原作文本意义明晰的地方在翻译的时候不能随意添加意义。另一种表现是,在形式逻辑中有许多对思维规律的揭示,这些规律构成了一般的思维模式,指导着人们的思维。翻译思维也不例外。也就是说,我们虽然不能依据逻辑规律来判断译者的译文是不是正确,但却可以用逻辑规律来衡量译者的译文是不是有错误的地方。逻辑固义的第三种表现是,在翻译时,我们大多数情况不会只考虑一个因素,而必须结合多个因素综合考虑,但是这些因素相互之间的关系以及各自对翻译结果的影响必须合乎逻辑且具有充分理由。

第三,逻辑有助于译语表达。翻译的基本知识告诉我们,在翻译时,我们常常需要在充分理解原意的基础上,恰如其分地用译语表达原意,但这种表达由于这样或那样的差异则必须要求我们采取打破原语的框架结构或添加必要的词语等措施,解决这些既涉及语法和修辞方面的问题,也涉及逻辑问题。试举几例:

7. "You have acted as if you do;but I don't think you do." "I don't think I do,"said Carton.①

原译文:"你做得好像喜欢;但我并不认为你喜欢。""我并不认为我喜欢,"卡顿说道。②

在英语句式中,这段文字很好理解,但是译成汉语后,如果照着原文的表达形式依样画葫芦,则不符合汉语的表达习惯,让中国读者阅读起来极不舒服,理解起来也有困难。综合语法因素与逻辑因素,原文中的否定词"not"并不是否定主句的谓语"think",而是否定宾语从句的谓语"do",因此可改译为:

"你表现出好像喜欢我的样子,可是我觉得你并不喜欢我。""我也觉得我并不喜欢你,"卡顿说。

---

① Dickens, C.: 2003, *A Tale of Two Cities*, Shanghai World Publishing Corporation,76.
② [英] 狄更斯:《双城记》,石永礼、赵文娟译,人民文学出版社 2004 年版,第83页。

8. It would have been of as much avail to interrogate any stone face outside chateau as to interrogate that face of his.①

原译文：要向他那张脸询问什么，如同向城堡外面的任何石像脸询问一样。②

从文字本身看，译文好像没有什么问题。但是，这句话让读者如坠雾里而弄不清楚表达了什么。我们重新对原文进行逻辑分析，可以看出原文蕴含着否定的概念，句中的"as much ... as"实际上是"as little ... as"，即用一事物的不可能来强调另一事物的不可能。这个隐匿的否定应该在译文中点破，才不至于含糊不清，不知所云。拟改译为：

从他那张脸上审视不出什么，正如从城堡外面任何一张石脸上审视不出什么一样。

9. If Sydney Carton ever shone anywhere, he certainly never shone in the house of Doctor Manette.③

原译文：如果说西德尼·卡顿在什么地方露过光芒，他在马内特医生家的确从未露过。④

从字面上看，译文并无毛病。但从逻辑上看，说"西德尼·卡顿在什么地方露过光芒"从上下文中找不到任何逻辑关联，显得概念不清，令人费解。根据"shone"的词义并结合上下文来判断，这里的"shone"可引申为"喜笑颜开"，这样的翻译才能准确地表达出概念的内涵。

10. "… your seventy-eight years would be seventy-eight heavy curses; would they not?"⑤

原译文："……那么，你的七十八年就会成为七十八个重咒；难道不会吗？"⑥

---

① Dickens, C.: 2003, *A Tale of Two Cities*, Shanghai World Publishing Corporation, 115.
② ［英］狄更斯：《双城记》，石永礼、赵文娟译，人民文学出版社 2004 年版，第 128 页。
③ Dickens, C.: 2003, *A Tale of Two Cities*, Shanghai World Publishing Corporation, 136.
④ ［英］狄更斯：《双城记》，石永礼、赵文娟译，人民文学出版社 2004 年版，第 151 页。
⑤ Dickens, C.: 2003, *A Tale of Two Cities*, Shanghai World Publishing Corporation, 290.
⑥ ［英］狄更斯：《双城记》，石永礼、赵文娟译，人民文学出版社 2004 年版，第 319 页。

"heavy curses"译为"重咒",从字面上看,没有什么不对。但是,对照上下文总叫人困惑不解。这种困惑就是因为译文逻辑不清引起的,翻译既应该依托单词的表意,也应该在逻辑的引导下深入领会它们要表达的确切内涵。这句话的上文的大意是:"如果你无所作为,虚度一生",有了这个前提,根据词意进行符号逻辑的引申,这句话拟改译为:

"……你这78岁就会是该狠狠诅咒的78年,对吗?"

虽然逻辑在翻译中所起的作用必不可少,但是我们也不能片面夸大这个作用,毕竟一部优质的译作是许多因素共同作用的结果,如果我们主要依靠逻辑去翻译,那我们只能得到僵化的译文。但是,基于逻辑有固义方面的功能,我们有必要呼吁,在翻译教学、翻译实践及翻译研究中强调逻辑的因素。从以上译例我们可以看出,逻辑在翻译中的作用是能够帮助译者搭起一个翻译的框架,无论译者使用了什么的方法或手段或带着什么样的理念去翻译,有了这个框架译文也就有了对原作起码的忠实。相反,忽视逻辑的作用,必然会导致误译,使译文质量得不到保障。因此,我们在翻译时应该自觉地运用逻辑,分析和理解原作,并指导翻译,使译文不但文意通顺、明白晓畅,而且能够准确地再现原作的风貌与神韵。

第二节 翻译制约因素通过翻译过程中的内在逻辑起作用

翻译是译者与原作文本之间的一种交际活动。首先原作文本将自己的语言、文化、要表达的内容呈现在译者的面前,然后译者要通过感知、理解、领会、解读、移情等一系列环节,对原作文本进行理性的思考,最终做出选择、判断,甚至创造。从翻译实践的角度讲,翻译是译者作为主体作用于作为客体的原作文本并服务于译本读者的过程。这个"原作—译者—译作读者"三位一体的互动过程,相互影响,相互制约,又相互依存,共同决定着翻译实践的结果。这是存在于翻译过程中的内在逻辑,具体表现在以下几个方面:

第一,主体逻辑。主体性与译者的主体性与文化身份相关,它表现在对象性活动中,有着能动地影响客体、改造客体、控制客体、使客体为主体服务的特性。主体性还包括受动性,因为主体能动性的发挥不是任意的,既要受客体的制约,又要受客观条件和环境的制约。所以,强调主观能动性的同时,也不能忽视受动性,否则就会出现翻译的盲目性和任意性,导致对象性实践的失败。在具体的翻译实践中,译者是翻译的主体,其主体性与他的政治观点、价值标准与文化倾向相关,也与他的文化身份相关,即以什么样的角色去翻译,这一点很重要,会影响到翻译的每一个环节。了解到译者在翻译中的角色,就能了解译者的风格与翻译的特点,也有助于产生更完美传达原作文本信息的译本。译者在翻译中的角色是由多个身份合塑而成的。译者首先是一个读者。当代接受美学中有一个主要的观点:作品不经阅读就没有任何意义,作品的生命力是读者赋予的,因为有了读者的阅读,作品才有了无穷的意义,至少从这个观点来看,是可以推断出"不同译者产生不同译本"这样的道理。但是,译者不同于一般读者,因为译者承担着其他读者不一定要承担的责任和义务,那就是在译语中传达原作。所以,译者必须比大多数普通读者更要用心地去欣赏、感悟、领略原作的文本精髓、写作风格以及字里行间透露出的异域文化。译者还需要有一些特殊的素养,而一般读者则不一定非有不可,比如,译者需要精通两种语言及两种文化;需要熟悉作品及其作者所属时代的风俗习惯、社会环境、历史与文化;需要尽可能地理解和把握作者的生活方式、艺术特点和语言风格;等等。译者还是一个作者。译本最终是要靠译者写出来。也就是说,因为有了译者,才有了译本这个原作生命的外延形式。翻译不同于创作,这一点是肯定的。但是,翻译是不是带有一定的创造性,这还是可以有商讨余地的。诚然,译者不需要像作者那样选取素材、构思情节、谋篇布局,但是在翻译过程中译者实际在一定程度上充当了作者的角色,所以译者需要像作家一样具备较好的文学素养、文字表达、语言感觉及形象思维等方面的能力。只有这样,才能够在译语中将原作的形式与内容结合成艺术的意境,用梁宗岱先生的话就是:"这时候翻译就等于两颗伟大的灵魂遥隔着世纪和国界携手合作,那收获是文艺史上罕见的佳话与奇迹"①。译者也是一个传播者。翻译的最初目的或许只是为了消除误解、增强彼此之间的信任和理解。但是,随着人类交往不断深入,交往的领域也越来越扩大,尤其是在当今全球化的时代,译者所要传播的不仅仅是语言文字,还为两种语言的人们在政治、经济、文化等方

---

① 转引自谢天振:《翻译的理论与文化透视》,上海外语教育出版社2000年版,第343页。

面加深理解与沟通提供帮助,翻译的功能既呈现出专业性,也表现出综合性。译者已经成了文化的使者。如此,翻译的使命并不只是将作品从原语转化为译语那么简单,语言转换不过是翻译活动的外在形式,绝不是根本目的。那么翻译的根本目的是什么?从语言层面看,那就是要从原语中吸收新的表达方式;从文学层面上看,是为译语读者提供更多的崭新的文学文本;从文化层面上看,是借助于翻译向译语国提供新的话语并支持、影响或颠覆现有的主流意识形态;从表达模式层面上看,是支持、影响或改造译语现有的表达习惯与模式。19世纪末至20世纪初的中国翻译所起到的影响就有力地说明了这一点。由此可见,译者的主体性与译者的文化身份在相互交融中构成了翻译的主体逻辑并贯穿于翻译活动的整个过程。

第二,客体逻辑。客体逻辑与文本的客观性与文化地位相关。文本的客观性是指文本从内容到形式都是一种客观存在。任何一种文本都是人类文明发展到一定历史阶段的产物,是某一民族在某一特定时期内生产方式、社会矛盾和精神面貌的客观反映。从翻译实践的角度来看,文本的客观性表现出文本的"权威性",即译者必须"信"守原作文本的客观内容。尽管对翻译标准的讨论长期以来一直存在不同的看法,但对于译文要忠实于原文这一点大家观点都基本一致。但是,这是否就意味着人们对客体文本有了足够多的认识呢?古今中外的译论恰恰又都是在这个方面出现了认识上的严重不足。首先是认识上的直观化。翻译研究大多浅止于文本的语言表层,没有能深入文本去探究其深层的蕴含意义;大多只关注文本语言符号所承载的指称意义,将文本内容和形式的客观实在性视为一种静态,使翻译陷入了非此即彼的规定性意义陈述的程序,尤其是中国古代文论和译论中的"质派",基本上就是以直观作为其认识论和基本方法论。其次是认识上的凝滞化。翻译研究大多将文本内容和形式的客观存在性看成是既没有共时变异也没有历时变异的对象。基于这样的认识,翻译中事实存在的文本之中的矛盾、作者思维的矛盾、写作过程中的矛盾、读者与文本及其作者之间的矛盾、译者解读差异的矛盾等都会被研究者淡化或忽视。其结果就是鼓励译者在翻译实践中采取十分僵化的翻译模式。事实上,翻译本身就是一个对文本多重解读的动态过程,译者既要站在译语的文化地位看待文本,又要站在原语的文化地位看待文本,还要在两者关系上找到平衡。图里在《翻译理论探索》中指出,翻译主要是一种受历史制约的面向译语的活动,其作用既取决于原作的内容,也取决于它是否契合译语文化的时代要求。翻译是一门"经验科学",译者在不同语言关系的不对称的权力中一边甘愿接受压抑,一边不断摸索自己在译语文化中的地位并采取相应的翻译模式①。日本传播学者吉川宗雄认为翻译的模式主要有四种:民族中心式、控制式、辩论式和对话式。其中的民族中心式和控制式,指的就是译语文化地位对文本内容和形式的客观实在性的影响。民族中心式是指 A 文化以自己的文化为参照系来对待 B 文化,即 A 文化按照本民族文化的观念和标准去理解和衡量 B 文化。控制式是指 B 文化虽没有被 A 文化接受和认可,但处于 A 文化的监视之中②。这两种模式一般是译语文化处于强势地位或译者的译语文化水平远高于原语文化水平的时候发生,在这个时候,译者一般会轻视原作文本的客观存在,"信"念动摇,以译语为归依,采取兼容并蓄的方式在译语中对原作进行同化,在内容上出现跨文化的创造性叛逆现象,在意识形态上表现为狭隘的民族主义、文化相对主义和文化霸权主义。

　　第三,标准逻辑。标准逻辑与文化适应性及价值取向相关。翻译界一直没有停止过对翻译标准的探讨,人们一直想找到一个可以确定翻译文本好坏的标准。比如,在中国,三国时期有支谦的"因循本旨,不加文饰",近代有严复的"信、达、雅",现当代有林语堂的"忠实标准,通顺标准,美的标准",钱钟书的"化境",刘重德先生的"信、达、切",等等,但是这些都未能化解译文与原文之间的所有矛盾,未能完满地解决翻译中存在的诸多问题。实际上,翻译是一个文化碰撞的过程。翻译质量不只是一个语言问题,更是一个文化问题。译文是否能适应译语文化、译文的文化适应性是否获得恰当处理等这些文化因素都应该是判断翻译质量优劣的重要指标。各民族文化由于所处的自然环境和社会环境不同,在长期的发展过程中形成了文化的异质性,即文化中具有了独特的、有别于其他民族文化的东西。这种文化异质性既是每个民族文化的精髓,又是翻译中难以逾越的鸿沟。以前人们更多的是从语言的角度探讨如何跨越这道鸿沟,也提出了相应的翻译标准,但这些讨论大多忽视了翻译过程中的文化适应性,这也是这些翻译标准存在很多漏洞的重要原因。所谓文化适应性,就是不同的文化在某种程度上的认同。不同的文化尽管在历史背景和文化特征上存在很大差异,但仍然能够在文化理念、文化模式和文化价值观上有相互吸纳和共融的可能,在语言形式上这通常会表现为相互的

---

　　① Toury, G.: 1980, *In Search of a Theory of Translation*, Porter Institute for Poetics and Semiotics, 23.
　　② Yoshikawa, M.: 1978, Some Japanese and American Cultural Characteristics, in M. Proser (ed.), *The Cultural Dialogue*, Houghton Mifflin, 62.

借用和替代。文化是一个民族历史发展过程中的沉淀和累积,会在人们的头脑中形成一定的文化定势,表现出较为顽固的文化理念和文化精神。这种文化定势在外来文化面前具有抗拒性和排斥性,并由此成为不同文化相互间交融的主要障碍,也是人类文明冲突的主要原因。但是,任何民族的文化都不可能永久地处于一种封闭的状态,总是要在不同层面上受到外来文化的影响并由此发生程度不同的变化。这种变化实质上就是外来文化适应本民族文化的一个过程。外来文化与本民族文化的相互冲击在翻译中表现得尤为明显,因为翻译不可避免地需要应对体现差异性文化的语言之间的矛盾,应对得好还是不好直接影响到翻译的质量,因此从某种意义上来处理好文化适应性是优质翻译的重要标记。

正如本亚明所言,译文与原文的关系,就好比哲学与认知的关系一样,译文虽然派生于原文,却并不是对原文的拷贝或再现,而是原文生命的延续[1]。解构主义代表人物德里达的说法更为形象,认为译文的诞生以原文的死亡为代价,译文是原文在译语中的"生命延续","这种"延续"体现了翻译的意义所在以及价值取向[2]。译文更像是原文的儿子,是原文的"骨肉",流淌着原文的"血液",但却并不是原文本身,它需要适应诞生后的环境才可能存活并茁壮成长,否则就会遭到遗弃甚至被扼杀。因此,在翻译过程中,探寻出两种文化的"交汇点"显得尤为重要,以此作为文化适应性的"切入点",可弥合文化鸿沟,加快异质文化之间的适应过程。但是,强调文化适应性并不是反对文化个性化培育,而是要把民族文化中的优秀成分转化成具有全球意义的文化价值资源。这是翻译的价值取向,是翻译对世界文化做出的独特贡献,也是人类文化发展的一种必然逻辑。原文与译文的母子关系这种说法恐怕还有许多有待商榷的地方,但是翻译是与两种语言相关的两套体系在译者脑海中互相交融的结果,这一点应该是可以肯定的。译者在这种交融的过程中不是被动地等待"造物主的恩赐",而是在理性思考的基础上积极地做出最佳的语言表述,在表述中既要符合语言逻辑,又要符合文化逻辑,还要能遵循实践逻辑。原文与译文的关系如此简单又如此复杂,这需要我们在翻译中能够透析主体、客体和标准的内在逻辑,合理地对主体和客体进行定位,方可权宜性地解决翻译中的种种矛盾,逐步揭示出翻译的规律,以达到进一步认识翻译本质的目的。

---

① Benjamin, A. : 2014, *Translation and the Nature of the Philosophy: A New Theory of Words*, Routledge, 122.

② 转引自郭建中:《当代美国翻译理论》,湖北教育出版社 2000 年版,第 172 页。

第三节　翻译制约因素通过翻译中的推理起作用

翻译是否可以通过推理来进行,这就要看事物的意义是如何在人的记忆中得以表征的。关于这一点,当今许多认知心理学家持有的观点是,语言信息是以命题的形式来表征的。在认知心理学家看来,命题是陈述性知识的最小单元,一个命题大致相当于我们头脑中的一个观念,每一个命题都会有一个或多个关系和一个以上的论题,每一个句子则由一个或者多个命题构成。句子中的动词、形容词和副词代表着关系。比如,"高个子中锋巧妙地传出了球"这句话中,"高个子"是"中锋"的关系,"巧妙地"是"传出"的关系,"传出"又是"中锋"和"球"的关系。因为在很多时候,命题与命题之间的关系是可以被确定的,所以在翻译中,对于词义的选择与确定,我们可以根据命题之间的关系来判断。

例:However, government intervention has been found necessary from time to time to ensure that economic opportunities are fair and accessible to the people, to prevent flagrant abuses, to dampen inflation and to stimulate growth.

译文:然而,政府的干预有时也是有必要的,它能确保经济机遇的公平和容易接近人民群众,阻止公然的虐待,抑制通货膨胀和促进经济增长。

从译文中看,经济制度怎么会"虐待"人民呢? 这就可能是命题关系有了问题,由此我们就有理由怀疑译文有误,当我们将"abuses"一词放入语境中重新考虑,我们就能发现译文的主谓搭配不当是由于把"abuses"孤立地看待了。

改译:然而,为了确保人人均可获得经济机会,确保经济机会人人均等,防止公然的不正当行为,抑制通货膨胀并刺激经济增长,人们发现政府的干预往往也是必要的。

命题代表了观念本身,贮存在人的记忆中,但所有的命题都不是孤立的,分享同一主题的各种命题会相互间发生联系,并分成层级关系,又称上下位关系,构成了命题网络这样的信息表征方式。译者在翻译过程中,可以通过分析命题网络中的上下位关系理解原作,而在用译语表达的过程中当命题网络形式发生了改变时也可以通过上下位的关系在措辞上进行调整,对所涉及的观念进行激活传递,从而完成概念替代,确保不会歪曲主题。比如这样一段话: Some people say that seals are the fairies of the sea and should not be killed. The seals are the cleverest creatures that have ever been found in the sea. 我们通过分析这段话中的命题网络,可以看出其中的"seal""kill"以及"creature"是一种上下位的关系,因为"seal"是最聪明的"creature",所以可以判断出"creature"是"seal"的上位概念,也就是说"seal"是一种动物,这样翻译就不会把它翻译为"图章"或者"封条"而使概念变异以致主题跑偏。

  图式是陈述性知识的一种更高水平的表征单位,其最通常的含义指的是一种有组织的知识结构。安德森把图式分成了三类:自然范畴的图式(比如,说到房子,人们就会联想到功能、形状和面积等特征)、各类事件的图式(比如,说到看病,人们就会想到要进行诸如挂号、问诊及开药等一系列活动)以及文本的图式(比如,说到小说、散文及论文,人们就会想到它们各自典型的结构)。图式理论认为,当一个人进行阅读的时候,在他头脑中形成的信息并不只来自阅读材料本身,相当一部分是来源于阅读者以前对阅读材料相关内容的了解。也就是说,阅读者对于阅读内容的相关前见越丰富,他的陈述性记忆中的图式就越丰富,也就越容易对文章进行推理。比如,"eat no fish"从字面上看是"不吃鱼"的意思,但是假如在你的记忆中对英国历史有一定的"文化图式",你就会警惕起来,知道这个短语还可能有"忠诚"的意思,因为在英国历史上曾经发生过十分激烈的宗教斗争,旧教规定斋日(星期五)只许吃鱼,所以一些新教徒为了表示对新教的忠诚,拒绝在斋日吃鱼,这样"eat no fish"就有了"忠诚"的意思。所以,在某个方面图式的单薄就表示了在这个方面知识的浅薄,也就影响着理解和表达。从翻译的心理过程来看,翻译是译者将原语所表达的信息在自己的记忆中进行信息解码后再用译语重新编码的一个复杂的信息处理过程。译者在翻译过程中首先要做的是解码工作。换言之,译者首先是一名读者。也就是说,译语读者读到的并不是原作本身,而是译者自己对原作理解和消化后的产物。比如,在把外语译入本族语时,译者在理解和表达过程中会受到两种不同的心理图式的影响,首先对外语的阅读材料拥有一定的图式,这种图式越丰富就越便于他对原作的理解;然后对本族语在此类文章的表述上也拥有一定的图式,这种图式越丰富就越便于他自如地用本族语进行表达,也越方便他用流畅的语言表达出原作的风貌。

第十章

从翻译的道德看翻译制约因素

传统的翻译理论研究,无论是在中国还是在西方,谈到影响和制约翻译活动的各种因素时,主要停留在翻译诗学的层面上,即对语言层次的转换和翻译策略、方法、技巧方面兴趣深厚,而对翻译道德对翻译活动的影响视而不见。实际上,无论是在什么样的历史条件下,也无论是笔译还是口译,翻译道德影响翻译活动的现象一直没有停止过,只不过这种影响被翻译理论研究者忽视了,未能在这些方面做深刻的分析与探讨。但自从西方将各种文化理论引入到翻译研究领域,翻译研究就变得众彩纷呈,出现了研究范式方面的重大改革,解构主义理论、后殖民主义理论和女权主义理论等在翻译研究中华光异彩。以往鲜有人关注的问题随着这些理论研究的深入也变得引人注目起来,并逐步成为翻译研究的热点问题,受到广泛的探讨。其中最突出的,就是翻译道德对翻译活动的制约。翻译道德受到社会的、经济的、政治的等因素的影响,也与译者自身的道德操守与价值观念有关。译者的翻译策略与翻译态度无不与他们的翻译道德观相联系,甚至是受其影响与操控。

第一节　翻译中的价值冲突与选择

1819 年,尚处于王政统治下的德国实施了"出版物检查法",随后不久,美国作家 Washington Irving 的名篇 *Rip Van Winkle* 在德国翻译出版,人们发现,原文中的某些敏感性细节被译者做了有利于德国王政统治的"修正"①。在早期爱尔兰文学中,有一个传奇人物,名叫"Chulainn"。这是一个极其饱满而又极其丰富复杂的文学形象。他浑身长满虱子,一上战场就会因为愤怒而变得疯狂和荒唐;他肩负着守护边疆的重任,却会因儿女情长擅离职守;他虽然勇敢无比,却头脑简单,最终因未识破敌人的阴谋诡计而惨死。然而,在 19 世纪末 20 世纪初,"Chulainn"被翻译者译成了爱尔兰的民族英雄。原文中那个浑身虱子、有勇无谋、擅离职守、最终惨死的"Chulainn"在英语译文中则成了一个具有绅士风度的、品格高尚的、英勇无比的、富有战斗精神的民族英雄。原因是当时正在进行着如火如荼的爱尔兰民族独立运动,而译者是一个爱尔兰的爱国者,他有意识地将那些不利于民族利益与时代价值的内容或删或改了。"Chulainn"的变形完全是译者有意为之,其目的是为政治服务,旨在通过"Chulainn"这一英雄形象的塑造,鼓舞爱尔兰人民英勇地与英国殖民统治者作斗争。历史事实也证明了这一点,1916 年爆发了爱尔兰复活节起义,其领导人之一"Patrick Pearse"曾言,他的榜样就是"Chulainn",当然这个"Chulainn"是在翻译后变为英雄的"Chulainn"。

还有一种特殊的情况也值得我们注意。有一些新闻记者,精通两种以上语言,他们会用本民族语言报道另一种语言使用国的情况。他们的报道虽属原创,但是报道中的一些具有异域文化特色的词语其实是他们"翻译"出来的,所以从这个意义上来说,他们可以说是另类的译者。比如,中国和美国在意识形态方面有很大的差别,美国报刊在报道中国问题时往往会有损华或抑华的倾向,像 *Time* 和 *Newsweek* 这两大媒体常会出现这样的情况②。他们在英语表达上尽量靠近汉语的表达特色,以赢得中英双语读者的好感,最终达到在意识形态和对华观点上影响这类读者的

---

① 王东风:"论翻译过程中的文化介入",载《中国翻译》,1998 年第 5 期,第 7 页。
② 王祥兵:"论《时代》周刊中国报道文章对汉语文化词语的翻译",载《上海科技翻译》,2002 年第 2 期,第 19~21 页。

目的。

王祥兵从 Time 中举了一个这样的例子：

The crowd put a dunce cap on the victim and herded him through the streets, calling him aizi-dwarf and dog's head, cattle demon, despot, capitalist-roader. (Time, Dec. 9, 1996)

这里描写的是一个侮辱人的情景。当我们阅读到"capitalist-roader""cattle demon"这些词语时，我们会有一种似曾相识的感觉，其实英语中并没有这些表达法，都是作者根据"走资派""牛鬼（蛇神）"的字面意思照实直译的。还有，"矮子"一词作者没有直接用"dwarf"表达，而是用了汉语拼音加解释性翻译的方法，这样就保留了汉语的文化形象，使中国读者很快能够通过读音联想到对应的汉语词，从而感觉到蕴涵在"矮子"这个词汇中原本有的嘲讽和侮辱的味道，而那些不深谙汉语的其他国家的读者，通过后面的解释性翻译也大概能知道它的字面意义，虽然不可能获得像中国读者一样丰富的联想。《时代》在发表报道有关中国的文章时经常采用这种方式来处理内涵特别的富有中国文化特色的词汇[①]。王祥兵还举了若干类似的例子。有音译的，如："痞子""pizi-riffraff"(Mar. 24, 1997)；"实干家""shiganjia-doer"(Mar. 16, 1998)；"摇头丸""yaotouwan-ecstasy or MDMA"(Oct. 23, 2000)；"奶奶""nainai-grandmother"(May 14, 2001)；"猪头""jutou-pighead"(May 14, 2001)；"分"（篮球赛得分）"fen-score"(Feb. 10, 2003)；等等。有照实直译的，如："下海"("dive into the sea" of capitalist commerce)(Mar. 3, 1997)；"王八蛋"("turtle-egg"— a rude epithet in China)(May 4, 1998)；"铁饭碗"("iron rice bowl", China's system of lifetime job and income security)(Oct. 7, 1996; Mar. 16, 1998; Oct. 23, 2000)；"黑孩子"("black children", who are born in violation of China's one-child policy)(Nov. 20, 2000)；等等。还有既音译又直译的，如："马健加油!""Ma Jian Jia You Add fuel, Healthy Ma!"(Feb. 10, 2003)，等等。王祥兵认为《时代》杂志代表的是美国共和党的立场，共和党完全有可能利用这本拥有众多国际读者的杂志，维护美国的垄断资本家的利益，巩固和扩大美国在全世界的霸主地位。中国是一个社会主义

---

① 王祥兵："论《时代》周刊中国报道文章对汉语文化词语的翻译"，载《上海科技翻译》，2002年第2期，第20页。

大国，社会制度与美国不同，综合国力却不断增强，《时代》杂志不遗余力地宣传美国的观点、展示美国的视角，就不足为奇了。此外，在中国，能够阅读《时代》的读者，绝大多数都是受过高等教育的社会精英，这些人既有在校学生、知识分子，也有商界和政界人士，改变了他们的思想，也就可能改变了中国的社会意识形态发展的潮流，换言之，也就可能影响了中国的未来①。

　　翻译学属于社会科学，翻译实践具有艺术性，这就使得利益衡量在翻译中注定要有特别的意义，从而让翻译研究不至于彻底困在自然法的迷宫中，让翻译实践不至于显得过于机械与生硬。利益衡量作为众多翻译方法的一种，理应居于最高境界，因为这种方法提得最多的就是翻译价值与翻译精神。利益最大化是人的本能，这也就决定了利益衡量这种主观性强的活动有必要受到制约的，迫使译者对原作、读者、逻辑等因素有较为合理与准确的直接把握。翻译活动正因为有了这样的张扬与制约、放纵与束缚，才具有了艺术性。利益衡量的作用实际上就是在翻译过程中综合价值观念、社会环境等方面的因素对各种不同的利益比较与权衡，让译作最终获得合理化的理由。这就是利益衡量理应被视为翻译方法的一种，而且是很重要的一种原因。不管你承认还是不承认，它都在那儿。讨论它、重视它，是历史的必然，其所起的作用已经在译学发展的进程中得到证明。但是，利益衡量在未来将会遇到越来越大的挑战，因为社会正在不断地朝着利益主体多元化的方向发展。一方面我们要能让利益衡量在翻译过程中发挥功效，不能用过多的逻辑化与精确化桎梏其发展；另一方面我们也要对利益衡量给予一定的制约，不能任其恣意妄为而使翻译丧失统一性和可预测性。

　　从严格意义上说，利益衡量方法不应当属于翻译，因为它是对根据原作文本进行翻译思维的一种反动。强调利益衡量不是说原作文本与译作文本之间价值上存在根本的冲突，而是说原作文本与译作文本之间存在着不同的价值适用范围。对于译者而言，未接触原作文本之前，原作文本已经是一种客观存在。但是，当译者介入到原作文本之中并开始翻译工作时，主观活动就出现了，这就使得翻译带上了不确定性。译者或有意抑或无意地给原作文本赋予了不同的意义，并且总能获得一部分专业学者和普通读者的拥护。一部译作，无论多么忠实于原作，两者都很难在价值

---

① 王祥兵："论《时代》周刊中国报道文章对汉语文化词语的翻译"，载《上海科技翻译》，2002年第2期，第22页。

方面完全画上等号,但是又必然存在很多重合的地方。翻译始终存在对什么人有利的价值问题。译者在忠实于原作文本上的努力不可能抵销现实的冲突。然而,不管怎么说,忠实地表现原作总是能部分地实现原作的价值。不同的价值追求之间可能会有很大的差别,但是每种价值无一例外地都被寄托了美好的愿望。每个人都有自己的价值偏好,由于价值认同相异而发生冲突是再正常不过的事情。其实,即使不同译者有同一种价值目标,也会因为权力观的不同发生价值方面的矛盾①。

译者总是身处一个由某种"主流社会意识形态"主导的社会里,这种主流社会意识形态包括相应的政治、伦理、审美与价值观,当原文所描述的某些事实与译者的主流社会意识形态相抵触的时候,译者会面临选择,舍"信"媚"俗"、删改事实是可能会发生的事。19世纪末,福尔摩斯的探案故事被译介到了中国,可是译本有明显的删改之处②。例如,有一段关于福尔摩斯在起居室内练习射击的描写被删除了。这是为什么呢?原因是,原文中的福尔摩斯在墙上用子弹砌成了 VR 两个字母,而这两个字母代表 Victoria Regina,是当时英国的国君。生活在英语文化环境里的原作读者,看到福尔摩斯如此练习射击的做法,会把他理解成一个有点怪脾气或者性格独特的人,而英国社会对这样性格的人,不仅宽容,有时候还表达出几分羡慕。然而,福尔摩斯的这种做法对当时清末晚期的中国读者来说实在难以想象,用国君的名字来练习射击,不但不符国体,而且大逆不道,甚至会构成政治问题,故译者选择了隐而不译。这种不译回避了价值冲突的问题,也是另一种忠实,让福尔摩斯在中国读者心中保持了一种重德守纪、护法除恶的英雄形象。如果照实译出来,在当时的中国读者心中,福尔摩斯的英雄形象无疑会大打折扣。

据蒋骁华③所述,我国著名剧作家老舍先生的两部名作《骆驼祥子》和《离婚》在 20 世纪 40 年代初由美国翻译家 Evan King 翻译出版。两部译作较之于原著有了明显的改动,有些地方甚至添油加醋成了创作。《骆驼祥子》本是悲剧结尾,却被改成了大团圆结局:祥子找到了小福子,并把她从白房子中解救了出来,两人最终幸福地结合在一起。译文出版后出现了一个很不协调的结果,一方面译本很快成了美国的畅销书,另一方面原

---

① 朱义华:"从'争议岛屿'来看外宣翻译工作中的政治意识",载《中国翻译》,2012 年第 6 期,第 96~98 页。
② 孔慧怡:《翻译·文学·文化》,北京大学出版社 1999 年版,第 25~27 页。
③ 蒋骁华:"意识形态对翻译的影响:阐发与新思考",载《中国翻译》,2003 年第 5 期,第 26 页。

作者老舍先生对译本很不满意，并提出了严厉的批评。奇怪的是，Evan King 并没有接受批评，在接下来翻译《离婚》的时候依然故伎重演，将《离婚》篡改成一出哗众取宠的轻浮小闹剧，而原作中对民族软弱性的深刻揭示与讽刺在译本中荡然无存。Evan King 为什么要这样做？原因可能有两个：其一，当时第二次世界大战仍在进行，美国民众尚处于高度紧张的精神状态之中，轻松愉悦的阅读有利于放松心情；其二，那时的美国正处于工业机械化生产的快速发展期，在紧张的劳动之余，轻松的阅读是人们获得娱乐的方式之一。在这样一种文化背景下，译者尽可能地淡化原著所渲染的痛苦与矛盾，而凸显祥和与欢乐的氛围，这种价值冲突下的选择会获得来自各方的利益和价值认同，一方面读者在愉悦中得到了满足，另一方面译本在迎合读者中赢得了市场。原作就是这样在具有不同意识形态的译者的操纵下发生了扭曲。蒋骁华还提到法国剧作家 Beckett 的名作《等待戈多》的两个译本，这两个译本一个是英文译本，另一个是中文译本。尽管从原作上看不出 Beckett 有将自己的作品写成宗教性质的剧作的意思，但两个译者似乎都不约而同地在有意诱导读者将其视为一出宗教剧：英语译本倾向于把它阐释为反映基督教思想的剧本，而中文译本则倾向于视其为多少折射着佛教思想的作品。两个译者都有意识地将自己文化中的宗教元素与剧中出现的一些意象描写发生联系。比如，"树""白胡子牧羊人""小牧童""拯救灵魂的某种力量"，在英译译本中通过语气与措辞极易使英语读者很自然地联想到"圣诞树""上帝"及基督教教义；汉译译本也是通过同样的方法使汉语译者能够自然而然地联想到"菩提树""佛祖"及佛教教义。

　　《简·爱》是一部许多中国人熟知的名著，书中的女主人公简·爱童年时在一所教会学校饱受折磨，因此她对残酷、虚伪的校长布洛克赫斯十分痛恨。《简·爱》的中译本有两个比较有名，一个是祝庆英的译本，另一个是李霁野的译本。祝的译本认为简·爱像恨布洛克赫斯校长一样仇恨圣·约翰牧师。她在译序中旗帜鲜明地用"冷酷自私""虚伪"等词语谴责圣·约翰牧师。李的译本则很有趣，他应该是我国最早翻译《简·爱》的译者，"最早的版本是 1936 年由上海生活书店出版，书名为《简·爱自传》，1945 年再版，书名重译为《简·爱》。此后，此书一版再版。但是，即使在新中国成立后的 1956 年 4 月再版的《简·爱》中，李霁野先生仍未为其作序，仍在书的结局中客观地翻译，为圣·约翰的严厉、苛刻、野心做辩护。直到 1980 年祝庆英先生在译序中声讨了圣·约翰之后，李霁野先生才在其 1982 年版的《简·爱》序中引用利维斯（Q. D. Leavis）为企鹅丛书《简·爱》所作的《引言》来贬低圣·约翰,此后,在《简·爱》的翻译者、评论者中响起一片讨伐圣·约翰的声音。"①祝的译本和李的1982年版的译本都在用词行文时最大化地将圣·约翰牧师描写成一个反面人物,原本关于这个人物的中性的描写明显带有贬义,如,把 ambitious 译成"野心";把 rise high 译成"爬得更高",等等。这是因为80年代初"文革"才结束不久(译者翻译的时间则肯定更靠近"文革"),译者仍然深受"左"的意识形态的影响,因此会视宗教为麻醉人民思想的精神鸦片,既然那所宗教学校确实表现出一定的宗教虚伪性,那祝、李两位译者将圣·约翰牧师作如上定性也就在情理之中。

著名翻译家许钧曾说,他在翻译法国作家吕西安·博达尔的《安娜·玛丽》时,"考虑到意识形态方面的原因,考虑到读者的接受能力"②,删去了书中有关性的描写,因为他认为,即使他不删,出版社的编辑也会删,因为这些描写确实有悖我国当时的社会伦理。19世纪末,蟠溪子也是因为当时中国的传统礼教在翻译英国哈葛德的小说 *Joan Haste* 时删除了许多内容,比如,在译文中看不到迦茵与亨利相遇登塔取雏的浪漫故事,看不到迦茵与亨利相爱私孕的情节,也看不到亨利为了爱情违抗父母之命而与迦茵自由恋爱的内容。当19世纪末与20世纪初的中国读者读这本经过精心删节了的译本时,当然会获得与原作读者截然不一样的感受,有人认为迦茵"为人清洁娟好,不染污浊,甘牺牲生命以成人之美,实情界中之天仙"③。

在古希腊剧作家 Aristophanes 的名剧 *Lysistrata* 中,当女主人公在请由裸体美女扮演的"和平"使者把斯巴达的和平使者带上来时,说了一句有名的台词:"En me dido ten cheira, tes sathes age."。这句话用英语直译就是:"If he doesn't give you his hand, lead him by the penis."。但现实中不同时期的不同英译者都对此做了"委婉"处理:

1) If he doesn't give you his hand, lead him by the nose. (By W. J. Hiekie, 1902)

2) If they don't give a hand, a leg will do. (By A. S. Way, 1934)

3) Take them by the hand, or by anything else if they seem unwilling.

---

① 范亚男:"重新解读《简·爱》中的圣·约翰",载《南京理工大学》,1999年第3期,第28~29页。
② 许钧:"怎一个'信'字了得",载《译林》,1997年第1期,第215~216页。
③ 王东风:"论翻译过程中的文化介入",载《中国翻译》,1998年第5期,第8页。

(By D. Fitts, 1954)

4) If hands are refused, conduct them by the handle. (By D. Parker, 1964)

译者对原作的篡改有时是为了省事,有些文化因素越忠实表达就越有可能给译语读者带来困惑。比如,福尔摩斯探案集在 19 世纪末被译介到中国的时候,译者们在翻译到美女们的形象时,都会迎合当时中国读者的审美习惯,愣是把一个个西洋美女译成了中国传统的美人。这是因为这些典雅的西式美女的传统形象往往是"dumb blonde",即五官端正、皮肤白皙、金发碧眼,但稍微有点 dumb(笨);而中国的传统美女往往是"柳叶眉""杏仁眼""瓜子脸""樱桃小口""肤如凝脂"等,最好还"胆怯腼腆"或"弱不禁风",以惹人爱怜。在无关宏旨的时候,译者有时只是想告诉读者"这是一个美女",免得吃力还未必能讨得读者的好。程小青所译的《海军密约》中有这样一段:"安娜貌颇丽,肤色雪白,柔腻如凝脂,双目点漆,似意大利产。斜波流媚,轻盈动人,而慧发压额,厥色深墨,状尤美观。形体略短削,稍嫌美中不足。"这里除掉主人公的名字"安娜"和"似意大利产"这样的描述有些洋气之外,从其余部分来看,读者看到的活脱是一个中国古典美女——"肤色雪白,柔腻如凝脂","斜波流媚,轻盈动人"。这些都是中国传统美女的特色,尤其是"慧发压额"不就是说的中国式"刘海儿"吗?我们再看一看原文:"She was a striking looking woman, a little short and thick for symmetry, but with a beautiful olive complexion, large dark Italian eyes, and a wealth of deep black hair."。我们不难发现,作者这里描写的是一位性格坚强、相貌"醒目"的南欧美人。在传统英语文化中,黑发黑眼的女性,或眼、发颜色比较深的女性常常会隐喻这些女人有坚强的性格或有很强的自制力[1],Jane Austen、Conan Doyle 的小说中都有过这类女性形象的描写,但是译成汉语时这种隐喻就很难传达,因为中国人大多是黑发黑眼,所以我想这时译者干脆就不传达这个隐喻,只突出"这是一个美女",以吸引读者的眼球。这只是一个猜测,因为我自己就有过这样的翻译心理。很多译者都有过这样的翻译心理。比如,翻译家汪榕培和任秀桦先生在翻译《诗经·硕人》,为"照顾"英语读者的阅读习惯和审美意趣,将中国的经典美人改造成了英语读者喜闻乐见的"国际美人"。如:"手如荑黄,肤如凝脂,领如蝤蛴,齿如瓠犀,螓首蛾眉,巧笑倩

---

[1] 孔慧怡:《翻译·文学·文化》,北京大学出版社 1999 年版,第 34~37 页。

兮,美目盼兮。"译成了如下诗句:

Her hands are small, her fingers slim;
Her skin is smooth as cream.
Her swan-like neck is long and slim;
Her teeth like pearls do gleam.
A broad forehead and arching brow
Complement her dimpled cheeks
And make her black eyes glow.

原句中的中国古典美韵味在这些译句中已经荡然无存,取而代之的是"国际流行美"。比如,"swan-like neck"(天鹅般的脖子)与原句中的"领如蝤蛴"趣韵完全不同,简直就要西化成了英语文化的经典。从以上论述我们可以看出,价值观及意识形态对翻译的影响无处不在、无孔不入。

但是,这种影响,无论多么广泛而深远,从本质上来看,都是相对的,不会是绝对的。这是因为,译者是认识的主体,不但具备一定的专业素养,而且也会有一定的道德和良心,这就使他们有能力意识到自己在翻译中所受到的影响,不至于被这种影响彻底拖离翻译的本质[1]。然而,巴斯奈特和勒弗菲尔从一开始就将意识形态对翻译的影响绝对化了。他们认为,意识形态对翻译的影响无处不在,译者的思维或行文都会受之操纵[2]。还有许多翻译理论家对这种说法也表达了不同程度的肯定,这其中包括赫曼斯、铁木志科、图里这些著名学者,他们还曾顺其思路从不同的角度补充了许多"活生生"的例子,对这一理论反复加以论证。在意识形态决定论者眼里,翻译的每一个环节、每一个方面都要受到意识形态的左右,译作充其量只是意识形态的产物。换言之,所谓的翻译选择、翻译策略或是译者对具体的语言和文化问题的处理都是由意识形态决定的。必要时,译者甚至会在意识形态的驱使下反客为主,大幅增删或篡改原文来为自己的目的服务。我们也认为,翻译无论如何都是摆脱不了意识形态的影响的,但我们只是承认意识形态对翻译有巨大的影响力,而坚决反对将这种影响力绝对化。纽马克说过,"绝对论"如果成立,翻译学则不能够成立,因为"绝对论"否定了人的主观能动性,也否定了人的思想意识的超前

---

[1] 许钧:"翻译的主体间性与视界融合",载《外语教学与研究》,2003年第4期,第290~295页。

[2] Bassnett, S. and Lefevere, A.: 1990, *Translation, History and Culture*, Pinter, 13.

性,这也在很大程度上否定了译者以及译者的翻译职业①。其实,这也让"绝对论"者自己陷入一个悖论之中,因为他们翻译研究的目的还是想提高翻译学和翻译文学的地位的。我们认为,意识形态对翻译的影响是不能回避的,但这种影响只是相对的,而且从翻译学的角度来看是可以得到控制的。

第二节 政治与翻译的天然密切性

传统的翻译理论一直告诉我们,译者在翻译过程中应该持中立的立场,既要忠实于原作,又要考虑到译语的表达习惯。但是,翻译实践证明,再高明的译者,也很难做到这一点。他们的翻译能力总会出现瑕疵,他们的翻译立场总会有所偏颇,以至于人们并不相信翻译能真正做到忠实于原作。人们认识到,译者的立场与其能力一样也会对其表达产生很大的影响。译者不可能将自己封闭起来,远离政治、经济和社会价值观。我们发现,在翻译实践中,政治权力已经成为翻译原则,秉承这些原则会给翻译提供正当性理由和根据。20世纪80年代以来,翻译理论研究在文化研究大潮的冲击下也出现了"文化转向",越来越多的学者认识到翻译应该被放置于一个更广的社会文化语境下进行研究,比如,巴斯奈特和勒弗菲尔探讨了这样一些问题:文本是如何被选择出来并翻译的?在选择文本的过程中译者充当了什么角色?赞助人、出版社及编者又充当了什么角色?他们还对译作如何被译语系统接受等一系列问题进行了研究②。勒弗菲尔甚至认为,翻译就是一种最容易识别的改写形式③。他将社会看作是一个由多系统组成的综合体,而文学系统(包括文学翻译)也是这个综合体中的一个系统。这个文学系统是由双重因素操控的,一个是文学系统的内部因素,主要指文学"专业人士",如:"评论家、教师、译者",等等;另一个是文学系统的外部因素,主要指那些"赞助人",如:"出版社、传媒

---

① 转引自 Pedrola, L. M.: 2001, *Realism and Idealism in Peter Newmark's Life, Works and Theories*, Anno Accademico, 266。
② Bassnett, S. and Lefevere, A.: 2002, *Constructing Cultures: Essays on Literary Translation*, Shanghai Foreign Language Education Press, 123.
③ Lefevere, A.: 1992, *Translation, Rewriting and the Manipulation of Literary Fame*, Routledge, 9.

机构、个人势力、政治团体、社会阶级、宗教集团、皇家宫廷",等等,这些人对文学的繁荣或凋零起着非常重要的作用,而文学的意识形态要比文学的诗学更让他们感兴趣①。因此,一些翻译文学的研究者建议把翻译划入译语民族文学的研究范畴,勒弗菲尔就是这样的推动者之一,他建议翻译研究应该考察文本与文本外的意识形态、文化、机构等因素之间的关系,既要强调文本系统内在制约因素的控制机制,又要强调文本系统外在制约因素的影响②。翻译的纯洁性只是一种理想,原文不可避免地成了各种社会力量操纵的对象,而翻译只不过是这些操纵者建设所需文化的一种文学手段,从而变成了"一种文化发展的策略。"③

20世纪70年代以来,翻译研究的疆域得到了极大的扩展,许多跨学科的学术资源被吸收进翻译研究之中,翻译研究随之发生了范式上的重大变革,对翻译若干问题的探讨由单一走向了多层面,女权主义、解构主义、后殖民主义这些文化理论纷纷嫁接翻译研究,成了翻译理论中的新的概念。这些新概念的加入,使得传统翻译研究中浅尝辄止的有关翻译活动与现实政治关系的探讨也得到了重新发掘,翻译的权力问题被搬到了聚光灯下,"翻译的政治"成了译界近年来悄然兴起的热门话题之一。

比如,王东风认为,翻译作为一种跨语言、跨文化、跨时空的交际行为,从一开始就注定要打上意识形态的烙印,无法逃脱政治因素的影响与制约;从本质上说,翻译就是向本土文化意识形态输入异域的文化意识形态;翻译一直都是一种有目的的行为④。越来越多的翻译研究者已经意识到,翻译不是一个机械的解码和编码过程,也不是一个纯客观的语言转换过程,而是涉及相关两种语言的文化及其他诸多因素的复杂的交际过程。这些因素中,译语文化语境中的意识形态及诗学观念等有着强大的作用。因此说,翻译不可能脱离政治的影响,翻译从某种程度上说也是一种政治行为。

在翻译理论界,涉及"翻译的政治"的论述其实早就有之,但正式提出这一概念的是欧洲学者沃纳·温特,她于1961年发表的题为《作为政治

---

① Lefevere, A.: 1992, *Translation, Rewriting and the Manipulation of Literary Fame*, Routledge, 9.
② Lefevere, A.: 1992, *Translation, Rewriting and the Manipulation of Literary Fame*, Routledge, 9.
③ 郭建中:《当代美国翻译理论》,湖北教育出版社1996年版,第160页。
④ 王东风:"一只看不见的手——论意识形态对翻译实践的操纵",载《中国翻译》,2003年第5期,第20页。

行为的翻译》是最早论及"翻译的政治"的文章。后来,又有许多学者对"翻译的政治"这一命题做出了重要的贡献,其中三位最具代表性:一位是孟加拉国的伽亚特里·斯皮瓦克,她在1993年出版的《教学机器之外》一书中第一次对"翻译的政治"这一概念的内涵、外延以及产生的语境进行了较为系统的阐述,并对其蕴含的权力问题做了深刻的讨论,她是从女权主义、后殖民主义及后结构主义的视角考察这个概念的,所以使得这个概念步入了科学化的轨道[1];另一位学者是加拿大的谢莉·西蒙,她在1996年出版的《性别与翻译》一书中提出了同样的命题,书中提到的"性别政治"虽内涵较为狭小,但与伽亚特里·斯皮瓦克一样,都在"翻译的政治"的问题上有所突破[2];第三位是美国翻译理论家劳伦斯·韦努蒂,他围绕翻译的"文化政治"问题提出了独到的见解[3]。以上三位学者都注意到了翻译与历史、文化、心理因素有着复杂而千丝万缕的联系。他们的论述视角新颖,眼光敏锐,成为翻译理论的一份极为宝贵的资源。

据费小平的研究,在中国,翻译的政治问题也早有论述,在东汉的佛经翻译时期,鸠摩罗什就倾向于对原作进行权力干预,为了"达旨"不惜"删削"。到了唐代,译经大师玄奘更是将翻译的"政治"推到了极致。他提倡采用灵活多变的策略来翻译佛经,受到了唐皇的高度评价。在近代,严复为了适应社会环境和政治意识形态的需要,改写了大量的西方社会科学著作,风靡一时。20世纪90年代,中国香港学者王宏志、陈顺馨以及内地学者辜正坤、谢天振、许钧等人都不同程度地涉猎了翻译的"政治"问题[4]。

在中国,清末民初的翻译活动有着最明显的"政治"烙印。这与当时的文化、政治、意识形态和社会环境是密切相关的。一些译者是故意不忠实于原作。以林纾为例,他是个多产译家,说得精确一点,他是个西方文学翻译的改写者,通过与他人合作,他以文言体翻译了10多个国家的近200部小说。他的译文在当时深受大众欢迎,但以专业的眼光来看,他的译文错误百出,删减与改写比比皆是。这虽然与他本人不懂外文相关,但这一点不能完全解释他的"不忠",因为他的合作者都是精通相关外文的,所以可以断定他的"不忠"另有原因。林纾是个爱国主义者,他的翻译是

---

① Spivak, G. C.: 1993, *Outside in the Teaching Machine*, Routledge, 313-315.
② 转引自 Munday, J.: 2001, *Introducing Translation Studies: Theories and Applications*, Routledge, 145.
③ 转引自 Munday, J.: 2001, *Introducing Translation Studies: Theories and Applications*, Routledge, 145.
④ 转引自费小平:《翻译的政治》,中国社会科学出版社2005年版,第85~94页。

带有政治倾向的,他希望通过翻译唤醒民众的爱国热情,提高民众的民族安危意识。这种政治倾向在他为译著写的序跋中可见一二。他在《剑底鸳鸯》序跋中这样写道:"今日之中国,衰耗之中国也。恨余无学,不能著书以勉我国人,则但有多译西产英雄之外传,俾吾种亦去其倦敞之习,追躐于猛敌之后,老怀其以次少慰乎!"①字里行间足现其唤醒读者的爱国热情的良苦用心。他还把斯托夫人的 Uncle Tom's Cabin 翻译成《黑奴吁天录》,在措辞上巧妙变化之后,很能使中国人民从黑人的悲惨遭遇中看到自己的命运,从而警醒亡国亡种的危机感,激起国人的爱国之心。

  尽管林纾的翻译带有明显的"政治"烙印而显得"不忠",但是他的译文在当时受到大众的喜爱。康有为曾言"译才并世数严林",这个"林"指的就是林纾,而"严"则指另一个翻译家严复。严复也是一个带有政治倾向的典型的改写者。与林纾不同的是,他是个双语者,既精通汉语,也精通英语。他的主要译作有八部,涉及法律、社会学、经济学、逻辑学、政治学,等等。他的翻译之"政治"表现为预先设置翻译目的,精心挑选翻译材料,精心确定翻译策略。这样就不难理解像他这样的双语精通者为什么会在译文中进行大量的删节、增补和改写,他这样做显然是要有意地服务于当时的社会和政治。高惠群和乌传衮曾分析出严复翻译的五大特点,其中第一就是严复的翻译有着明确的政治目的,即在介绍"西学"精髓的同时宣传他自己的政治主张以启迪民众共赴救亡图存的大业。正因如此,他的翻译选材都是那些反映资本主义国家社会、经济和政治制度的社会科学著作,而这些书再经过严复有所改编的翻译之后合在一起便可以构成一个相对完整的体系……如果我们研究严复是把他作为一个启蒙思想家的翻译家,而不是一般意义上的翻译家,那么就更能理解他的翻译价值②。比如,1895 年甲午战争中国失败,对于严复这样一个爱国者而言是一个很大的刺激,1898 年他将 T. H. Huxley 的 *Evolution and Ethics* 翻译成《天演论》一书。为起到开启民智、救亡图存的作用,他翻译中采取了所谓的"达旨术",实际上就是一种改编之术,宣传"物竞天择,适者生存""优胜劣汰"这样的观点,对当时风雨飘摇、濒临灭亡的中国起到了振聋发聩的启蒙作用,具有十分重大的政治意义。这本译著成为当时进步的知识分子与封建顽固派进行斗争的思想武器,也为日后的维新变法运动提

---

① 转引自罗新璋:《翻译论集》,商务印书馆 1984 年版,第 177 页。
② 高惠群、乌传衮:《翻译家严复传论》,上海外语教育出版社 1992 年版,第 57 页。

供了理论基础。

除"严林"之外,另一个在译作中倾注政治理想的翻译家是梁启超。梁启超本身就是一个政治活动家和思想家。他的翻译活动总是与他的政治活动紧密有关。他毫不避讳地承认他的翻译就是为政治服务的,他把他的"经世致用""开启民智"以及爱国的思想融入他的译作中去。他的那篇著名的《译印政治小说序》一文,提到了"政治小说"的概念,这在中国人的文章中当属首次。他在文章中写道:"在昔欧洲各国变更之始,其魁儒硕学、仁人志士往往以其身之所经历,及胸中所怀政治之议论,一寄之于小说。于是彼中辍学之子,熟之暇,手之口之。下而兵丁,而市侩,而商氓,而工匠,而车夫马卒,而妇女,而童孺,弥不手之口之。往往每一出书,而全国之议论为之一变。"①这篇文章极大地改变了人们对小说的看法,也从理论上将政治因素带进了翻译之中,对繁荣当时的文学翻译做出了巨大贡献。1902年,他又发表了一篇题为《论小说与群治之关系》的文章,进一步阐明了小说在社会中的作用,以及发挥政治因素在文学翻译中所起的作用。他还在《论译书》中提出译书救国的思想。他的第一本翻译小说就是《佳人奇遇》,这本书本身就是日本的政治小说,经过他的改编更容易让当时的中国读者领会到被压迫民族争取民族独立、渴望自由和反对封建专制的意愿②。

从上述例子中不难看出,译者的政治动机直接影响着译者对作品的选择和翻译的策略。不同的历史时期,不同的社会背景,就会出现不同的政治动机。有些译者还会把翻译视作实现其政治理想和抱负的一种手段,因此,这些译者在选材上会更注意那些接近自己意识形态层面上的作品或那些能够便于他们注入自己政治主张的作品③。翻译社会学已经揭示,翻译不可避免地要与各种因素发生关系,而主要因素之一就是政治,不管译者愿意不愿意,都会卷入其中。那种绝对的翻译形式主义的构想,只能是纸上的东西,是不可能在现实中发生的。但是,我们不能因此否认翻译形式主义,在当今的中国译坛,我们还需要借助它尽可能多地将那些政治因素从翻译中剥离出来,尽管这些东西是剥不尽的。

---

① 转引自张柏然,许钧:《面向21世纪的译学研究》,商务印书馆2002年版,第579~580页。
② 郭延礼:《中国近代翻译文学概论》,湖北教育出版社1998年版,第217~218页。
③ 李明喜、叶琳:"论政治因素对翻译实践的影响",载《长沙大学学报》,2005年第1期,第88~91页。

第三节　如何坚守翻译的道德

　　我们必须看到,无论是哪朝哪代或者哪一个国家,总是会有来自政治的、社会的、经济的、时尚的等强大势力的存在。总会有某种势力强大到翻译不能摆脱它的操控或影响。其中,政治势力最为强大。即便是翻译的独断性在一定程度上也是借助于政治体的行为。然而,这不是说,翻译就可以对政治等势力俯首帖耳,任其肆意。任何有良心的翻译工作者都是不会这样做的。翻译的本质决定了我们应该尽可能地摆脱翻译外的力量对翻译的影响,哪怕是效果甚微。从方法论的角度来看,有两种方法可以在我们坚守翻译道德底线的努力中起到作用。一种方法是强化翻译的自主性意识,另一种方法是借助翻译共同体的力量。

　　从哲学的角度来看,所有的理解都是个体的理解。因此,政治等势力因素对翻译的影响也必须通过译者才能起到作用。翻译的关键就是译者选择出一个他自认为最能体现翻译实践价值的原则。这个原则是译者在整个翻译过程中价值判断的理由。这个价值判断,无论是政治上的还是经济上的或是哲学上的,都会构成一个优于其他理由的模式。因此,强化翻译的自主性意识显得尤为重要。没有了这种意识上的约束,翻译就会变成政治,而不再是翻译了。

　　但是,即便是这种意识牢固成一种"纪律规则",也都不可能在绝对意义上实现,而像那些"忠实"或"对等"等说法只不过表达了译者摆脱翻译外势力因素干扰的信念,仅是口号和理念性的东西,虽对守住翻译之本起着重要作用,但我们也知道是不可能完全做到的,就像防风的墙,作用还是有的,但并不能完全把风挡住。不过,只要译者在心里还有这样的原则与信念,那么这些原则与信念就一定会在翻译中显示作用,就一定会多多少少摆脱掉一些非翻译因素的影响,也就让翻译的客观性有了实现的希望。客观性翻译仅仅要求翻译应该受到限制,并不要求翻译完全由译者之外的某种力量决定。为了解释我这里所说的"翻译限制",需要介绍两种更深入的概念:一个是约束译者的翻译规则,它包含了判断翻译是否正确的标准;另一个是制定权威的翻译规则的翻译共同体。

　　翻译人享有一致的翻译价值,拥有共同的翻译知识体系和翻译规范、原则和概念体系,接受共同的翻译思维训练,这些都约束着翻译人的思维,使他们有了与意识形态影响抗衡的群体力量。一个人要想成为翻译共同体的一员,就意味着他必须知道如何像翻译人那样思考。但也有一个不太好解释的问题:为什么接受过翻译训练的人对同一个原作文本也会产生不同的看法呢?翻译共同体指的是,一群人在同质思想的支配下,都经历了大致相似的社会化和职业化的过程,这里的"社会化"是翻译方面出现不同的主要原因。但是,有相似的社会化经历的人之间为什么也会产生不同呢?

"翻译共同体"这个说法是受到了"解释共同体"概念的启发。美国接受理论家斯坦利·费什发展了独特的文学/文本解释的方法,而"解释共同体"这个概念就是这种方法的组成部分。对于文学/文本解释是否正确或是否可以接受,需由这样一个集体来决定。费什不赞同那些"文本的意义就在文本之中"的观点,认为文本中的字符不可能完全限制解释者①。至少解释者完全受文本控制的观念没有能够说清楚实践中有实质性分歧的现象。另一个完全相反的观点则认为解释者可以任意选择意义,然而这一观点却忽视了文本具有客观性这一事实。费什在这两派观点中持中间立场,他认为解释者要受到他所处的解释共同体的制约,因为之所以要构成共同体,总是有某种目的,要么是为了追求实践与解释风格上的一致(例如,新批评主义),要么是为了求得职业的同盟关系(比如,某个省或国家的翻译协会)。这种观点意味着解释共同体在决定什么样的解释是正确的问题上扮演着极其重要的角色,也就使得在解释实践中那些关于意义的分歧、意志和意义的变迁这些现象得到了说明。

所以,对于翻译共同体,我有这样的认识:同处于一个翻译共同体的译者,会有着大体一致的思维方式,但是这并不意味着他们会译出同样的东西,因为即使他们的知识前见也是基本一致的,在思考问题的时候也还是会有不同的价值取向,对具体问题的理解也还是会有偏差。所以,关于翻译,我反对完全按照解释哲学的思维路子去思考问题,这会将翻译带入一个绝对化的"死胡同"。解释哲学是建立在辩证法的基础之上的,但是我们用辩证法去思考解释哲学,也可以得出这样的结论,那就是过度辩证也会使得它最后不再辩证。后现代主义就是一个明证。后现代主义是在哲学解释学的基础上形成的,但是由于它惯于抓住问题的一端尽情发挥,从而模糊了所有问题的界限。翻译人的思维方式是比较接近的,因为只

---

① [美]斯坦利·费什:《读者反应批评:理论与实践》,文楚安译,中国社会科学出版社1998年版,第267~278页。

要他们还承认自己是翻译人,即使他们会发表一些反翻译的观点,他们的翻译思维都会是以翻译作为思维的出发点和归宿。他们也会有争论,有时候还十分激烈,但是这些争论都是因为基于视角不同产生的不同理解。翻译共同体内部也不会完全一致,但是我们要看到的是他们在很多问题上看法一致。比如,翻译人会受到政治的影响,但是他们对原作的解读一定与纯粹的政治人是不一样的。可惜的是,我国的翻译共同体尚在襁褓之中,还未能发挥应有的作用;所幸的是,一些有识之士已经意识到这个问题的重要性。当然,要走的路还很漫长。总的来说,我国的翻译人对翻译共同体的意识还不是很强烈。当我们有一个成熟的翻译共同体时,翻译人的自主意识才会觉醒,翻译人在普通人眼里的地位才会提高;而没有处于一个成熟的翻译共同体中的译者更易成为政治权力的附庸,或者更易为了金钱等因素而故意曲解原作。但是,我相信,随着翻译职业化的进一步发展,翻译共同体会渐渐成熟起来,从而产生足够的力量去限制政治、经济、传统等势力对翻译的影响。

  翻译研究不应该只研究翻译本身的问题,还应该对翻译主体进行研究。翻译主体(有译者)包括翻译理论家、评论家、出版人、大学教授等。翻译共同体就是由这些主体所构成的。翻译研究可以有多个学派,翻译实践也可以有多种方法,但是所有的翻译人都应该将自己视为翻译共同体的成员,只有这样,翻译人的行为才能受到制约。强调翻译共同体,并不是说要统一所有翻译人对翻译的意见。翻译共同体是允许不同意见存在的。一般来说,如果仅仅是在如何使用规则方面出现分歧,这种分歧并不会对翻译规则的正当性及翻译共同体本身构成威胁。但是,如果这种分歧是制度性的并伴有哲学倾向,那么翻译共同体可能会面临分裂或解体。只要反对意见不具有普遍性,无论是一项翻译规则还是整个翻译共同体都仍然具备权威性。翻译共同体不会因为某些规则受到质疑或反对就丧失完整性。翻译共同体是超越派系的,体内的派系此消彼长,但总会有某个派系占据共同体的统治地位。

  如果没有翻译共同体,翻译会是怎样一种局面呢?翻译由于有了译者才能使一部作品在另一种语言体系中有了生命,又由于有了翻译共同体才使这个生命具有灵魂。翻译不是一台自动运行的机器,需要有多方的配合,也需要接受多方的制约,或许可以这样打一个比方:如果翻译是一辆车的话,那么,译者则是掌握方向盘的人,理论家则是给车加燃油的人,出版人是控制制动的人。翻译应该努力忠实地再现原作,这一点已经没有争议,尽管这种努力效果如何还是存有不同看法的,而翻译共同体就是译作能够忠实地再现原作的保护神。翻译共同体总是要竖起信守原作的大旗,否则就会丧失权威性,它是所有人之间签订的限制译者权力并保护原作不被曲解的契约。它是翻译中一切权利的源泉。从这个意义上来说,原作的意义不是由原作者确定下来的,而是依靠人的理性原则发现而来的。因此,政治意志控制不了翻译共同体,因为一旦如此,翻译共同体就不再有效。在翻译共同体看来,个人、组织或其他任何力量都不可能凌驾于原作之上。因此,没有了翻译共同体,翻译沦为某种力量的工具的可能性则要大得多,就会有人编织各种各样的美妙的或媚俗的理由随意曲解原作,以翻译的名义剥夺译语读者了解原作真实面貌的权益。可见,对于抗衡政治因素的侵扰,翻译共同体起着事关重大的作用,因为翻译共同体所捍卫的不是政治作为最高主宰的翻译,而是原作作为最高主宰的翻译。

翻译共同体是一个职业共同体、一个知识共同体、一个精神共同体、一个信念共同体、一个一群人相互认同的共同体,这个共同体中的所有人有着共同的知识、共同的理想、共同的目标、共同的思维、共同的认同,他们是一群受过翻译教育的翻译人。如果没有这样一群人,翻译就缺少共同的翻译语言、共同的社会信念、共同的社会担当,也就缺少对翻译共同的理解,这样的话,谁才能抵制政治对翻译的浸淫?谁才能保障翻译的有序和平稳?

翻译共同体搭建了一个捍卫翻译职业独立性的平台,让翻译人担负起历史的责任感,用正直表达心中对翻译的忠诚。译者、翻译理论家、评论家、出版人、大学教授是在权力的勾引和利用下走向对立和分裂,还是成长为一个统一的翻译共同体?这个答案应该是显而易见的。有了统一的翻译共同体,翻译就有了独立生存的空间,也就有了抗衡各种社会干预的话语平台。这种基于集体意识的专业力量,是翻译建设所必需的。在我国,尽管还没有出现正式的真正意义上的翻译共同体,但一些相关的尝试也让我们看到了翻译共同体的影子。人民文学出版社(以下简称人文社)组织翻译 J. K. 罗琳的《哈利·波特》就是一个很好的例子。首先是选材阶段,中国的出版人普遍看好这本书,认为这本书如若译成中文,也将会是一本畅销书。一场"版权大战"在各出版社之间展开,最终人文社取得了胜利,这中间媒体宣传的作用功不可没。到这时,构成《哈利·波特》翻译的因素有:作者、书展、版权、出版社编辑、作者的代理人、新闻媒体和读者的期待等。在版权之争的结果还没有明朗化的时候,人文社就已经开始组织翻译,他们物色了三位译者,并承诺,假使版权之争失败导致译著不能出版,出版社也会照付稿酬。人文社认为,如果获得版权之后再行翻译之事,一是可能会错过销售的良机,二是难以在仓促中保证翻译的质量,要做到两全其美,只有未雨绸缪提早组织翻译这一个办法。当然,如果获不到版权,他们会损失几万元的翻译费用,但是凡经营就会有风险,风险投资有时也是必需的。那么,到这个阶段,构成该书翻译的因素有:编辑、译者和出版社。当到了营销阶段,其他一些与该书翻译相关的因素也显现出来,除媒体、作者、版权外,还有网络、封面、插图、记者、图书博览会、版式设计、美术编辑、插图画家、订货会、书店、网民、读者、电影改编等。与翻译《哈利·波特》相关的因素,如此众多,而非只是译者,那些译者之外的因素也是生产《哈利·波特》中文译本必不可少的要素,这些要素围绕着翻译出什么样的译本这个中心任务承担了各自的职责①。当然,我们不能把影响翻译的因素都列入翻译共同体。构成翻译共同体的要素究竟需要哪些,这个还需要有专门的研讨。但是,毫无疑问,翻译共同体一定具有专业的唯一性,又同时具有构成元素的多样性。与翻译共同体相比,无论是译者还是原作文本,都显得渺小了。我们甚至可以说,因为有了翻译共同体的存在,翻译才真正产生了意义。翻译的意义存在于翻译共同体的灵魂中。有了翻译共同体这堵墙,翻译才可能遮挡住来自政治、经济、传统等方面的强大因素对翻译的干扰,翻译的道德才能坚守,翻译的意义也才可能出现。

---

① 黄德先:"翻译共同体",载连真然编《译苑新谭》,四川人民出版社2009年版,第5~10页。

第十一章

从翻译的理论看翻译制约因素

张梦中与 Marc Holzer 在《理论的建立与发展》一文中认为理论的主要作用包括：导向作用、概念化和分类作用、总结作用、预测事实和指出知识空白之处的作用[①]。杨自俭认为，理论可以分为微观、中观和宏观三个层次。三个层次理论的作用各有侧重：微观层次的理论用来指导具体的实践，中观层次的理论用来描写和解释现象，宏观层次的理论则有再造理论的功能[②]。刘宓庆则认为翻译理论有三大职能：一是具有启蒙作用的认知职能；二是具有能动性和实践性的执行职能；三是具有规范性与指导性的校正职能[③]。吕俊也总结出翻译理论的六大功能，即认识功能、解释功能、预测功能、方法论功能、批判功能和实践与检验功能[④]。下面，我粗略地将翻译理论分为两类，即规范性的翻译理论与

---

① 张梦中、Marc Holzer:"理论的建立与发展",载《中国行政管理》,2001年第12期,第50页。
② 杨自俭:"试谈翻译理论与实践关系的几个问题",载《上海科技翻译》,2003年第4期,第1页。
③ 刘宓庆:《当代翻译理论》,中国对外翻译出版公司1999年版,第1~19页。
④ 吕俊:"翻译理论的功能——兼析否认理论的倾向",载《上海科技翻译》,2003第1期,第3~4页。

翻译描写理论,然后从它们的作用视角谈一谈翻译的制约因素。

第一节 规范性的翻译理论

翻译研究从一开始走的就是一条探索规范的道路。在中国,是从翻译家的归纳式的经验总结起步的,比如严复的"信、达、雅"等,即翻译家将自己从翻译实践中获得的经验浓缩成警句,而后人则奉这些警句为翻译的标准,检验自己的翻译实践;到后来又引进了国外的演绎式的翻译研究理论,最典型的是奈达的"动态对等"理论,这里面包括四个语义单位、七个核心句、五个逆转换步骤,运用语言学中的一些基本原理,详细地对翻译的过程进行了描述,试图找出能够用来鉴定翻译终极产品的指标体系,便于翻译实践者规范地操作。这些翻译研究都是"规范性"的,它们都具备一个显著的特点,那就是要定出一个规范让译者遵守。因为有规范在,所以就有了"误导读者""结构笨重"等翻译批评的语言,违反规范的翻译就是"不忠实"的翻译。但是,随着翻译研究的深入,规范性理论也露出了弊端,因为这些理论忽视了时代、译者主体、读者的认知环境等翻译因素,使得译者在翻译实践中觉得这些理论是无用的。描写派翻译学者 Maria Tymoczko 指出,规范性翻译理论难以指导实践的根源在于把翻译看成了一种纯粹的语言转换艺术,而翻译则应该是本时代的人做本时代的事,那些超越时间的语言规则对翻译者来说意义是不大的[①]。在过去很长一段时间内,规范性的翻译理论,无论在中国还是在海外,一直是翻译界不可动摇的指导方针,因为人们认为理论的作用就是规范行为、统一思想。

一、翻译规范的重要性

翻译的规范是保持翻译本质的基本前提。人们对翻译规范的理解水平和遵守态度决定了翻译本质保持的程度,但在此之前我们应该首先保证翻译规范本身的质量。目前,普遍存在的问题是,一方面我们缺少公认的权威性的翻译规范,另一方面我们对现有的一些翻译规范不够尊重。

---

① 林克难:"翻译研究:从规范走向描写",载《中国翻译》,2001年第6期,第43页。

没有译者对翻译规范的尊重,就很难有读者对译作的尊重,因为译者难以让人"信"服。因此,从理论上说,翻译规范一旦确立,就必须坚决执行,不能轻易对特殊性开绿灯,无论理由有多充足。设置刚性的翻译规范会给翻译带来很多的麻烦,但是翻译确实需要有一批守规范的人。中国的文化从骨子里充满了灵活性,这是优点,也是缺点,往往会缺少对规范的尊重意识。所以,在中国文化背景下,要获得有效的翻译,科学设计与严格遵守翻译规范十分重要。语言转换的过程中会有很多漏洞,让译者面临很多选择,造成了翻译的不可信。细致而完善的翻译规范,可以减少译者在选择中犹豫、摇摆的可能性,从而增加翻译的可信度。译者要养成遵守规范的习惯,不能在翻译的过程中一遇到问题就修改规范。强调规范不是反对译者的创造性,而是让创造性在规范的指导下产生有效的翻译[①]。

宽泛意义上的规范指用来调节个体行为的明确的或隐含的标准、预期或章程。我们可以从两个层面上理解规范。第一,它可以是人们以某种形式(例如法律、制度、纪律、习俗、价值观)表达的对某类行为带有强制性的或引导性的期待,期望行为由此变得规范化和秩序化。在这个层面上,规范先于行为,规范预先给行为提出标准,规定行为能怎么样或不能怎么样。其次,它也可以是人们经过对若干某类行为全过程的客观观察后归纳得出的规律性的认识。若人们的行为呈现出某种规律性的或一致性的模式,则可以称这种模式为规范。在这一层面上,行为先于规范,规范是行为既成事实后的概括,是根据行为的特征统计和归纳出来的。

社会学家们认为,规范代表了社会公认的价值观,便于在特定时期或特定情况下形成人们遵守的行为规范,通过让规范仲裁行为是否正确或是否恰当,对人们的具体行动起约束作用。规范意味着制约。它来自人们的社会经历,又反过来用来评判人们的社会行为。有了规范,人们就可以解释社会活动的恰当性,可以评介个人行为和活动的意义。正是因为有了规范的存在及其广泛的应用,社会才有了秩序和持续发展的可能。只要规范的权威性得以存在,不符合规范的行为就无力削弱规范,相反会因违背规范而付出惨重的代价[②]。翻译的复杂性在于涉及两种语言和两种文化传统,也就涉及两种体系的规范[③]。它们之间的差异有时能兼容,

---

① 苗菊、王少爽:"从概念整合理论视角试析翻译准则",载《中国外语》,2014年第1期,第95页。
② Toury, G.: 1995, *Descriptive Translation Studies and Beyond*, John Benjamins, 54-55.
③ Toury, G.: 1995, *Descriptive Translation Studies and Beyond*, John Benjamins, 56.

有时却互不相容。越不相容的时候,就越能体现规范的作用,让译者在复杂的情况下有了明确的行为依据。规范是对文化背景中的翻译行为规律性的总结,使人们的翻译行为控制在一定范围内。

二、翻译规范彰显了翻译的制约性原则

翻译毕竟与写作有所不同,翻译者的行为是要受到严格制约的,翻译规范就是制约译者行为的规范,翻译规范彰显的实际上就是翻译的制约性原则。翻译的制约因素很多,这里仅从翻译标准、原文文本、译者地位三个因素说一说翻译的制约性。

说到翻译,我们自然而然地会想到翻译的标准。一般来说,翻译标准有着评价和检验译作优劣的作用。与其他领域的产品一样,达到了标准方为合格,达不到则视为不合格。翻译的标准除此之外还有另一个作用,那就是可以用来规范和制约译者的行为。从表面上看,翻译只是一种个人的行为,但是一旦译作公之于世,个人行为就会转化为社会行为。试想一想,如果没有一个大家公认的翻译标准,每个译者都可以自行其是,不接受规范的制约,那将是怎样一种乱象?刘宓庆在他的著作中指出:"语际的意义转换不能是随意的,它必须遵循一定的规范,才能使翻译成为有意义的社会行为,翻译标准就是语际意义转换的规范性制约条件"[①]。虽然在我们看来翻译标准可以用来衡量出译作的优劣,但事实上在翻译过程中翻译标准很难得到不折不扣的执行,即翻译标准有时只是说说而已,并未真的发挥制约、规范翻译行为的作用。翻译标准只有得到执行,我们的译作质量才能得到基本的保证,也才能诞生出更多的经得起时间检验的合格品和优质品。这就好比工厂生产产品一样,光有产品标准而不执行,仍然不可能生产出合格品,更不要说是优质品,这是不言而喻的道理。但是这种知道有翻译标准却故意不去执行的现象并不少见,这就致使翻译市场出现了大量的劣质翻译作品。强调在翻译过程中执行翻译标准,就是要使翻译的整个过程受到制约。以严复的"信、达、雅"而言,译者在翻译的整个过程中都应不时地检查自己是否真正做到了这三个方面的要求。虽然对于"雅"的认识译界人士有不同的看法,但译者应该坚持己见,认真落实。当然,在执行翻译标准时,我们要想让译文完全绝对地符合翻译标准几乎是不可能的,但是我们不能以此为借口而降低对自己的要求,而是应该最大限度地落实翻译标准,竭尽所能让译文贴近原文,"使译文

[①] 刘宓庆:《当代翻译理论》,中国对外翻译出版公司1999年版,第48页。

读者能得到与原文读者大致相同的感受。"①

　　美国翻译家奈达曾说:"translating means translating meaning"②,就是说翻译即译意。翻译意义的来源就是原文文本。在译者动手翻译之前,原文文本已经客观存在,译者的任务只是要将这个客观存在再现到译语中。然而,完成这个"再现"需要有译者的加入,而我们知道,意义的产生要通过读者(译者)的解读才能获得,这就使"客观再现"出现了问题。但是,读者(译者)在解读原文时的作用绝不能被过分强调。如果读者在阅读的行动中可以任意构建文本,那么什么才是解释的对象呢? 也就是说,译者在构建译文文本时,译者必须把原文文本对译文文本的制约作用当作一条原则加以遵守。什么样的原文文本就该造就什么样的译文文本,比如说,原文幽默,译文也就该幽默,原文辛辣讽刺译文同样也应辛辣讽刺。如果原文文本不能成为翻译的依据,翻译就没有了存在的意义。当然,有意误读与无意误解是两回事。译者能否解读出原文的真正意义,常常是要受到个人的文化水平、人生修养和艺术欣赏等因素的限制,所达到的理解程度与原作的本意不一定就相吻合。然而,即使译者作为阐释的主体确实存在着局限性,对原文的理解也可能存在着偏差,但原文文本对译文文本的制约性作用仍必须得到强调,译文接近原文本意必须是译者应该追求的理想。

　　译者的地位或扮演的角色也是翻译的制约性因素。从表面上看,翻译似乎仅仅是译者与翻译材料(原文)打交道,事实上翻译材料的背后存在着一种"三元关系","它涉及原作者、译者和译作读者三个对象。作者是信息的发出者,读者是信息的接受者,而译者则是以译文为载体向读者传达信息的传递者,因此译者既要忠实于原作者,又要服务于译文读者,所以有人说译者是'一仆二主'"③。译者在翻译中应处的位置是由翻译的性质所决定的,这一位置又反来规范并制约其翻译行为。一方面,译者应通过原作文本的文字描述与原作者达到心灵上的沟通,尽可能地在译语中表达出原作者所表述的本意,不要把自己放在作者的位置上抛开原作信马由缰地恣意发挥;另一方面,译者也需从读者的角度考虑,让自己在译语中的表述能够被译文读者接受。译者只有在心中同时想着原文作

---

① 范仲英:《实用翻译教程》,外语教学与研究出版社2001年版,第13页。
② Nida, E. A. and Taber, C. R.: 2004, *The Theory and Practice of Translation*, Shanghai Foreign Language Education Press, 12.
③ 孙会军,赵小江:《翻译过程中原作者—译者—译文读者的三元关系》,载《中国翻译》,1998(2),第35页。

者与译文读者,努力扮演好为两位主人服务的角色,其所作所为才能不愧对原作者和译文读者。当然,"一仆二主"的说法并不全面,因为还存在译者的个性气质、道德立场与知识水平等主观方面的因素,这些因素对翻译也有着重要的影响。译者是翻译的主体,译者的主观因素也确实在翻译中发挥着主体作用,但是译者终究还需要制约自己,不能把自己摆在作者的位置上。此外,译语文化、意识形态等因素也在一定程度上制约着翻译行为,这些我们在前面的章节中已经做了讨论。

第二节 翻译描写理论

翻译描写研究者认为,译语文化系统的文学常规与社会规范决定了译者的美学观点,从而影响了译者在翻译中的各种选择①。因此,他们的研究不是制定规范,而是描写译作的生产过程,在此基础上通过对不同历史时期的译作的分析,发现译者在翻译过程中的实际抉择,从中得出控制翻译的一系列规范。图里试图通过描写,发现语言、文学、社会等各个方面控制翻译的规范,这是一个宏大的计划,研究的最终目的是要找到所有决定译作的相关因素,也就是制约因素的完整体系。他所谓的规范即事实,就是要求译论必须包括文化历史事实②。在社会文化方面,翻译受到的制约超越了原文,超越了语言体系,也超越了文本传统。此外,译者的认知条件对翻译也起到了很大的限制。译者的认知状况还会因社会文化因素的影响而改变。即使翻译同一个作品,译者在不同的条件下进行翻译,或者为不同的读者翻译,或者采取了不同的翻译策略,最终都会影响翻译的结果,产生截然不同的译作。图里曾这样描述社会文化对翻译的制约力:规范是一杆标尺,一头是绝对的规范,另一头是纯粹的特性。在两极之间,存在主客观因素,这些因素分级排列,或近于规范,或近于特性。翻译只要在规范的范围内,都是有效力的,犹如法律一样有着制约力。但是规范之内,没有好与坏之分,只有变化与不同。制约是一个范围,并没有明确的界线,翻译的理念可以在变化中互通迁移。

---

① Gentzler, E. C.: 1993, *Contemporary Translation Theories*, Routledge, 107.
② Gentzler, E. C.: 1993, *Contemporary Translation Theories*, Routledge, 130.

一、翻译描写理论的重要性

翻译规范在抽象的逻辑世界里有着完整的含义,但是在具体的语境中,任何一种翻译规范都不会有确定的翻译意义。翻译规范是翻译实践的依据和思维的指南,但仅仅只是翻译的起点。我们在翻译中总是要支持或确定某一种含义,而对一种含义的确定就意味着对其他含义的否定。翻译中这种对含义的确定,我们称之为翻译描写。描写学派的功劳在于让各种各样的翻译都能有一个恰当的位置①。在此之前,规范性的翻译标准造成了许多学术概念上的困惑,也引起了许多无意义的没有休止的争论。描写翻译学派解决这些争议的办法是形成了对翻译的两个基本认识。一个是承认翻译的"不完整性",就是说翻译总是不完美的,译文不可能百分之百地等于原文。第二个认识是建立在这个基础之上的,即描写学派认为任何翻译都经过了译者不同程度的操控,同一个原文经过不同译者的翻译,在不同的时代会诞生出不同的译文。描写翻译学派在强调两个基本认识的同时,特别强调他们并不想彻底推翻传统的规范性的翻译标准。他们是要对传统的翻译理论进行解构,而不是将其完全摧毁,他们的目的是要对传统的翻译理论当中那些不科学、不完善的地方提出批评。规范性的翻译标准的确是有它的作用的。它至少从论者角度出发给翻译提出了一个应该达到的目标。它的不足之处也是显而易见的,因为它总认为自己的标准才是唯一正确的标准,并企图将这个标准应用到天下所有的翻译上去,比如,奈达提出的"动态对等论"就是如此;或者总有别的什么人执意相信翻译应该坚持某一个唯一正确的标准,比如,翻译界许多人对严复的"信、达、雅"论倍加推崇。然而规范性翻译论者却不愿意看到,也或者根本就没有看到,世界上实际上存在着多种多样的翻译,有的确实符合这种规范性标准,但有的不完全符合甚至根本不符合这种标准。规范性翻译标准另外还有一个严重的不足,它的圈子主要局限于语言,翻译仅仅被看作是一种语言艺术。它忽视了文化的大环境,即便偶有涉及,也只是将最终的目标落在了具体的翻译技巧上。对翻译技巧的过分专注使得规范性的翻译研究总是在直译与意译之争上纠缠不清。与它不同的是,描写翻译学派在这方面则显得十分宽容,只要你能说得出理由,某个文本就可以被认定是翻译,即使这种理由以传统的眼光看"荒诞

---

① 余静:"求同,还是求异?——描写翻译研究与后殖民翻译研究之争",载《外国语》,2014年第6期,第57页。

不经"。格特的一个例子就很典型。在德国的特罗弗明德与芬兰首都赫尔辛基之间有滚装渡轮定期航班。船上的旅游手册,有德、芬两种文字,与一般的双语材料相比,这些手册有许多独特之处。其一,原文与译文的身份不明,人们无法从对比中看出是先有德文文本还是先有芬兰文本;其二,有三分之一的篇幅不是互为翻译,德国文本的这一部分为德国游客介绍芬兰目的港的风光,而芬兰文本的这部分是为芬兰游客介绍德国目的港的景点①。按照描写学派的观点,这也是一种翻译,理由是它符合交际中的"关联"要求,如果换用那种按"原文""忠实"直译的方法,效果就会很差,会让读者觉得"译犹未译",那样也就起不到翻译的作用了。

翻译描写派的观点是我们翻译制约因素研究的理论基础,强调翻译意义是在文本与语言、社会、政治、经济、文化、伦理、意识形态等因素的反复衡量中衍生而出的。中国传统的翻译理论一般把原作当作建构翻译规范的基础,而我们知道翻译规范作为翻译思维的根据理应是建构翻译描写的前提。但是,我们应该明白,单纯的翻译规范并不是翻译描写。在翻译描写学派看来,翻译中的译者因素固然不可忽视,但同时译者的时代因素也不能不有所顾及。翻译规范侧重针对文本的理解,翻译描写则是文本与译者及其所处时代、文化背景等互动的产物。如果一定要用一个比喻来说明两者的关系,那就是,翻译规范更像是我们行动的指南,而翻译描写则犹如行动的方案。翻译规范是原作输入给译者的,约束着译者的翻译思维,是译者翻译的思维指南。从逻辑上看,原作就应该是翻译的权威性意义源,这是翻译描写的大前提,在此前提下译者运用翻译技巧拉近原作与译作之间的距离并通过整合思维得出翻译描写的理由。从理论上讲,越是详细的原作,越有利于译者对原作、译语文化及翻译精神等进行整合。但也会有例外的情况出现,即细致的原作描写让译者不知所措。在中国的文化背景下,这种例外的情况似乎更多一些,因为越是粗疏的原作越是能多给译者留下创造与发挥的空间。如果说翻译描写的思想是对翻译开放性的一种理解,那么它自然也就是对封闭翻译思想的一种批判。我们如果把原作放在一个翻译的秩序中去看,它就应该是一个关联着的和谐的思想整体。面对原作,理解只是译者的任务之一,更重要的任务是要将对原作的理解用其所处时代的译语表达出来,这就需要译者预先把针对原作的各种分散的思想整合成一个具体化的翻译描写,为翻译的表

---

① Gutt, E. A.: 1991, *Relevance and Translation*, *Cognition and Context*, Basil Blackwell, 49-52.

达阶段设定一个翻译推理的大前提。翻译描写学派的研究目的不只是要让人们认识翻译思维是如何形成的,更是为了推广一种理念,即原作不是翻译的唯一依据,让人们从过去的由于规范性的翻译标准造成的概念上的困惑中跳出来,停止无谓而又无休无止的争论。

二、构建翻译描写的关键环节

翻译描写的形成属于翻译方法的运用,而任何翻译方法都要寻找并确定译语表达方式的"意义",也可以说任何翻译方法都是"语义"翻译方法,因为翻译是一个综合思维的过程,是从文义翻译开始的。人们为了能够更细致地研究翻译方法,总是会从各种不同的翻译中把各具特色的翻译方法挑选出来,然后到翻译实践中去反复验证。

在20世纪50年代之前,无论在中国还是其他国家,规范性的翻译理论一直是翻译界主流的指导方针。人们似乎觉得,用理论规范行为并统一思想,是天经地义的事情。人们担心,一旦失去了规范性的标准,翻译界一定会天下大乱。然而,纵观翻译史,我们发现翻译界在被规范性理论占据主导作用的时期内,翻译界的"天下"也一直没有太平过。比如,直译意译之争从来都没有真正停歇过;再比如,如何看待林纾译文的问题;又比如,庞德翻译的汉诗到底是不是翻译的问题,等等。就连"忠实"这样的翻译核心问题,译界也是众说纷纭。夏济安翻译霍桑的《古屋杂忆》时,故意把"母牛"翻译成"乌鸦",以衬托凄凉的氛围,对于这样的翻译,有人说是译者与原作者"达到了一种心灵上的契合"。也有人不以为然,认为这样的译文连最起码的"忠实"都未能做到。古爱尔兰英雄史诗厄尔斯特故事 Ulster Cycle 的翻译更是一个典型的例子。我们知道,翻译是要有原文的,但是古爱尔兰语早已失传,"原文"几乎已无人可以读懂,但后世新的译文版本却层出不穷,无论新版本还是旧版本,它们的"忠实"度根本无从考究,后世的译者们为了民族解放斗争的需要,估计是有添枝加叶,也有削足适履,只要把不同的版本对比一下,过多的增或删的问题就一目了然,如果说"原文"在译语中已经被弄得面目全非,那是一点儿也没有夸大的[①]。如何认识这样的"翻译"?说是翻译吧,连能读懂原文的人都找不到;要说不是翻译吧,它们与纯粹的创作还是有所不同。但是,不管如何给这些译作定性,我们都得承认它们在爱尔兰民族解放斗争中确实起到

---

① 林以亮:"翻译的理论与实践",载《翻译研究论文集(1849-1983)》,外语教学与研究出版社1984年版,第226~228页。

过非常重要的作用。面对这些稀奇却并不罕见的翻译实例,规范性的翻译理论无法解释,只能对它们加以排斥。翻译描写理论便是在翻译实践的千呼万唤中诞生的。翻译描写理论把翻译语境化了,从直译、意译这样一种看待翻译的狭窄视野中走了出来,找到了一个更宏观的翻译研究角度。译者能译的著作有千万,是什么因素促使译者翻译了这一部?译文在译语文化中起到了什么作用?描写派学者经常对这两个问题自问自答。举一个较新的例子。《尤利西斯》是爱尔兰作家乔伊斯的作品,有两个中译本。我们的评论家,如果从规范的角度出发,就会分析哪个是直译哪个是意译,或者哪个好哪个不好。而描写翻译学派却会说,一本多译是一件好事,充分说明中国真的开放了。不过,翻译无论是规范的,还是描写的,"创造性"总是译者思维中或多或少存在的因素。规范性翻译理论的软肋在于它只把翻译看作一种纯粹的语言艺术,这就不免使一些考察翻译的语言规则与时境不相吻合①。翻译还会受到一个国家一个民族的文学规范与伦理道德规范的制约,而揭示这些制约因素,也是描写学派的兴趣所在。林克难在《翻译研究:从规范走向描写》一文中举了下面这个例子。

原文: Lumber and boat and junk yard. The bare behind of industry, its dirty underwear, so beautifully disguised by winter.

译文一:还有木材,小船和废物场。这里是工业荒凉的后院,这些是它的残破的内衣,一切都被冬日巧妙地掩盖了。(刘洪新译)

译文二:木材、小船,还有静静的船坞。工业的废污在冬的掩映下消失得无影无踪。(黄娟译)

译文三:光秃秃的树木,木材,小船还有废料场,这些垃圾与污垢都被冬天的白雪所掩饰。(王丽英译)

原文中的"the bare behind"(光腚)是暗喻,但是所有的译者都没有照直翻译,而无一例外地都使用了委婉语,如"后院""废污""垃圾"等。另一个暗喻 underwear(衬衣衬裤)在译文一和译文二中也没有照直译出。不过,如果按照描写学派的观点,这样的译文也是翻译,他们对译文是否"忠实"并不太关心,而是更加关心译者为什么会采取这样的译法。具体到这个例子,译者们之所以舍弃暗喻,应该是受到了中国作文的思维方式

---

① Tymoczko, M.: 1999, *Translation Is a Postcolonial Context — Early Irish Literature in English Translation*, St. Jerome Publishing, 25.

的影响,比如,不要将不雅的文字写到文章当中去,等等。描写学派的这种研究方法使翻译研究有了一个新的角度,事实上翻译研究也确实离不开对文化大背景的研究,屏蔽文化与时代去指责译文不忠实于原文是没有意义的事情,但是我们的翻译研究简单化的现象并不鲜见,比如,以上三种译文如果我们用"误译"去解释,显然不是事实,译者应该是有正确理解的语言能力的。① 林克难在这篇文章中又以《红楼梦》第9回中的一段文字举例,他说"一贯以忠实著称的杨氏夫妇在他们的英译本中采取了并不忠实的'净化'译法。他们的译文如下:'What we do is no business of yours.' 耐人寻味的是,另一位红楼梦全译本的译者却一反常态,采取了直译的手法。他的译文如下:'Whether we fuck assholes or not,' he said, 'what fucking business is it of yours? You should be bloody grateful we haven't fucked your dad …'这儿若要解释他们为什么在翻译同一本书的时候,译法会发生这样根本的变化,恐怕也不是仅仅用直译、意译能够说得清楚的。"②描写学派们能为这些译文的出现提供理论支撑,他们为繁荣翻译实践、丰富翻译手段提供了强有力的理论武器。

再比如,英汉互译中谐音词的处理一直困扰着翻译界。以美国电影 The Sound of Music 中的歌曲 Do Re Mi 为例。这首歌的歌词是这样的:

Doe, a deer, a female deer.
Ray, a drop of golden sun.
Me, a name I call myself.
Far, a long, long way to run.
Sew, a needle pulling thread.
La, a note to follow Sew.
Tea, a drink with jam and bread.
…

但是,这首歌的歌词翻译五花八门,我从网上找来了如下四种③:

译文一:
Doe 是鹿,是一头母鹿;

---

① 林克难:"翻译研究:从规范走向描写",载《中国翻译》,2001年第6期,第45页。
② 林克难:"翻译研究:从规范走向描写",载《中国翻译》,2001年第6期,第45页。
③ http://www.shanbay.com/team/thread/2320/207301.

Ray 是金色阳光；
Me 是我,是我自己；
Far 是奔向远方；
Sew 是穿针引线；
La 跟在 Sew 后面走；
Tea 是喝茶加点心。

译文二：
"哆"是一只小母鹿
"来"是金色的阳光
"咪"是称呼我自己
"发"前面道路远又长
"索"是穿针又引线
"拉"是音符跟着"索"
"梯"是饮料茶点

译文三：
多呀,我的朋友多
来呀,大家来唱歌
咪呀,大家笑眯眯
发呀,发出光和热
锁,能拴住门和窗
拉呀,大家来拉车
西呀,太阳已归西

译文四：
朵,是美丽的花朵
来呀,大家都快来
密,你们来猜秘密
发,猜中我把奖发
索,大家用心思索
拉,快点猜莫拖拉
体,怎样练好身体

这四种译文,前两种译出了内容,但未译出原文的谐音的妙处,后两种译出了原文的谐音之趣,但是却把其他的因素——包括与忠实密不可分的内容——统统抛到了一边。在描写学派的翻译不完整性的理论出现之前,人们一般认为前两种译文更像是翻译,尽管有些遗憾之处,而对于后两种译文会生出"这也是翻译吗"的困惑。然而,根据描写翻译学派理论,它们就是翻译,而且比起前两种并不逊色,虽然同样也存在着遗憾。

三、翻译描写中的多维空间

西方结构主义的杰出代表巴特,从结构主义思想出发,意识到文学语言、文学结构的重要性。巴特也是后结构主义的开路先锋,他基于后结构主义理论观念,进一步认识到了文学语言与文学文本都不是单一封闭的,而是多元开放的,包含哲学、政治、心理、伦理道德、文学历史以至科学等各种生活内容。他认为,一个文本不等于词语的简单相加,释放出的信息也不仅仅是作者的意念,而是一个由各种各样的信息构成的多维空间,如果一定要给文本加上一个作者,就等于用桎梏、封闭了文本,使文本局限在一种终极所指之中,让作者变成了文本的独裁者①。在这种观点之下,作者不被推翻,文本就得不到解决,也就失去了本应有的斑斓多彩的风貌。

我们平时说话,有时候一个词语或一个句子会有多重含义,这是因为我们说的话除掉语法意义外也有修辞意味,这种修辞意味也就是所谓的弦外之音。比如,简单的一句"你真伟大!"既可能是某人恭维你,也可能是这人讥讽你。平常说话如此,文学语言更不例外。文学语言是基于文学密码之上的。巴特在他那部堪称西方后结构主义奠基之作的《S/Z》中指出,文学密码不是指一种密码,而是多种多样的——有问题密码、人物密码、行为密码,还有象征密码、文化信息密码等。所以,一部文学作品一定是一种复合型的话语文本,而绝非是单一型的话语文本。文学作品涉及政治、经济、哲学、历史、文化、宗教、神话、科技、艺术、伦理道德等无穷的层面,可以说人生有多丰富,文学的内容就会有多丰富。文学语言丰富,还因为它主要以形象修辞为主,而不是像我们平时讲话那样以逻辑语法为主导。文学话语一旦形成,就不只属于作家单一的精神创造,而是变成了一个丰富多彩、广阔无际、充满无限可能的文学世界。如果我们将这个宽广的世界人为地套装进作家单一的精神意念中,无疑是一种削足适履的表现。至少从这个意义上说,巴特要求全面开放文学空间、推翻作者

---

① Barthes, R.: 1989, The Death of the Author, in P. Rice and P. Waugh (eds.), *Modern Literary Theory: A Reader*, Hodder Arnold, 114–118.

的文学独裁地位、让读者去自由开发文学作品的呼吁,还是有一定道理的。

个体的语言表达是要受到语言制约的。语言作为一种结构已经先于个体存在,故就此而言个体是不能完全驾驭语言的,换言之,言意间离的现象就不可避免了,说话者所表达的与别人所理解的未必完全一致。但一句话无论有多么复杂或有多少弦外之音,在特定的语境中,它总是可以让人去繁就简,获得语义的统一性与明确性,因为只有这样才能实现交际的目的。语言最重要的功能就是沟通交流功能,说话者会竭力表达清楚自我,接受者也会结合特定的语境和其他因素努力理解对方。同样的道理,一部文学作品无论其内涵有多么丰富或有多少言外之意,也绝非只是一连串毫无关联的碎片。任何文学作品都是由作者构制的,而一个作者在创作时,总是要吐露某种东西或达到某种目的,这就需要精心构思,而这种构思就赋予了文本某种结构,这种结构不可能仅有矛盾多义性而没有统一性。所以,凡是文学作品,就一定会含有某种结构和能理清楚的头绪,当然也就不可能存在没有作者的作品。但是,当我们说文学作品是由作者创造的并存在某种结构的时候,我们并不是说文学作品只有一种结构、一种声音、一个头绪。我们在前面已经说过,关于文学作品的生成,作者的天赋创造确实起着关键的作用,但语言的作用也是一个重要的因素,而作者虽然能够使用语言但却不能完全控制语言,所以作品的语言表现与作者所想表现的不可能完全相同,也不可能完全脱节,既有紧密联系又有较大差异,往往是形象大于作者的意图。解构理论认为,人们在解读文学作品时,既要把握作者的创作意图及他在作品中搭建的结构,也要进一步发掘那些作品表现出来的超出了作者意图之外的东西,发掘作品元结构之外的另外一种结构,毕竟一部作品之所以能打动人,除了作者的意图和作品的元结构,还有那些由文学语言带来的文本盲点和藏在语言深层的丰富内涵。

翻译描写理论把翻译放在政治、文化的大背景之下进行研究,并对结构主义文学理论、翻译在文学史中的地位、从风格与题材角度用描写的方式对原文与译文进行区别、在与其他平行文本的比照中看翻译的区别性特征等话题感兴趣。而这些话题正是传统理论很少涉足的地方。直到现在,还是有很多人相信,译文是可以等同于原作的。这种认识与其说是错误的,不如说是对翻译规范的定位不准。

赫尔曼斯认为,如果一种翻译仅仅因为未能做到在所有方面实现对等便遭到否定,甚至连这种译法也被剥夺了被称为翻译的权利,就是一种不公正,而这种不公正的批评方式长期以来盛行不衰①。对于同一部作品,人们常常同时有不同的理解,翻译的结果也会随之而不同;这些不同的译文都是翻译,尽管它们可能都不是"理想的"或"真实的"。既然原作的意义如此复杂、如此不可捉摸,我们便不可能得出一个绝对准确的翻译标准,但是我们需要一种不同以往的翻译研究方法,这种方法接受所有的现实的翻译,而对那些所谓理想的翻译不加理会;这种方法以翻译的性质为研究对象并从中获取灵感,而不是让翻译去做根本做不到的事情②。

从规范性翻译研究走向描写翻译研究是翻译研究发展的必然,这并不是说规范性的翻译研究没有价值,而是说规范性翻译研究由于更多的是微观的研究而显得缺乏全面性。翻译研究应该有一个更加宏观的视角,这就是翻译描写研究。规范性翻译研究与翻译描写研究并不矛盾,前者是显微镜式的研究,后者是望远镜式的研究,两者结合起来,翻译研究才有可能揭示翻译的全部。

第三节 翻译理论的作用

翻译理论的作用在我国翻译界一直没有得到应有的重视,有些人甚至宣扬"翻译理论无用"与"翻译无理论"这样的观点。这种对理论的不重视归根结底是由于"'翻译学'界说不明;在方法论上,翻译论坛基本上没有脱出经验论的窠臼;在观念上,翻译界对翻译理论或多或少都抱着虚无主义的态度"③。所有否定翻译理论的观点几乎无一例外地是将翻译理论与翻译技巧等同起来了,错误地认为翻译实践只需要翻译方法和技巧,即便是有理论也是翻译方法技巧的"理论"。侯向群也有同样的发现,他说:"以往我们只强调理论的实践与检验功能,而这种功能与技巧、方法关系密切,所以有人就认为所谓翻译理论不过是一种具体操作的方法运用或

---

① Hermans, T.: 1999, *Translation in Systems: Descriptive and System-oriented Approaches Explained*, St. Jerome publishing, 18.

② Hermans, T.: 1999, *Translation in Systems: Descriptive and System-oriented Approaches Explained*, St. Jerome publishing, 18.

③ 刘宓庆:《当代翻译理论》,中国对外翻译出版公司1999年版,第1页。

解决具体问题的模式,因而也就否认理论的作用或认为翻译无理论了"①。"在前一段时间的译学争论中,也不乏从结构主义语言学翻译观出发主张翻译无需理论的人。翻译活动只是一种符码的转换,它所需要的只是一些技巧和窍门,而这些技巧和窍门是称不上理论的。这实际上是他们把复杂的翻译过程看得过于简单了,排除了许多影响翻译活动的因素。这也是结构主义所容易犯的错误,即把理论蜕变成程序、把方法蜕变成技巧或窍门的简单化倾向"②。一般来说,认为翻译理论无用的论者都会指责翻译理论"空洞、脱离实际"(即纯理论),他们的问题在于"并未能真正把翻译理论与指导翻译实践的应用理论分离开来,把翻译理论的作用等同于应用理论的作用"③。应用理论只能引导译者对译文做出微观的调整,而翻译理论(纯理论)对原文的理解、翻译策略的选择、宏观结构的调整等诸方面则起着很大的作用,这些是偏重翻译方法与技巧的应用理论所无能为力的。

  孙艺风对翻译理论作用的怀疑者也做过如下分析:"在我国,有关翻译理论的合法地位一直是争论不休的焦点,有些人之所以对翻译理论抱怀疑甚至敌视态度,是对翻译功能的不甚了解及对理论的应用性不切实际的期待所致"④。理论的基本职能是指导实践,这一点不可否认,但是指导实践并不是翻译理论的唯一功能。我们需要对翻译理论的定义、分类和各自的功能有一个正确的理解,大多数翻译理论都应该是具有指导翻译实践这一功能的,这些理论有助于译者在翻译实践中做出翻译策略、翻译方法等方面的选择。但是,还有些翻译理论有着其他一些功能,它们或者对译者翻译前的理解起着作用,或者是在翻译工作完成后对翻译产品的检验与评价起着作用。比如,霍姆斯就认为翻译理论是可以用来"解释和预测翻译过程和翻译产品的"⑤。国内学者侯向群也认为:"我们在评价理论时不能只用实践检验标准,对纯理论,应采取逻辑分析的标准,看它自身内部逻辑结构是否完备,是否具有现代理论的解释力、预测力、相容

---

  ① 侯向群:"翻译理论在学科研究中的作用",载《四川外语学院学报》,2004年第1期,第117页。
  ② 侯向群:"翻译理论在学科研究中的作用",载《四川外语学院学报》,2004年第1期,第115页。
  ③ 刘四龙:"重新认识翻译理论的作用——对奈达翻译思想转变的反思",载《中国翻译》,2001年第2期,第9页。
  ④ 孙艺风:"理论·经验·实践——再论翻译理论研究",载《中国翻译》,2002年第6期,第4页。
  ⑤ 张美芳:"翻译学的目标与结构——霍姆斯的译学构想介评",载《中国翻译》,2000年第2期,第67页。

力等,而不可只以实践直接性来衡量和评论它"①。

还有一种反对翻译理论的声音是出自对翻译或翻译学的不同认识,发出这种声音的人要么认为翻译学应该是一种普遍适用、绝对科学的科学,要么认为翻译应该是一门艺术或技术。奈达是发出这种声音的代表人之一,把他列为代表人物是因为他在这两条极端的道路上都有涉猎。据劳陇的《什么是翻译学(translatology)? 翻译科学(science of translating)?——对翻译理论研究"沉寂期"的思考》这篇文章,奈达曾经有过建立翻译科学的设想,他曾经试图运用乔姆斯基的转换生成语法的原理,通过分析深层结构,找出语际转换的客观规律,从而建立翻译科学②。但不知是由于什么原因,他后来改变了想法,并于1974年提出了"翻译远远不仅是一门科学,也是一门技术,而且真正理想的翻译说到底是一门艺术"这样的观点;这种观点后来变得更加强烈,他与纽马克一道鲜明地提出了反对"翻译理论(纯理论)"。对于是什么促使奈达的思想发生了转变我们不得而知,但是,如果奈达是在努力"把翻译变成一门科学(自然科学)"时遭遇失败后及时醒悟,我们认为他是明智的;如果他只是在"对翻译过程进行科学描述"时遭遇失败后知难而退又进而反对"把翻译变成一门科学",他则是不明智的。但是,总是有人固执地认为"翻译学应能解决翻译过程中任何问题,否则就不能称其为科学,甚至认为理论无用……这种科学观往往导致错误认识大科学的概念,以可验证原则区分科学与非科学,因而只有自然科学才是科学,人文科学不是科学"③。翻译的"科学描述"不一定非要用自然科学的方法不可,哲学、逻辑等人文社会科学的方法也是可以进行科学描述的。当然,自然科学与人文科学在反映规律的客观性、科学性、普适性的程度上是有差别的。我们不能用自然科学的眼光来苛求属于人文科学的翻译理论,更不能因为一些译论没有能够解释清翻译中的某些现象就因此否定翻译学的科学性。其实,我认为,提出"翻译有无理论"或"翻译理论有没有用"这些问题并不能说明翻译理论出了什么问题,人们对翻译理论的定义、属性和功能等方面的理解存在分歧,这是翻译理论研究蓬勃发展又不能相互兼容的结果。翻译研究有必要从多角度进行研究,但是各种研究没有必要相互否定,也没必要

---

① 侯向群:"翻译理论在学科研究中的作用",载《四川外语学院学报》,2004年第1期,第117页。
② 劳陇:"什么是翻译学(translatology)? 翻译科学(science of translating)?——对翻译理论研究'沉寂期'的思考",载《中国翻译》,1999年第5期,第44页。
③ 张后尘:"翻译学:在大论辩中成长",载《外语与外语教学》,2001年第1期,第22页。

一定要分出一个高低。翻译理论,"无论是文艺学派,还是语言学派,或其他什么学派,最终都要集合到翻译学的旗帜下,各显神通"①。

奈达先后在两条截然不同的道路上追求翻译的普遍原理,提出了"动态对等"("功能对等")标准、"等值反应论"这样的见解。但是,奈达的理论在中国学界遭到了批评。比如,谭载喜认为,奈达的理论有较大的局限性,不能引申为普遍的翻译理论;奈达的翻译研究主要是宏观的翻译理论,缺少与翻译实践的紧密关系;奈达的研究"较少涉及具体的翻译技巧问题,而较多的涉及翻译中的语言学、风格学和修辞学问题。他这样做的目的,在于从比较广泛的范围内对翻译的普遍原理做进一步的探索。"②也有人为奈达进行了辩护,马会娟认为,奈达的"翻译科学"的实质是"对翻译过程进行科学描述"而非"翻译即科学",奈达不过是用类似自然科学的方法研究翻译过程,即"对翻译过程进行科学描述",这种做法无可厚非③。

没有十全十美的理论,理论的缺陷并不预示着该理论的消亡。正如人类文明的进程总是在曲折中前进一样,理论中的偏差及所处的危机,尽管令人厌倦,但不能就据此断言这个理论是无用的。没有哪一个理论是可以"独善其身"的。就人文社科而言,所有的理论都是相互交错的,构成了理论互文的现象,翻译只要与现实世界发生联系,就不可能与这些理论隔绝。

人们在解决一些实际问题上往往会依靠经验。从广义上讲,经验也是理论的一部分。但为了探讨的方便,我们常把经验与理论分开来说。经验是零散的,而且适用面也相对窄,用经验只能解决有限的问题。而理论在认知层面上的意义和价值则要大得多,虽然没有放之四海而皆准的理论,但是理论所具有的高度概括性,可以适用于更大的范围,也可以在更高的层面上发挥指导作用。在全球化对文化语境和翻译带来挑战的今天,单纯的经验更无力解决现实中的种种问题,也难以解释翻译中出现的种种现象。这也正是当下的翻译理论具有明显跨学科特征的原因,比较文学、语言哲学、后殖民理论、接受美学等都给翻译研究提供了新的理论视角。这些新的理论说明了一个事实,即翻译绝不是单纯的技巧性的操作活动,而是一个涉及众多制约因素的极为复杂的交际过程。这个过程的复杂性,凭零星的经验是难以认识的,只有系统的理论才能跳出局部的

---

① 张后尘:"翻译学:在大论辩中成长",载《外语与外语教学》,2001年第1期,第24页。
② 谭载喜:《新编奈达论翻译》,中国对外翻译出版公司1999年版,第79页。
③ 马会娟:"翻译学论争根源之我见——兼谈奈达的'翻译科学'",载《外语与外语教学》,2001年第9期,第53~54页。

限制居高临下地把握总体,关注普遍规律。经验注重的是细节与表象结构,理论重视的是整体与深层结构。理论是经验的升华,因此理论有时也是非常实用的。但是,理论的理性思维总是需要穿透各种经验层以探求经验之后还会有什么先验起源,这就使得理论似乎走得离实践远了一些。翻译理论的研究对象是繁复多样的,不但要解决现实问题,而且要面对现实世界进行深入思考。经验总结是理论的一个很重要的部分,是理论化的基础,但经验总结不是理论的全部,更不能代替旨在探索认知规律的理论模式,这两者虽具互补性,但不具相互替代性①。

那么,什么是所谓的理论模式?这是指一种理性的思维模式,它将体系的建立以及对体系中的诸种成分及其关系的分析作为主要任务。所有的理论都不是凭空预设的,其基点必然依据一定的事实,进而形成规律性的原则,最终独立于具体的、局部的事实或现象。如果是牵强附会或缺乏常识,那就不是理论,只能是想当然了。所有理论都会尽可能更具全面性、客观性并具有丰富的深层次的内涵。所以,若我们想让实践模式的互动关系避免片面性、表面性和主观性,我们就要对其加以理论化,只有这样,我们才能理解个中的原理(缘由)。一方面,经验总结如果不能上升到理论层面,就难以找到一个上述的"深层结构"。没有这个"深层结构"对经验体系做出演绎,我们的认识只能停留在浅层结构的一般描述之中。另一方面,任何理论,如果没有实践的依托与支撑,则必然是危险的。从认知规律的角度来看,也不可能存在独立王国般的理论,闭门造车的理论绝无生命力。理论家与实践者对理论的需求是不同的,实践者并不急于掌握前卫的翻译理论,但如果他不掌握任何理论的话,他在翻译中无论是理解阶段还是表达阶段都会显得力不从心。

经验的背后有什么可循的规律?翻译理论是探寻翻译经验背后的东西。有了翻译理论,我们就不会总是反复重复一些表象的经验之谈,而会对翻译这项人类古老的文化活动产生与以往不同的、更深入的理解,在探索过程中对某些相关问题做出更合理的解释或提供出更好的答案,即便是暂无定论,探索的过程本身也可以给他人带来许多启迪,所有这些都会在一定程度上推动翻译学科的发展,至少不会是停滞不前。人类的认识总是不断发展的,也就能总结出新的经验,由于经验之谈的暂时性和经验适应面的狭隘性,理论就成了必要,虽然理论并不能一劳永逸地指导实

---

① 张冬梅:"经验实证与规约性翻译理论命题的论证",载《外语与外语教学》,2014年第3期,第70页。

践,但它至少具有相对的稳定性和普遍性。人们通过理性的推断,就可以少走弯路,没有必要事事都要经过亲自尝试。但是,理论与经验一样也是需要随着所处的历史与社会的语境的变化而变化的。学术过程是一个长期的过程,也是一个不断克服主观偏见的过程。翻译的本质是什么?与其他学科有什么样的关联?需要我们反复思考、研究与探索,在这个过程中,我们很可能会犯一叶障目以偏概全的错误,但只要我们保持清醒的思维和虚怀若谷的胸襟,我们的认识就能得到不断提高。学术研究就是要厘清对一个问题的各种看法,这些看法是理性的,还是非理性的?是客观的,还是主观的?是全面的,还是片面的?虽然这些区分都只能是相对的,但却是重要的,至少应该是我们追求的目标。学术活动也不是任意的,应该由必要的学术规范和机制来控制、调节、督促,以便正常而健康地运作。任意性只能导致情绪化,而情绪化地下结论不利于学术的展开。因此,我们不应将理论研究神秘化,更不应将其妖魔化。

  理论不但探索规律,也同时进行着方法论探索。翻译的方法论探讨用什么样的方法和手段解决翻译中的各方面的问题。我们有时对于一些问题束手无策,实际上是由于解决问题的方法不同,若我们变换一下认知的角度,我们就会产生新的思维方式,获得新的观点,或许也就有了解决问题的办法。但是,翻译从来没有停止出现过问题,有些问题甚至长期存在,众说纷纭,莫衷一是。我们是不是就有理由不去相信理论了?里奇塔对理论有个颇有意思的提法,他认为人们在无共识的时候所谈论的便是理论[1]。开发不同的认识角度,是为了对问题有更全面的认识。当然,毋庸讳言,如今似乎并不缺新定义和新的挑战,学界不但常有新理论出现,而且大有泛滥成灾的趋势[2]。近几十年里,理论界犹如时尚界,各种理论走马灯似地变,每隔十年就诞生出一批新的理论,它们弑父般地试图推翻前一批理论,使得一些本来人们已经不视为问题的问题也变得复杂起来。理论研究中的这种令人迷惑的复杂性及多样化,不免让人对其必要性产生怀疑。从表面上看,理论总是具有颠覆性,是问题的象征。新的理论不断挑战旧的理论,这种层出不穷的现象必然造成我们认知的紊乱。然而,有意思的是,理论实际上又具有保守性。伊格尔顿则认为人们需要理论是因为需要稳定符号[3]。符号稳定的意义不言而喻,如果构成我们世界的

---

[1] Richter, D. H.: 1989, *The Critical Tradition: Classic Texts and Contemporary Trends*, St. Martin's, 9.
[2] Eagleton, T.: 1990, *The Significance of Theory*, Basil Blackwell, 25-26.
[3] Eagleton, T.: 1990, *The Significance of Theory*, Basil Blackwell, 25.

符号系统陷入了混乱,人类文明的种种活动就都会出乱子,我们就无法进行人与人之间的交际沟通,无法传授与学习知识,无法继承与光大民族的文化与传统。理论的颠覆性,实则是为了维护符号体系的稳定性。各种不同的经验所产生的冲突可以由理论提供理性的解释,使意义符号在规范中保持相对稳定,一切也就有了调和的可能,让不断变化的世界始终处于有序的状态之中。

说翻译理论无用,一般是错把理论当成了解决具体问题的现成方案。这是对理论作用的误解。首先,认知的不确定性决定了理论是有待完善的。其次,理论归纳出来的规律只具有原理性和一般性,并不具有操作性或实体性。第三,理论的可适用度与具体的适用环境有着紧密的关联。翻译理论只是译者翻译的指导性文件,人们不能用"急功近利"的眼光去看待它,指望它具有立竿见影的神奇效果。就像有人拿严复的"信、达、雅"去检验严复本人的翻译实践,发现严复的译文其实也有许多不那么"信、达、雅"的地方,于是就对严复的这个理论提出质疑或否认它的可信度与合法性。没有十全十美的理论,严复的理论当然也会存在漏洞。理论不是纯粹的认知行为,它们要认知的对象或目标是那些极为复杂的社会程序的产物①,严复在他的那个年代从事翻译自然也不能无视当时的历史及社会的语境。而且,理论作用无论有多大,译者的思维总不会完全被其取代,还是会在实践中保持自己的相对独立性,毕竟理论不可能提供现成的翻译方案,翻译还是要靠译者来完成。译者需要做的不只是简单的文字转换。翻译是一片广阔的天地,译者可以大有作为。也正因为此,翻译理论才有了用武之地。

那些与实践完全脱节的理论早晚会被摈弃,但是这需要时间来裁定,因为有些理论是超前的,而且论证的过程也十分严密,不是随便什么人一眼就能看出的。经验能够解决实践中的一些问题,但诸如作者的意图、译者的动机以及翻译涉及的社会的、文化的、审美习惯的、意识形态的等方面的问题就不是经验可以解释清楚的了。理论来自实践,又与实践保持一定的距离,这样的状态有时有助于看清问题的症结。影响翻译的因素多样而复杂,因此翻译理论也是一个复杂化的机制。英国肯特大学英文系的托马斯·道切蒂教授继续推进伊格尔顿有关世界与符号之间关系的

---

① Castro-Gomez, S.; 2001, *Traditional vs. Critical Cultural Theory* (F. Gonzalez and A. Moskowitz, Trans.), Cultural Critique 49,54.

讨论,也认为"世界是一个在不断编码的过程中的复杂性的符号系统"[①]。他指出,译者的理解被"翻译"成了符号,这些符号又会被"植入到意义的体系之中"[②]。翻译最终是要从译语中找到相应的符号,而这些符号都是现成的,一旦我们找不到或者意识到根本不可能找到相应的符号时,我们就会开始恐慌,担心会出现不可译的情况。类似这样的问题,我们都可以在理论层面上获得清楚的认识,从而在实践中能够从容应对。理论有时是可以相互借鉴的,现有的理论解决不了问题,那就试着从相关的理论中获得启发。不管我们喜欢不喜欢,我们已经处于一个理论化的时代,各种新概念、新术语、新名词朝我们纷至沓来,排斥它们既不可能,也不明智。我们实在没有必要在翻译理论与翻译实践、中国翻译理论与世界翻译理论孰轻孰重这类问题上纠缠不清。世界是一个整体,翻译理论是一个整体,翻译实践是一个整体,翻译理论与翻译实践同样也可以归为一个整体。在各种翻译理论跃入我们视野之后,我们要有一个开阔的胸襟,但同时也不要在理论之海中迷失方向以至溺亡。理论既可以帮我们走出认识的误区,也可能使我们陷入无所适从的困境,这全在于我们如何认识理论。总而言之,无论经验有多么丰富,其局限性与暂时性都决定了它无法取代理论。我们需要做的是认识理论的意义和发挥理论的优势,而不是把理论当作邪恶,把外来的理论当作异端。

---

① Docherty, T.: 1993, Theory and Difficulty, in R. Bradford (ed.), *The State of Theory*, Routledge, 30.

② Docherty, T.: 1993, Theory and Difficulty, in R. Bradford (ed.), *The State of Theory*, Routledge, 31–32.

第十二章

对翻译思维的
反思与追问

前文从多个角度探讨了翻译的制约因素,可以得出这样一个结论,即翻译是一项受到众多客观因素制约的极为复杂的跨文化交际活动,但我们发现,翻译制约因素"众多"并不能构成翻译的"复杂",因为因素即使众多也是有限的;翻译之所以复杂,是因为在不同的情势下翻译的制约因素的作用力会发生变化,这些多变的制约因素互相之间可以形成无穷的组合,最终使得翻译行为有着无穷的可能性。然而,翻译的制约因素并不能直接影响翻译行为,而是要通过翻译思维才能起作用。因此,如果我们要进一步研究翻译的制约因素,就要不断地对翻译思维进行反思与追问。有人把翻译思维定义如下:"翻译思维是译者的一种思维能力和思维定式。译者以双语文本为知觉对象,运用双语及百科知识,借助抽象思维等思维策略,完成双语文本的语义和风格转换。"[①]从这个定义中,我们可以看出,译者思维属于翻译思维似乎不成问题。对于一般人来讲,翻译思维与译者思维没有什么太大的不同,但是对翻

---

① 余东:《论翻译思维》,载《外语研究》,2013年第2期,第83页。

译理论家来说,两者之间还是存在着很大的差别。从事翻译理论研究的人心中会形成一些"概念化的认识",会强调译者思维的独特性,以示与翻译思维的区别。但是,在真实的思维过程中,翻译思维与译者思维都同样是以"前见"的方式发挥作用的。翻译思维是对翻译人思维的整体概括,从模式上来说,可以包括涵摄思维、类型思维、反思思维等,从思维的主体来说,可以包括译者的思维、翻译理论家的思维、翻译评论家的思维、翻译教授的思维、翻译出版人的思维,等等。但是,从整体上来说,凡此种种,都必须遵循"一般性优先"的原则。我们强调译者思维,无非是为了强调译者作为思维者的主体性或者职业性特色。但是,无论译者思维有什么样的特色,都必须要符合翻译思维的一般特点。

第一节 译者思维

在翻译人的思维中,理论上最接近翻译思维形式的莫过于译者思维,而其他几种主体似乎在译者的独特权力身份面前黯然失色,他们的思维也只好无奈地屈从于译者的思维。这是因为,尽管其他主体的翻译思维形式也都各具特色,但他们必须主动与译者思维接近而获得"合法"身份,也只有这样才能够最大限度地影响译者的决策,而译者思维的典型形式则表现在翻译活动之中。下面主要对翻译活动中所表现出来的译者思维做一些评述。

一、译者的理性思维

什么是译者的理性思维?首先让我们先看一看什么是理性。康德在《纯粹理性批判》一书中从哲学上给"理性"做了界定。他认为,人类的认识有一个过程,始于感性,渐而知性,终于理性。也就是说,达到理性就是获得了认识的最高能力。理性本身还可以分为两种能力,一是形式逻辑的能力,一是先验逻辑的能力。形式逻辑的能力是进行间接推理的能力,先验逻辑的能力是由自身产生概念以进行综合的最高统一的能力。任何经验和从经验中得来的概念都被排斥在理性之外,理性是纯粹地从普遍性的概念中产生的综合知识,这种知识显然是超验的,也是知性所不能提供的①。理性主义哲学思潮源自柏拉图和亚里士多德,自文艺复兴以后一直长期在西方哲学中占据主导地位,这期间虽然也出现过一些对抗和消解理性主义哲学传统的思想,有些还影响巨大,比如费尔巴哈的感情直观论、马克思的实践的感性物质活动论、尼采的权力意志论、弗洛伊德的无意识论、存在哲学的人的存在论,但这些都未能动摇理性在哲学中的中心地位。理性主义论不仅在哲学领域具有深远影响,而且还影响到政治、文化、社会心理、意识形态等领域,罗宾逊甚至认为将其称为"哲学思潮"有误导作用,因为其影响力已非一般的"思潮"可比。理性主义强调"逻辑""思辨""推理",而文学创作离不开概念活动及抽象思维,也就必然离不开理性心理活动。翻译也是同样的道理。译者作为翻译的主体,其理性思维在翻译中的重要程度不言而喻。刘宓庆认为:"这一主体的思维形态能动性很强,表现为人可以自由地、自觉地运用大脑进行概念组织活动,进行判断和推理,进行分析和综合,进行归纳和演绎。可见概念思维也是翻译思维的主体形态。"②他这里所说的"概念思维"也就是"理性思维"。

其实,译者的理性归根结底就是对原作者的心迹跟踪。在这点上,道格拉斯·罗宾逊有着相类似的见解。他认为译者的理性主要指对原作的遵从,作为读者的译者的理解活动就像是"通灵的中介"对"死去的"作者的声音、图像、和情感进行传导③。事实上,有责任心的译者都把这个作为自己的首要任务。我国著名文学翻译家王佐良曾言道:翻译要"一切照原作,雅俗如之,深浅如之,口气如之,文体如之"④。他在翻译实践中也是努力这样做的,他翻译的培根散文是经典范文,如《谈读书》等,无论是语言表达,还是思想精神,都非常完美地再现了原作的风貌。译者以原作为准绳从事翻译活动是由译者的理性所决定的,这种理性的心理活动虽不露痕迹地深藏在意识之中,却在翻译中起着十分重要的作用。道格拉斯·罗宾逊强调译者的任务是获取并传达原作者的声音和意图,但他同时也反对"译者就是原作者的忠实奴仆"这样的译论。他认为不能简单地让翻译问题绝对化。他指出译者是理性的,但翻译的过程不是一个被动的过程,而是需要某种超能力的"通灵",这里"通灵"的意思不是说译者的思想

---

① 杨祖陶、邓晓芒:《〈康德纯粹理性批判〉指要》,人民出版社2001年版,第260页。
② 刘宓庆:《翻译与语言哲学》,中国对外翻译出版公司2001年版,第375页。
③ Robinson, D.: 2001. *Who Translates? ——Translator Subjectivities beyond Reason*, State University of New York Press, 26.
④ 王佐良:《王佐良文集》,外语教学与研究出版社1997年版,第14页。

被原作者占据,而是说两种思想的碰撞①。罗宾逊认为,"通灵"的译者表达的是一种理想,但是在他"通灵"的过程中许多不理性的因素总是会像一个个"幽灵"一样试图左右和影响译者及其译本。

  思维从表达形式上来看,可以分为两种形式,即通讯思维与无声思维②。在翻译的理解阶段,译者的思维主要是以无声思维的形式出现。译者的无声思维是以自己内心的独白进行的默默思考的思维过程,其言语特点是片断的、不连贯与不完整的,其运用的事实及所设关系假定为"定论的""自明的"和"已知的",从而也就造成其语言规范必然是宽松的、较少受语法限制的。在无声思维中,由于无需向别人解释,也就无须像表达中那样用明确的语法和确切的词句才能与他人达成沟通,因此语言规范的作用就被压缩到最小,推理中也可以省略去许多自知的步骤,逻辑的要求也不那么严格③。译者的理解可以一分为三,首先是译者对原作进行的表层文字的理解,其次是透过表层文字对原作进行的深层思想内容的理解,最后则是把握原作者的写作意图。当然,实际的理解不可能这么简单地区分开来,而一定是复杂地交织在一起进行的。我们知道,对文字的理解,指的是对它在某个语境中的某一具体含义的掌握。但是翻译的理解更加复杂,会面临两种语境的转换,而两种语言中无论是词音,或是词形,或是词义,通常都不是一对一的关系,词典意义上相对应的词在不同的语境下可能具有不同的词义,而且词语的情感意义也会随着语境的变化而出现变化。这一切决定了译者的思维从理解阶段起就是一个复杂的思维过程。所幸的是,理解阶段是无声思维,我们可以暂存局部的理解,也可以暂存心中的疑问,可以让我们的理解以不连贯的方式存在。若干零散无序的信息可以在无视语法的状态下存储在我们的大脑中,一些在理解中发生的阻碍也会存储在我们的大脑中,这些有关理解的储存在准备表达阶段会发生碰撞,碰撞会带来神奇的变化,原本没有语法关联的零散的信息会发生语法关系,原本理解的阻碍会变得畅通,一些浅层的理解会跃升到彻底的理解。这时候,译者就进入了表达阶段。在表达阶段,译者的思维主要是通讯思维。通讯思维是以外部语言,即通过讲述或书写,进行思考和表达的思维过程④。翻译的表达过程在很大程度上也是一种选择

---

  ① Robinson, D.: 2001. *Who Translates? ——Translator Subjectivities beyond Reason*, State University of New York Press,15.
  ② 孟昭兰:《普通心理学》,北京大学出版社1994年版,第316页。
  ③ 孟昭兰:《普通心理学》,北京大学出版社1994年版,第317页。
  ④ 孟昭兰:《普通心理学》,北京大学出版社1994年版,第316页。

的过程,即选择如何将一种语言所表达的思想内容用另一种语言再现出来。翻译的表达就是要把"自知"转为"他知",让人们了解自己在理解阶段形成的思想,以达到交流的目的,这样一来原来在译者心中压缩的、简约的、仅自己能明白的思想,就需要充分展开,继而成为具有规范语法结构的、能为他人所理解的语言形式。通讯思维受到了语言逻辑的严格制约,尤其是以书写形式呈现的通讯思维更是一种思维的精练和修饰过程。通讯思维需要外部言语具有确切含义,且需严格的语法结构,因此通讯思维较之于无声思维能更好地使思想内容形成一个系统的整体。

  联想和想象是译者思维中的两个要素。原作中具体描写的对象通过语言符号在译者的头脑中引发联想,并在译者的感官中起到作用。这种作用尽管是间接的,但对于翻译而言却是十分重要的,因为译者正是根据这种作用在头脑中产生的形象和意境进行语言转换的。基于联想的转换更能生动地再现原作风貌,准确地表现原作的内涵,从而产生神似的译作。译者的联想通常是在原语与译语之间进行的,由于两种语言的词汇系统必然会出现不同,译者的联想往往是多元化的,从词汇角度看,一个原语词可能会让译者联想到它可能具有的若干译语对应词,这就需要译者在其中做出最佳的选择。选择一般是依据词性、搭配、语境和专业知识加以取舍。词汇平面之外的联想也是如此。有时候,某些联想并不一定直接提供选择,但可以引起译者的想象。想象是思维活动的一种特殊形式,是人脑对已有表象进行加工改造而形成新形象的过程。这种过程主要是让语言符号所表达的事物在头脑中有目的地、自觉地、随意地形象化的过程。想象是在联想的基础上展开的,是思维中富有创意的元素。根据想象的形成过程与创新程度,想象可以分为再造想象与创造想象。再造想象是在头脑中形成与语词的描述或图形的示意相符合或相仿的新形象的过程①。从翻译的法理上来说,译者的想象应该只能是再造的想象,译者根据原文本中的描述和示意,利用想象力在头脑中形成与之相符或相仿的新形象。但是,从语言与文化的角度上来说,没有创造想象,翻译活动几乎是不可能完成的。毕竟,翻译涉及两种不同的语言,翻译的转换不可能是完全对等的转换,在转换遇到阻碍时,译者就需要开启他的创造想象。创造想象是人脑独立地创造新形象的过程,不需要依据来自现成的词语的描述或图形的示意,因此创造想象具有独创性和新颖性,与再

---

① 孟昭兰:《普通心理学》,北京大学出版社1994年版,第325页。

造想象有区别①。翻译的创造想象需要在语词思维的指导下进行。尽管如此,译者的思维还是由于有了创造想象而得以进入积极的、活跃的状态。

影响翻译的制约因素有很多,每一个都可能会对译者的个体发展过程产生深远的影响。理性思维会使译者在选材时避开他们认为超出自己能力范围的任务和处境,选择他们认为自己有能力处理的翻译任务。同时,这种有效的自我知觉,能帮助译者在翻译过程中保持积极稳定的心境,激活译者对翻译成功的思考。从认识论的角度来说,译者的双语能力和翻译技术有助于译者对翻译的认识从感性认识上升到理性认识,再实现由认识向实践的"第二次"飞跃。良好的理性思维是译者在翻译实践中正确定向的保证,是译者持续高效地提高自己双语能力的动力,也是译者能够主动适应日新月异的环境变化的前提。

思维具有稳定性。社会认知论认为,意图是人们从事特定活动或在某件事情上达到一个特别状态的决心。在人的行为自动调节中,意图扮演着十分重要的角色②。而人的思维部分取决于人的意图,因而译者在翻译的过程中需要控制好情绪,才能让思维保持稳定性,做到在原作者、文本与译语读者之间不偏不倚。译者的这种在各种因素之间不偏不倚的态度则是促进译文忠实于原文的一个重要因素③。比如说,对于一些口译而言,现场气氛还会给他们带来心理压力,而心理压力会让他们产生紧张感,干扰他们的思维稳定性,从而影响他们能力的正常发挥。保持思维的稳定性也表现出译者的成熟心态。在整个翻译过程中,译者需要认真阅读并细心领悟原作文本,不时地与作者做换位思考,最后再用译语整合并充分表达从原文本中获得的信息,可以说,翻译过程就是一个复杂的心理过程,其复杂性并不亚于创作,译者没有一种成熟的心态,很难成功地解决翻译过程中出现的一系列的问题。刘宓庆认为:"只要一位译者动笔翻译,他就必然在面临一项如何科学地运用思维、分析意义以及如何艺术地选择词语、调整句式的双重任务。"④译者穿梭于两种语言与文化之间,还要必须忠实于原文,这无异于让译者戴着镣铐还要跳出优美的舞来。这一切,没有思维的稳定性,显然是无法完成的。

---

① 孟昭兰:《普通心理学》,北京大学出版社 1994 年版,第 325 页。
② 班杜拉:《思想和行动的社会基础——社会认知论》,林颖等译,华东师范大学出版社 2001 年版,第 467 页。
③ 申丹:"试论小说翻译中译者的客观性",载《外语与翻译》,1994 年第 3 期,第 66 页。
④ 刘宓庆:《中西翻译思想比较研究》,中国对外翻译出版公司 2005 年版,第 24 页。

思维具有创造性。不可译的问题在翻译中是客观存在的,而解决这一问题的办法就是运用思维的创造性。译者通过概念、判断、推理等思维过程,引领译语读者或隔岸观景或登高而望,尽可能多地让他们了解原文中的信息。行为主义理论有一个术语叫"连锁形成过程",意指各种活动相依相生的组合过程。人们通过接二连三的联想,使得来自前面一个行动的感觉反馈成为同一个序列中下一个行动感觉反馈的线索①。译者在翻译过程中,如果碰到下一个行动在序列中无法进行下去的情况,也就是在出现经验中断的时候,思维的创造性便会开始启动,因为从心理活动的实质来说,思维过程就是对观念中各种符号元素的处理及它们之间相互作用这样一种连续流程。当连续的流程难以为继的时候,创造性思维则要求把相关的各种符号元素以异乎寻常的方式重新加以构筑,形成若干可能的方案,从中加以优选,最终将经验之链中断的地方连接起来。谢天振在《译介学》中引用了罗新璋的话:"作家运用命笔,自应充分发挥主体的创造力量,译者在翻译时难道就不需要扬起创造的风帆?须知译本的优劣,关键在于译者,在于译者的译才,在于译者的译才是否得到充分的施展。重在传神,则要求译者能入乎其内,出乎其外,神明英发,达意尽蕴。翻译理论中,抹杀译者主体性论调应少唱,倒不妨多多研究如何拓展译者的创造天地,于局限中掌握自由。大凡一部成功的译作,往往是翻译家翻译才能得到辉煌发挥的结果。泯灭译者的创造生机,只能导致译作艺术生命的枯竭。"②谢天振因此认为,可以从创作心理学的角度把文学翻译(其他翻译也是一样)分成两个阶段,先是分析阶段,然后是综合阶段。在分析阶段,译者充当的或许还只是一个细心的读者的角色,但是当他进入综合阶段之后,他就自然地承担起创作者的角色了,他的所思所想与原作者并没有什么区别:他需要考虑怎样才能让所述的故事足够吸引人,怎样才能使故事要塑造的形象有足够的魅力,怎样才能让人物的语言表现出足够的个性,怎样才能让作品呈现一定的风格,等等,而这些过去都被认为只是创作者要做的事情③。

二、译者思维的外在矛盾

译者思维的外在矛盾可能会表现在许多方面,比如,译者思维与翻译

---

① 班杜拉:《思想和行动的社会基础——社会认知论》,林颖等译,华东师范大学出版社2001年版,第460页。
② 转引自谢天振:《译介学》,上海外语教育出版社1999年版,第126页。
③ 谢天振:《译介学》,上海外语教育出版社1999年版,第135页。

评论家思维的矛盾、译者思维与翻译出版人(机构)思维的区别等。在本章中,我们仅是谈一谈译者与翻译教授思维的区别。一般来说,译者思维包含了专业技能和职业技能两个方面。译者的专业技能,包括了译者对原作的分析理解能力、译语表达能力、翻译检索能力以及选择与判断能力。译者的专业技能主要是将原作中许多的概念与线索能够有逻辑地排列在一起的能力,是一种能够从理解过程中产生的极其复杂的众多信息中合理地筛选出答案并将答案连贯地表达出来的能力。译者的职业能力反映出的是译者从事翻译的综合素质,包括:善用译语的能力,对翻译的热忱和充分利用资源的能力,面对翻译过程中出现的具体的、局部的文化缺失等特殊情况时的机智态度,以及处理这类问题时的灵活性。这些方面,外文学院教授至多只能起到引入门的作用,主要是靠译者在职业中的实践。译者的工作必然会遇到各种不同于翻译思维的思维方式——政治的、社会的、经济的、道德的和行政的等,不一而足。译者的智慧恰恰就体现在如何将这些与翻译思维不同的甚至是矛盾的思维转化为翻译的思维,并将它们表达出来,使不懂原作语言的人能够听得懂、看得到。

  译者思维与教授思维的矛盾在于他们面临的任务各不相同。如果我们把教授的认识运用到实践中去,我们会发现,他们的认识对于解决有些问题还是十分有用的,但是也有很多认识不但无益于解决翻译实践中的具体问题,有时候还让译者无法接受。这种现象实际上是很正常的事情,因为你不能指望任务各不相同的译者与教授却有着一样的思维。译者面临的难题是要解决眼前的实际问题并为如何解决找出可行的方案;而翻译教授是可以"抱怨"的,只要有独立的见解,能把学术搞上去,最好还能自成一派,哪怕说一些不解决实际问题的"风凉话"也是可以的。译者在实践中如果出现差错,意味着对原作的偏离,差错带来的影响是直接的;教授在研究中出现差错,其影响是间接的,因为教授的理论只是为实践提供理性服务,并不直接作用于实践。译者与教授,社会分工不同,角色定位则不同,思维当然也就不同。但是,译者与翻译教授都与翻译打交道,肯定也是有共性的。如果把他们比喻成歌者,那么,译者就是需要制约个性的合唱演员,而教授则是需要张扬个性的独唱演员。因为同为歌者,也就会有大体相同的思维方式与文化基础。差别只在于分工的不同,事实上两者之间是可以互换的,有些独唱演员也能成为很好的合唱演员,同样地有些合唱演员也可以成为很好的独唱演员。在翻译界,教授成了译者或译者成了教授的事例也有不少,还有些人在这两个角色之间转换。这些人或许更能理解译者思维与教授思维之间的差别。译者一旦从事了学术研究就必须要遵循学术的规律,而教授一旦从事了翻译实践也必须遵守翻译实践的某些规则。如果从事了学术研究的译者只是一味地维护自己在实践中的所作所为,缺少检讨自己的反思,那么他的翻译研究也不会有多大长进,对翻译理论的贡献也会十分有限;同理,如果从事了翻译实践的教授总是带着学术批评的眼光,那么,不要说拿出好的译作,连他的翻译是否能够开展下去都会成为问题。译者需要在各种矛盾中求同,确定价值观念与翻译伦理,并以相同的思维方式处理问题;而教授需要创立新的学说或流派,也就是要用不同的理念与方法批判性地思考问题,故求异是他们的一种治学的方法。

教授和译者就这样演绎着翻译思维的不同特点,比如:1)译者求同,教授求异。译者追求翻译认识上的一致,将自己对原作的理解纳入合理性的思维框架之内,尽可能地排斥各种干扰因素,以忠实于原作为目标;教授追求标新立异,以求一家之言为目标。2)译者是捍卫者,教授是批判者。译者的责任在于捍卫原作,用译语寻求与原作等值的方法,以克制的态度解读原作,尽可能在译语中保留原作的内容与风格;教授的天职是以批判的眼光发现现行翻译所出现的问题,并通过理性分析,找出解决问题的方案。3)译者是现实主义者,教授是理想主义者。译者面对的是具体的原作,需要解决现实的翻译问题;理论研究讲究的是创新和百花齐放,学术的浪漫很可能是标新立异的不竭动力。4)译者是工程师,教授是科学家。译者的工作是致力于理解原作并找到用译语表达原作的方法,不断通过实践经验的积累形成翻译的技能、技巧、传统并世代相传;翻译教授则探寻翻译的规则或规律,致力于著书立说,创立新的学科体系。5)译者代表翻译的实践理性,教授代表翻译的知识理性。译者的角色就是完成翻译,以理性从事翻译实践;教授的角色是研究翻译,以理性完善和传播翻译知识。

从译者思维与教授思维的区别,我们可以看出译者思维的外在矛盾,译者思维是不能代替翻译思维的,与翻译思维还是有很多区别:首先,翻译思维重逻辑的、体系的因素,轻非逻辑的、个案的因素;但译者思维两者都要照顾到,才能掌握翻译的技艺。其次,翻译思维是翻译学教授与其他翻译理论研究者感兴趣的,他们从翻译事实中获得一般性的规定,强调思维的一般性优于特殊性;译者更多的是关心一般性的翻译原则如何与具体的翻译事实对接,具体的翻译事实是否会影响到对翻译一般性的理解。译者思维往往集中在翻译事实本身上,而不是去解释翻译问题,一般来说,译者的思维关注的是翻译意义的阐释,这是译者的基本功所在,一个好的译者应该对此有所把握。我有这样一个印象：译者对学术研究的关注，更多的是在译例方面，对翻译方法论或翻译思维这种理论性较强的学术并不是特别关心，因为这些翻译思维方式译者认为早已经存在于他们的思维之中了，只是没有总结出来而已。第三，翻译思维关心一般性的规定多于对翻译事实的关心，总想把一般的翻译意义附加到翻译事实上去，为翻译事实添加上翻译意义。翻译理论家对翻译意义感兴趣；译者对翻译事实感兴趣。面对复杂的翻译事实需要译者取舍，其取舍的路径就是翻译意义，从这个角度说翻译意义就是一个个的假定，所谓翻译事实就是在这些假定中进行取舍，被译者采用的翻译意义要素构成翻译事实——那种"忠实"的译作。之所以给忠实一词加上引号，就是在于这种忠实是主观认定的忠实，是有所取舍的忠实，并非原作事实的全部。这种"忠实"是被认定的原作的事实，总有许多被遮蔽和掩盖的成分。基于翻译思维与译者思维研究侧重的不同，我们试图对译者思维进行反思，以期进一步对翻译进行较为全面的研究。

三、译者思维的内在矛盾

对于译者而言，翻译思维是一种生存状态，也是一种基本素养，更是一种工作方式。但是，在这种工作方式中充满了各种各样的对立与冲突，翻译思维因此成为一种矛盾思维。这样说，似乎在告诉人们，翻译思维的形式逻辑性不够强大。确实，对同一个原作文本，不同的译者可以有不同的译文，同一个译者在不同时期也可能会有不同的译文，但是译者在同一个译本中只能有一个选择，不能是亦此亦彼，只能是一种翻译。但是，这仅是思维的结果。思维的过程总是一个充满矛盾的过程。思维的矛盾性可能是思维的一种常态，也是人生在世的一种最基本的状态。翻译的思维也许比其他的思维表现出更加充分的矛盾多样性[①]。这样说，是因为译者在翻译过程中需要在那么多的可能性中进行选择。造成译者思维矛盾性的因素多种多样，译者只是其中之一。可以说，译者思维的矛盾性源自翻译实践过程的原态，又反过来形成了译者思维本身的特质。这些矛盾正是翻译学理论需要研究的基本问题。

有些译者是轻视翻译理论的，如果碰巧这些轻视理论的译者中又有不少人是高明的译者，理论无用论就会被高调唱响。实际上，一个译者，无论他承认不承认或愿意不愿意，他都在使用理论。凡译者都需要一定

---

① 余东："论翻译思维"，载《外语研究》，2013年第2期，第80页。

的概括能力的训练,这种训练能提升人们清晰地、逻辑地把握复杂事情的能力。这种训练就是理论研习。一个好的译者在长期的翻译实践中总是会不断地总结经验,这是应用翻译的前提,与翻译理论有关。事实上,没有了翻译理论的指导,译者想简洁、清楚地表达自己对原作的理解都是很困难的。

那么,为什么总会有译者表达对翻译理论的不满呢?这主要是因为,随着翻译研究的深入与发展,翻译研究越来越细化了,研究者们从多种角度考察多种翻译方法、多种译学传统、多种语言系统,导致翻译理论层出不穷,就连翻译学的专业人士也目不暇接,优劣难判,更不要说那些需要完成巨大翻译实践工作量的译者们。而且,不同的理论叙说的翻译会产生不同的结果,这些结果又被带有各种目的的人引用以论证自己的观点。一些译者茫然不知所措,干脆统统否定。译者需要的是一种简明的理论作为指导复杂的翻译实践的思想基础。然而,研究者为应对翻译本身的复杂性提供了丰富多彩的翻译学理论。所以,与其说翻译理论脱离了翻译实践,还不如说译者在丰富而复杂的翻译理论面前无所适从。

这就导致当译者发现某些理论不能够有效指导翻译实践或某些理论与译者的翻译体会相距甚远时就会产生抵触情绪。我们相信,在翻译实践中,译者的译感的确是十分重要的。译者的译感是译者在长期的翻译实践与翻译研习过程中获得的感悟和直觉。这种直觉由于在多次实践中帮助译者取得了翻译的成功,让译者产生了自信。在这种自信的情况下,非得让他说明为什么要这样译,他就会显得很烦。此外,译者毕竟只是实践者,他没有时间也没有那个理论水平,把他的做法说得那么清楚,对于一个不专门搞理论的人,他心里尽管有一套行之有效的做法,但用语言一表达出来,就会有许多漏洞,所以译者会产生对理论的厌恶,觉得"哪有那么多理论要说"。但是,往往就是在这种时候,译者才真正具备了一定的理论思维能力。

抱怨"理论是累赘"的杰出译者如此之多,这让那些搞翻译理论的学者多少总觉得情何以堪。这些抱怨肯定不是无缘无故的,翻译理论在很多情况下确实不能与实践相结合。那么,为什么翻译理论一定要与实践相结合呢?毫无疑问,这是译者希望通过这种"相结合"寻求到方法论的支持。也就是说,所谓的"相结合"就是在以实践为中心的前提下强调理论与实践的共生性,并在翻译方法方面谋求理论的一致性以及翻译标准的统一性:从翻译的内部来说,采用的手段一定要是合乎规范的;从翻译的外部来看,合乎规范的翻译才能被纳入既定评价系统。这样的倾向有利于验证翻译的可操作性,但是作为理论来说,必然会止步在方法论上,从而在一定程度上遏制了理论的创造性。

任何有关方法论的著作,只能在形式上对一门学问的研究过程予以界定,那些无法形式化的创造活动无法在这门学问中得到体现,所以方法论很难触及理论创造性的实质层面①。同样,一味强调译论与翻译实践的关系,还可能会忽略翻译概念更大范围的涵盖力和概括力,更可能会无视其他因素在翻译中的意义。比如,历史因素在翻译中可能会表现出可变性及其背后人的观念,从这方面的研究可以看出翻译文本在人文实践中的作用与意义。人类的思想具有民族性,这就使得文学及文学理论是否可以翻译成了一个重大的课题。哲学翻译重视"原意传真",但这些年哲学翻译因阐释视角的转换而引起的争论不断出现,如前些年我国翻译界因对 ontology 这一术语歧义的梳理而引发的讨论,这说明概念上的理解也会发生差异,建立在这些概念上的推论也就会导致莫衷一是的众说纷纭。翻译研究者应该以宽容的态度对待"异议"与"异见",即使在译论建构中焦点是对准某一个层面时也应该拓宽视野。否则,一己之见永远无法汇合成相互的"支援性的力量",任何时候都没有权威性话语,只是各种互不买账的自言自语,这样的局面对翻译理论的发展有百害而无一利。而如果以译出的字数作为翻译研究的先决条件,不仅会使得翻译理论研究的视野变得狭隘,而且也会让翻译理论话语失去思辨旨趣。针对这种要求,人们会提出质疑,比如,文学理论是否应该仅仅是指导如何创作和阅读的理论?人们讲话是否只有完全依照语言学推导出的种种规定性的原理才能进行?如果对这些问题的回答是肯定的,便又会引发新的疑问,比如,从事美学研究的人是否应该首先有设计过建筑方案或绘制过油画或创造过雕塑的经历?如果获得的回答还是肯定的,那么质疑便也还是不可避免:难道研究历史的人就要有与人类历史同样长短的寿命?难道研究世界历史的人就不但要有这种根本不可能达到的寿命而且还要走遍全世界的各个角落?由此可见,一个概念无论具有怎样的概括力和涵盖力,一旦被压缩到一个极其狭窄的范围里,也会容易因极端拘泥而陷入荒谬的境地。总之,翻译实践只是翻译理论导向的若干维度之一,翻译研究的范围必然要大于翻译理论与翻译实践两者之间关系的既定性,否则人们看到的所谓翻译理论将经不住分析与推敲而显现出严重的漏洞与缺陷。因此,看待翻译理论,我们必须调整心态。一方面,翻译实践是离不

---

① 林毓生:《中国传统的创造性转化》,生活·读书·新知三联书店1988年版,第29页。

开理论的指导的,没有翻译理论的思维,一定是混乱的思维;另一方面,翻译理论与翻译实践的分离现象,过去有,现在有,将来仍会有,毕竟它们是两回事情,虽然可以相交,却永远不会完全重合。

　　翻译过程从语言始,又以语言终,这就使得翻译思维更像是一种以形式逻辑为特色的"直线性"思维。翻译思维是翻译活动中起决定作用的因素,可以说翻译的过程就是一种思维的过程,而语言在翻译活动中只是外化的思维载体。译者获得对原语的认知后,就要将这种认知外化为译语表达。也就是说,译者运用原语与译语所具有的概括性和间接性的符号系统,通过分析、综合、推理及运用概念判断等方式获得原语语义和语法信息,进入译语概念网络结构,再通过同样的方式激发为译语语词,继而实现译语句子转换与译语句段组合,最终外化为结构规范及富有表现力的译语译文。这种逻辑过程循环往复,久而久之便外化为一种定向的思维习惯,从而成为专业化翻译的一个明显特征。这意味着翻译思维的特点之一就是译者在翻译活动中需要使用统一的标准,但是我们必须要注意到这仅仅是应然要求,是一种姿态性的描述,并不意味着所有的翻译活动都能够按照翻译的一般性轨道前行,因为原作总是独一无二的,这让翻译的一般性常常显得无用武之地。翻译思维重点关注翻译一般性原则的实现,而译者思维既要坚持将一般的翻译原则融入具体的翻译个案中,又要努力将原作的个性在译语的语言中表达出来。译者思维是在翻译思维的基础上强调了译者这一主体,这就使得矛盾性在译者的思维过程时常出现。也许正如哲学家所言,事物本身的存在方式就是矛盾性。翻译理想与翻译现实之间的冲突是译者思维的矛盾性之源。翻译理想往往会把复杂的要求简单化,而在实现翻译理想的过程中,那些制约翻译的因素导致了翻译现实的复杂性,从而使得翻译理想显得脱离了现实。这是个简单的道理,但我们时常会视而不见。

　　翻译一般性的规定是必要的,因为译者的思维如果没有专门的约束,就会自由驰骋,甚至会把原作远远甩掉,所以从思想的角度来看,一般性规定就起着约束译者思维的作用。但是,一般性规定的执行者仍然是译者,这就使得译者思维也还是有一定的自由驰骋的空间。译者的创造就在这个空间中进行。事实上,这种创造还是很重要的。译者可以利用这一点创造的权力灵活地表达原作的个性化特征,灵活地处理语言转化过程中可能会出现的僵化。所以,一方面,我们需要坚持翻译的一般性原则,因为只有这样,我们才能对翻译理想有所敬畏,不至于在翻译活动中由着性子胡来;但是,另一方面,尽管翻译的目的可能不是单一的,但忠实表达原作应该是翻译最为重要的目的,而忠实表达原作既需要遵循翻译的一般性,也需要译者视具体情况做出灵活的表达。

有一种最简单的方式可以做到对原作的最基本的忠实,这就是依靠一定的翻译技巧在翻译中做到对双语的形式对等。这样做的理论依据就是翻译的一般性,虽不能保证完全忠实于原作,但至少能看到原作的影子,不至于面目全非。可是,一部作品,尤其是文学作品,字里行间是有神韵的,而这种神韵是依附在语言的形式之上的,语言变了,神韵也就随之丢失不少,对形式的挽留有时候也就没有什么意义了。一部未能"传神"的译作不能算是好的译作,甚至不能算真正实现了翻译。形式主义翻译的弊端就在于此。但是,形式主义翻译对翻译一般性的尊重还是值得提倡的,这起码保证了对原作的基本忠实,建立在此基础上视具体情况而做的创造也是需要的。对待一部译作,我们总能挑出毛病,这些毛病当然都是以不忠实于原作居多,要么是拘泥于形式而失去神韵,要么是因为追求神韵而丢了形式,批评者说起来总是容易的,要真正做到翻译的形神皆备就不是那么简单了,译者在翻译过程中时刻面临着矛盾选择,既要满足翻译的一般要求,又要表达出原作的个性,这两者有时不是能同时做到的,甚至有时还会相互矛盾。

译者思维的矛盾性还表现在翻译时的主客观关系上。从忠实于原作的角度来看,译者思维应该是尽量排除主观因素的思维,努力追寻翻译的客观性原则。翻译的客观性有多种表现形式,但概括起来讲,主要表现在如下两个方面:

1. 尊重原作的客观事实,探寻原作的客观真相。虽然翻译的客观性已经被哲学家们所解构,但是这种解构还是职业群体成员之间的讨论,哲学家们的说法并没有被普通的大众所接受,翻译理论家的那些专业术语也没有完全被从事翻译实践的人所认可,人们还是相信原作是有客观内容的,而译者也需要根据这个客观内容进行翻译。无论翻译理论与翻译实践之间是怎样一种关系,有两点在普通的翻译人心中还是有共识的:首先,译者要尽可能表达出原作的客观内容,不能擅自删改或凭空捏造;第二,再高明的译者也不可能译出与原作完全等同的译文。因为翻译是一种思维的过程,而在思维的世界里绝不会存在绝对的客观事实,所以人们对译者的要求只能是尽可能接近原作的"客观"事实。这就使得译者的思维总在徘徊的状态之中,一方面是主观的,另一方面要竭力寻求客观。译者经常处于两难的境地,因为翻译的主观和客观涉及众多的因素,而这些因素并不总能和谐共处,比如,历史语境造成的意义认定的矛盾;价值取向造成的理解的冲突;翻译标准造成的表达差异;译者素养造成的认识的不同;"创造空间"造成的译作中的译者个性化的烙印;原作意义模糊部分造成的理解的不同,等等。以历史语境造成的意义认定的矛盾为例,我们可以看到意义认定过程中主观与客观的争斗,因为按照一些历史哲学家的说法,一切历史都是当代史。历史看似客观,却可任由人断章取义,哪些历史可以在当代流传,这是可以进行主观选择的。译者是当代的人,尽管他需要在翻译中追逐客观,但是对翻译人来说,只是他们认识趋向上的客观,实际上总不可避免地要带上当代的烙印。这种认识趋向上的"客观",按照哲学上关于物质与意识的区分,仍然属于主观精神世界的东西。面对这样矛盾的局面,不要说以翻译实践为主的译者,就连翻译教授们也感到苦恼不已。但是,他们不能因此而停止思维,需要在矛盾中艰难地做出选择。尤其是译者,明知绝对的客观难以实现,却必须在翻译活动中始终保持一个客观的态度,这个态度就是所有翻译人心中的梦想,那就是做到译作与原作既要形似又要神似这样的忠实。

2. 尊重原作文本字里行间的客观含义,探寻原作的神韵与价值。传统译者重视形式化的翻译,这是因为他们看到了文字的概括性。但正如我们前面所言,文字一旦形成,就已经"死"了,而事物却一直处于不断发展之中。"死"了的东西之所以能够复活,那是因为有了人的理解。人的理解与自身的生活状况有关。生活丰富,理解也会丰富。译者接触到的是两种语言,这也是丰富译者生活的一个源泉。两种语言的文化差异性所带来的文字不对应性给译者的个性化理解创造了很大的空间。这种空间既能成全翻译,也能毁了翻译。因此,有许多学者建议,在原作意义不明或意义明确却在译语中寻不到对应语的地方,译者应该努力探索原作的整体神韵及价值所在,并以此为指南克服翻译活动细节中的困难。但是,问题是,探索原作的整体神韵及价值所在并不是一件容易的事情。因为,如果原作的整体神韵及价值所真的是一览无余的话,负责任的译者都是会去遵从的,而学者们所讨论的原作的整体神韵及价值所在应该是掩藏在字里行间之中没有被作者清晰表达出来的东西,正因为这些东西是"混沌"的,才需要译者尽力探索。在具体的翻译中,原作文字的客观含义经常与可以感知却不甚明了的创作目的、作品价值及精神追求发生矛盾,使得译者的思维总是不停地在文本内外、文义与目的或文本意义的固定性与流动性之间来回徘徊。翻译是要追求文本的固定意义的,但是文本意义的获得又要依靠译者的主观判断。这两者关系的调和,无论是译者还是译学家都很难把握。一方面,翻译一定要强调"主观"必须服从"客观",翻译的一切都必须围绕着原作意义,这是翻译的原则,以防止可能会有的主观臆断。但是,另一方面,翻译对客观性的追求,也可能会导致另一个极端的发生。事实上,有些翻译研究者开展了对翻译客观性追求的批判。这些翻译研究者主要是受到了哲学界某些思潮的影响。比如,迦达默尔以及哈贝马斯的解释学理论都不赞成把主观与客观区分开来,而是强调认识过程的主体间性,而且他们的说法许多听上去确实很有道理。但是,翻译的情况不能完全用解释学理论去套,我们不能忽视一个事实,那就是翻译是形式逻辑的产物,与解释学所说的整体性文化多少还是有些出入,译者翻译时还是要考虑主客观之分。不管哲学家们或后现代译学家们在理论上如何阐述,都不能篡改翻译的本意,译者的主观性如不受到限制,译者思维就有走向任意和武断的危险。追求"客观"的原作意义,就是要用客观性限制主观性的发挥。许渊冲曾在《译家之言》一文中讲述了译者思维的矛盾性。他认为,20世纪有三大奇书,其中之一是《约翰·克里斯多夫》,而中国有三大名译,其中之一是傅雷翻译的《约翰·克利斯朵夫》。傅雷的这部译作堪称名著之名译,因此傅雷为这部译著写的译论就十分有价值。傅雷的观点有四个方面。其一,翻译有如临画,译者首先要追求的是神似,而不是形似;其二,理想的翻译是译者在翻译时仿佛是原作者在用中文进行写作;其三,原文的句法要在最大限度内保持在译文中,但前提是不能让人觉得是在用中国文字讲外国话;其四,再好的翻译也是可以被超越的。许渊冲对傅雷的译论进行了解读。第一条被他形象化了,说翻译要"得意忘形";第二条他用"翻译是一种再创作"对傅雷的"写作论"进行阐释;关于第三条,他把句法与原文形似但读起来不像译语的文字称为"洋泾浜"译文;第四条,他解读成是翻译前辈希望翻译界"后继有人"的一种期盼。许渊冲认为傅雷的理论是好的,但应用到实践中总是不易的,就连傅雷自己的这部名译也还是能找到与他所说的四条不相吻合的地方。许渊冲从译著中找出一段话,这一段话共有三句:"他的相信社会主义是把它当作一种国教的,——大多数的人都是过的这种生活。他们的生命不是放在宗教信仰上,就是放在道德信仰上,或是社会信仰上,或是纯粹实际的信仰上(信仰他们的行业、工作、在人生中扮演的角色),——其实他们都不相信。可是他们不愿意知道自己不相信:为了生活,他们需要有这种表面上的信仰,需要有这种每个人都是教士的公认的宗教。"许渊冲分析说,这句话中"他的相信社会主义"确实是保持了原文的句法,但假如傅雷是用中文进行写作,大概是不会写出"他的相信……"这样的话的。此外,句中的"过的这种生活"让人糊涂,看不出这种生活指的是什么生活,如果是用中文进行写作,也可能是要写明确的。第二句中的"他们的生命不是放在宗教信仰上"也不像中文写作者所为,而括号中的"信仰他们的行业、工作、在人生中扮演的角色"在动宾搭配上似乎存在用词不当的问题。最后一句中的"这种每个人都是教士的公认的宗教"怎么看都有点"洋泾浜",如果不考虑是翻译,一般来说这种句子的中文写作者不会是什么好的写作者[1]。许渊冲的评论虽然显得尖锐,却也是有道理的。虽然我们不能凭这三句话否认傅雷是一个好的写作者,或者否认傅雷是一个好的翻译者,但用傅雷自己的观点来衡量,至少他的这三个译句不是理想的译文。所以,译者的思维未必能完全体现在他们的译文之中,但我们也不能因为他们译文中某个局部的问题就否认他们的翻译是在他们的思维指导之下进行的。译者思维的矛盾性还会表现在其他一些方面,比如:

1. 一方面要在双语中找到平衡,一方面又无法避免母语本位思维。任何译者都是所属文化的产物。这里所说的文化是一个广义的概念,包括艺术、教育、科学,也包括政治、经济、习俗、习惯、传统及生产力水平等。文化是社会整体性的产物,一经产生就陶冶着每一个社会成员,使他们的思想、观念、心理、行为和生活实践自然地符合它的要求与准则。译者在自己所属文化中生存发展,情感因素被激发,形成价值观念与民族心理意识,而这些文化积淀会在他的翻译实践中发挥不同程度的作用。不同成长环境中成长起来的人,身上总会带着与成长环境相关的某种特质。作者与译者的这种特质是不可能相同的。如果他们成长于完全不同的文化系统里,他们身上还会带有各自不同的文化特质。种种这些特质是构成一个人的个性的重要方面,会自然地渗透进人的心理状态中去,人的感觉、知觉和性情等也会因此有所不同[2]。任何译者都会浸润在他的母语文化之中,形成母语本位思维,从而影响其翻译策略。译者所受母语文化的熏陶也是不一样的,译者的人生经验、情绪、需要、认识、文化结构,既是他本人努力的结果,也是他所处特定时代的产物。译者要受到整个社会、种族的文化系统的限制和束缚,但同时也从社会、种族文化系统中吸收营养。在译者的心理结构中,不仅仅存在译者个人的意识,也同时带有民族的集体意识。刘宓庆认为:"中国特定的哲学思维、语言结构、文化心理和审美态度(或倾向)使流水句这种句法组合的形式风格形成了日久年深的

---

[1] 许渊冲:"译家之言",载《出版广角》1996年第6期,第68页。
[2] 钱谷融、鲁枢元:"文学心理学教程",华东师范大学出版社1986年版,第90页。

基本表现法传统"①。以外语译成母语而言,译者的母语本位思维会影响到译者对外语文本的理解,如果译者在阅读外语文本时,不能理解其文字的音韵之美、意境之美、章法之美,就不能很好地完成翻译。一般来说,主要存在两种翻译类型,一是把非母语文本转译成母语文本,这种情况下,由于译者的外语水平参差不齐,对非母语文本因曲解而产生误译的发生率要高一些;二是把母语文本转译成非母语文本,这种情况下,大多数译者在对母语文本的理解相对容易一些,但很少有人在外语表达上达到与母语一样的水平。比较这两种翻译类型,第一种模式更为翻译界所认同,尽管普通的译者在双语语言与文化上都有一定的造诣,但是用外语表达总是比用母语表达更难一点,这个难度远大于对外语文本的理解。

2. 一方面译者需要忠实于原作,一方面译者又有译语读者的思维倾向。翻译无论是采用归化还是异化的方法,其目的都是要把翻译的结果呈现给译语读者,因此译者在翻译中采取以读者为中心的思维模式是再自然不过的事情。然而,带着这样的思维倾向,译者势必就会采用归化的手法来处理原语中的信息,即使是异化也是归化中的有限异化,因为译者总是要以让译语读者能读懂为限的。那么,在翻译中运用了归化的手法,原语的词、句、篇章甚至文化意象就会发生相应的变化。毫无疑问,归化的力度越大,原作的神韵也就会失去得越多。如果译者心中没有忠实于原作的翻译理念,原文在译语读者中"走神"就变得在所难免。霍克斯翻译的英译本《红楼梦》在这方面存在的问题就不少。从他的译本的前言中,我们可以看到他心目中的读者是西方人,因而在翻译过程中他具有面对西方读者的思维倾向。他在翻译中会根据西方人的文化背景和接受能力,对译文进行调整,以保证译文对于西方读者的可读性和可接受性。这种思维模式已经突破了译作应该竭力忠实于原作的底线,属于一种对原作的背叛行为。

3. 一方面用母语表达会成为优势,一方面母语又容易形成译者的思维定式。在翻译中,译者思维定式,有时会有助于问题的解决,有时又会妨碍问题的解决。思维定式又称心向,是指思维活动的一种带有倾向性的准备状态,这种思维状态不但会出现在译者身上,也会出现在其他人身上。译者的思维定式是译者对熟词熟语的想当然的认识,即可能会由于望文生义造成误解与误译。许多翻译名家也都犯过这样的错误。桂扬清曾对国内的莎士比亚汉译本有过比较详细的研究,他将其中的误译举例

---

① 刘宓庆:《口笔译理论研究》,中国对外翻译出版公司2004年版,第284页。

编成了一个小册子,里面有不少就是由于思维定式造成的误译。如,

> 原文: Touching this vision here
> Is an honest ghost, that let me tell you
> For your desire to know what is between us
> O'ermaster't as you may.
>
> 译文:讲到这一个魂灵,那么让我告诉你们,它是一个老实的亡魂;你们要是想知道它对我说了些什么话,我只好请你们暂时不必动问。

这是《哈姆雷特》第五场中哈姆雷特在露台上见了鬼魂之后对友人霍纳旭和马西勒斯说的一段话。与译者一样,许多人见到 honest 这个词都会想到"老实的"这个汉语意思,但它在这里其实意为 true 或 genuine。①

4. 一方面翻译需要翻译标准,一方面翻译标准又会阻碍译者认知思维的发挥。人们通常认为,为达到启示后人的作用,一切经验性的东西都应该转化为概括性的知识,否则这些经验就会被大量的信息所淹没,使后人失去借鉴经验的机会。面对海量的信息,人们当然需要从具体事例中提炼出概括性的知识,但是保留具体事例仍然非常重要②,翻译也是一样,从具体译例中提取出翻译标准十分必要,但翻译标准并不能取代具体译例的作用。就中国译界而言,无论是道安的"五失本三不易",或是严复的"信、达、雅",或是傅雷的"神似",还是林语堂的"忠实、通顺、美",这些抽象的翻译标准都是他们根据大量的实践经验概括出来的。这些翻译标准形成后,又可以反过来指导实践,使翻译行为获得内化。在内化的过程中,外部的翻译行为逐渐受到翻译标准的规范。但是,这种规范不是简单直接的,而是一种复杂的调节过程。心理学家们认为,自我调节的活动越复杂,规范活动的标准和规则就越一般化,制约活动的因素也就越多。这也是翻译标准提法较多又难以统一的原因。每一个译者,其实都有一个自己的翻译标准,因为翻译标准与翻译思维有关,译者只要想对自己的翻译行为施加影响的话,就必须清楚自己在干什么。译者在翻译过程中的自我调节依赖于对自己翻译行为的自我监控。这种自我监控往往会受到个人利益的影响。因此,如果一个翻译标准要规范一个译者群的翻译行为,那么这个翻译标准就需要有社会报偿机制,使得遵守标准是一件值得

---

① 桂扬清:《莎翁作品译文探讨》,中国社会科学出版社 2004 年版,第 207 页。
② 班杜拉:《思想和行动的社会基础——社会认知论》,林颖等译,华东师范大学出版社 2001 年版,第 457 页。

坚持做的事情。这个社会报偿机制能够在翻译批评、翻译的表彰和奖励等方面有着重要的影响作用。

四、翻译方法如何融入译者思维

翻译实践证明,译者的价值观和道德感等情感因素会进入到译者的翻译之中。可以说,译者的情感因素进入到翻译之中是翻译自身的特点所决定的。翻译的一个显著特点就是以"理解"为先,再克制的理解也免不了会存在价值性。翻译的另一个特点,就是翻译所涉的双语中总是会存在一些无法完全对应的情况,而对这些情况的处理再高明的译者也会或多或少地改变一些原作的意思。任何责任心强的译者都是会努力控制住自己,不让个人的情感因素掺入到翻译之中。一方面是主观的控制,另一方面是被动地掺入,这就让译者在思维方式上陷入"痛苦"之中,但是也正是这种"痛苦"才显示出翻译规范对思维的约束作用。情感的掺入是翻译变得不确定的一个因素。所以,如何确定这种不确定因素,应该是翻译方法研究的一个重要内容。然而,翻译方法是一把双刃剑,恰当的方法可以抑制不确定因素,不恰当的方法则可能使不确定因素变得更加不确定。在翻译上主张形似的人不希望翻译方法过于灵活,而那些主张神似的人则认为不灵活的翻译方法会束缚住译者的手脚,使翻译变得僵硬。一般情况下,译者的思维中是没有翻译方法的,只有当要翻译的内容有了一些难度或理解起来有了一些争议时,翻译方法的迫切性才会显现出来。当然,所谓的"难度"与"争议"都是相对的,既有原作表达上的问题,也有译者理解水平的问题。对于翻译方法,译者往往表现出既恨又爱的态度。对翻译方法的恨,是因为有了翻译方法,每个人似乎都变得会翻译了,动辄会指责译者的翻译方法出了问题,其实译者在翻译实践中有时会视情况丢掉所谓的翻译方法而另辟蹊径;认可、喜欢翻译方法,是因为在翻译实践中若没有了翻译方法,译者在困难面前就会寸步难行,翻译效果也会大打折扣。但是,总的来说,译者需要掌握一定的翻译方法与技能,才能使自己的翻译更有说服力。

我们的思维,当被唤之为译者思维,就是说这种思维应该是努力朝维护和保障译作忠于原作的方向发展的。因此,译者的思维在双语之间的对应关系上就应该确立某种逻辑结构。这种逻辑结构的存在十分必要,可防止译者滥用权力,保持译作基本的可信度,这样的逻辑结构需要赋予翻译以形式上的正当性,使逻辑推理在翻译中成为可能。如果译者思维中存在了逻辑结构,那么翻译工作的首要任务就是要抓住原作的关键因素,也就是思维方式上常说的"抓焦点",这项工作需要通过逻辑推理来完成,但是译者的经验也会起很大的作用,丰富的翻译经验会为逻辑思维的有效运用提供自如的条件。一个优秀的译者与一个蹩脚的译者之间的差别,有时就表现在是否能抓住原作的焦点。一部好一点的作品,每一个词句都可能与上下文的某处发生联系,换言之,每一个词句的含义都是从某个焦点扩散开来的,抓住了焦点,我们就能将千头万绪联系起来,使我们译出的每一个词句有所归属,不会最终形成那种从形式上看无可挑剔但综合全文来看则显得莫名其妙的译文。

思维与语言就像一对孪生兄弟,思维支配着语言,但思维的进行又要以语言为载体。思维与语言的这种关系是许多语言现象产生的原因。而翻译涉及两种语言,当然也就要涉及两种思维体系,这就使得双语转码的活动变得极为复杂。

思维方式不同,语言中表达概念的词的组合形式就会不同,句子的结构就会不同,表达的方式也会不同。思维方式制约着语言表达。所以说,翻译不只是双语的转换,也是两种思维的转换。这种复杂的转换不借助逻辑推理是很难完成的。巴黎释义派提出,翻译可以分成三个层次。第一个层次是翻译词的本义;第二个层次是翻译话语或句子的含义;第三个层次是确定翻译意义。翻译意义应该表达的是话语的深层意义,这个意义的获得就是译者根据前两种层次的意义分析它们潜在的逻辑性,然后运用译语的思维方式重新组合成符合译语习惯的语言形式。这种说法是所谓的"思维推理"的理论基础。可以说,翻译离不开思维推理。

图式理论有这样一个看法,当一个人阅读时,头脑中会产生信息,但是这些信息更多的是阅读者的已有信息,是阅读者以前对与所读材料相关内容的重组与重现,只有部分是来自于材料本身的新信息,否则阅读者是无法理解所阅读的材料的。这种已知的相关信息越多,读者就越容易理解所读的材料,因为陈述性记忆中的图式足够丰富,能帮助读者进行推理。对于译者而言,信息处理的心理过程就是将原语中的信息在记忆中进行解码并重新编码的复杂过程。这个过程之所以复杂,是因为解码是双重的,解码的效果要受到两套心理图式的影响。一个好的译者,这两套心理图式应该都是既丰富又广泛的,如果有一套弱一些,都不利于翻译,不是理解易遇到障碍,就是表达力不从心。

译者在理解原作时会用自己的图式对原作进行扫描,有关原作内容的图式将在译者的理解中起作用,而有关译语的语言文体风格的图式将在译者表达中起作用。这种作用的发生就是依靠推理。推理是一种思维技能,属于程序性知识的范畴。在翻译的过程中,译者的陈述性知识与程序性知识相互作用,使推理有了一定的逻辑可循,从而让翻译呈现出"作者—译者—译文读者"这样一条完整的翻译链。翻译的信息传递不是单向的,而是双向的,翻译意义在信息的双向传递中不断调适,最终形成具有交际效果的译文。翻译有了可循的逻辑,有了生死命脉,忠实也才有了保证,不至于变成一句口号。

　　无论是西方还是中国,翻译研究都经历了早期的翻译方法论的探索阶段,而这些探索者大多都是翻译的实践者。两者之所以有如此相似的经历,是因为翻译研究一开始都是译者本人从解决翻译实践的具体问题出发的。这些译者利用各自传统的语文学理论,努力将翻译实践中获得的经验上升到翻译方法论的高度。但是,翻译方法论中有一个一直解决不了的问题,那就是关于直译和意译之间的矛盾。不同时期的翻译实践总会有一些关于直译与意译的新见解。在中国,很早就有了翻译实践,有文字记载的翻译始于东汉末年的佛经翻译。佛经翻译一直持续到北宋末年,共有一千多年的历史,是我国翻译史中的一个重要的翻译时期,一些关于翻译方法论的真知灼见也在这段时期层出不穷,反映出中国古人对翻译问题的思考。三国时的支谦在他所写的《法句经序》中就有这样一段话:"佛典兴,皆在天竺。天竺语言,与汉异音……名物不同,传实不易。"他提出,为了追求文丽简略,应该改"胡音"为汉意,即用意译取代音译[①]。维祇难与支谦的观点则大不相同,于是引起了公元 224 年的第一次直译与意译之争。东晋时僧人释道安总体上也主张直译,但是他并不反对意译,他认为对待不同体裁的原作可以采用不同的译法,不能一概而论,比如,译大乘经可用意译,而译戒律则一定要用直译。稍后于道安的鸠摩罗什则重意译,认为译文应该有文字之美。之后隋朝高僧彦宗写出《辩证论》,专论翻译,也是在直译与意译两个方面寻求平衡,认为译文既要忠于原文,又"不过鲁拙"。唐代高僧玄奘是一个了不起的翻译家,他的译文质量很高,直译与意译运用灵活,他在翻译方法论上提出了"既须求真,又须喻俗"的原则[②]。在西方,有记载的最早的翻译活动大约发生在公元前 3 至公元 2 世纪之间,即 72 名犹太学者在埃及的亚历山大城翻译了《圣经·旧约》。他们在翻译方法上的立足点是译文必须准确,而无论是西方还是中国,在翻译史的初期,译文准确似乎就意味着翻译译得太直、太死,

---

[①] 转引自张振玉:《翻译学概论》,译林出版社 1992 年版,第 36 页。
[②] 转引自张经浩:《译论》,湖南教育出版社 1996 年版,第 2 页。

所以他们的译文也不例外,不过他们的努力也算是西方第一次在翻译方法论上进行的探索。西方最早提出意译观点的是古罗马的西塞罗,他主张译者在翻译外来作品时应像演说家那样使用符合古罗马语言习惯的表达方式。古罗马后期的哲罗姆也主张意译,但他并不反对直译,认为翻译方法应该灵活,尤其是要将"文学翻译"与"宗教翻译"区别开来。同期的奥古斯丁则倾向于直译,他提出译者必须考虑"所指""能指"和译者"判断"的三角关系,他的符号理论对后世产生了极大的影响,直到今天仍在语言与翻译研究中发挥着作用。在中世纪,诗人但丁提出过文学作品不可译论,但直译与意译的问题仍然是翻译家们讨论的焦点。文艺复兴后,马丁·路德提出"翻译必须采用人民的语言,只有采取意译,才能在某种程度上再现《圣经》的精神实质。"①马丁·路德的翻译原则和方法在当时产生了很大影响。这一时期的西方的翻译家还是一直就直译和意译的问题进行讨论。在文艺复兴的推动下,西方在17、18世纪末之前提出的关于翻译方法论的研究比过去有了很大的丰富与提高,但是所有的讨论都依旧是关于直译和意译的研究。

翻译实践者在翻译方法论的研究上之所以摆脱不了直译与意译的思想局限,是因为他们的实践经验有余而理论视野却相对狭隘。要拓宽翻译方法论的视野,就需要翻译理论家的帮助。西方现代翻译方法论的发展,是翻译理论家们借鉴了现代语言学理论,从语言的内在规律探索翻译问题的结果。大约从18世纪末开始,在西方,越来越多的理论家开始涉足翻译方法论的研究,他们不再在直译与意译的话题上重复唠叨,而是采用了各种理论体系,提出了体系比较完整的翻译理论。比如,英国的泰特勒提出了至今仍有重要参考价值的翻译原则,他的《论翻译的原则》被认为是西方第一部较为完善的翻译理论专著。19世纪,一些理论家从文学或语言学的角度对翻译进行了多层次的探讨。比如,德国学者威廉·冯·洪堡提出的两元论的语言观对20世纪乃至今天中西方翻译理论的研究都具有不可磨灭的贡献。20世纪以后,随着科学技术的蓬勃发展,理论家们认识到,翻译不仅是一种技巧或艺术,而且是一门科学;翻译理论也不只是翻译家们的副产品,而是涉及哲学、文艺学、心理学、社会学(甚至信息论与数控论)等多种学科但又自成体系的严肃课题,表现在翻译方法论的研究上就是翻译理论和翻译实践更加明确地结合了起来。比如,乔姆斯基的《深层结构、表层结构和语义解释》提出对翻译思维的每一个

---

① 转引自谭载喜:《西方翻译简史》,中国对外翻译出版公司1990年版,第47页。

层次都应该考虑深层,考虑交际值及等值转换;约翰·卡特福德的《翻译的语言学理论》使等值翻译理论得到了进一步的发展;奈达的《翻译科学探讨》把翻译研究提高到科学的高度进行理论分析。我感觉到,译者需要有翻译方法论的意识才能不断提高翻译水平。尽管理论研究与翻译实践之间的距离肯定还会继续存在下去,但是我想强调,译者的理论水平应该与译学理论的研究同步提高,起码掌握翻译方法论可以引领实践者开拓新的思路。

在历史上,除了当代,我国少有专门从事翻译理论研究的学者,发表翻译方面言说的主要是那些翻译实践的工作者,而后者的论述大多都是围绕直译与意译的命题展开的。18 世纪末至 20 世纪中期,当西方的翻译理论研究蓬勃发展之时,我国的翻译者仍然重复着直译和意译这样古老的命题。但是,命题虽老,讨论却很热烈。"译书渐繁,译者日多。涉及理论,争端乃起,'直译''意译'之讨论,备极热烈,曾数度形成笔战,各据阵垒,挥毫辩驳,以'硬译''胡译''死译'相非难。亦有三五客观之士,倡折中之论者;亦有'直译''意译'两皆不取,而独倡'神译'之说者;亦有经'直译''意译'于无当,而倡'句译'之法者。"[①]比如,鲁迅分析过信与顺的关系,提出了以信为主、以顺为辅的直译主张;陈西滢则认为译文有形似、意似、神似之分,只有神似才是上等的翻译;曾虚白也主张翻译应力求神似,认为"神韵为作品给予读者之感应,即读者心灵共鸣所表成之感应。信而不达,只得形似;达而善,方有神韵"[②];林语堂变通了严复的观点,提出"忠实""通顺""美";傅雷把翻译提高到艺术的范畴,认为翻译"所求的不在形似而在神似"。这些翻译家关于直译与意译的讨论应该说都有一些新意,但是他们的观点"往往都略师其意,大多半也是'三一律',好像孙行者还没有跳出如来佛的掌心"。[③] 从 20 世纪 70 年代末至今,我国的翻译理论研究有了很大发展,研究的广度和深度都有了新的开拓。"我们的理论研究意识有明显增强,学科建设在各类文体翻译研究、译学本体论研究和跨学科研究三个层次上都取得了可喜的成果,开创了一个新的历史时期"[④]。比如,在文体翻译研究方面,刘宓庆的《文体与翻译》、张今的《文学翻译原理》、刘重德的《文学翻译十讲》以及方梦之的《科技英语实

[①] 张振玉:《翻译学概论》,译林出版社 1992 年版,第 36 页。
[②] 转引自张振玉:《翻译学概论》,译林出版社 1992 年版,第 36 页。
[③] 罗新璋:"我国自成体系的翻译理论",载《翻译研究论文集》,外语教学与研究出版社 1984 年版,第 89 页。
[④] 杨自俭:"我国近十年来的翻译理论研究",载《中国翻译》,1993 年第 6 期,第 11 页。

用文体》都是有着广泛影响的著作;在译学本体论的研究方面,黄龙的《翻译艺术教程》、谭载喜的《试论翻译学》以及金隄的《翻译学与等效论》等都标志着我国译学理论的重大发展;在跨学科研究方面,柯文礼等人将翻译与语义学研究结合起来,王佐良等人将翻译与比较文化结合起来。这些翻译研究成果,虽然不少借鉴了西方语言学及翻译理论,但确实给中国的翻译理论研究增添了活力。

应该说,中西方的翻译理论研究的过程是基本相似的,研究初期都是处于翻译方法论的朴素的初创阶段,即尝试着利用当时的语文研究的相关理论来建立翻译的有关标准,探讨"直译"和"意译"这两个命题;然后,在此基础上,借鉴其他理论的研究成果,翻译的方法论研究上有了本质的飞跃,并因此带来翻译理论的迅速发展,呈现出目前新理论和新见解层出不穷的大好局面。只不过,西方到18世纪末就结束了这样的译论演变过程,而我国是在改革开放之后才逐渐转向科学的翻译研究方向。"我们从历史上就不重视方法论建设,长期不重视培养理论思维能力的逻辑学、语言学和修辞学三门基础学科。我们应转变观念,加强方法论的学习与研究"①。我国的翻译方法论研究虽然起步较晚,但也正因为此,我们可以借鉴西方的研究成果。西方的翻译方法论研究,其"最大特征就是翻译研究被纳入语言学,与对比语言学、应用语言学和语义学等建立了内在的联系。"②因此,我们应该将现代语言学的成果引入到翻译方法论的研究中来,结合我国传统译论研究中的优秀成分,古为今用,洋为中用。但是,重视语言学理论,并不意味着忽视其他学科在理论与方法上对翻译研究的影响和渗透。相反,翻译研究应该有意识地引进其他学科的理论与方法,以促进翻译方法论建设。同时,为了给翻译方法论研究提供可信的依据,我们还应该重点加强不同语言及其相关文化的对比研究,从语言的表达方法追溯到语言的思维模式;同时加强哲学史、文化史及语言学史的对比研究,探求不同民族认识世界和表达思想观念的方式和方法。

也有人对翻译研究的迅速发展不屑一顾,认为理论过深过细对实践毫无用途。这实际上是一种目光短浅的表现,因为从理论到实践是需要时间来磨炼的。但是,这种指责也是正常的,是学术生态进化过程中的必然现象,也是理论与实践相结合的动力。我们认为,翻译的理论问题还需要翻译理论家们来解决,当然这也包括那些兼有翻译家身份的理论家们,

---

① 杨自俭:"谈谈翻译科学的学科建设问题",载《现代外语》,1996年第3期,第28~29页。
② 谭载喜:《西方翻译简史》,中国对外翻译出版公司1990年版,第103页。

而对于纯粹的翻译家们来说,翻译理论只具有审美的意义。译者对于翻译理论是否完整通畅并不关心,他们关心的是如何解决翻译中出现的具体问题。译者的这种心态是正常的,或许不应该受到指责。对于理论研究者也是一样的,理论研究者不一定非要立即参与到翻译实践中不可,完全可以先完善理论,解决好理论上的问题。当然,理论是一定要与实践相结合的,但这不是一朝一夕的事情,更不是哪一个人的事情,而是思想上经过长期的理论过滤与沉淀之后才能达到的效果。也就是说,今天的理论可能要等到"明天"才能在实践中有所作为。翻译实践也不可能因为今天的理论有了变化也就跟着发生变化。但是,就像理论不断发展一样,实践也会不断进行。从理论与实践的关系来看,理论来源于实践,但发展的速度又常常超越实践。正如姜秋霞、杨平所言:"译学理论在短时间内的迅速增加确实对翻译学的建构起到了很大的作用,研究的理论层面与理论领域不仅广泛、丰富,而且更趋向于综合,充分建立了学科性联系。在认识论上既体现了抽象会意的宏观思维形态,也反映了逻辑分析的微观研究模式。每一种理论方法都有相应的个性特征,体现了独特的研究视角、认识论范式及方法论特点,通过对各种理论方法的分析与认识,有效实现各种理论方法的共融、互补,实现翻译研究理论方法的有效整合,并进而推动译学研究的深入发展。但现有的译学理论、已有的理论方法运用还远远没有涵盖译学的全部,内外理论模型的建立还未形成完整协调的系统。另外,理论方法只是翻译研究的一类方法,作为人文学科的一个分支,翻译学科还有理论方法之外的实证描述、实证调查、(心理)实验法等,全面运用各种研究方法对翻译进行探索将有助于更快、更有效地发展翻译学科。"①

第二节　翻译理论家思维

现在越来越多的翻译概念是翻译理论家的概念,而不是译者的概念。在许多译者看来,翻译理论家们所谈的那些无边无际的形而上学的理论不过是把平淡的日常生活搞得复杂化了。在翻译方法论的问题上也是如

---

① 姜秋霞、杨平:"翻译研究理论方法的哲学范式——翻译学方法论之一",载《中国翻译》,2004年第6期,第14页。

此。无论什么翻译方法论,若译者不接受,就不能在实践中起到作用。所以,要想让翻译方法论起到规范翻译行为的作用,就需要深入了解译者的翻译行为的理由。

一、翻译研究的范式

一般情况下,译者在翻译活动中对语言如何转换拥有至高无上的权力,而无论什么权力,一旦膨胀,其操作的正当性与合理性就必然会受到质疑。虽然,我们相信,一个训练有素的译者会自觉地在翻译活动中尊重原作并尽可能地摆脱政治的、社会的、经济的、文化的及个人偏好的影响。翻译的客观性与原则性等要素构成了译者尊重原作的理论前提。这种尊重还依赖于译者的看法,即译者认为翻译是一个完备且复杂的程序与规则体系。假如翻译是一个体系,就应该有一套运用的办法。但是,近年来,许多人不认同翻译的体系与方法,他们认为翻译的"忠实"是不可能的,因为不同的语言都有各自不同的局限性,这使得译者总是面临着取与舍,不可能做到"完全忠实",译者的价值取向和主观思维总是会在翻译中起着作用。不同的译者会有不同的翻译态度,不同的翻译态度会使译者选择不同的翻译方法、翻译原则或翻译规则,其中翻译方法可以用一种方法,也可以采用多种方法。在翻译实践中,没有办法认定哪一种翻译方法是最好的,译者只能在多种具有合理性的方法中选取自己中意的办法。在翻译实践时,译者需要对原作进行解读,然而解读原作是没有确定的方法的,各种制约因素对每一个译者的综合作用是不一样的,这无疑是宣告翻译的方法论事实上是不能够规范译者的思维的。

我们在研究一些翻译家们的译作时经常会感到迷惑,不明白他们为什么会这么译而不那么译,的确表达的方法有很多,我们无法确定哪一种表达方法最与原作接近。我们有时会觉得某部译作译得很好,译者自己有时也会对自己的某部译作感到满意,但是我们如何才能在理论中加以说明呢? 我们有时会在研究某些译家的译作后确定一些所谓的正确观念,但在研究另一些译家的译作后,这些观念就会被动摇或难以为继,这让我们觉得翻译学其实是多么脆弱呀! 我们的理性思维常常会受到翻译的神秘感和翻译的不确定性的骚扰。

所以,我们得出一个结论,对于翻译而言,清晰的原语文本是不存在的,只存在译语文本的力量。成功的翻译就是译作能够在具体的语境下被接受,与原作等值的翻译其实是不存在的,否则译作就不叫译作了,干脆就被直接称为原作罢了。但是,要实现译作能够在具体的语境下被接受的结果,翻译还是需要一些原则、规则、方法与技巧的。如果译者的翻译与大家认可的翻译规则是一致的,说服力也就自然大一些,译作也就更容易被接受。

也就是说,翻译理论是必要的,而且应该在翻译实践中发挥作用。当前,我国的翻译理论在蓬勃发展的过程中也存在着一些问题,主要是不少的学术成果更像是一种印象派艺术,而没有发展成一种成熟的学术体系,更缺少有洞察力和说服力的科学创见,虽然看上去数量不少,但大多人云亦云,并未形成多样化的流派,这使得一些译者的翻译实践因缺少理论的支撑而显得不够正当化。

随着翻译学研究成果的增加,翻译的原理也变得越来越复杂,这显示出译学有了专业的属性,也显示出人们对翻译的认识已经变得更加深刻。由于历史的原因,社会科学补课论曾一度在我国盛行,大量的翻译研究实际上都是对西方理论的介绍性研究。这是一个我们必须经历的历史阶段,没有这个阶段,我国的翻译理论研究的速度就要慢得多。西方理论在短时间内被大量引进,使得理论变得越来越复杂化。而相对于理论的发展,大多数译者在翻译实践中运作的方式却仍然简单。这是因为,理论的复杂化可以使理论的论证变得更加缜密,但同时会使译者在实践中难以操作与运用。所以,翻译研究要区分理论研究与应用研究。理论研究需要复杂化,而应用研究需要简化。应用研究应该负责将复杂的理论研究简化,而使得翻译理论能在翻译实践中发挥作用①。

在20世纪80年代以前,中国没有太复杂的翻译理论,有关翻译的文献也不是很多,在翻译界流行的只是那些箴言式的学术语言。随着学科建设的发展,大学教授们发现这些箴言过分简单,很难充分表达复杂的翻译学说。但是,这些箴言并没有因为学术界的轻视而消失,译者在翻译实践中还时不时地提到它们,并继续用它们指导自己的翻译实践。这个现象提示我们,译者需要应用研究的成果,而应用研究应该简洁明了,方便译者理解,不能像理论研究那样复杂,更不能走哲理化甚至玄虚的路子。应用研究的结论完全可以像箴言一样简单,以方便阐释翻译的原理。我们也可以借用一下当下学术论文中常用的术语,把这种做法称为一种"范式"。

所以,我们或许可以简单地把翻译研究分成两种"范式"。第一种情

---

① 闫凤霞:"翻译理论与实践刍议",载《长江大学学报(社会科学版)》,2013年第9期,第114页。

况是把翻译研究向描述性理论方面发展,对翻译事实、翻译过程或翻译现象进行描述与说明。描述理论的目的是就事论事,将问题说清楚,但描述理论现在面临的困境是越说越复杂,一些问题好像说明白了,但伴随着的是新的问题和更多的疑问。第二种情况是人们把翻译研究看作是对规范性理论的求索,希望翻译的原理能成为翻译思维的指南,即把译学看作指导实践的一种实用性学科。对于译者以及那些学习型研究者而言,他们研究理论不是为了质疑或是重新论证理论命题,而是为了在实践中运用已经得到证明的理论。理论研究讲究的是命题论证要详细,应用研究讲究的是结论简洁明了。只有这样,翻译学的实践功用才能得到充分发挥。强调实践的真实情况,会解构那些虚无缥缈的形而上学的假定,从而对理论产生有益的影响。我们时常会陷入语言的迷宫之中,可能是因为存在着某类客体与若干标签不能相配的情况,比如,在原语中那些为了澄清某些问题而使用的映像和隐喻,在进入译语后,有时会事与愿违,反而给我们添了乱。因此,我们在进行理论研究的过程中要经常性地回归到实践本身上来,因为这才是理论试图解释的事情,只有这样,理论才能从一些无解的困惑中走出来。翻译真正的困难并非那些语言的陷阱,而是语言之外的各种各样的制约因素对翻译的影响。

二、提升翻译学回应实践的能力

翻译学归根结底还是一门实用性学科,着眼于研究,但要解决的仍不外乎现实问题。我们的研究既不要崇洋媚外也不要食古不化,西方的思想智慧值得我们借鉴,中国的文化根基也值得我们认真探寻。翻译研究自然离不开理论体系的研究,但同时也不要忘了翻译学是一门实用性学科的属性,提升理论是为了回应实践,解决翻译的现实问题,扩大翻译学科的生存空间,使以译者为主的翻译人较为广泛地体会到翻译研究成果的应用价值。当前,我国的翻译研究偏重抽象性、体系性研究,而缺少具体化研究的志趣,我们应该在吸引学者关注现实方面有所努力。高雅的研究是需要的,但是不要一窝蜂地都去搞,要有多一点的人在具体的应用研究上多下一些功夫,充分地去展现翻译方法的工具性。应用研究命题的论证需要翔实、准确,但更要考虑理论的可接受性,而且在结论的表述上要做到简练、明晰,这样才能方便理论与实践的结合以及学者与译者的沟通。应用性理论成果要产生大的影响力,就需要有足够多的读者。方法论是翻译学特别倚重的一种理论形态。在西方,方法论是在哲学走完了本体论、认识论和价值论这些阶段之后出现的。有了方法论,理论研究就出现了两种完全不同的理路。一种是宏大的叙事式的理论研究,另一种是技术性的细节描述与研究。

方法论不属于那种宏大的叙事研究,而是立足于理论的实用性。久而久之,研以致用成了人们心目中的方法论的标记,而清淡附雅式的坐而论道似乎不再是方法论研究该有的风格。然而人们的这种印象只是建立在逻辑推论的基础之上,翻译学研究的生活画卷并非如此。翻译学一定要实用,这样的观点不过是一个应然的推论。看一看我们现在的翻译学研究,不难发现宏大、高深、抽象已经成了它的基本特征,有些译学描述不过是在哲学身上披上了译学的外衣。尽管翻译学确实是一门实用性学科,但它终究不是实践本身,在形态上仍然属于理论,所以在研究中排斥本体论和宏观理论也显然是不对的。译学属于实用性学科,但它也需要抽象的理论,离开这一部分,翻译学就难以构建一个完善的体系。但我们必须提醒自己的是:翻译学尽管也属于社会科学,但它与政治、文化、经济等有很大的不同,那就是翻译本身是属于工具性的。所以,译学研究摆脱了实用性也就失去了意义,它必须是实用性的,这样才能与翻译的实用性相匹配。翻译学所研究的规则、原则、方法、译者的权力、翻译的职责等都是帮助翻译得以顺利实施的工具。翻译学就是研究如何使用这些工具的学问。因而翻译学科的学科属性决定了我们在这一学科的研究中不能玩纯粹的高雅。当然,翻译学也有自己的价值追求,它始终反对那种以工具性的名义行践踏翻译之实的行为。与一般单纯研究抽象价值的学科有所不同的地方在于,翻译学要研究翻译价值实现的技术,使理论具有较强的回应实践的能力。

从翻译学的研究中,我们大致可以看出两条线:一条是从具体往抽象化发展,另一条是从一般往具体的方向努力。如果我们要追问的话,似乎都可以想到这样一个问题:翻译学研究究竟是为谁服务的?但是,这个问题又似乎没有问到点子上,因为凡是理论研究当然都是为实践服务的,这在大家眼里已成定论,没有什么好怀疑的。因此我们不妨借用经济学的语言来重新提问:翻译学的研究成果有哪些读者群?它的市场在哪儿?不能回答这样的问题,我们就很难说我们的研究有明确的指向。

尽管翻译学是一门实用性学科,但翻译理论与其他理论一样都具有抽象化和体系化的特征。不具有这个特征的"理论"就不能被称为理论。理论的系统化和体系化是从实际中抽象和概括出来的。这种抽象概括的努力使得理论得以成为一种纯粹、高雅的学术。有人批评那些抽象的翻译理论,这是没有道理的,因为抽象化是所有理论的共同特征,其本身并没有过错。没有抽象就没有理论。如果"抽象"上出现问题,很可能是翻译研究中所抽象的对象不是来自活生生的实践材料,而是来自与中国翻译实际很远的西方哲学和翻译理论。这种从思想到思想的抽象理论,如果没有针对中国翻译现状的实际,又没有扎根于中国传统文化,就很有可能失去回应中国翻译实践的能力。

当下的中国翻译理论出现这样的情况也属于正常。因为我们的理论底子薄,发展快,把西方已有的理论拿来参考也算是一种研究的捷径,但如果不分青红皂白地把西方的问题当成是中国的普遍性的问题,中国的翻译理论研究就可能会走偏。在中国当代文化阶层,追捧西方文化的普适性与先进性已经成了许多人心底里的情结。这种情结实际上就是一种心理屈服,是西方的军事、文化等不断侵略而我们的传统文化面对外来侵略不断遭遇挫折和失败的结果。这种侵略来势凶猛,许多人浸入其中,出现了一种集体的无意识,竟将西化视为一种理性的选择。引进西方的翻译学以及相关的抽象理论是没有问题的,但是引进以后必须中国化,使之可以解决中国的问题。我们要用西方的翻译理论帮助我们对中国现有的翻译实践进行抽象与概括,在概括中进行比较与创新。从翻译理论研究上来看,中国的底子较薄,但中国是一个有丰富思想资源的大国,对于许多问题都会有自己的见解和解决的办法,只要我们在此基础上批判地吸收西学,我们的译学理论研究就会变得更加丰满。我们要学习西方的翻译学,但不能采用直接的拿来主义的方式,更不能把这些东西生搬硬套到中国的翻译实践中。试想,这些在中国文化背景下水土不服的理论怎么能够解决中国翻译的现实问题?又怎么能够在回应实践上发挥作用?

翻译学研究应该有自己的体系,目前翻译理论界正朝这个方面努力,这无疑是一个正确的选择。翻译学没有自己的体系会使得理论与实践的结合变得不易,因为我们无法确定理论的标尺。然而,专注于体系性的研究,会造成为了体系而体系的纯理论情结,使得研究者脱离实际,生出一种居高临下的态度。在体系论的研究者眼里,所有活生生的实践都必须转变为生僻的符号,他们热衷的不是语言的生动而是逻辑的完整。研究者有时为了体系的完善而全然不顾所谓的体系能否在实际的翻译实践中运作。他们有意无意地让理论优于实践,让脱离实际的理论成为衡量翻译实践的标尺。这种产自西方的研究在我国翻译理论界盛传,而翻译实践者对这些成果知之甚少或者根本就漠不关心。实事求是地说,研究者的体系努力是必须的,无论是规则体系,还是概念体系,对翻译研究都有十分重大的意义。体系化研究不能不要,但是一定要注意如何才能让这种体系化研究的理论成就提高回应实践的能力。

翻译学也是一种规范性理论。这种理论的规范作用得以发挥的前提取决于其得出的一般性结论能够被广泛接受,接受的人越多,其影响力或约束力也就越大,并发展成一种权力,帮助译者生成忠实的译文。但是,目前的问题就是规范性的理论很难得到大家的认可。某种理论被广泛接受需要很多的条件,因而在很大程度上带有偶然性。纵观中国历史,很多理论能够被普遍接受常常是政治因素起了作用,或是被推崇,或是被批判。而今,随着传播媒体的多元化,知识群体迅速增大,政治推动的力量相对减弱,理论有的时候反而成了左右政治的力量。所以,从发展潮流上来看,一种理论的影响力完全取决于政治的情况将越来越少,更多的情况是,理论之所以有影响力是由于理论本身具有说服力和感召力。

我们注意到,当下中国的翻译学研究在志趣上偏向于抽象化与体系化,这是一种典型的一般优于个别的思维定式;如果我们的翻译方法论也偏执于此,我们的研究成果不过是一种纯粹高雅的理论,与翻译实践的实际越来越远。究其原因,可能是一个人学术品位的高低普遍取决于同行专家的赞许,这就使得研究者们很可能为了讨好同行中的所谓专家而曲意迎合。这种翻译研究的体系化和抽象化的努力虽然如海市蜃楼般地虚幻,但也不是说对翻译实践没有一点儿影响。专家传播理论的阵地就是讲堂,他们向学生灌输他们的思想,而当这些学生从事翻译研究和翻译实践之后,就会将这种影响继承下去,所以闭门造车式的翻译研究非但没有减少,而且有增多的势头。他们甘愿坐冷板凳,执着地相信金子总是会发光的;因而,他们对当前的翻译实践的实际情况并不太关心,他们相信只要他们坚持下去,他们的理论终有一天会在翻译实践者的头脑中形成前见,从而最终起到规范翻译实践的作用。

从传统意义上来说,这些高雅的研究才是真正学术的范畴,研究者们用知识分子的清高与淡雅,守在书斋里干着一些慢工细活,企图逐步影响甚至是引导翻译实践。但从历史上看,很少有源于书斋的研究在远离社会的情况下还能对社会产生重大的影响,这样的研究大多是要淹没在滚滚红尘之中的。翻译学不只是哲学的思辨,而是针对具体翻译实践的一种规范性的学问,翻译实践需要时时处处听到它批评的声音,翻译思维需要时时处处获得它的滋润。如此,翻译学的思想源泉必须是现实生活。高雅的哲学思辨成果只能提供由理性推论出的理论。这样的理论只会有很少的一部分能够浸入到翻译实践之中。而究竟哪些理论能起到影响翻译实践的作用是难以预料的,存在着极大的偶然性,一般来说跟理论传播的广度与深度会有些联系。理论的抽象化的努力主要是运用了逻辑推理的方法,需要较强的概括能力和解释能力。我国当下的翻译研究更需要那种源于翻译实践的理论。即便是理论作品,在宣传其理性的同时,也应该加上一些情感的成分,这样才有利于在情感交流中传达出理论的魅力。翻译学不能仅仅依靠硬性的灌输来彰显存在的价值,而应该变得更加鲜活,以吸引人们主动阅读,最终对翻译实践形成影响力。

翻译学研究的具体化努力主要针对国内的翻译研究偏重抽象化的现实,是要把现有的规范和现成的译学理论与翻译实践中的个案结合起来进行研究。从一般推及个别是这种研究的主要路径。这也算是翻译研究的一种平衡术,即将当下热衷的理念研究暂时缓一缓,而将主要精力投放到抽象理论与具体情景相结合的方面。有些学者认为,中国的翻译研究之所以没搞好,典型译例分析的研究缺乏是重要的原因。这些说法虽然重了一点,但表达出了很好的研究志趣。任何翻译理论要想获得大家的认可,就必须在对一些重要的典型译作的分析中发出声音并获得广泛的信任。

翻译研究具体化的努力实际上就是模仿译者在翻译中解决具体问题的思维方式,针对个案的具体情况提出一些有针对性的观点。这种具体化的努力注重运用一般原理,在对具体译作的分析中完善体系性理论,反对空泛的理论和复杂的推理。在对具体译作的研究中,使体系性知识从深奥走向通俗,使翻译理论从艰涩走向生动。可以说,这样的研究为的是讨好译者,研究成果的好坏最终由他们说了算。如果研究成果对译者解决翻译中的具体问题有所帮助,自然就会受到译者的好评。当然,我们不能说具体化的努力就比抽象化的努力更好,因为这是两种不同的志趣,只不过在当下大多数人都在埋头研究高雅理论的时候,应该让更多人从事一般到具体的研究。这种研究对翻译理论体系的建设也是有好处的,虽然它既非属于创建理论体系,也非属于论证理论体系,但却可以检验已有的理论体系。在检验理论体系的过程中,也会发现一些问题,对这些问题的思考则会构成体系性理论的实践材料。

抽象化与具体化的区别从表征上来看不会有太大的区别,因为具体化的努力不是说没有抽象,抽象化努力也不是说没有具体化。两者的区别在于研究者的思维与努力方向不同。我国当代的翻译研究盛行旁征博引、追求深刻思想之风。这种从思想到思想的研究不是具体化研究的理路。具体化研究是把理论结合到实践中去进行研究,其思想来源部分来自哲学或翻译哲学的理论,但更主要的是来自对翻译现实问题的思考。

研究者非常注重对译作的细节进行分析,强调以描述的手段提炼较为具体的经验性智慧,擅长把抽象化的理论通过具体化的努力与实际的翻译情景结合在一起进行情景式的研究。在具体化的研究中,对翻译细节的分析与论证以及对翻译经验的类比与归纳是十分重要的研究方法。具体化的研究志趣关注的是当下,想解决的是现实问题,所以没有太多的历史包袱,因而更为从事翻译实践的人士所青睐。

然而,在高雅的研究者们看来,具体化的研究看问题比较狭隘,只想到现实的那点需求,而且有讨好译者之嫌,所以多少显得有些媚俗。这种意见是有道理的,不过翻译研究不食人间烟火也不行。在真实世界里,翻译就是个别的特殊的翻译,而不是抽象的翻译。要弄清楚"什么是翻译"这一翻译的基本问题不能完全指望抽象的解释。实际上,无论哪一种解释都是经不住推敲的,因为所有的翻译都是有时效的,存在于一定效力范围之中,而且每一种翻译都不可能没有翻译事实。所以,谈翻译必须谈翻译事实。目前我国译界的最大病症在于理论脱离实际,对于译作的个案分析甚少。大多数研究疏于事实,善于抽象,而偏偏就是这些研究成果更易受到编辑的青睐,于是为抽象而抽象之风更加盛行。久而久之,翻译研究者们都快要成了玄学大师了。当然,我这样说,是带有矫枉过正之心的,说辞或许有些偏激,毕竟译学家与翻译家各有各的使命,但我想这多少反映了当下翻译研究的一些问题,也多少表达了译者们对理论研究者的期待。我们相信,如果一项抽象的翻译原则能在某一具体的翻译个案中获得解释,则更易被公众理解和接受。尤其是翻译方法论的研究,目的不是启发精英,而是要对翻译实践的过程产生影响,并对这一过程做出令人信服的解释和说明。

译学研究者与其他理论研究者一样都有一种追求形而上的情绪,似乎译学研究若未能将翻译哲学作为自己的归宿,就会因为理论的抽象程度不够而失去令人重视的高度。这种形而上的追求使得他们视一些就事论事的议论为"小儿科",视对翻译技巧与方法的探讨为没有品位的雕虫小技。当前我国翻译理论研究大而化之的倾向日益明显,对翻译这种实用性学科而言这种倾向背后一定隐藏着某些问题,至少需要引起我们的重视。研究成果会不会产生影响力,尤其是会不会产生广泛而深远的影响力,与它们有多抽象并无直接关联,更不是越抽象越深刻。当然,译学家把翻译哲学当成翻译学最后的归宿是无可指责的,因为理论的最高形态可能也就如此了。但是我们在努力形成一种完美理论的同时也要尽可能地保持住译学的实用性品格。毕竟,远离了翻译实践的高度抽象,至多只能满足理论家们的"终极关怀"。

　　翻译研究者想把自己的研究变得更高雅一些,这也是情有可原的事情。比如,我们经常把翻译比作艺术,甚至干脆就认为翻译就是艺术。虽然艺术也难免有俗气的地方,但翻译人这样自诩,主要还是看重艺术的高雅,即艺术的那种潇洒地游走在规则与无规则之间、创造美的高超技艺。说翻译是一种艺术,如果仅是一个比喻,还是恰当的,至少能吸引研究者的思维趋向高雅。然而,一口咬定翻译就是一种艺术,就有了攀龙附凤的味道。翻译中确实含有艺术的成分,但若就此认定它是一门艺术,那将是对翻译的"捧杀"。将翻译比喻成艺术是希望译者在翻译的时候,应该讲究点艺术,而不是拘泥字面意义,将自己束缚得太死,使得理解与表达在生硬与机械中进行;讲究艺术还意味着译者在翻译的时候要将翻译的原则、规则、理念、技巧等与具体情景结合起来考虑;讲究艺术也是要求译者在翻译时灵活运用翻译方法、翻译方式与翻译策略。但是如果我们一旦真的将翻译归为艺术,那就等于为翻译的专横打开了方便之门。翻译是要受到严格限制的,不能率性,翻译中有艺术的成分,更有技巧的成分;翻译的技巧可用来欣赏,但更主要的是为了应用。只不过对于翻译技巧,现在很多学者不愿去提,似乎觉得这降低了翻译的学术性和翻译方法论的品位。

　　我们不反对高雅,但是要防止高雅离开翻译实践而与玄虚和神秘走到一起。现在翻译研究有一个趋势,就是向哲学解释学越来越靠拢,这确实使翻译研究的深度有了增加,甚至有人因此觉得翻译研究开始从方法转向本体了,我们不是说这有什么不好,而是要提醒一下,方法论向本体论转向的研究,可能会导致翻译学科回应翻译实践的能力有所降低。这种情况的出现归根结底还是我们对翻译的本质不够了解。比如,我们在说翻译是艺术的时候,可能会认为,只要我们掌握了艺术,翻译的很多问题就能够迎刃而解了。我们忽视了一个事实,那就是翻译原本并没有太多的神秘的地方,它不过是社会的一个组成部分,但是人们通过制定规则并对规则进行解释后挖掘了许多技巧,才使得翻译学变得越来越复杂,继而成为一部分人谋生的专业。

　　如此一来,翻译研究这种本来与翻译实践如影随形、相伴而生的东西,彼此之间似乎分离得越来越远了。我们当下在研究翻译方法论的时候,如果思想素材是来自活生生的翻译实践,非但不能成为令人称道的事情,反而被认为是低端的研究,仿佛那些与深奥的哲学或解释哲学发生关联的研究才是"高大上",所以现在翻译研究的走向趋于高雅的迹象是越来越明显了。翻阅现在的外语类核心期刊,大多数关于翻译研究的文章都来源于西方的哲学和翻译理论。这就使得我国的翻译研究成为对西方哲学和翻译理论的一种介绍性描述,或成为一种远离翻译实践的纯理论的探究。

　　理论研究的高雅是一部分学者的志趣,原本也没有什么不对,而且理论也只有脱离实际方可呈现出自己的形态,故而一直以来都有为艺术而艺术、为理论而理论的学者。然而翻译实践中出现的一些问题需要译学理论出面解决,所以面对实际应该是译学的一个重要特性,即翻译研究者应该具备问题意识。理论走向哲学化是理论形态发展的必然,而对一部分学者来说哲学化就意味着高雅。但是我们要记住,包括译学在内的多数理论研究都应该是面向实践的研究,如果失去了这个主旨,这些理论研究也就失去了生命力。翻译学的生命力也是如此,若不具备解决实际问题的能力,其生命就不会长久。不可否认,翻译学研究的高度抽象化和体系化所产生的大量理论作品成了翻译学科的深厚的文化积淀。但译学研究如果都是这样躲在书斋之中,只能以其神秘之雅成就一些专家学者,而对于翻译实践不起什么作用,也就怪不得译者们抱怨译学的迂腐。译学成果不一定非得让一般公众也能读懂,但至少应该让专业译者们感兴趣。幸好,时常有一些翻译家们也会写一些介绍自己翻译经验的文章,虽然他们的文章理论化程度不高,多少显得有些"俗气",但是我们还是能从中看到一些翻译的智慧,而这些翻译智慧正是我们许多高雅的研究成果所缺少的。当然,具体经验与抽象理论相结合的著作才是我们最想看到的。

　　译学家的研究成果不光是为了让同行欣赏,更主要的是要变成翻译实践的指南。同时,我们也要纠正一个误解,即一说理论是实践的"指南",就期待理论能变成实践的行动方案。理论是实践的指南,意指理论能对实践者的思维决策过程起到指引的作用,是实践者在决策时候的思维前见。理论任何时候都不可能是行动的方案,这是理论的一般性所决定的,知道这一点很重要,否则我们难免会感到失望。理论的作用是巨大的,但也是有限的。过去我们常说没有理论指导的实践是盲目的,实际上实践如果完全依赖理论也一定是盲目的。理论被高估是一种高雅的追求,但也可能是纸上谈兵。众多的理论文本构成了理解的对象,我们从中可以吸收到智慧的营养。但是,细想一下,所有的行为决策并不是由理论做出的,而是由人做出的,因为人才是主体,理论对人的行为的影响是通过影响人的前见起作用的。从这个意义上说,理论上的高雅还是很有必要的,因为高雅的理论会让人的前见也染上高雅。

任何事情都有正反两个方面,研究的高雅也是有副作用的,这个副作用就是译学回应实践的能力降低了。当前我国译学的现状就是如此。一方面曲高和寡的、高雅的论述难有众多读者;另一方面高雅的论述为了观点的严密而有的术语化倾向使得读者很少有耐心将其读完。所以,能否阅读当今的译学理论成了对那些为求得学位的学生能否耐得住寂寞的一种考验。我们还是坚持说,译学虽不反对高雅,但更应重视实用性。译学的意义是靠读者来决定的,译学的生命力来是靠读者来延续的,译学的影响力也是靠读者群的大小来判断的。现在的学术成果的评介主要还是依据引用率、转载率、官方的奖项、刊物的级别等指标。我们提出读者决定论,是想制造学术评介的两极,让学术研究不至于偏向高雅而失衡。而这种平衡的努力恐怕需要很长的时间,因为当下高雅的译学研究的主要力量是中老年学者,他们的高雅志趣已经影响到了年轻的学者们了。

在我国,英语教育的大众化似乎也带来了翻译的大众化了,高雅的研究与翻译的大众化形成了巨大的反差。翻译的大众化是一件好事,但是相比之下,真正受过翻译专业教育的人就显得十分少了,即使外语专业的毕业生也很少有人受过专门的翻译理论学习与翻译技能训练。当很低的翻译思维水平在一个社会占据优势的时候,高雅的翻译思维就很难被接受,翻译的职业化与专业化也不易形成。在这样的情况下,我们的高雅的译学研究成果,不管印刷出多少,如果很少有人阅读,也影响不了人们的行为。译学若总是在学术圈子里转来转去,连译者们都不愿意去了解的话,那么这门学科的影响力势必很小,是不是应该存在下去都会成为问题,这是我们不愿意看到的。

我看过一些译学理论著作,也对其中某些著作缜密的逻辑推理叹服不已,但是这些著作过于深奥,不易理解,翻译家们大多也不愿意花功夫去关注它们。但是,值得我们注意的是,大凡搞翻译实践的人几乎无人不知"信、达、雅"。这个若干年前的理论竟然没有被现在五花八门的理论海洋所湮没,不能不引起我们的深思。我想,主要原因就在于它的简明扼要。理论高深不是一个错,但是要想使高深的理论在实践中发挥作用,就需要它们能够以某种方式让大家耳熟能详,以增加回应实践的能力。

我们从翻译学研究的纯理论化努力中还可以发现另外一个现象,那就是历史与传统往往不被重视。不重视历史与传统的后果,就是可能会走回头路,一些著述尽管满纸现代理论的术语,但说的还是前人的那一套,这种重复劳动是最糟糕的事情。不幸的是,我们已经对这种重复司空见惯。当今的翻译学研究表面文章做得多,实际内容少之又少,要么迷恋于宏大的叙事,要么陶醉于技术细节。写文章的目的不是为了服务于对象,而是为了出语新奇,即以引用所谓最前卫的理论为新,以解读西方原作者的理论文本为奇。翻译研究不能只着眼于高雅,也要立足于实用。有些理论,就算陈旧,只要切实可用,能够为翻译实践服务,也仍然是好的理论。

翻译学研究应该有两个方面的功能:一是要解决翻译理论自身的生存问题;一是要解决翻译实践所面临的问题。无论侧重哪一个方面,翻译研究都应该保持一定的水平与深度。但是,在翻译研究成果的表述上常常出现这样两种风格:一是语言朴实、不求雕饰,一是故弄玄虚、矫饰做作。朴实之作,一片真情,文字流畅如行云流水;矫饰之作,看似深奥,读后却发现是废话连篇。

翻译理论文章的读者不只是同行,还应该包括那些专业的译者。这些读者都是有着较高学历或者有较强理解能力与文字功夫的人。我们希望翻译理论文章应该是朴实之作,并不是说文章要低级趣味。作者首先应该以真诚的态度与饱满的热情与读者沟通,不能低估读者的理解能力,但是又要在不屈从、不迁就低水平的前提下增强文章的趣味性。换言之,研究要深入,但表达要浅出。只要不牺牲研究的质量,不放弃理论改变思维的目标,研究成果适当"媚俗"也未尝不可。其次,为了让我们的研究更具影响力,研究的选题应该带有时代意义和问题意识。

我们的翻译理论研究成果究竟是面向理论同行的,还是面向包括译者在内的一般翻译人的,这个问题好像很少被研究者们所关心。现在的情况是,一篇论文或者一部论著是否优秀,不是由大众化的市场说了算的,而是少数几个专家说了算的。因为不是面向普通的读者,也无须在意翻译实践者的感受,所以现在的翻译著述当中生僻的词语、生硬的表达以及论证的符号化、结论的模糊性使得普通读者甚至是那些也算是在翻译圈子里的译者都望而生畏。我感到我们翻译研究者与研究成果的服务面向出了问题。如果我们的研究者能多想一想那些翻译实践者,让自己的研究成果尽可能多地为这些翻译实践者所了解与掌握,那么理论回应实践的速度就会更快一些,理论者与实践者之间的沟通也就更畅通一些。比起二三十年前,我国的翻译理论有了很大的发展,论证越来越充分,表达越来越细腻,但是社会影响面却没有相应地扩大。究其原因,就是读者群小,译学成果只受到一些将翻译作为研究方向的人关注,其他的人,比方翻译实践者、外语其他方向的研究者都不会去看。就连那些研究方向为翻译领域的高校教师中,也有人并不是真的要去读懂这些著作,而是找几个能唬人的最新的学术词汇在迫不得已要写文章的时候用来装点门面罢了。

理论研究需要高雅一点,但是像翻译学这样的实用性学科则必须有一点"媚俗",才能与实践的思维交合到一块。实际上,在现在这个信息泛滥的多元媒体时代,理论作者仅是采取了"媚俗"一点的做法也不足以赢得读者。很少有人会关注理论文章中那些冗长的论证,这就意味着要取得群众性的效果,译学家们的表述既要简明扼要又需引人注目。我这样说,不是要让译学家忙于炒作,也不是要让学问变得低俗化,而是认为当代的译学家们也应该在利用各种媒体传播自己的翻译思想方面做一些与时俱进的尝试。

此外,翻译研究的问题从哪里来?是从西方的哲学和翻译理论中去寻找还是在中国的翻译实践的现实中去寻找?不同的选择就有不同的读者群。翻译的问题,无论涉及哪个国家或哪种语言,都是有共性的。但是,中国的文化背景、翻译传统以及汉语本身的语言特点等都决定了中国的翻译研究有许多个性的问题需要靠自己来解决。如果我们一味地跟着西方译学的风向标走,可能我们解决的只能是西方人要解决的问题。现实就是如此,我们的论文论著很多都是在复述西方人的东西,说拾人牙慧一点儿也不过分。我们不否认向西方学习的必要性,因为西方译学中一定会有对译学普遍性的关怀与结论。我们应该担负起为中国的翻译实践提供理论支撑的责任,如果这个担子我们自己不挑起来,难道还指望西方人吗?可以说,我们的译学面向谁的问题有点模糊。我们应该思考哪些人需要我们的研究成果。如果我们的研究成果能满足这些人的需求,能让他们在阅读后有所启示,这要比获了个什么大奖更有意义。我国清末翻译家严复在《天演论》中的"译例言"是一篇关于翻译的短文,它并没有细腻的体系性建构,甚至连粗糙的理论体系都谈不上,但是却被广为接受,其中提到的"信、达、雅"不但在翻译界内而且在翻译界外流传百年之久。之所以如此,关键在于严复将复杂的问题简单化了,让复杂的问题变得那么单纯和容易理解,因而就赢得了广大的读者。

理论一旦被群众掌握,就会变成改造世界的巨大力量。翻译理论一旦被译者所掌握,就一定能够在翻译实践中发挥作用。翻译学科虽然是实用性学科,但其表现方式仍是理论形态,所以高雅一定是它追求的风格。但是,翻译学科毕竟是实用性学科,一定要具备回应实践的能力。翻译的理论成果与读者很好的沟通是提高理论回应实践能力的一个重要途径。我本人常看两本书。一本是许渊冲先生的《翻译的艺术》,另一本是许钧先生的《翻译论》。《翻译的艺术》收录了许渊冲先生 18 篇有关翻译理论与实践的学术论文,主要特色是理论与实践相结合,文中伴有大量译例与分析,加上译论新颖,在译界影响颇大,屡被转引①。《翻译论》一书由"翻译本质论""翻译意义论""翻译因素论""翻译矛盾论""翻译主体论""翻译价值与批评论"等七大章组成,深入讨论翻译学中七大本质性问题。《翻译论》是一部综述与论证相结合的著作,体现出明确的跨学科研究意识,所涉及的相关学科理论有哲学、语言学、文论、比较文学、文化研究等;涉及的当代翻译理论有解构主义翻译论、后殖民翻译论、女性主义翻译论、新历史主义翻译论、多元系统翻译论,等等。理论与实践紧密结合是该书的一大特色②。这两本书的作者许渊冲和许钧,一个是善于进行理论思考的翻译家,一个是身兼翻译家的著名学者。现在搞翻译研究的很少有从事翻译实践的,而从事翻译实践的又很少有对翻译进行理论思考的。我认为许渊冲和许钧先生为我们做了很好的榜样。在我看来,有了一定翻译实践经验的人进行论文论著写作的过程实际上既是对自己翻译实践的总结,也是对翻译理论成果的消化。理论写作一定要查阅大量的文献资料,这对于有过翻译实践背景的人来说绝对是一个实践与理论结合的机会,使他们得以在实践与理论之间进行不自觉的理解循环。更重要的是,通过他们,翻译理论家与翻译家之间更易敞开心扉,广泛争鸣,互相说服,形成对一些智慧的普遍认同。理论与实践的沟通是一个老的话题,但也是一个老大难的话题。翻译家需要理论家的热情支持,理论家也需要翻译家的真诚帮助。

  理论的研究者应该从书斋中走出来,主动接近翻译实践,了解翻译家们究竟需要什么样的理论。这种沟通,可以通过参加翻译家们的研讨活动来实现,也可以通过让理论家们亲自动手翻译来实现。我们知道,医学教授们既能做学问也能做手术,我们的翻译理论家和翻译教授们为什么不能向他们学习,既能著书也能译书?笔者有个建议,就是现行的高校职称评审制度,对于那些申报翻译方向的副教授或教授的老师们,在成果的要求上为什么不能走译著和论著相结合的制度?这些高校教师都有一定的理论水平,再让他们接触活生生的翻译实践,既可以让他们在实践中感受翻译家们的需求,也可以让他们在实践中检验自己的理论学说。我觉得这是一件很好的事情。翻译教授是翻译理论研究的主力军。如果仅仅

---

① 方梦之:《中国译学大辞典》,上海外语教育出版社 2011 年版,第 412 页。
② 方梦之:《中国译学大辞典》,上海外语教育出版社 2011 年版,第 420 页。

是坐而论道,那么他们的学术研究会越来越偏执于理论情结,而离翻译的实际越来越远。如果有一定的翻译实践的经历,他们就会在理论研究中主动缩小理论与实践之间的差距,弥合理论与实践之间的张力。实际上,过去高校的翻译老师都有过较为丰富的翻译实践的经历,而现在由于高校的学术体制等问题,研究翻译而几无翻译经历的老师越来越多了,闭门造车成了一种普遍的现象。

翻译理论应该提升回应实践的能力,也就是说,翻译理论应该能够被翻译人,尤其是翻译家们,所接受,并在翻译思维与判断时受其影响,从而使得翻译理论在翻译实践中显示出力量。理论本来就来源于实践,研究理论的目的就是要回到实践中去接受检验。翻译理论的成果如果在翻译实践中普遍被采纳,就说明它回应实践的能力强,否则只能说它是纯粹的理论。从现在的研究现状来看,翻译研究者的问题意识不是很强,理论与实践在很多情况下都难以做到有效对接。从现在的实践情况来看,理论对译者的影响远不如译者个人的翻译经验。产生这种现状的原因有很多,比如,翻译研究的体系还没有成熟,研究的针对性不强,理论的表述过于抽象与概括,等等。总体说,翻译学目前过于偏重宏观研究,使翻译实践者无所适从。

近30年里中国的翻译理论研究不断取得进步,得到了很大的丰富和发展,但是在实践中多数人还是只认百年前的"信、达、雅"理论,所有新的理论不管在理论界多么得到重视,也没有能够在实践中取代"信、达、雅"。这种情况让新的理论情何以堪? 当然,我们可以为这些新理论辩护,因为理论的功能不只是指导实践,还有帮助人们认识实践的功能。如果说我们把翻译理论的功能局限于指导实践说成是一种对翻译理论的简单化,那么我们认为翻译理论的功能局限于认识实践也同样是一种对翻译理论的简单化。那么,翻译理论该如何发展? 我想应该是创新。创新就要处理好继承与发展的关系,正如罗新璋先生所说,任何一种翻译主张,如果同本国的翻译实践脱节,便成为无本之木、无源之水,没有渊源的崭新译论,可以时髦一时,却难以遍播久传①。在翻译理论建设中,要吸收中国传统译论的精髓,要善于将西方译论本土化。现代翻译理论赖以构筑的核心理论应以民族语言文化为立足点,挖掘、发扬中国传统译论的长处;同时,运用西方科学、系统的研究方法对传统译论进行改造和升华,从而生成既蕴含中国丰厚文化内涵又融合西方研究方法优点而且体现时代精神

---

① 罗新璋:"钱锺书译艺谈",载《中国翻译》,1990年第6期,第10页。

和风貌的新型翻译理论①。也就是说,当代的中国翻译理论需要具有中国特色,应该把中国的传统译论当作当代译学理论赖以构建的珍贵资源,使其成为推动当代译学理论不断创新的动力。理论需要细腻的论证,但一旦形成体系,就一定设法简化。对于理论家来说,把问题说得容易要比把问题说得复杂还要有难度。越是被证明是正确的理论,就越需要被简化,以得到更广泛的传播,发挥更大的作用。

三、翻译理论的创新与发展

翻译理论创新与发展的核心在于更新翻译研究者的思维,即翻译研究者应该思考什么问题,又应该如何思考。许钧认为,翻译研究要明确研究对象,对翻译活动的本质属性有深刻的研究和认识,实现从翻译研究的泛文化倾向向翻译本体的回归;要处理好理论引进与本土化的关系,处理好传统与创新的关系,处理好继承与发展的关系;充分利用翻译研究独特的跨文化视角,形成与其他学科的互动,增强翻译学科研究对其他学科的辐射性和影响力;要关注重大的社会问题,让翻译研究与时代同行,逐渐增强翻译研究的社会影响力②。我们现在的翻译研究似乎已经被后现代的不确定性搞得十分迷茫,在学术研究的细节问题上不仅缺乏方法的支撑,而且染上了浓重的浮躁情绪。很大比例的翻译研究不过是从书本到书本的反复引证,诞生出数字庞大的、应付各种考评的论文论著。研究成果由于缺少实践面向而失去了应该有的思想性与应用性。有人说,这是翻译研究过程中必须要经历的文化与思想的荒芜期,如果真是如此,我们应该找到出路迅速走出去。

当今的中国是一个经济上迅速崛起的大国,越来越多的国人认为中国的其他领域也应该顺势而上,扩大影响,这当然也包括人文社会科学领域。我觉得这种想法虽然美好,但却多少带了些感情冲动的成分,人文社会科学领域如何才能走向世界,我们还需要多一些理性思考。人文社会科学的发展不会像经济发展那样迅速。现在有很多党政部门都在呼吁人文社会科学的振兴,也弄了不少这样那样的工程,但是除了一些单位因此拿到了一些令人羡慕的经费,能被大家公认的高质量的成果并不多见。不是说这些投入没有效果,而是说人文社会科学的成果是否优秀,不是哪

---

① 张柏然、张思洁:"翻译学的建设:传统的定位与选择",载《南京大学学报》,2001年第4期,第87页。

② 许钧:"翻译研究之用及其可能的出路",载《中国翻译》,2012年第1期,第8~12页。

一个说了算，也不是几个评委能评出来的，而是要看成果是否能有长时间的持续影响力。比如，我们现在对民国时期产生的一些人文社会科学的成果给予了很高的评价，对那个时期的不少学者予以了肯定与赞许。但是，我们现在给予美誉的成果在当时也有如此大的影响吗？人文社会科学的成果需要一个积蓄力量的过程，需要经过较长时间的沉淀，需要人们在社会发展的过程中对它们逐步认同，经过了大浪淘沙之后剩下来的成果才是有影响力的好成果。

我们必须看到，即使思想文化有所发展，也不一定与经济同步发展。我们的思考应该奠基于现实。要想超越西方译学家，就必须研究与他们一样的问题，但是我们面对的是与他们不一样的现实。我们现在处于一个信息爆炸的时代，相比之下我们人脑处理信息的能力跟不上这个时代。即使一些被称为专家的人也只有能力阅读有限的专业材料。当今世界文字优美、思想深刻、逻辑清晰的好作品其实也不在少数，但是它们不可能像《圣经》或《论语》那样被世代传颂反复研读。多元的文化思潮已经将这些作品淹没，很难引来万众瞩目了。西方译学的中国化、翻译理论与实践的有效结合还需要一些时日才可能会瓜熟蒂落。译学研究不能有赶超攀比的心理，我们要踏踏实实地把译学中国化的事情做好。不要总是急着要去超越世界水平，社会科学研究毕竟不同于自然科学研究，后者在某个方面有所突破就可能是世界级水平了，而前者的某个言说是不是先进一时半会是很难鉴定出来的。

现在的译学研究基本上还是处于一种狭窄的专业领域。理论与实践之间尚缺少能够更加贴近翻译现实的运作机制。翻译中的文化冲突以及信息缺失和不忠实的问题，靠类似"翻译的可接受性"这样的命题是难以完成的。因为这样的命题往往比较单纯，只看到了单方面的制约因素，忽视了其他方面的翻译制约因素，让人们难以明白所谓的"可接受性"是在何种程度上可以接受。但是，如果我们将"可接受性"与某一特殊群体读者结合在一起考虑，或许我们可以找到一条相对忠实于原作的进路。我国过去的翻译研究基本上属于对翻译状况的静态描述，在翻译的动态问题上缺少足够多的努力。如果仅仅从静态的角度去研究，我们就不可能解决翻译现实中的问题，反而会让译者对理论产生不信任感。综合考虑翻译的各个制约因素，从动态的微观层面选择动态的运作机制加以深入的研究，将翻译中出现的各种问题进行"中和"，将一般的问题个别化，将价值问题转化为技术问题，使得宏大的理论问题得以分散和缓解，或许是译学发展的一个很好的进路。

20世纪90年代以来,中国有一些翻译理论家开始对翻译不能理想地实现忠实的问题产生了兴趣,他们尝试运用社会学的研究方法,探讨理论、实践与社会情境之间的关系。他们没有把那些阻碍翻译理想实现的因素当作和谐制度之外的噪音抛弃掉,反而将这些因素当成了研究的对象。这是一个很好的开端。译学与社会学的嫁接或许能为西方译学在中国的本土化和译学的创造性发展开辟出一条新路。

　　译学与社会学相结合,好处是能够增强研究者的问题意识,坏处是会带来一些负面作用。中国传统的翻译思维有尊重原作文本的意识,如果译学中带入更多的翻译外的因素,那么盛行于中国近代的胡乱翻译的现象又会死灰复燃,译者在原作面前的克制与谦抑又会迅速流失。形式逻辑推理对于中国人的约束本来就差,如果译学再与社会学相结合,那么中国译者原本就弱的逻辑推理能力就又会受到减损。所以,对社会学成果的吸收应该与树立原作文本的权威同时进行。在从社会学的角度对原作文本进行理解时,不能忽视翻译规范的约束作用。翻译确实要顾及读者,但也要让翻译的规范意义获得尽情释放,将社会因素与译者根据原作语言形式逻辑进行的判断结合起来。我们不能打着社会学的旗帜,屈服于各种压力而胡乱翻译。这是最可怕的事情。译者考虑读者的感受是十分必要的,但危险的是,这个照顾读者的缺口一旦打开,我们迎来的不一定是可接受性因素的增加,更可能是翻译原则的丧失。将社会学的视角引入翻译是有前提的,那就是翻译者需要良好的素质。素质良好的译者进行能动主义翻译,一般是不会出现大的问题的,他们总会把反映原作的精神风貌作为一种追求。以忠实于原作为基础的能动主义是翻译高级阶段的举动。虽然我主张将译学与社会学联姻,但我并不主张将翻译的能动主义当作翻译思维方法的主流意识形态。在译者的素质问题、社会的翻译风气等问题得到根本解决之前,译者在原作面前恪守谦抑、保守原作文字意义,对于翻译建设而言,是最保险的,也是最重要的。

　　我们了解任何事物,都需要从整体上看。这就需要人类的知性,而能够帮助我们做到这一点的只有哲学。专家从专业上看学科有时十分片面,这是因为专业让专家们的视域变得狭隘,只有站在哲学的知性的高度才能见到整体。专家忙于专业本身,对专业背景往往关注不够。从技术成就的角度来看,专门化会有很好的效果,但是从整体知性的角度来看,专门化实际上破绽百出。事实上,专家本身就是整体知性的智障。因此,我们的研究要避免犯学术上的错误,唯有专于整体才行。同样,翻译研究也需要专于整体,不但要让它与人文社会科学发生联系,还要让它与自然科学的发展联系在一起。译学与自然科学在研究方法上有着很大的不同，但是我们不能因此忽视它们之间的相互影响。跨学科的学术研究已经成为一种被普遍认可的研究范式。无论是在社会科学领域还是在自然科学领域，人们已经认识到许多问题是一门学科难以解决的，必须由若干学科通力合作才能找到解决问题的办法。我们的社会已经变得越来越民主，越来越包容，对问题的看法也变得越来越全面，处理问题的方式也越来越综合。一个学者要想取得开创性、突破性的研究成果，既要有敏锐的眼光，还要有非凡的洞察力和过人的胆识，更要有高远广阔的视野。包括译学在内的人文社会科学，从自然科学的角度来看都显得不够严谨。社会科学在很大程度上受到了人的意识的影响，因此较之于自然科学而言可信度低、变数大。社会科学很难总结出可信的规律性的东西，研究结论的或然性也远高于自然科学。但是，我们不能因此放弃用科学的方法研究人文社会科学。根据原作文本思考是翻译思维方式最根本的特点，翻译的世界也正由此构成。然而，翻译的纯粹形式逻辑只能说是一种理性，而不能称为智慧。以原作文本作为翻译的出发点和归宿，会造成翻译只重视文本因素，而忽视文本之外的因素。这是形式逻辑思维经常出现的问题。在翻译研究中引入社会学，使得翻译研究能够在现实中用科学的方法多角度地研究翻译问题，从而克服了文本思维带来的片面性。这也是我们主张译学应该与社会学嫁接的原因。

　　纵观中国翻译史，中国的翻译研究大概可以分为三个阶段，即语文学范式、结构语言学范式和解构主义多元化研究。20 世纪 80 年代之前，中国的翻译理论研究基本上可以谓为语文学范式阶段，其中有三个高潮，第一个是东汉至唐宋的佛经翻译，第二个是明末清初的科技翻译，第三个是鸦片战争至"五四"时期的西学翻译。可以说，这个阶段的语文学范式的翻译研究奠定了中国传统翻译理论的基础。这个阶段也出现了许多著名的翻译家和影响深远的译论。并且，这些译论言说者往往都是颇有成就的翻译家。这些翻译家的亲力亲为以及他们对翻译的认真思考使得中国传统的翻译理论形成气候，走向成熟。但是，翻译家自己零打碎敲式的理论研究具有体系不够全面的先天性不足，翻译家们缺少学科意识，往往凭直觉的经验主义言说翻译，因此，他们的理论不是随感式的，就是印象式的，对客体的理解充满了主观性。20 世纪 80 年代之后，中国进入了改革开放时代，政治、经济、文化等方面对外交流频繁，这些都促进了翻译思想的发展。中国翻译理论家们的学科意识渐浓，试图通过系统的翻译理论研究使翻译成为一门科学。以谭载喜等人为代表的学者开始大量引进外国翻译理论,这些翻译理论极大地推动了中国现代翻译思想的发展。雅克布逊的《翻译的语言观》使中国的翻译理论出现了语言学与符号学的元素;接着,以奈达为代表的西方语言学派理论又被引进国内,使得中国翻译界呈现出以语言学研究为中心的翻译研究热潮。一时间,"等效翻译""动态翻译"成了研究者们口中常提到的专业词汇,中国传统译论偏重静态分析的格局随之被彻底打破,结构主义的分析方法开始在翻译研究中盛行。中国的翻译研究者开始学会了对客体的分析,通过认识其内部的层次与结构,更深入地了解认识的对象。这种研究方法使得翻译研究从语文学式的神秘的迷宫中走了出来,从而关注到文本的结构和语言的规律,使翻译理论的体系性变得越来越明晰起来。然而,万事有利有弊。结构主义翻译观发展到一定程度,必然也会显示出其弊端。结构主义将翻译囿于语言学的有限领域,在这种封闭性研究的情况下,翻译意义就成了被语义与句法规律设定好的一成不变的东西。这样,结构主义翻译观就走向了极端,即偏重形式与共时研究,忽视内容与历时研究。研究者对语义与句法规律之外的翻译的制约因素失去兴趣,翻译因此被简化成简单的机械操作。20世纪后半叶,解构主义打破了中国翻译研究的僵局,译者的主体性、读者的接受性等都成了翻译研究的对象,中国传统翻译理论中对翻译标准的界定也被打破,形而上学的结构主义遭到了拆解。巴特、福科、德里达等解构主义代表人物的学说被介绍到中国,翻译学界掀起了以质疑与消解为特征的学术大讨论。在这样的讨论下,长期在语言学单一研究模式制造的大坑里团团转的学者们,纷纷找到了跳出大坑的办法,从而形成了多元取向的翻译研究气候,许多从前被忽视的翻译制约因素成了学者们热议的话题,同时又有许多从前被奉为圭臬的译论也遭受质疑甚至解构。随着解构主义翻译观的进一步发展,中国传统翻译理论中连诸如译作应对原作忠实这样的核心原则都受到了冲击,一些概念也丧失了原有的意义,歧义不断产生,误解不断出现,这种思想上的"大乱"应该是理论走上"大治"的契机。我们应该在解构的过程中不断进行理论上的创新,重新构建新的成规与原则,使翻译研究在翻译学的道路上走得更加坚实。

当今所有的学术研究都要求创新,翻译学也不例外。但是,翻译学无论怎样创新,也不能否定原作文本对翻译思维的约束。创新总是建立在传统的基础之上的。而且,翻译学要解决的是当下的问题,要围绕原作文本展开研究。翻译是从已知的文本中推出结论,所以不能说是完全的创新。我们知道,所有的理解都是创造性的理解。译者的理解不过是以翻译的名义进行了装饰。当下的解构主义翻译观与中国的传统翻译理论的分裂始终是我们难以解决的问题。我们既想甩掉传统的包袱,把解构主义的理论全方位地引入到中国翻译理论研究之中,又想坚守住我们的传统理论,并以其作为中国译学建设的本土资源。在这两者的基础之上尚缺少新的系统的理论。也许实现译学的创新,处理好两者之间的关系就是一个关键点。

理论创新不是凭空产生的,传统与经验仍然会起作用。从逻辑上看,即使在经验范围内进行研究,也不意味着不能创新。人们还是能从老的概念中推论出新的知识。也就是说,逻辑推理有创新的作用。然而,逻辑的作用是有限的,我们在对具体问题的理解上,情感、经验、心智与理性都会在意义生成的过程中发挥作用。传统绝不是我们想扔就能扔掉的。

翻译规则研究的窘境,是在翻译实践中翻译规则处处表现出对人的依赖。规则因素和人的因素之间是一种此消彼长的关系,规则因素强调多了,译者在翻译中的主观能动性受到的限制也就多了;反之,人的因素强调多了,翻译规则的作用也就小了。翻译是由人来完成的,至少从目前来看,机器是不能够完全取代人从事翻译的。机器翻译惹出笑话的例子数不胜数,我这里就不多讲了。机器只能对人工设定的规则条件进行死板的理解。翻译规则是为了建立翻译秩序,但是翻译的秩序不应该是僵化的秩序,而应该是活的秩序。关键是要处理译者的态度与规则之间的关系。这两者应该结合,但是结合的契机与路径是什么,这是译学研究中需要不断研究的问题。也许我们只能像迦达默尔一样借助"理解"来认识和描述这一契机。"理解"是哲学解释学中的关键词汇。但是,什么是"理解"?迦达默尔告诉我们的只是一种描述性的结论。在这一结论中,他用"视域融合""自我理解"这样模糊的词汇来表达他的看法。所以,关于什么是理解的答案,我们仍然在苦苦追寻之中,或许我们会永远都在追寻的途中。但是,我们能看到的是,译学的终极目标,既不是制定规则,更不是放任无规则,而是要在两者之间建立起智慧思维的桥梁,尽管这听起来有些玄虚,因为我们无法在译学中确立智慧的标准。

现在我们能看清的是,译学也应该与其他学科一样要走中国化之路,像我们前面所提到的将译学与社会学结合在一起。这种结合就是要将中国传统理论蕴藏的文化、历史和价值与那些引入到中国的西方理论的原理、概念、原则等结合在一起。在结合的过程中逐渐消除中国传统文化中的弊端,吸收西方理论中的规则理念和规范意识。译学的发展必须要正视传统的存在,每一个研究的结论除需具备逻辑推论的基础外,还应该扎根于中国的社会土壤。否则的话,对于西方优秀理论的吸收,就会消化不良,就会影响中国规范翻译的渐进过程。

目前中国的译学建设需要一种什么样的姿态是一个值得我们认真研究的问题。翻译不应该是一种任意进行的阐释,而应该是一种充分表达理性的方式。不同的译者有不同的译文,仅从这个事实就可以看出人们对翻译的过程充满误解。大多数译者会对自己的译文感到满意,除非他们想到这个译文背后可能还会有另一种译文。这种现象表明,对待翻译存在着多种理解;如果翻译是有规则的,则存在着不同的翻译规则。所以,翻译实践既可能"遵守规则",也可能"违反规则"。因此,可能存在这样的说法:不同的翻译规则实际上是因为考虑到了不同的制约因素的结果,这样的翻译规则导致了不同的翻译行为。当然,这里有一个问题,翻译行为完全符合翻译规则是否有可能?因为在一些人看来,人的行为都要符合规则是不可能实现的事情。这种追问是一种哲学上的焦虑,而从事翻译实践的人不会去考虑这种哲学化的问题。但是,我们的译学建设会更多地去考虑规则,会把翻译规则想象成路轨。这种想象是经不住追问的,因为,相对于翻译的复杂,把翻译规则比喻成路轨显然是十分天真的。不过,我们不要忘了,在复杂的自然环境中,因为有了公路与铁路,社会才有了进步。翻译没有规则是不可能的,译学的建设需要规则,规则的制定需要对翻译制约因素进行研究。但是研究翻译制约因素,不能使翻译规则变得越来越难以捉摸,而应该使其越来越有利于翻译实践。

后　　记

翻译中的制约因素是我从20世纪90年代中期起在翻译研究中一直重点关注的内容，虽然潜心研究，也偶有著述，但一直未有时间深化成专著。2013年，我主持的项目《翻译中的制约因素研究》获得国家社科基金立项资助以后，我将这些年来对翻译制约因素研究的情况进行了纲领式的总结，并从多个角度较细致地描写了翻译过程中不同阶段存在的种种制约因素。这本书就是这个项目的主要成果。在此谨对全国哲学社会科学规划办公室表示衷心的感谢。书中吸收了国内外学者及我的项目团队成员的一些研究成果，这些都作了标注，在此也谨致感谢。

翻译难，从事翻译理论研究更为不易，书中的不少观点还需要深入思考，书中甚至可能出现谬误，诚望读者不吝指教。

参 考 文 献

Abbie, E.: 2010, *The Practice of Social Research*, Wadsworth Cengage Learning.

Abrams, M. H.: 1986, "How to Do Things with Texts", in H. Adams and L. Searle (eds.), *Critical Theory since 1965*, Florida State University Press.

Anderson, K.: 2012, "Foreword", in X. Song and K. Cadman (eds.), *Bridging Transcultural Divides: Asian Languages and Cultures in Global Higher Education*, University of Adelaide Press.

Barthes, R.: 1981, *Image-Music-Text*, Fontana Press.

Barthes, R.: 1989, "The Death of the Author", in P. Rice and P. Waugh (eds.), *Modern Literary Theory: A Reader*, Hodder Arnold.

Bassnett, S. and Lefevere, A.: 1990, *Translation, History and Culture*, Pinter.

Bassnett, S. and Lefevere, A.: 2002, *Constructing Cultures: Essays on Literary Translation*, Shanghai Foreign Language Education Press.

Boase-Beier, J.: 2011, *A Critical Introduction to Translation Studies*, Continuum.

Castro-Gomez, S.: 2001, "Traditional vs. Critical Cultural Theory (F. Gonzalez and A. Moskowitz", Trans.), *Cultural Critique* 49.

Chesterman, A.: 1993, *From "Is" to "Ought": Laws, Norms and Strategies in Translation Studies*, Target(5)1.

Chesterman, A.: 1997, *Memes of Translation: The Spread of Ideas in Translation Theory*, John Benjamins.

Docherty, T.: 1993, "Theory and Difficulty", in R. Bradford (ed.), *The State of Theory*, Routledge.

Dolmaya, M.: 2015, "Translation Trends in Wikipedia", *Translation Studies* 8(1).

Eagleton, T.: 1990, *The Significance of Theory*, Basil Blackwell.

Gadamer, H. G.: 1975, *Truth and Method*, Sheed and Ward.

Gentzler, E. C.: 1993, *Contemporary Translation Theories*, Routledge.

Gutknecht C. and Roelle L. J.: 1996, *Translating by Factors*, State University of New York Press.

Gutt, E. A.: 1991, *Relevance and Translation, Cognition and Context*, Basil Blackwell.

Hale, S. and Napier, J.: 2013, *Research Method in Interpreting: A Practical Resource*, Bloomsbury Academic.

Hermans, T.: 1993, *On Modelling Translation: Models, Norms and the Field of Translation*, Livius.

Hermans, T.: 1999, *Translation in Systems: Descriptive and System-Oriented*

Approaches Explained, St. Jerome publishing.

Holmes, J. S., Lambert, J., and Van, B. R.: 1978, *Literature and Translation: New Perspectives in Literary Studies*, Acco.

Holmes, J. S.: 1988, *Translated Papers on Literary Translation and Translation Studies*, Rodopi.

Ingarden, R.: 1973, *The Literary Work of Art: An Investigation on the Borderlines of Ontology, Logic, and Theory of Literature* (G. G. Grabowicz, Trans), Northwestern University Press.

Jakobson, R.: 1992, "On Linguistic Aspects of Translation", in S. Rainer and J. Biguenet (eds.), *Theories of Translation: An Anthology of Essays from Dryden to Derrida*, University of Chicago Press.

Kelly, L.: 1979, *The True Interpreter: A History of Translation*, Basil Blackwell.

Koskinen, K.: 2011, "Translation Institutions", in Y. Gambier and L. V. Doorslaer (eds.), *Handbook of Translation Studies*, John Benjamins.

Lacalau, E. and Mouffe, C.: 1985, *Hegemony and Social Strategy: Toward a Radical Democratic Politics*, Verso.

Lefevere, A.: 1992, *Translating, Rewriting and the Manipulation of Literary Fame*, Routledge.

Lefevere, A.: 2004, *Translation, Rewriting and the Manipulation of Literary Fame*, Shanghai Foreign Language Education Press.

Levine, S. J.: 1991, *The Subversive Scribe: Translating Latin American Fiction*, Graywolf Press.

Lodge, D.: 1988, *Modern Criticism and Theory: A Reader*, Longman.

Munday, J.: 2001, *Introducing Translation Studies: Theories and Applications*, Routledge.

Newmark, P.: 1982, *Approaches to Translation*, Pergamon Press.

Newmark, P.: 2001, *Textbook of Translation*, Shanghai Foreign Language Education Press.

Nida, E. A. and Taber, C. R.: 2004, *The Theory and Practice of Translation*, Shanghai Foreign Language Education Press.

Nouss, A.: 2001, "In Praise of the Betrayal: On Re-reading Berman", *The Translator* 7 (2).

O'Brien, S.: 2011, *Cognitive Explorations of Translation*, Continuum International Publishing Group.

Pedrola, L. M.: 2001, *Realism and Idealism in Peter Newmark's Life, Works and Theories*, Anno Accademico.

Pym, A.: 2012, *On Translator Ethics: Principles for Mediation between Cultures*, John Benjamins.

Quine, W.: 1960, *Word and Object*, The MIT Press.

Richter, D. H.: 1989, *The Critical Tradition: Classic Texts and Contemporary Trends*,

St. Martin's.

Robinson, D.: 2001. *Who Translates? ——Translator Subjectivities beyond Reason*, State University of New York Press.

Schaffner, C.: 1999, *Translation and Norms*, Multilingual Matter.

Shuttleworth, M.: 1997, *Dictionary of Translation Studies*, St. Jerome Publishing.

Spivak, G. C.: 1993, *Outside in the Teaching Machine*, Routledge.

Steiner, G.: 2001, *After Babel: Aspects of Language and Translation*, Shanghai Foreign Language Education Press.

Toury, G.: 1980, *In Search of a Theory of Translation*, Porter Institute for Poetics and Semiotics.

Toury, G.: 1995, *Descriptive Translation Studies and Beyond*, John Benjamins.

Toury, G.: 1999, "A Handful of Paragraphs on 'Translation' and 'Norms'", In C. Schaffner (ed.), *Translation and Norms*, Short Run Press.

Tymoczko, M.: 1999, *Translation Is a Postcolonial Context——Early Irish Literature in English Translation*, St. Jerome Publishing.

Vermeer, H. J.: 2000, "Skopos and Commission in Translational Action", in L. Venuti (ed.), *The Translation Studies Reader*, Routledge.

Venuti, L.: 1998, *The Scandals of Translation*, Routledge.

Venuti, L.: 2004, *The Measure of Translation Effects*, Routledge.

Venuti, L.: 2004, *The Translator's Invisibility: A History of Translation*, Shanghai Foreign Language Education Press.

Venuti, L.: 2013, *Translation Changes Everything: Theory and Practice*, Routledge.

Verschueren, J.: 2000, *Understanding Pragmatics*, Foreign Language Teaching and Research Press.

Wittgenstein, L.: 1999, *Philosophical Investigations* (G. E. M. Anscombe, Trans.), Basil Blackwell.

Yoshikawa, M.: 1978, "Some Japanese and American Cultural Characteristics", in M. Proser (ed.), *The Cultural Dialogue*, Houghton Mifflin.

包通法：“文学翻译中译者'本色'的哲学思辨"，载《外国语》，2003年第6期。

鲍川运：“对外传播理念的更新及中译外人才的普及化"，载《中国翻译》，2014年第5期。

鲍晓英：“中国文化'走出去'之译介模式探索——中国文化局副局长兼总编辑黄友义访谈录"，载《中国翻译》，2013年第5期。

班杜拉：《思想和行动的社会基础——社会认知论》，林颖等译，华东师范大学出版社2001年版。

班荣学、赵荣：“文学翻译的'忠实'与'创造'"，载《西北大学学报（哲学社会科学版）》，2006年第3期。

曹明伦：“译者应始终牢记翻译的目的"，载《中国翻译》，2003年第4期。

曹明伦：《翻译之道：理论与实践》，河北大学出版社2007年版。

曹明伦：《英汉翻译实践与评述》，四川人民出版社2007年版。

柴明颎:"口译与口译教学",载《中国翻译》,2007年第1期。
陈福康:《中国译学理论史稿》,上海外语教育出版社2000年版。
陈刚:"翻译观与实践应是统一的——兼谈翻译研究不宜偏谈理论",载《外语与外语教学》,2005年第8期。
陈金钊:《法律解释学:权利(权力)的张扬与方法的制约》,中国人民大学出版社2011年版。
陈小丽:"邓笛与外国文学编译现象",邓笛译文集《种水仙花的男人》附录,上海文化出版社2015年版。
陈永国:"翻译的不确定性问题",载《中国翻译》,2003年第4期。
邓笛:"论文学翻译家的心理特征",载《安徽广播电视大学学报》,2001年第2期。
邓笛:"翻译界外的翻译",载《上海翻译》,2008年第4期。
邓笛:"编译文学:也应该得到承认的文学",载《外语与外语教学》,2010年第6期。
邓笛:"中国20世纪广义编译现象的思维方式解释",载《外国语文》,2013年第1期。
邓笛:"创作意识下的翻译与翻译意识下的创作",载《上海翻译》,2017年第3期。
范亚男:"重新解读《简·爱》中的圣·约翰",载《南京理工大学》,1999年第3期。
范仲英:《实用翻译教程》,外语教学与研究出版社2001年版。
方梦之:《中国译学大辞典》,上海外语教育出版社2011年版。
方平:"不存在'理想的范本'——文学翻译工作者的思考",载《上海文化》,1995年第5期。
费小平:《翻译的政治》,中国社会科学出版社2005年版。
冯契:《哲学大词典(修订本)》,上海辞书出版社2001年版。
冯庆华:《翻译引论》,高等教育出版社2011年版。
高惠群、乌传衮:《翻译家严复传论》,上海外语教育出版社1992年版。
耿强:"国家机构对外翻译规范研究——以'熊猫丛书'英译中国文学为例",载《上海翻译》,2012年第1期。
辜正坤:"筛选积淀重译论与人类文化积淀重创论",载《外语与外语教学》,2003年第11期。
桂扬清:《莎翁作品译文探讨》,中国社会科学出版社2004年版。
郭建中:《当代美国翻译理论》,湖北教育出版社2000年版。
郭延礼:《中国近代翻译文学概论》,湖北教育出版社1998年版。
韩子满、刘芳:"描述翻译研究的成就与不足",载《四川师范大学学报》,2005年第1期。
何卫平:《通向解释学辩证法之途》,上海三联书店2001年版。
侯国金:"语用标记等效值",载《中国翻译》,2005年第5期。
侯向群:"翻译理论在学科研究中的作用",载《四川外语学院学报》,2004年第1期。
胡庚申:"从译文看译论——翻译适应选择论应用例析",载《外语教学》,2006年第4期。
胡庚申:《翻译与跨文化交流转向与进展:首届海峡两岸翻译与跨文化交流研讨会论文集》,上海外语教育出版社2007年版。
胡文仲:《跨文化交际学概论》,外语教学与研究出版社,1999年版。

黄德先:"翻译共同体",载连真然编《译苑新谭》,四川人民出版社2009年版。
黄田、郭建红:《文学翻译:多维视角阐释》,中央文献出版社2009年版。
黄焰杰:"权力开路,翻译为媒——个案研究高行健的诺贝尔文学奖",载《山东外语教学》,2011年第1期。
黄友义:"中国站到了国际舞台中央,我们如何翻译",载《中国翻译》,2015年第5期。
黄振定:《翻译学——艺术论与科学论的统一》,湖南教育出版社1998年版。
黄忠廉、李亚舒:"科学翻译的三大原则",载《外国语言文学》,2004年第3期。
蒋骁华:"意识形态对翻译的影响:阐发与新思考",载《中国翻译》,2003年第5期。
姜秋霞、杨平:"翻译研究理论方法的哲学范式——翻译学方法论之一",载《中国翻译》,2004年第6期。
孔慧怡:《翻译·文学·文化》,北京大学出版社1999年版。
劳陇:"什么是翻译学(translatology)？翻译科学(science of translating)？——对翻译理论研究'沉寂期'的思考",载《中国翻译》,1999年第5期,第44页。
劳陇:"'翻译活动是艺术还是科学?'——对《翻译学:艺术论与科学论的统一》的一点意见",载《中国翻译》,2000年第4期。
李明喜、叶琳:"论政治因素对翻译实践的影响",载《长沙大学学报》,2005年第1期。
李平:"信息不对称、意义、认知与翻译研究",载《外国语》,2003年第2期。
李瑞林:"从翻译能力到译者素养:翻译教学的目标转向",载《中国翻译》,2011年第1期。
李淑琴:"语境——正确翻译的基础",载《中国翻译》,2001年第1期。
李伟民:"中国莎士比亚研究五十年",载《中国翻译》,2004年第5期。
李文静:"中国文学英译的合作、协商与文化传播——汉英翻译家葛浩文与林丽君访谈录",载《中国翻译》,2012年第1期。
林克难:"翻译研究:从规范走向描写",载《中国翻译》,2001年第6期。
林以亮:"翻译的理论与实践",载《翻译研究论文集(1849—1983)》,外语教学与研究出版社1984年版。
林毓生:《中国传统的创造性转化》,生活·读书·新知三联书店1988年版。
罗岗:"翻译的'主题'与思想的'主体'——文学史与思想史的视角",载《文艺理论研究》,2005年第2期。
罗新璋:《翻译论集》,商务印书馆1984年版。
罗新璋:"我国自成体系的翻译理论",载《翻译研究论文集》,外语教学与研究出版社1984年版。
罗新璋:"钱锺书译艺谈",载《中国翻译》,1990年第6期。
罗选民:《结构·解构·建构:翻译理论研究》,上海外语教育出版社2009年版。
罗选民:"文化记忆与翻译研究",载《中国外语》,2014年第3期。
刘和平:"翻译能力发展的阶段性及其教学法研究",载《中国翻译》,2011年第1期。
刘宓庆:《当代翻译理论》,中国对外翻译出版公司1999年版。
刘宓庆:《翻译与语言哲学》,中国对外翻译出版公司2001年版。
刘宓庆:《口笔理论研究》,中国对外翻译出版公司2004年版。
刘宓庆:《中西翻译思想比较研究》,中国对外翻译出版公司2005年版。

刘宓庆：《翻译美学导论》，中国对外翻译出版公司 2005 年版。
刘树森："探讨近现代中西文化交流的源流——国际学术研讨会'传教士与翻译'综述"，载《中国翻译》，2004 年第 5 期。
刘四龙："重新认识翻译理论的作用——对奈达翻译思想转变的反思"，载《中国翻译》，2001 年第 2 期。
吕俊："结构·解构·建构"，载《中国翻译》，2001 年第 6 期。
吕俊："翻译研究：从文本理论到权力话语"，载《四川外语学院学报》，2002 年第 1 期。
吕俊："翻译理论的功能——兼析否认理论的倾向"，载《上海科技翻译》，2003 第 1 期。
吕俊："翻译批评的危机与翻译批评学的孕育"，载《外语学刊》，2007 年第 1 期。
吕俊："开展翻译学的复杂性研究——一个译学研究思想观念和思维方式的革命"，载《上海翻译》，2013 年第 1 期。
马会娟："翻译学论争根源之我见——兼谈奈达的'翻译科学'"，载《外语与外语教学》，2001 年第 9 期。
马祖毅：《中国翻译简史》，中国对外翻译出版公司 1998 年版。
茅盾："译文学书方法的讨论"，载罗新璋编著《翻译论集》，商务印书馆 1984 年版。
孟昭兰：《普通心理学》，北京大学出版社 1994 年版。
苗菊、王少爽："从概念整合理论视角试析翻译准则"，载《中国外语》，2014 年第 1 期。
穆雷、诗怡："翻译主体的'发现'与研究"，载《中国翻译》，2003 年第 1 期。
潘德荣："诠释学：理解与误解"，载《天津社会科学》，2008 年第 1 期。
潘文国："当代西方的翻译学研究"，载《中国翻译》，2002 年第 2 期。
彭勇穗："谁的文本？谁的历史？——论图里描写翻译学中的'客观描写'"，载《解放军外国语学院学报》，2012 年第 1 期。
祁志强：《美学关怀》，复旦大学出版社 1998 年版，第 19 页。
钱谷融、鲁枢元：《文学心理学教程》，华东师范大学出版社 1986 年版。
钱锺书：《谈艺录（补订本）》，中华书局 1984 年版。
秦文化："翻译——一种双重权力话语制约下的再创造活动"，载《外语学刊》，2001 年第 3 期。
申丹："试论小说翻译中译者的客观性"，载《外语与翻译》，1994 年第 3 期。
司显柱、曾剑平：《英译汉教程》，北京大学出版社 2006 年版。
宋学智："'翻译'定义繁多之论析"，载《扬州大学学报（人文社会科学版）》，2000 年第 5 期。
孙会军、赵小江：《翻译过程中原作者—译者—译文读者的三元关系》，载《中国翻译》，1998(2)。
孙艺风："《直译·顺译·歪译》英译译后语"，载《中国翻译》，2001 年第 2 期。
孙艺风："理论、经验、实践——再论翻译理论研究"，载《中国翻译》，2002 年第 6 期。
孙艺风："翻译与跨文化交际策略"，载《中国翻译》，2012 年第 1 期。
孙致礼：《新编英汉翻译教程》，上海外语教育出版社 2003 年版。
孙周兴：《存在与超越：海德格尔与西哲汉译问题》，复旦大学出版社 2013 年版。
谭卫国、阮熙春："翻译语境与词语选用"，载《上海师范大学学报（哲学社会科学版)》,2012 年第 1 期。
谭载喜:《西方翻译简史》,中国对外翻译出版公司 1990 年。
谭载喜:《新编奈达论翻译》,中国对外翻译出版公司 1999 年版。
涂兵兰:"翻译的目的与规范之冲突",载《外国语文》,2014 年第 3 期。
屠国元、朱献珑:"译者主体性:阐释学的阐释",载《中国翻译》,2003 第 6 期。
王丹阳:《文学翻译中的创作论》,南京师范大学出版社 2009 年版。
王东风:"论翻译过程中的文化介入",载《中国翻译》,1998 年第 5 期。
王东风:"一只看不见的手——意识形态对翻译实践的操纵",载《中国翻译》,2003 年第 6 期。
王金福:"论理解与文本意义的关系——解释学基本问题探讨",载《苏州大学学报(哲学社会科学版)》,2008 年第 2 期。
王克非:"翻译中的隐和显",载《外语教学与研究》,2005 年 4 期。
王立非、王婧:"翻译硕士专业学位研究生就业能力实证研究",载《上海翻译》,2016 年第 2 期。
王宁:《全球化(文学研究与文化研究)》,广西师范大学出版社 2003 年版。
王平:《文学翻译探索》,吉林人民出版社 2005 年版。
王平:《中国传统译论的美学特色研究》,浙江工商大学出版社 2011 年版。
王奇:"适境、适体、适情:翻译制约理论下的审美调节",载《中国外语》,2014 年第 2 期。
王先霈、王又平:《文学批评术语词典》,上海文艺出版社 1999 年版。
王祥兵:"论《时代》周刊中国报道文章对汉语文化词语的翻译",载《上海科技翻译》,2002 年第 2 期。
王向远:《翻译文学研究》,宁夏人民出版社 2007 年版。
王杨:"浅析翻译中的逻辑问题",载《西北民族大学学报(哲学社会科学版)》,2012 年第 3 期。
王佐良:《王佐良文集》,外语教学与研究出版社 1997 年版。
吴霞辉:"论翻译中的词义与语境",载《四川外语学院学报》,2002 年第 5 期。
武锐:《翻译理论探索》,东南大学出版社 2010 年版。
肖锦龙:《德里达的解构理论思想性质论》,中国社会科学出版社 2004 年版。
谢天振:《译介学》,上海外语教育出版社 1999 年版。
谢天振:《翻译的理论与文化透视》,上海外语教育出版社 2000 年版。
徐剑:《从合理性的三个考察维度看翻译行为》,载《外国语》,2007 年第 1 期。
徐修鸿、邓笛:"文学翻译系统中制约因素的图式框架——基于对译作生产与接受过程的描述",载《成都大学学报(社科版)》,2015 年第 5 期。
许宝强、袁伟:《语言与翻译的政治》,中央编译出版社 2000 年版。
许钧:"翻译不可能有定本",载《博览群书》,1996 年第 4 期。
许钧:"怎一个'信'字了得",载《译林》,1997 年第 1 期。
许钧:《文学翻译的理论与实践》,译林出版社 2001 年版。
许钧:《译事探索与译学思考》,外语教学与研究出版社 2002 年版。
许钧:"翻译的主体间性与视界融合",载《外语教学与研究》,2003 年第 4 期。

许钧:《翻译论》,湖北教育出版社 2003 年版。
许钧:"翻译研究之用及其可能的出路",载《中国翻译》,2012 年第 1 期。
许相全:"翻译的功能:拯救、对抗、补充——基于东西方文化视野下的比较",载《福建江夏学院学报》,2015 年第 5 期。
许渊冲:《翻译的艺术》,五洲传播出版社 2006 年版。
许渊冲:"实践第一,理论第二",载《上海科技翻译》,2003 年第 1 期。
许渊冲:《文学与翻译》,北京大学出版社 2003 年版。
许渊冲:"译家之言",载《出版广角》1996 年第 6 期,第 68 页。
许渊冲:"译者要敢为天下先",载《中国翻译》,1999 年第 2 期。
闫凤霞:"翻译理论与实践刍议",载《长江大学学报(社会科学版)》,2013 年第 9 期。
杨平:"拓展翻译研究的视野与空间 推进翻译专业教育的科学发展",载《中国翻译》,2012 年第 4 期。
杨晓斌:"别样的语境,多样的阐释",载《外国语文》,2011 年第 3 期。
杨晓荣:《二元·多元·综合——翻译本质与标准研究》,上海外语教育出版社 2012 年版。
杨自俭:"我国近十年来的翻译理论研究",载《中国翻译》,1993 年第 6 期。
杨自俭:"谈谈翻译科学的学科建设问题",载《现代外语》,1996 年第 3 期。
杨自俭:"试谈翻译理论与实践关系的几个问题",载《上海科技翻译》,2003 年第 4 期。
杨祖陶、邓晓芒:《〈康德纯粹理性批判〉指要》,人民出版社 2001 年版。
袁莉:"文学翻译主体的诠释学研究构想",载《解放军外国语学院学报》,2003 第 5 期。
袁筱、邹东来:《文学翻译的基本问题》,上海人民出版社 2011 年版。
于德英:《大学本科翻译研究型系列读本:翻译概论读本》,南京大学出版社 2013 年版。
于影、郝瑞松:"英语教学实践中翻译技能的培养",载《长春大学学报》,2003 年第 5 期。
余东:《论翻译思维》,载《外语研究》,2013 年第 2 期。
余静:"求同,还是求异?——描写翻译研究与后殖民翻译研究之争",载《外国语》,2014 年第 6 期。
曾记:"'忠实'的嬗变——翻译伦理的多元定位",载《外语研究》,2008 年第 6 期。
曾剑平、祝新华:《翻译技巧与研究》,航空工业出版社 2002 年版。
曾克明:"逻辑分析在翻译中的作用",载《中国翻译》,1997 年第 3 期。
查明建、田雨:"论译者主体性",载《中国翻译》,2003 年第 1 期。
张柏然、许钧:《面向 21 世纪的译学研究》,商务印书馆 2002 年版。
张柏然、张思洁:"翻译学的建设:传统的定位与选择",载《南京大学学报》,2001 年第 4 期。
张冬梅:"经验实证与规约性翻译理论命题的论证",载《外语与外语教学》,2014 年第 3 期。
张后尘:"翻译学:在大论辩中成长",载《外语与外语教学》,2001 年第 1 期。

张今、张宁:《文学翻译原理》,清华大学出版社2005年版。
张经浩:《译论》,湖南教育出版社1996年版。
张美芳:"翻译学的目标与结构——霍姆斯的译学构想介评",载《中国翻译》,2000年第2期。
张梦中、Marc Holzer:"理论的建立与发展",载《中国行政管理》,2001年第12期。
张南峰:《中西译学批评》,清华大学出版社2004年版。
张翥荟、沈晓红:"英汉翻译过程中的推理形式及其影响因素",载《山东外语教学》,2006年第2期。
张耀平:"拿汉语读,用英语写——说说葛浩文的翻译",载《中国翻译》,2005年第2期。
张瑜:"权力话语制约下的翻译活动",载《解放军外国语学院学报》,2001年第5期。
张振玉:《翻译学概论》,译林出版社1992年版。
赵军峰:"论翻译家研究的理论模式",载《西安外国语学院学报》,2006年第4期。
赵毅衡:《符号学文学论文集》,百花文艺出版社2004年版。
郑海凌:"译者的选择",载《外国文学动态》,2003年第2期。
仲伟合、钟钰:"德国的功能派翻译理论",载《中国翻译》,1999年第3期。
仲伟合、周静:"译者的极限与底线——试论译者主体性与译者的天职",载《外语与外语教学》,2006年第7期。
周领顺:《译者行为批评:理论框架》,商务印书馆2014年版。
周晓梅:"直译与意译之争背后的理论问题——从本质主义哲学转向介入主义哲学对译学的影响",载《外语与外语教学》,2013年第6期。
周兆祥:《翻译与人生》,中国对外翻译出版公司1998年版。
朱健平:"翻译即解释:对翻译的重新界定——哲学诠释学的翻译观",载《解放军外国语学院学报》,2006年第2期。
朱健平:"视域差与翻译解释的度——从哲学诠释学视角看翻译的理想与现实",载《中国翻译》,2009年第4期。
朱耀先、张香宇:《政治·文化·翻译》,河南人民出版社2010年版。
朱义华:"从'争议岛屿'来看外宣翻译工作中的政治意识",载《中国翻译》,2012年第6期。
朱志瑜:"类型与策略:功能主义的翻译类型学",载《中国翻译》,2004年第3期。